第二枪

炳新 著

陕西新华出版传媒集团
太白文艺出版社·西安

图书在版编目（CIP）数据

第二枪 / 炳新著. -- 2版. -- 西安：太白文艺出版社，2022.9
ISBN 978-7-5513-1967-6

Ⅰ. ①第… Ⅱ. ①炳… Ⅲ. ①长篇小说－中国－当代 Ⅳ. ①I247.5

中国版本图书馆CIP数据核字(2022)第106233号

第二枪
DIER QIANG

作　　者	炳　新
责任编辑	李　玫　杨　匡
封面设计	王　洋
版式设计	建明文化
出版发行	陕西新华出版传媒集团 太白文艺出版社
经　　销	新华书店
印　　刷	西安市建明工贸有限责任公司
开　　本	787mm×1092mm　1/16
字　　数	340千字
印　　张	21.75
版　　次	2022年9月第2版
印　　次	2022年9月第3次印刷
书　　号	ISBN 978-7-5513-1967-6
定　　价	58.00元

版权所有　翻印必究
如有印装质量问题，可寄出版社印制部调换
联系电话：029-81206800
出版社地址：西安市曲江新区登高路1388号（邮编：710061）
营销中心电话：029-87277748

历史的基础在于真相，而意义在于感悟。

我们在学习死亡。

目　录

第一部　　　　　　　　　　　　　　　　　　001

　　这是我们清楚又不清楚的历史，这是我们想说清又说不清的存在。历史有时只有被推远、再推远，才看得清；生活有时只有被碎片化，甚至粉末化，才有味儿。

第二部　　　　　　　　　　　　　　　　　　117

　　生活就是战争，某些时候只是叫法不同，只是表现形式、方式有差异。

　　猫也知道洗脸，狗也知道做爱，老鼠也明白下崽，植物和植物也时刻在争夺地盘。生命就这么在延续，也构成了文明、野蛮、暴力与死亡。

第三部

死亡是昨天的梦,今天的神话,明天的出发地。人都走在这座或生或死的墓园。

读历史,就是读死亡,读死亡的方式及形式。我常常在这样的氛围里长时间看蚂蚁。蚂蚁虽小,带给我们的却是生命的鲜活与细微。

第一部

  这是我们清楚又不清楚的历史,这是我们想说清又说不清的存在。历史有时只有被推远、再推远,才看得清;生活有时只有被碎片化,甚至粉末化,才有味儿。

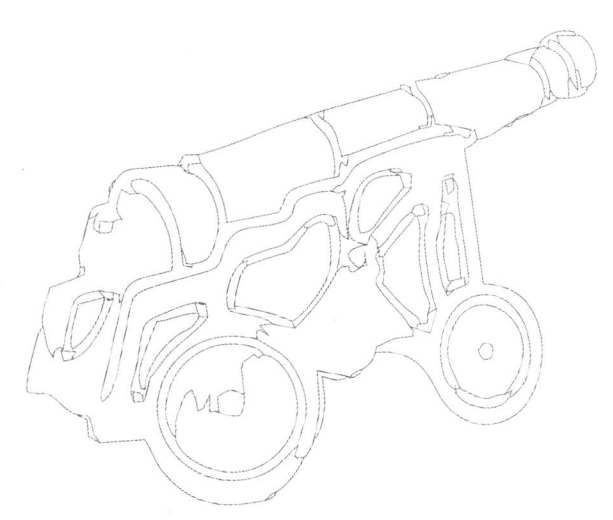

一只没有飞回来的鸟

一个人被打死，就如同被打碎的窗玻璃，光鲜的同时，瞬间，就可能归于泥土，并随之成了垃圾，成了各种小动物的美食。我之所以这么想，是因为打记事起，似乎就生活在没有窗玻璃的环境。当时，只感觉自己身边缺点什么，又说不清具体缺什么，但这种"缺"恍惚一直存在着，而且似乎让我无论在哪里都像在野地，在一个冰冷又没有光泽的气氛里。这让我一方面在任何地方都没敢将自己当回事，另一方面又觉得自己一直被凸显。这让我觉得很神秘，但某些时候又觉得不神秘。因而在我的内心我仿佛一直感觉世界充满迷障，感觉自己在任何地方都可以隐藏，也许用一句话讲，我似乎一直在一种氛围里，而氛围构成的氛围常常让我都不知道自己在哪里。

对于一个人这样，对于一个家、一个民族的情景又如何？我不敢想，但有时又必须想，甚至似乎你想和不想都构成了一种延续。我们家可以说，一切都与这天——公元1911年10月22日——有千丝万缕的联系。现在看，这天不仅对我们家构成了一种翻转，而且日后中国历史格局的一系列变化似乎也同这一天不无瓜葛。它就如同一口深井，到现在这井深下去已足足百年。我站在它的旁边往下看，仿佛在看谜中谜，在看景中景，在看时光形成的错乱。

百年前，我爷张仙梦便掉到了这口井中，给人感觉就像猎人出去打猎，结果被猎物吃了。有人可能会说，怎么会这样，你爷也够笨的，不是猎人还充什么大个儿。我对此只能默默流泪。我只能说，可以这么说、这么想的人都是没有被猎物吃掉的真正的猎人的后裔。

我知道历史无法真正被叙述，或者说能被叙述的历史都是轮廓，是大概，是被扔上岸的鱼，很有点历史的化石味，有点像我们可以翻越而无法进入的情境。我试图进入这口百年前的历史深井，走入辛亥革命前后的中国，以及那时的社会、文化形态和当时人心思变的状况。事实就是这种情况。据了解，我爷失踪后，各方都进行了积极寻找，包括我老爷、老舅、我奶、父亲，还包括于右任，包括当时的井勿幕、张钫、万炳南与张凤翙，可最终的结果是没有结果。这样，我爷在我家相当长时间里便成了不可言说的禁忌，成了大家有意无意回避的痛。有时我也不敢随意走进那段历史，似乎一接近那里，我就能感到一股寒气，一种说不清的什么，一种迷离和迷惑。记得有一天，我很是突然地落泪，当时我都不清楚自己怎么了。最后我回想起虚娃老舅的一句话，才让我释然。他说，实际上每个人在时间面前，都不过是只鸟。在我心中我爷确实一直都像是只鸟，一只飞了便没有回来的鸟。

虽说，就我看来，这里仿佛存在太多谜团、漏洞，存在许多诸如神话、隐秘、梦幻混合成的景象，但到今天它让人看到的还是空无。虚娃老舅是第一个赴西安寻找我爷的人，但看得出我们家最后同他积怨最深。

一天，我们刚吃完午饭，父亲讲，你爷当年是参加过推翻西安清政府运动的。父亲说这话时，给人一种漫不经心的样子。我看到，他当时一边用火柴棍剔牙，一边从嘴里冒出这么一句。那年父亲快七十岁了，作为他最小的儿子，听到这话，我的直接反应，像草丛中蹦出一只蚂蚱。冷静后，又似乎觉得父亲这话像憋了很久，甚至像憋了几十年的一个屁，在肚里盘旋、萦绕、消化，最终才以这样很不经意的方式放出。屁也是一股气，一旦放了，人便软了，像人死前最后一泡屎和尿，有时撑着也就撑着，一旦撑不住、不想撑了，人便到了弥留之际。在我印象中，父亲极少关注过去，就如同有人不喜欢吃肉。但父亲那天忽然抛出这句，让当时在场的母亲都没想到。有时伤痛是不能动的，就像支撑很多东西的石头。而父亲那天自己却动了它，感觉就像往空中抛了枚硬币，又让很多东西在时间中翻滚起来。

父亲是个孝子。孝子是什么？孝子在他那里就是为母亲甘效犬马之劳。关于这一点，他做到了。他都犬马了，作为配偶、子女、子孙，就只能有过之而无不及。水清不养鱼。我们家岂止不让养鱼，甚至连细菌都难活，因而通常我们做子女的只能像灰一样。这中间我首先知道自己没少挨打，但据我大姐说，挨打最多的还不是我，而是我哥。作为家里的长子，大姐说父亲打他才叫狠，有时打得他连屁都不敢在家放。

有意就是无意，无意便是有意。父亲一直都是不苟言笑的人，特别是对孩子，可是，这天忽然说出这话，让我一时还真有点接受不了，就像一把始终高悬在头顶的剑忽然掉下，更让人手足无措。在我们家很少出现这种情景，似乎一切都规矩，都沉闷，都让人喘不过气。很多时候家里的基调仿佛就是静，让人似乎能听到钟表秒针的声音，听到母亲的缝衣针偶尔落到地上的响动。也许在很多人看来，时间可能就是水，可在我们家感受不到这点，能感受到的只是光、空气与悬浮在空中的灰尘。

我已是这个家的第四代，也快到父亲那天说那话的年龄了，到了隐约看到又什么都没有看到的阶段。但无论如何，1911年10月22日那天，对我家确实是一种沉重，而且这种沉重始终延续并传导，如波浪般层层递进了百年。当然，这里最大的痛便是让我奶不到二十八岁便守寡，直到她七十六岁那年离开人世。

人常说，旁观者清，当局者迷。其实，我也没想到一个人的死竟会引发我们家后来一系列层出不穷的变化。有时想到这些真让人无语，或许无语也是一种语言。无语就是让历史成为历史，让现实永远现实。很多时候我也这么想。可那天究竟发生了什么，我心里还是一直惦记，就像桶掉在下面。

有资料这样显示：陕西同盟会和哥老会原定九月初八举义。后来形势变化，井勿幕等又去北山活动，因此，钱鼎提出召开紧急会议作决定。经分别碰头，大家都认为应提前于九月初一（10月22日）起义，并欲推兼有同盟会和哥老会两重身份的钱鼎为领导。钱鼎以革命利益为重，提议张凤翙为领导。资料同时显示，大家推钱鼎、张宝麟、张钫前去接谈。九月初一上午9时许，钱鼎、张凤翙、张钫、万炳南等同盟会、新军、哥老会负责人在西关林家坟密议，定于当日中午12时起义。同时推举张凤翙为统领，钱鼎为副统领，并决定起义和进攻路线。

在我看来，这似乎更像轮廓，至于中间为什么变更时间，变更时间背后又发生了什么，井勿幕等为什么又去北山活动，似乎包含着更多实质问题。而且这里井勿幕等中的"等"，是否包括我爷在里面？因为井勿幕曾于半年前到过我家，更因为他到我家时手里还拿着于右任的亲笔书信，这样我老爷才让我爷跟他走了，并说让我爷到新军里去。可就在22日这天后，我爷恍如人间蒸发，连尸首都没找到。一种解释是，我爷一星期后，即这年11月1日随钱鼎东去潼关，路上在渭南附近被当地劣绅杀了。

变化构成了演化。若我没记错，我奶去世那年我刚满九岁。那时我正像被放羊似的放在乡下，确切地讲是养在大姨家。大姨没有小孩，院子像公园。说实在的，我在这里很惬意，用别人的话，那时的我简直就像麻雀、猴子、兔子或老鼠，在大姨这儿没有我去不了的地方。当然，我长这么大，也不是一直在乡下，更多是在乡下、城市打秋千，不住地变。土从山坡掉下，也有落地的时候。我没这感觉，我能感到的是一切都像陀螺，像庄稼随季生长。这让我被动，也让我主动，恍惚经常在梦中。说心里话，我十岁前都不知该管谁喊爹叫妈，似乎谁领我，我都能跟着走，没人领，我就自己玩。

造成这一切的原因很复杂，后来就我看到的情况与对各方资料的汇总，我发现造成这一切的时间点应该可以基本确定，就是公元1911年10月22日。大的方面，西安在这天爆发了全国范围内的，也算继武昌起义、推翻清政府统治后打响的最关键的第二枪。小的方面，这天也是我家一系列问题的开始。从家人透露的情况，我爷从走出家门到消失，就半年时间。半年内他让我奶成了寡妇，让我三叔成了遗腹子，也让这个家迅速垮了。

有生理常识的人这时应该知道，我爷在参加推翻清政府统治前那"枪"打在了哪里。但谜中有谜的是，我爷这"枪"不知是为迎接凯旋同我奶进行的一次欢愉，还是为了表达自己推翻清政府不惜从容赴死的决心。当然，局外人或许不清楚，作为当事人，我奶也始终守口如瓶。诚然，对有些乃至更多问题还有一个人应该更清楚，甚至清楚事情整个来龙去脉，这人就是我老爷，也就是我爸的爷。他曾是当地的风云人物，同于右任同年中举，彼此又是密友。因而某种程度上说他才是造成这个家一切变化的关键。虽然，最后他完全归隐，用母亲的话说，在外人眼里你老爷几乎就是块石头。这也许都是后话，也是大大小小故事的开头。

农村的自由

没有梦的地方就没有生活。这话谁说的,我不知道。对我来说,我一直都像在打探着我们家所有的隐秘,仿佛小时候捉蛐蛐,蛐蛐总在各种缝隙中,在各种堆积的砖头瓦块和石头中,或在田野和墓地中。因而很多时候我似乎并不想放过任何线索和蛛丝马迹。也许这在有些人看来就叫世间本无事,庸人自扰之。但对我来说,我很喜欢探寻真相,探寻世道人心。在农村,大姨父对我很好,我在他身边常常就像只小狗,或许正由于这样,我内心并不愿回城里。那时在我眼里,城市就像羊圈,乡下更像牧场,特别是在大姨家,我就像没王的蜂,不敢说要什么有什么,起码大部分要求能够满足。农村的好处就在于它自由,城市就不一样,似乎处处都是规矩,处处都让你不敢为非作歹、释放天性。我原本七岁不到就回到城里,并在那里的土地庙什字小学读书,但就在上学后不久,我的一次违规又让家人将我揪回了乡下,在大姨同村一所可以说不叫学校的学校读书。那次究竟犯了什么事,其实自己当时可能觉得不算什么,后来年龄大了,才清楚那时已经不算小事,可能要说小是因为自己年龄小。记得当时是被同学们称作"娃娃脸"的老师给我们上课,也不知我是在乡下没有见过这么漂亮的女的,还是我就喜欢出风头引她和同学注意,我趁她拿课本念字母的当儿,像在农村上树、爬墙似的,一下蹿到了窗棂上,并坐在那儿听她讲。这时我看到不仅同学们的眼光都齐刷刷朝向我,"娃娃脸"更是惊呆了,接着就愤怒了,近乎吼着让我下来。我本来是想听她用另一种声音和我说话、叫我下来,现在没想到会这样。我能感到自己这时牛劲也上来了,我说,我就在这里听,你讲你的。她还是口气很硬地让我下来,看我依然没有动,便过来一把将我拉下来。这时我也没客气,上去就给她当胸一拳。只见老师立刻哭了,声音就像猫叫,随后转身离开教室。我这才反应过来自己打到了人家什么地方。事发生没一个星期,我就又被送回乡下,送到大姨家。用有些人的话说这叫活该,可我当时的想法是,我巴不得逃出牢笼。在我回城市的大半年时间,我没少挨父亲母亲的打。尤其父亲打起人来简直如同凶神恶煞,就像要剥人皮;而母亲打起来总让你防不胜防，似乎你都不知你哪里做得不对，她的手就上来了。加上城市就那么小的地方，你跑都没处跑，就是当时跑了，肚子饿了又怎么办？还得回来，还得自投罗网，乖乖让打。

也就在这年5月的一天，我们正在院子吃饭，四姨家雅琴来了。雅琴比我大不了几岁，但在我眼里她似乎已经是大人。看到我，雅琴冲我笑了笑，便低声和姨父姨母说起什么。我虽不知道他们说了什么，但他们的神色，让我已经知道事情与我有关，不然他们不会这么讲话。等他们说完话，雅琴也与我们一起吃饭。吃饭时雅琴问我，想不想去我家？我说，想。雅琴在我头上摸了一下说，这娃长大了。

四姨家离大姨家有十多里路，中间夹着三姨和我舅家，整个线路就像个"之"字形，四个角各一个村子，按大小依次是大姨家村子最小，接着是三姨、我舅，最大的是四姨家的村子。后来我才知道，我们家原来和四姨家是一个村子，只是他们在村东，我们在村西。

饭快吃完时，雅琴又问我，想不想见你爸？我对她的这话没有回答。这时我看到大姨开始收拾锅台、喂猪喂羊关鸡窝。大姨父则将自行车从屋里推了出来，并给车子打气。一切收拾停当，我们便上路了。

我其实很喜欢四处乱窜的感觉，不过这次我发现和以往不同，我们没有在三姨家，也没有在我舅家停，而是直接到了四姨家。到四姨家时天已经完全黑了。四姨见到我还是不忘数落，看，又脏得跟贼一样。我不愿听四姨说这话，可四姨还是按住我又擦脸又梳头，而且说，这样等会儿怎么见你爹？见我还是一副不情愿的样子，随后又添了一句，知道不，你奶死了。虽然这话让我一愣，可我还是装作不在意的样子。

时间有时确实就像水，而有时时间就是时间。我这么想的时候，一只鸟从眼前飞过，并落在苹果树上。其实，我能感到大姨父清楚我们家的所有变故，甚至知道很多变故的根根蔓蔓，甚至细节。但他始终没说，仿佛他能说的就是将我照顾好。看来，有时经历什么对人可能是财富，也可能意味着承受苦难，意味着更多时候只能表现得无语和沉默。大姨父经常就这样，或者说他几乎每天就那么抽烟、愣神，那么看着周围。因而在他身边我很放松，放松得就像小虫、蝴蝶、树叶、土，或土里的瓦片。在我看来，有时梦中的情形也不过如此，或者说这样的东西才真切。

实际上，我们家真正从老家到西安是在父亲手里，这点可以确定。当时，无论我爷到这里，甚至我老爷到这里都像鸟、灰尘，没带家眷。当时要说风光，还是我老爷，用老话说，我老爷走的是正途，可以在各种正式场合露脸。但我爷就不是这样，他的身份有点尴尬，虽然也上过学，但似乎没有学到什么东西，又一身公子哥儿习气，仿佛身上有的就是顽劣，就是满身恶习，在外面不仅抽大烟，到处惹是生非，甚至还背着家人欺辱别家女孩子。对于他的这些作为，我老爷不是不知道，而是想不出个妥当办法。后来便想到让我爷当兵，到队伍里锻炼。人有时做什么事都是一个闪念，我老爷有这个念头也好几年了，但最后决定实施它是到了1910年5月，成行则到了次年4月。老爷是光绪二十九年（1903）中举的，中举那年我老爷三十二岁，并于次年做了一任地方官。这可能是我老爷人生最辉煌的一段时间，也是这段时间我爷和我奶完婚的。但这样的光景仅持续了五年，一切便化为泡影。

那段时间，我喜欢看牛喝水，喜欢看在地上爬的蚂蚁和落在土墙上的鸟。大姨父当年是喂牲口的。牲口是有灵性的，也是最柔顺的，感觉它们一直都那么静，表现得那么无声，似乎听到它们吃料、看到它们饮水，我也就像被泡在时光中。据说大姨父祖上是贩牲口的，并由此发家，但到了大姨父十二岁那年家境陡然败落，仿佛一夜间什么都没有了，就剩下空空的马厩，剩下东倒西歪死掉的马匹。后来他们断定是有人投毒，但不论怎么讲，悲剧已经发生，原本欢愉的家此时能看到的便是死寂，是枯草长在土崖上的情形。

有时很多东西可能就是这样，让我们防不胜防。就像我好多次用弹弓打麻雀，它们就在墙头或树上，但我已经瞄准了它们，虽然有时我打下的是叶子，但也将它们吓得够呛，吓得稀屎都能流出来。但有一次我还真将一只鸟打了下来，当我将它拿到手里时它已经软了，而我似乎还找不到它的伤口，可它已经没有了气息。我想当年大姨父家那些死去的马匹是否也这样？它们没有伤口，它们就那么横七竖八地躺在那儿，然后死去，将整个家都置于天塌地陷的境地。

相当长时间里我已经喜欢自己琢磨，自己玩，仿佛这本身就构成一种永恒，一种存在本身形成的无限。事实上，西安对当时很多人来说都是一个谜。我爷当年也算是见过世面的人，尤其在当地似乎更是这样，但那天当他随井勿幕到西安来之前，他依然充满了难以抑制的兴奋，仿佛他此次到西安就是志在必得，就是要干出个样子给老爷看。谁养的狗谁知道，临行前老爷反复叮咛井勿幕，敬仁不才，养了这么个犬子，在西安就有劳勿幕老弟了。井勿幕一边抽着水烟，一边说，这你就放心，相信环境能改变人，何况这是为国出力。老爷说，这次右任还是希望我出山，我实在感到自己近两年身体不支，我想将养将养，也好为这江河日下的国家再尽点微薄之力。当年和右任在一起时，还真有些宏图大志，这些年做了这么个小小知县，都将我磨得几近没了锐气。那两天，我爷的情绪非常高涨，似乎无意间中了大奖。老爷几乎就没正眼看他，而他当时则忙着同村里的狐朋狗友道别。有人说，子峰，等你混好了，可别忘了咱这些穷弟兄。我爷那时也就二十二岁，更是一副志得意满的样子。

牛喝完水，我趴在缸边看水里的蝌蚪。

地下水

母亲一直喜欢将家里擦得窗明几净，仿佛这就是她生命的全部。或许她正是以这样的方式走过了近八十年的岁月。她十五岁就到了这个家，因而她知道这个家很多事发生的细节，而那年父亲只有十二岁。十二岁走进婚姻在今天似乎让人不可想象，但在那时算平常，也可能包含了各种迫不得已。我老爷是一个读书人，当年也一心想让我爷读书。但不知哪儿出了问题，我爷似乎不是读书的料，虽然也上过一个师范学校，但始终就是一个好动的主儿。当然，在当时那样一个时代背景，那样一个国无宁日的时局下，读书救国似乎也成了一个遥远的梦。老爷似乎也看到了这点，最后也就随着我爷的心性去了。但西安之行让我爷灰飞烟灭后，也让我老爷不得不为这个即将倾覆的家重新考虑。这样他就让我父亲在十二岁时匆匆完婚，以此让这个家重燃希望。存在的垮塌有时就是这样，尤其在国将不国的动乱年代，似乎这也是唯一的出路。

那天母亲让我给她穿针，也不知怎么我非常愿意给她干这活。在我的记忆中，母亲每天似乎都在那里缝补着什么，很多东西在我看来不需要缝补而她依然在缝补。在这方面，母亲看上去很有耐心，这种耐心似乎超过了时光本身。

西安是一个舞台。一天，我们在院子里吃饭，一条蛇掉在了大姨父的脖颈，随即滑了下来，并落到了地上。当时我很恐惧，似乎心都要跳出来了。但大姨父不慌不忙，只见他拿过一把锹。我原以为大姨父会将蛇一铁锹拍死，可他没有。他只是轻轻将它铲起，感觉似乎还怕将蛇搞伤。后来看他顺墙将蛇扔了出去，将它放生了。

当时战斗打得很激烈，谁都没有左顾右盼的可能。钱鼎说，他当时就站在鼓楼上，看人们潮水般往前拥，似乎人人都很激奋，人人都恨不能一脚就将满城踏平。张钫也说，打进满城之后，大家都杀红眼了，整个情况就四个字：你死我活。而且我感觉当时的西安城上空似乎连只麻雀都不敢落。用一句话，当时战斗打得很顺，也很惨烈，似乎敌对双方都只有一个想法：不给对方留一个活口。

我顺着记忆这么探寻，仿佛我赤脚在过一条并不深的河。那一年带着女儿来到浐河边，我发现女儿也喜欢水里的蝌蚪。她说，好玩！我们最后捉了不少，将它们放进了一只瓶子。蝌蚪在瓶子里很醒目，也让静态的水动了起来。

父亲来西安那年，老爷已经去世两年，路似乎是在没有路的地方走出来的。就在父亲完婚的第二年，老爷带着十三岁的父亲见了于大胡子。老友重逢是在南京，是在当时于右任的官邸。后来每当父亲回忆这段日子，就有一种喜悦和放松的感觉，恍惚那时他才知道了什么叫世界，什么又叫迷宫一般的存在和梦幻。于右任得知老爷丧子后，曾托人转来二百大洋。据父亲回忆，当年老爷带过去的人不止他一人，还有几位同宗的堂兄堂弟。当时他们在那里住了十多天。父亲说，那是一个几进的院落，他在老家根本就没有见过。也许正是这次经历让父亲知道了什么叫土豹子上房。

我奶从丧夫的悲痛中缓过来，用了六七年时间。母亲说，在她进门之后我奶仍然没有平复自己的心情，动不动就将家里搞得不得安宁。我奶只比母亲大十多岁，但母亲当时每天都得给她梳头，稍有不对就劈头盖脸地打。母亲不能说什么，只能忍，甚至要含泪继续给我奶梳头。那时母亲才知道了什么叫深宅大院，什么又叫看不到的内幕。这一切老爷都看在眼里，但也只能宽慰母亲几句。

时间有时就是这么慢慢往过流，就像地下水一点点往外渗。多少年之后，我老舅也对我讲，你可不知道你妈当年受的芥末罪。

一切和没有一切

当我从一棵树上下来时，我看到满树的槐花。那是一种白，也是一种香，时不时有蜜蜂、葫芦蜂在那里飞。我看到了槐花的花蕊，也看到了它那儿的黄，似乎感觉那点儿黄真的就如同蜂蜜，让我感到了甜。我在西安上中学时最喜欢这个季节，它让我知道了什么叫神清气爽，知道了什么叫初夏时节的美妙。这种时候女生们一天比一天多地穿上裙子，就像槐花一天比一天多地开放。记得不知在哪本书里看到过这样的话，男人认识世界是从认识女人开始。虽然当时对这话并不怎么理解，但我已朦朦胧胧感到了这点。在我印象中，我很早就注意到女人的有些地方，只是那时并没有感到有什么特别和奇怪，就仿佛平日看到的锅和碗一样。当然，女人对男人而言永远都是有魅力的，但有一个逐步演进的过程。这个过程有时回想起来也非常美妙，开始的时候我们都是看她们的脸，似乎很小的时候便这样，似乎看脸便能看出很多。说实话，我没有吃过母亲的奶，因为母亲生我时几乎就没奶水了。我刚满月就被送到乡下，去吃别人的奶了。在我没有记忆的时候，我似乎就是吃，这时无论闭不闭眼睛都一样。可是后来当我会走时，当我两三岁的时候就不一样了,这时那些乡下妇女谁要让我吃她的奶,我还要先看她们的脸,对那些长得丑的、那些长得跟黑柿饼和猪一般的女人我一般都不理她们,而看到漂亮的、看到那些慈眉善目的,便会凑过去,似乎跟人家要着吃一样。记得一次那些妇女先笑了,并有人讲,就那么个小老鼠眼,眼里怪有水。

  人都是一点点往上长的,这似乎才叫生命,叫生命在世界的成长过程。我最开始到大姨家是什么样子,我不清楚,而当我慢慢清楚的时候我便开始在这里周游,似乎每天就那么在这个偌大的院子感受什么。直到有一天我开始拿个树枝,也可以说棍子将鸡撵得满院子跑时,我才觉得挺有意思,甚至比看蚂蚁、看飞舞的虫子还好玩。但这时大姨便开始管束我,有时会喊我,有时会干脆将我手里的棍子夺下,说这样撵鸡,鸡就不下蛋了。我不管这些,我觉得这样自己才高兴、才刺激,直到最后实在跑不动了才罢手。

  城市很多时候是立体的,乡下比较平面。我爷当初孤身一人到西安,我想这对他而言肯定像到了迷宫。按原定的计划他是进新军,也就是到兵营去,但他最后却没有去兵营,或者去是去了,但并没有在那里固定;也可能他本身自由惯了,结果在西安转了几个弯就自己先不知东南西北了。别说当年那兵荒马乱的年代,就是和平时期人也会迷失。我大姨第一次到西安便迷失了。当时她刚来西安硬是要去送人,而且还一定要将人家送到电车站,但进了当时的延安路商场,出来就像到了梦里。后来要不是遇见警察,要不是她还记得父亲的单位,那她也真同掉进黄河的激流里一般了。

  我爷当然不应该和我大姨一样,他起码不是睁眼瞎。他识字,口袋有钱,同时也算新军的人,因而不可能真就这么丢了。也有人推测他是否去了烟花柳巷,去那种女人扎堆的地方,在那里出了什么问题。当然,有时事情结果不出来,什么假设都只是假设,可问题出来后似乎一切推测便都有了可能。诚然,还有一种可能,像我爷这种几乎从小没有吃过苦的,从小就近乎不知受罪为何物的人,别说真的扛枪打炮,可能就是战事一紧,光那气氛他也许就屁滚尿流,甚至临阵脱逃了,因而也有一种说法是他在逃跑路上遭遇了不测。各种可能在所有寻找他的人脑海中回旋。

  我看着天,看着远处的景,看着女生露在裙子外的腿。

李子的味道

战争有时要远了看。远了看才像看电影，或者才能看到细节中的细节。那天，我同参加过西安起义的一位革命者的后裔聊天。他说，如果讲武昌起义是一个推翻清政府的信号，那四川保路运动便是西安起义的导火索，而给全国各地装满炸药的则是八国联军。我对他的这个说法总体同意，只是在细节和更细节部分有异议。那天我们坐在德福巷的一家茶社，隔着淡灰色的玻璃回忆过去，似乎又回到了从前，回到了那个充满岁月感的年代。那时才叫沧海横流，岁月流淌，流经各种存在和世相变化。

我不想说他具体是谁的后裔，但我想说他的祖先也曾是西安起义的参与者，岁月让他的祖先有过辉煌，但也有了最后和我祖先几近相同的归宿。这叫能看清，也叫看不清，但他们可以说都走过了他们的峥嵘岁月。

最后临别时他说，作为曾经参加过那场可谓中国历史上最大变故的人的后辈，我们能活下来就已经是不幸中的万幸，由此可见人的生命力有多强大。仅从这点，我就能想象中国的历史多沉重，又充斥了多少悲欢离合。也许由于我们这天谈论的话题过于沉重，也过于苍凉，因而从茶社出来，我们才像真正回到当下，抑或从很深很深的梦里醒来。这构成了一种迷离，构成了一种悠远中的悠远。

我从乡下真正回到城市其实是在我奶死后第二年。很多时候变化会形成演化，演化似乎意味着又一次变化。很多时候我们就处在这种说不清中，也许正是这样的说不清，让我们有了被动，有了更现实的盘根错节。在我印象中，我第一次认识世界是从大姨家两棵并排的李子树开始的。那一年我也许只有四五岁，但我看到了那两棵树叶子的绿，同时看到了李子青色表面的白雾，更诱人。每天我都看它们长，看它们变化又没有变化，直到有一天大姨从树上摘了一颗，并用衣襟擦擦给我，我才尝到了自己以前没有尝到的味道。有时奇妙就在这里，而似乎正是这样的奇妙让我们对眼前的世界充满迷惑。

之所以讲大姨家像公园，一方面不仅仅是她这里院子大，更重要的是当时这里种了北方几乎所有果树品种，还有各色蔬菜。大姨很勤，路的旁边她都种着黄花。黄花的叶子让人看着就舒服，特别是黄花开放时，更让整个院子充满鲜亮。在这样恬静又幽深的地方，我能感到自己的童年很诗意，仿佛一直那么随季节生长。因而让我离开乡下到城市就像让我离开原来的水土，让我重新适应。这中间应该说充满残忍、无情，充满了我难以割舍的许多东西。

有时变化就是这样，就是击碎以前。父亲真正离开老家，某种程度上也不是自愿的，更像是被逼迫，抑或有一种不走都不行的无奈。这点似乎和我爷还不同，我爷那时还有一种豪情，加上我老爷的意愿，他离开了。而父亲的离开似乎与日本人有关。据父亲说，一天他正在麦收后的田里耕地，三个日本鬼子过来了。父亲说虽然当时自己有点恐慌，但他又不敢跑，他知道一跑日本人就会开枪，因而他还是在那里干自己的活。日本人走到他身边，叽里呱啦不知说些什么。后来只见一个日本兵过来要和父亲摔跤。父亲摆手，示意自己不会。我想就是会，他也不敢。日本人不管，上来就抓住父亲，一下将父亲摔到地上，其他两个见状哈哈大笑。这时又一个日本兵上来将父亲拉起，接着又重重摔倒在地。或许看父亲不那么经摔，便扛着枪离开了。正是这次经历，让父亲决定死活也不能在这里待下去了。回去和我奶商量，我奶也同意。这样父亲两三天后便离开了。父亲走后不到一年，二叔、三叔也老鼠似的溜走了。这样家里就剩下一家子女人，还有我哥。有时现实更像梦，梦更像现实。事实上，从这个时候起，我们家便开始了一步步地迁徙。整个迁徙过程中，大姨家就起到了中转、接应的作用，尤其在那段可以说关系到我们家人生死的逃亡日子里，是大姨和大姨父让我们度过了最难熬的那段时光。

西安起义不仅引起了震动，更形成了影响。从某种角度上讲，就像将清政府后撤的老巢给端了，有点像从地下爆炸。因而，它的影响形成了一种联动。这种联动让甘、豫、鲁以及新、青、宁的清政府统治都动摇了。仿佛这才形成了那种摇摇欲坠的情形。清政府统治在西安的瞬间消亡，也让满城在短短不到两天时间，几乎就堆尸成山，四处都是死亡形成的阴森和恐怖氛围。试想，两万多具尸体堆积起来是什么情景，或者将它铺开来又是怎样的状况。

有时我想象当时的情况，就像回忆久远的什么。那天我将大姨父送来的小羊抱在怀里，眼泪几乎一刻都没停地流，恍惚当时我就在感受生死别离，感受过去曾发生的一切。那是我回西安前的一幕，也可以说是我和过去的所有告别的时刻。说实在的，我不能接受这样的命运变化和安排，但我又无法改变这一切。因而当时无论从梦里还是梦外，我似乎都能感受到什么叫撕心裂肺，什么又叫身不由己。那天我就那么坐在大姐家的后背墙旁。几天前大姨父将我送到这里，我就知道我在乡下是待不成了。大姨父问我还想要啥，他的这话让我们两人又一次抱头痛哭，让我们感到就像要奔赴刑场，就像我们在一起的所有时间突然压在那一刻，无比沉重。最后我说，想要羊。大姨父说，好，过两天就给你送来。这天晌午，大姨父将羊送来了。睹物思人，可我这时是看着羊回想过去，让我就如同死了一次。

我在那里哭了整整一个下午，直到天色完全黑下来，我才在没有任何办法的情况下回到屋里。我知道就在我离开前，大姨家的羊生了两只小羊羔，看上去那么可爱，就像两个小天使。后来的很长时间它们成了我的玩伴。每天我都要看它们很久，看它们吃奶，看它们在那儿乱蹦乱跳，有时也看它们在那儿相互顶。但现在这一切就如同隔着万水千山，甚至阴阳两界。

母亲回忆说，老爷晚年几乎很少出门，每天就在家里写字，似乎就那么静静的，像水、像丝绸，甚至像飞舞着的小虫子。在家中，他什么都不干，有时顶多坐在院子的老榆树下。每次做饭母亲都要问老爷吃什么，老爷有时说什么都行，有时也会讲那就吃豆豆面。一次老爷还自己钻到桌子下面，亲自到那里的小缸里取豆子。母亲说，这是她很少见到的情况。由此可见，世界很大，又似乎很小。在母亲眼里，老爷算得上见过世面的人了，年轻时也是走南闯北，在当地也曾是来回都坐轿子的人，而现在也弯腰做这种事。这让母亲似乎明白了什么。

母亲说，老爷其实娶过两房太太，但也有人说是续弦的。她说，她没有见过老爷的大太太，只见过那小的。小的长得并不算好，就是年轻，比你奶大不了多少。而且自你爷没了以后,她和你老爷的关系似乎也一天比一天让人琢磨不透。这女的不是当地人,是你老爷不知从哪里带回来的,因而她在这个家似乎就势单力薄,似乎很大程度上便属多余。尤其你爷死后,你奶和她的战事就没断过,或者说在你奶心里认定,当时家里所发生的一切都同这个女人有关。这样的情形让一切变得复杂,也让整个家里气氛时刻紧张。

看来许多事情的塌陷都是一系列的,甚至最后都让人难以理解和琢磨。我奶一直觉得,自己丈夫之所以被老爷送去当兵,都是这个女人在背后唆使的,如果没有这个女人,老爷决不会将自己的儿子送到队伍上。那时人们都知道谁才将儿子送去当兵,都是吃了上顿没有下顿的人家,而当时我们家缺吃吗?当时不仅不缺吃,应该说在方圆几十里也算好的。可那女人却说为了子峰的前程,这不是明明将我男人往火坑推?但那时老爷似乎就听这妖精的。我为了阻止他们这样,说自己已有身孕,但没人听,还说我就乡巴佬女人一个。说到我爷自己当时的态度,我奶是这样说的,也不想想他能愿意去吗?可是,你老爷当时在家从来都说一不二,他一旦决定的事,那就是铁板钉钉。

我看到蟋蟀钻到了石缝下,赶紧去捉,发现已经来不及了。石头太大,缝隙太小,又贴着地面。我只能望石兴叹,就像那天我抱着羊,无论怎么落泪,我知道我都无法再回到大姨家,回到那公园一样的院子。

你一天不打就上房揭瓦。我重回西安之后和我奶住一条巷子。当时我家在西头,我奶在东头,因而我常常也到我奶住的院子。院子里有一位和我年龄相仿但比我大的小孩。一天他带我去了西大街,并过了马路。因为马路对面很热闹,不仅有家大食品店,旁边还有一个接一个的店铺,更重要的是不远还有家电影院,而且电影院门前很宽阔,并且那建筑更让我们很神往,它很西洋,仿佛让我们有漂洋过海的感觉。因而我们在那里有些流连忘返,有点乐不思蜀。这样随着时钟指针的转动,时光真像流水一样,转眼太阳已经到了头顶,并有点西斜。这时我们才发觉肚子饿了,发现我们出来已经好几个小时了。于是我们匆匆往回赶,匆匆各回各家。回来时母亲问我去了哪里，我说就和谁谁在我奶院子玩。这时父亲已经吃过午饭上班了。我一看表，已经1点35分。后来，母亲问我吃了没有，我摇摇头。当时母亲也没说什么，嘴里只说了句，你奶也不让你吃饭。我仍没有说什么，当然，我心里清楚自己去了哪里，因而接过母亲递过来的饭，只是低头在吃，很快便吃完了，那情形仿佛饿了几辈子似的。

  吃完饭，我便开始回忆上午的经历，觉得自己长这么大似乎才算长了见识，算经历了一次真正意义上的探险。虽然之前这些地方我可以说都去过，甚至比这更远的大街也去了。但当时都是跟着大人，就如同当年在乡下无论到哪里都小狗般跟着大姨父，因而有时我并不看别的，只看大人在还是不在，我就自己玩自己的。但这次感觉完全不一样，似乎自己每走一步，都要自己操心，都要自己先看清四周环境，虽说当时同去的伙伴清楚回家的路，但我似乎还得观察行进路线。因而我就有了从没有体验过的奇妙的感觉，仿佛我今天才看到了很多我未曾看到过的东西和景象。可正当我这么回味着冒险，甚至心里想哪天再同那伙伴去更远的地方时，我听有人吼了那么一句。接着就看到我奶拄着拐杖进了院门。那一刻我已经感到大事不好，甚至感到一股尿都流到了裤裆里。我当时真想跑，也想让自己躲起来。后来我确实躲在了我家锅台后，但事实上，我奶早知道我在那里，因为那里可以说真藏不住人。后来我想，自己这个举动很荒谬，荒谬得就好像自己闭上眼睛就没人能找到。接着，又听到我奶说，你真以为你长大了，以为自己都有本事带别人浪大街了？听到这话我知道是那小子胡说八道，也似乎觉得自己有了理，就从自己躲的地方出来，说，不是我带他去的，是他要让我和他去。这时我听到母亲的声音，你还敢跟你奶犟嘴？说着，刚刚从屋里出来的母亲先照我嘴打了一巴掌。我奶对我母亲说，你回去，看我今天怎么收拾这个胆大包天的。这时我又一股尿流到了裤裆里。我奶说着便抡起拐杖。那一刻我真不知做什么好，那一刻我完全有可能夺下我奶手里的拐杖，甚至可能将她一下拉趴到地上。但我想到这么做的后果，想到我爸和我三叔的脸，心想这可是他们的妈，那样的话他们不将我皮扒了才怪。更何况，父亲不止一次讲要扒我的皮，因而夺下拐杖，并将眼前这位原本就走不稳的小脚老太太摔倒在地，这不是自找扒皮？想到这里，我就势卧到地上，就像一堆烂泥、狗屎，任其处置。也是那次我才知道了我奶的厉害，好像要将我往死里打，因为她每一拐杖下来都不含糊，都实实在在，唯一还算长眼的是没有用拐杖往我头上打。或许母亲这时实在看不下去了，也听不下我那么哇啦乱哭乱叫，再次从屋里出来，出来时还搬了把椅子，意思是让我奶坐下消消气。这时院子也有人来劝，这样我奶才在母亲拿出的椅子上坐下，并且喘着粗气。这时母亲又开始朝我头上、脸上打，感觉比我奶打得还疼。过了一会儿，我奶撂下一句话，等着你爹回来再收拾你！听到这话我几乎都要死了，我想这难道还不算完？

这事让我想到，仇恨有时是会叠加的，或者一旦叠加就可能成几何倍数增长。后来我想，我奶到打我这年已经守了近五十年的寡。想到这里，我不由又想到我爷，想到当时更显纷乱的年月。真可谓长江后浪推前浪，一代更比一代忙。当晚睡觉时，迷糊中我还能感到自己很是委屈地抽泣。

这事之后，我很长时间再没理那家伙。就是偶尔我们在我奶院子碰到，我也装着没有看见。

水让生命变得安静

西安城的战事结束，似乎只是清政府土崩瓦解的开始，甚至只是一个序幕。应该说很多人从一开始并没有意识到这点，就是意识到了，事实也比当初想象的复杂得多，甚至干脆变得更加复杂。仿佛曾经大家几乎非常统一的目标，一夜之间消失了。这样以前大家似乎没有的纷争这时也开始显现，开始有了统一的不统一，甚至从两天前的进攻，一下子成了防守。因为这时清兵正在从东西两端朝西安方向推进。而此时到底该如何重新排兵布阵，就成了摆在起义军面前的新问题。

而我爷这时在哪里，似乎已经成了谜。也可能他这时已经阵亡，也可能他早就吓得不知钻在了哪里，也可能他这时正同几个意见一致的人躲在暗处，也可能他这时正在新军队伍中打扫战场，搬运那些数不清的以各种姿态、方式、面目死去的人。曾经的满城，曾经的西安，这时几乎就成了一座坟场，成了四处都像墓地的景象。当然，这时别说其他人没想到，实际上，就连将我爷送到西安的我老爷也没有想到这点。我老爷大约是10月28日听到西安清政府统治被推翻的消息的，但具体什么情况，来人只说了句，都打粘了，粘得城里四处都是肉泥。但来人后来又补充道，不过，有一点可以确定，清王朝在西安彻底没了，消失了，连它的长官文瑞听说都投井自尽了。

老爷听到这个消息似乎才想起自己的儿子，让他没有想到的是战事怎么打得这么惨烈，又这么顺利。这让他对儿子的表现更没有底。西安满城他了解，他知道那是一个什么情景，可以说就是城中城。倘若突不进去那可能就是铁板一块，一旦被突进去，再被包围，那就是锅里煮饺子，就是瓮里捉鳖，几乎很少有漏网的。

狗急了能跳墙，人急了能上房。我老爷那天开始在自家院子转，他这似乎有点异常的举动被我奶看到了。那时我奶肚子已经很大，并从屋里出来问我老爷。她说，爹，是不是子峰有什么消息了？我老爷镇定了一下说，噢，没有，我这是在想其他事。我奶也就没有再追问，只是在转身回屋时说，子峰也是，走了这么久了，也不托人捎个话回来。这之后，有关西安的消息一天比一天多了起来，有村民私下传的，也有老爷从官府打听的。这时候无论从哪方面听到的，似乎都让自己对儿子捏把汗。面对这样的时局变化，老爷内心这才有些后悔，觉得自己在儿子的问题上处理得有些鲁莽。老爷的不安也被另一个人看出来了，就是他当时的小太太。她说，放心，咱家子峰机灵着呢，不会有什么事。老爷说了一句，他机灵，在咱们县可以，要知道他可是在西安，三拐两拐，还认路不认路都成问题。

就这样，事情过去了一个月、两个月，还没有我爷的消息，这让我老爷真急了。他不仅写信、捎信给他认识的各个有头有脸的人，甚至有一天他还忽然想自己去趟西安，后来在人们的劝说下，才让我那也算能说会道的虚娃老舅先行去西安。虚娃老舅到西安，一方面为我老爷，另一方面也为她姐姐我奶。虽然他不是我奶的亲弟弟，只是一位本家弟弟，但这么多年我奶在很多方面也没少照顾他。而将这事给虚娃老舅一说，让他去西安，没想到他一听竟然非常爽快地答应了。而且这次不仅给他准备了足够的盘缠，我老爷还给他写了不少西安熟人的条子，给各方人士的都有。这让我虚娃老舅简直喜不自胜。

有时蚊子落在屁股上，那叫一个痒。虚娃老舅此刻就这种心情。他那时哪见过那么多银子，而此次他去西安，老爷专门给他了十块大洋，又给了他足够路上用的零用钱。临行那天，我奶又将他叫到屋内对他来了个千叮咛、万嘱咐，让他一有消息就马上回来。虚娃老舅满口答应。这次我老爷也一反平常将他送到巷子口。这样的礼遇应该够得上当时在任县长的级别了。

狗会游泳是我在十八岁那年才发现的。那年我们中学几位同学去西安城边的一座水库。水库的水比护城河的水好，水面也要宽得多，甚至站在那里就给人一种诗意的苍茫。可是，我们刚下汽车，就看到了让我感到凄凉的一幕，甚至这种凄凉还有一种刺激。这刺激就是我们此时刚好看到对面正跑过来一位中年男人。只见那男的一面撕心裂肺地号哭，一面碎步在跑，而他的双手正抱着一位赤条条的溺水者，很显然已没有了气息，因为我们看到溺水者的胳膊耷拉着，就像棍子。再往前我看到溺水者那刚刚成熟的东西也那么耷拉着，就像睡着了一样。要知道那可是大街，可是中午刚过，太阳本来就刺眼，而此刻再照到溺水者身上，似乎就不是醒目，简直就是让人晕眩了。看到这位伤心欲绝的父亲，再看看他怀里抱着的儿子，我们真想过去搭把手，可是几乎没有可下手的地方，后来一起喊住了刚刚开动的公交车，我们目送着这对父子上车。

肯定完了，有人说，你没看到那鼻孔、嘴里净是黑泥。我说，我当时怎么没看到？那位同学说，什么眼睛，也不看鼻孔都叫堵死了。我心想，我当时确实没有看溺水者的脸，我净看那溺水者的"下面"了。这时候有人问，我们还去不去游了？遇到这场面真让人心里没底。最后有人说，来都来了，总不能这么半途而废。但还是有人决定不去，决定原路返回。我心里也慌，但还是跟着坚定的一方去了。

到了水库我们看到那里游泳的人依然很多，这样我们这些来的同学也开始脱衣裳。夏天能有什么衣裳？不一会儿，来的同学也都一个个一丝不挂了。他们看我还那么站在那儿，就说你怎么不游？我说，我真不会游。有同学说，看你就那点出息，那你就在岸上看衣服。我说，可以。这时有人说，看，快看！我这时就看到有只狗正在水里游。看到这一幕，有同学回头看了我一眼说，真是连狗都不如。我说，如狗，你就去。

我曾经也下过水。那还是在乡下，在我大姨父家时。当时也是夏季，我、大姨父还有我三姨的儿子望存，我们在一座崖头下拉土。事实上，我并没有拉，我只是在那里闲逛。等他们拉一车土回去，我在那里看铁锨。之前我也跟着跑了两趟，大姨父见我已满头是汗，就让我不要跟着跑了。可这时我忽然看到了一个很诱人的地方，这地方就是几天前暴雨留下的一片水洼。这时水洼很静，并泛着奇异的光。因为那里当时还长着不少杨树，杨树算不上大，但映在水里，却让那里的水更有凉意。我曾来过这片树林，并在那儿割过草，知道这里原来就是一片洼地，并且似乎常常其他地方没有水，这里也还有。我记得我曾经还在这里拉过一泡。现在看到这里正是一片水潭，我自然想下去，自然想到水里游一下，或洗一下也舒服。想到这里，我迅速扒下裤衩，脱掉上衣，便下水了。旁边水并不深，这时我试探着往里走，可突然脚下一滑，差点摔倒，我能感到自己这时脸都白了。我只好收住脚，不敢再向里面去。同时我还怕大姨父他们回来，看到我玩水。想到这里就更不知道怎么办好了，但也总不能这么白脱一次衣裤，最后我干脆蹲下身子，让自己屁股见了点水就上来了。爬出那片水洼，我迅速就又穿上衣裤。这应该也算我第一次下水。

那些人下去也没有游多久，他们说没有想到水库的水凉得这么渗人。也有人说刚才看到的那幕确实还是对人产生了影响。这样我们在这个水库前后也就待了半个小时左右。

有时对我来说，真说不清是城市好玩还是乡下好玩，抑或他们各有好玩的地方。我这人似乎一直矛盾，有时确实不喜欢被人管，而有时又想缠着让人管。比如我大姨家的院子白天确实好玩，似乎在那里我就觉得舒服、畅快，觉得就像在一个幽深又迷人的地方。可是，这样的地方也有一个不好，就是一到天黑，似乎四处都叫人害怕，叫人都不知道周围的某个地方忽然会出来个什么。因此，那段时间我在大姨家并不怕白天，或者说只要是白天，我就是这里一霸，甚至白天我怎么骂和欺负大姨，大姨都拿我没办法。但只要天色一黑、一暗，我感到这家就是大姨的天下。因为这时不是大姨将我叫不到身边，而是大姨这时候似乎想将我甩掉都难。总之，相当一段日子，我都这样，白天使劲和大姨作对，甚至嘴里不停地骂大姨死老婆子，可到了晚上大姨就讲，骂我死老婆子，现在就别跟我拉我，说着，有时也会甩开我拉她衣襟的手。但无论如何我就是不丢开她，无论她上茅房，还是她从这个屋到那个屋，抑或从猪圈到羊舍，从大门口到西墙根、南墙根还是北墙根，我都形影不离，直到她收拾完所有事务，直到我的双腿都没有一点劲儿了，我们才会一同上炕。只有到了炕上，我始终跳动不安的心才平静，而这时我不到三五分钟便睡着了。

期待是一种煎熬

狗不敢叫见到骨头，见到骨头它就不丢了。我老爷当年之所以那么踌躇满志，都是一个拖家带口的人了，还要考取功名，并不是为了别的，而是看到了八国联军这条狗实在有点欺人太甚，看到光绪和慈禧都被赶出北京，看到列强在中华大地四处横行、烧杀抢掠、奸淫妇女，最后还要我们么多赔款。难道真以为我大清无人、我中华无人了？后来我老爷之所以能和于右任走得那么近，并最终成为挚友，并不仅仅因为他们同年中举，关键还是他们当时都看到了这个国家的贫弱，看到了统治者的苟且和无能。因而他们才立志要改变什么，才试图用自己的所能为国家出力。当然，从现在的情况看，于右任在各个方面都比我老爷更有魄力和才干，更有舍得一身剐也要从狗嘴里夺回骨头的决心。从更个人的角度说，我老爷最后不仅没能从狗嘴里夺回骨头，还将自己儿子的骨头搭了进去。

那天，我奶因为我上街打了我之后，我一直在等父亲回来如何再度处置我。那感觉就像下地狱也需要排队似的。因而那天整个下午我似乎都在数着秒针过。当时我既怕表走得快，又怕走得慢，似乎希望时间快是能让我有个痛快点的结果，而希望时间慢是怕父亲回来真将我的皮给扒下来。我当年见过杀牛，也见过杀猪、杀鸡和宰羊，反正我感到无论杀什么都肯定不是一般的疼，肯定比打要疼得多。我想我的皮都被扒了，那我还能活吗？那我刚刚才感受了一点儿的那种近乎奇妙的探险历程还能继续吗？我越想越不是味，越想越觉得自己像在什么地方数小米或芝麻——这倒是什么活。因此，整个下午我都感到一种静，一种死寂。我看了一眼母亲，母亲似乎整个下午都在那里拣米。时间有时就这么被动，有时我们似乎真是时间中说不清的存在。我看到天色开始暗了下来，我看到母亲已经开始准备饭，而我也清楚离父亲回来的时间越来越近。我又想起大姨的衣襟，想起每当天色暗下来，我就会寻求大姨衣襟的保护。但现在我没有这样的衣襟，而且我能感到母亲和大姨不一样。大姨给人的是满脸慈善，母亲给人的是一脸严肃。后来，天色完全暗了，再后来我终于听到父亲自行车的声响，这时候我全身汗毛几乎都竖起来了。我等待着什么，我不知道，但我知道我像等待着一个时刻。

　　父亲走进来之后，似乎没有什么特别，甚至还用眼睛很是正常地看了一眼我。这时我不清楚父亲知不知道今天发生的事，从父亲脸上我看不出来。不过父亲回来后一直没有靠近我，似乎这也是不好的苗头。我就这么在深渊里，在棺木里，在没有声息又恍惚能时时听到的一种响动里。也许感觉梦掉下去还是梦，死有时就是活。而就在这时我听见父亲发话了，他问我，你今天干了什么？我摇摇头。这时只见父亲的手已经举了起来。后来我看到母亲拉住父亲说了句，等吃完饭再说。这样父亲高高举起的手总算没有落到我身上。后来母亲又补充了一句，就是今天要他死，也让他先吃饱饭。我听到母亲这话，不知怎么眼泪便下来了，最后竟哭出了声。这时母亲又说，是不是不想吃饭，想先挨打？在我印象中，这也是针掉到地上都能听到的一顿饭。

　　后来，饭吃完了。父亲坐在椅子上点了一根烟，而我现在就像等待挨刀的牲畜，连大气都不敢喘。最后听到父亲说了这么一句，去自己拿搓板跪在那里，今天不打你。

　　我走下床自己拿搓板出来跪下。父亲说，怎么，给谁示威？去跪到内间屋子门口，以为干了什么光彩的事？我又拿着搓板进了里屋，这时我已经不知跪到哪里好了。父亲似乎看出我在犹豫，最后说，好，就跪在那儿。我跪下后，心里还想，今天不错，少了一顿打，跪下也比挨顿打舒服。可最后我发现跪在这里真不是滋味，一定程度上还真不如挨顿打。况且父亲还不时喊，跪直了！其实，不跪直还真的没什么，感觉就像和坐着没有区别，可一旦让跪直了那真叫受罪。不知过了多久，总之，我感到自己膝盖都麻了，但父亲还没有让我起来的意思。后来，我实在没办法，说我憋尿了。父亲说，忍着，尿裤今天的打也少不了。父亲这时看了看表说，再跪半小时。后来，我发现这半小时比上刑还难受，特别是最后膝盖受不了，再加上憋尿，那简直是罪中遭罪，我在那里已经翻腾开了。父亲说，还有十分钟。这时我已经没有了跪相，脸憋得通红。还有七分钟，父亲又说。我已经将手捏住了我那家伙。母亲这时也在看我，但并不说话。我都感到自己快尿裤了。还有两分钟。我已经真的不知所措。其实，我身旁的床下就有尿盆。还有一分钟。父亲看了一眼我，三十秒。事实上，这时我已经腾不出手了，我一只手使劲捏着我那家伙，另一只手不时揉自己的肚子。十五秒。我已经蠢蠢欲动。十秒。

我看到这时母亲拿了只尿盆过来了。我赶忙起来，这时我感到一股尿还是尿到了裤子里，再就是尿了拿着盆子的母亲一手，甚至尿到了母亲身上、地上，一泡尿最后只有很少一部分尿到了盆子里。当时从父亲和母亲那里我似乎读出了这样的一种味道：不知道吧？这就是家法。

我想到了麦子成熟的季节。

虚娃上西安打听我爷的消息，似乎有一种泥牛入海的感觉。他是1912年初走的，都到5月了，也没有见虚娃带回一丁点儿消息。这不仅没有使原来的事情明晰，反倒让事情显得更复杂。我三叔这时已经出生，而我奶的情绪似乎更加琢磨不透，整天就是又哭又笑，又时不时在骂虚娃这个死人不知去了哪里。我老爷的心这时也开始没有了底，仿佛也让他第一次体会到了一种无力。

我们慢慢朝下走，感到了一种潮湿和黑暗，感到了脚下似乎到处都是堆积的砖块。这时又一个人点燃了一截蜡烛。我们看到了脚下的堆积物，似乎不止是砖，感觉就像看到了一个地下垃圾场。这时有人说，到了前面就好了。可我看不到前面，似乎能看到的就是脚下的不平和不稳。我们下去的是一座防空洞，这样的防空洞当时可以说在每个学校都有，不同的是有的简易，有的精致，而有的干脆就是一个壕沟。这次是我第一次走进这样的地方，因而它对于我不仅充满神秘，还充满恐惧，甚至充满了各方面的挑战。这是在我奶、我父亲那次打我、惩罚我之后发生的事。这次我一没有上大街，二没有离开我们的巷子，我们不过只是玩，而且只要我们按时回家，就不会有什么事，也就不会再招惹任何是非。但是就在此次又出事了，这次事可能不大，但当时我怎么也蒙混不过去。我们走过了那个垃圾场一样的地方，往前的路确实好走了，借着蜡烛的光，我确实看到了这是一片平坦的地方，或者说脚下只有一些横七竖八的砖，没有了其他杂物。这时我跟在后面觉得很爽，似乎又感到自己走到了一个神秘去处。可这时我不知怎么屁股眼有点松，一泡屎又搞得我不自在。我当时又没有带纸，我想忍，但似乎也忍不住了。这样我看到同去的伙伴就在前面，而且走得又不快，我觉得我完全有时间解决自己的问题。想到这里我便迅速解开自己的裤子，将那泡屎解决了。就在我犹豫怎么擦屁股时，在我用手摸地上有没有个小砖块或碎瓦片时——因为在老家我们都用土块擦，甚至更简单的方法就是坐在地上跐跐——不想这时突然眼前一片黑暗。我这才发现人家转弯了。我喊了一声等等我。有人回答快点，蜡烛都快完了。这下我倒是快了，赶紧提起裤子，也顾不上擦屁股就跑了过去。等我赶上他们，才发现自己的裤带没了。说实话，那可不是一般的裤带，那是一个环带一个钩的裤带，而且带子是彩线织就的。这下我慌了，几乎要哭出来。我告诉同伴，说我裤带没了，可能丢在那儿了。我想让他们回去帮我找，但没有人愿意，而且我看到蜡烛这时确实不多了，而且有人说就这点蜡烛能让我们顺利走出这里就不错了。后来我只好提着裤子跟他们走。不久我们就到了防空洞的另一个出口，大家又见到了光明，看到了天日，而这时我却没有丝毫兴奋，我站在那里只是一脸茫然。那天我就是用手提着裤子回家的，可以想见那是一个什么结果。那天，我的脚就像踏在玻璃碴上。

刚走进院子，母亲就看到了我的狼狈相。问，怎么了，是不是拉裤子了？我摇摇头，说，裤带丢了。母亲说，怎么没将你人丢了？我没有说话。当母亲看到我真的将裤带丢了，上来照我脸上就是一下。接着便说，今天就别吃饭了，提着裤子站在那儿。想想当时是什么季节，当时可是早春三月，是乍暖还寒的日子，而我穿的却是棉裤，而且是光屁股穿，稍不留神裤子就会掉下来。当母亲刚刚打我时，我用手挡，裤子就差点掉下来。母亲说，你还知道羞，知道羞就不会干出这事。

后来是二姐放学后，我才有点被解围。她问我裤带丢哪里了。我说防空洞。哪儿的防空洞？我说就你们学校的。二姐那年刚上中学。这时只见她先给我找了个白布条带子，让我先将裤子系上，然后让我和她一起到防空洞去找。什么叫好了伤疤忘了痛，那天可以说我也体会到了。这时外面的阳光正好，街上人也多，我跟着二姐就这么穿过人流找裤带去了。有时第一次探险似乎还有点恐惧，第二次就没有这感觉了。因此，一到街上，我又兴奋起来，似乎把刚才的狼狈劲一下子全忘了。我开始在前面跑，开始给二姐带路。二姐手里也拿着蜡烛和火柴，我现在不用借他人的亮光了。

然而事情并不像我想象的那样——当我们走进防空洞，走到我拉屎的地方，我的裤带肯定在那里，似乎就是将它取回来而已。可是，奇怪的是，我那摊污物在，却并没有见我的裤带，甚至从那污物到出口我们来回了几圈都没有找到。那是由一个金属环、一个金属钩，还有一个彩线织物构成的带子，怎么就没有了？我当时只觉得不可能，觉得有点见鬼，但最后的结果是我们几个来回之后还是空手而归。

后来，我想起了让虚娃到西安找我爷的情况，想想找一条明明落在那儿的裤带都这么难，而且让人感到不可思议。更何况，裤带是死的，都能不翼而飞，我爷是活的，那要移动起来就更让人摸不清头绪。更要命的是当时还是兵荒马乱时节，应该说更是找什么都没找人难的一种情形。就像一天我看到一个人在那里钓鱼，很长时间我都没见其钓到个鱼毛上来。

我们都掉进了旋涡

　　一段时间我最不愿意看到的是公鸡欺负母鸡，尤其是公鸡将母鸡压在下面的情景。每当这种时候我不是用棍子打，就是用土块砸，或用脚踢。有时大姨会阻止我，但有时也不会，只有一次看到我拿了根粗棍子才将棍子从我手里夺下。当时我也不清楚我怎么会这样，或许我只是感到那公鸡似乎有点太盛气凌人，也常常用各种方式抖威风。比如它伸开翅膀的样子就这样，比如它往什么地方去，母鸡就会一个个跟过去，而且有时更奇妙的是，它无论在什么地方，只要在地上那么叼一叼，再"咯咯"叫几下，母鸡都会围拢过去。我真不清楚这公鸡怎么有这神功，也有这样的魅力。因此，我对公鸡便有了不满，有时甚至不由得要和它比试看谁威风。结果我常常将它打得撵得满院子跑，甚至最后见我就怕，而大姨和大姨父似乎并没说什么。

　　有时观察事情就这么奇妙，或许正是有了这样的奇妙感，让我感到农村、乡下比城市好玩。这不，我爷去了城市找不着了，虚娃又去了，也没有了音信。因而说实在的，我对城市一直都充满恐惧，这种恐惧或许由来已久，或许真能追溯到我爷在西安丢失之时。记得一次听人说，知道不，城市是什么？城市其实就是大海；大海又是什么？大海其实就是一个大鱼吃小鱼、小鱼吃虾米、虾米吃泥巴的地方。我仔细琢磨过，这话似乎有一些道理。

　　后来我对鸡群又观察了一段时间，猛然发现，也不能仅仅讲公鸡抖威风，其中有些母鸡的样子也难怪人家公鸡抖威风，很多时候干脆就一副谄相和媚态，感觉公鸡不将它压到身下都不行，都似乎对不起它。因而观察到这里，我便不再打公鸡，甚至对这样的公鸡还有了一点儿好感。

　　多少年之后，有位朋友一直为找不到对象苦恼，甚至可以说都愁白了头。一天，他来问我有什么办法。我就对他说了一句，养过鸡没有？他说，养倒养过。我说，怎么养的？他说，我问你的是谈恋爱、找对象，怎么和养鸡扯到一起？我说我讲的也是找对象，我只问你，当时你的鸡是怎么养的？朋友说，你看你问的。我说，你光说怎么养的。朋友这才说，是在笼子里养的。我说，这不行，要放养。朋友似乎更疑惑了，我现在是谈对象。我又说，知道。我再问你，当时养鸡养没养公鸡？朋友这时似乎真急了，说，你这不是拿兄弟开涮？我说，我这真是在教你方法。朋友苦笑着说，当时养的只有母鸡。我说，我其实都想到了，母鸡能下蛋是不是？我要说问题就出在这里。朋友更迷惑，我怎么和你讲话这么费劲？我说，和我费劲，那么你和女的不用说就更费劲。他说，你说的也是，你就直截了当说。我说其实很简单，要学会撒食。朋友说，我撒食了，而且每次都没少撒。我说没用，还有关键一步你肯定没做到，你学没学公鸡那么"咯咯"叫。朋友说，算了，我不跟你说了。我说，你真是点不醒么？动不动张嘴自己谈恋爱、闭嘴自己谈恋爱，倒是谈个屁。恋爱是谈出来的？告诉你是叫出来的。这时朋友似乎明白了点什么，但又似乎更糊涂了。没有半年，这小子结婚了。一次到我这里说，你的方子真管用。

  一天，我看着蒙蒙的小雪在下，仿佛在看时光的另一种情形。

  上午10点，战斗正式打响。早在战斗打响前，西安便流传着这样的说法，不用掐，不用算，宣统不过二年半。还有就是八月十五杀鞑子。这话当时已经成为一种氛围，也成为人们心意的一种表达。走在这样的一种氛围中，很多人感到舒服，尤其在百姓中这时已经嗅到了一种大厦将倾的气味。但在西安满城人那里似乎对此还不以为然，还觉得大清江山牢不可破。因而战斗打响的那天，满城几乎所有人还像往常一样，依旧该干什么干什么。这中间有睡觉还没有起的，也有起来该遛鸟的遛鸟，该待客的待客，还有该游玩的游玩。他们似乎并不知道这已经是他们的末日。有时我们说人活在一种气氛中，但无论如何这里需要流淌，需要气韵通畅，一旦这中间没有了这样的通畅，那么，其实我们也就处在了一种隔绝中，处在了一潭死水里。

  我爷当时是否知道这些，抑或他只是凭借想象便一头扎进了西安？有时事情就这样，我们只能最后揣摩，并且慢慢感受。我到西安就经历了长时间感受、适应的过程。感受就像熟皮子，仿佛各种水里你都要去，否则你就真不知道什么是什么。我爷从老家来，直接便进了兵营，或者直接进入了这样的机构，那其实就意味着一种危险。人们常说，当兵至少三年才能成为兵油子。但我爷则顶多半年时间，用有的人的话，他可能连枪都还没有暖热，战斗就打了起来。这样对他来说，可能枪声没响，他自己先腿软了；枪声一响，他可能就不知方向了。更何况，他原本对西安、对西安满城的情况就知之甚少，甚至干脆可以说一无所知。这样他会有一个什么结果，就可想而知了。从某种角度，我老爷可能将什么都算到了，比如清政府垮台，比如应该让自己的儿子往哪个队列里站，再就是让自己儿子锻炼。但他万万没想到的是，全国最激烈的战斗会从西安开始，并且是那么出其不意地开始，又出其不意地结束，仿佛瞬间就换了天地，又仿佛什么都没有发生。

实际上，人有时急不是急别的，急的是无论好消息还是坏消息，都迟迟没消息。这就让人有了难以安宁的情绪。那段日子最不安宁的其实就是我老爷和我奶，而最不好开口说什么的就是我老爷的二房，因而她那时也是郁郁寡欢，或者她连这样的资格都没有。从血缘上讲，你寡欢什么，这不是猫哭老鼠吗？但她又不能装作没事人一样，这样人更会讲她当初那么欢天喜地让我爷去西安就没安好心。因而这时的她似乎更难做人，似乎只好将嘴闭得紧紧的，就像个活死人。

我在大姨家的时候学会了用马尾巴套知了。在我看来，那就是一种功夫。马尾巴多细，将它绑在棍子上，最后绾成一个活圈，然后看到落在树上的知了，将那圈从知了的头上套过去，然后一拉，知了便被捉住了。那一方面要锻炼人的眼睛，要在各种光线下先能看清马尾；再还要锻炼你的手功，不能让马尾惊到落在树上的知了。我好多次都没做到这点，不是手没拿稳，便是眼睛最后酸疼，好多次都让知了跑了。有时知了不像麻雀那么多，或者捉知了用的工具和麻雀不同。捉麻雀要用弹弓，它在哪里似乎都可以打；知了便不一样了，知了位置要合适，起码你要能够着它，有的知了落在很高的树上，它就那么可劲地叫，你拿它也没有一点儿办法。其实，事情有时确实说不清，我就遇到过这样的事，同样是捉知了。一天，我记得父亲早晨上班走了，我就悄悄溜了出去，像只狗一样，先溜出家门，再溜出院门，再在院门口试探性地玩一会儿，然后看母亲有没有特别反应，有反应我要么回去，要么就告诉她我就在门口玩一会儿。那天其实我和我们同院的已经商量好了，我们今天要去城外。他有一个好，就是家里几乎没有人管，只有一个七十岁的奶在管，因而他早早就在门口等我。等我出去，我们观察了一会儿我母亲的动静，然后撒腿便跑，直到跑到巷子东头，过我奶家院门时还得警惕，记得几次我们准备出去玩，都是在那里功亏一篑，最后被我奶训斥回去的。这天很好，很顺利，我们接连突破了几道防线，终于到了安全地带。能想象那是怎样的一种兴奋，因而我们非常放松地走在那条叫甜水井的街上。也不知道有时心情愉快就有好运还是怎么，那天我们本来是到护城河边玩，但当我们刚刚走到城墙外侧的树林，我就忽然看到了一只知了趴在一棵槐树树干离地只有一尺多的地方。和我同去的没有看到，我便轻手轻脚过去捉，没想到那知了竟然没有一点儿反应，直到被我抓到手里，它才猛然叫了一声。我不清楚知了会不会做梦，但那天我觉得自己抓住的知了，当时似乎确实睡得有点死。同伴听到了知了叫，回过头。我冲他扬扬手。他说，怎么抓到的？说着他也跑了过来。我给他指我在什么地方抓到的。能看出他有点不信，同时他也开始在那里的树干上找了起来。

后来，我听说之后的时间，我奶和我老爷的二房不止一次打在一起。这可是乱盘子的事，这可是不仅有辱斯文，也有辱家风的事。一个当年堂堂县老爷的家，如何出得这种事？我老爷这个曾经断过不少别人案子的人此刻也像掉入了难辨是非的旋涡。

他能像我捉那只知了那么容易吗？

被雨拍下来的燕子

风一直刮，雨一直下，仿佛地里的老鼠也急着回家。记得那天雨下得很大，究竟有多大，真像是用盆泼，真像人们讲的天漏了。下午两三点，天就同黑夜一般。我没有见过这种情况，甚至对我而言，真像白天遇到了鬼神。这时屋内更是一团漆黑，并且雨已经将半个屋子的地都打得像户外。我被大姨放在了炕上，这时我才确实懂得了什么叫害怕。在雨下得最大的时候，我看到大姨将房门、窗门都关了，屋内只有煤油灯的光亮。大姨没有上炕，她只是那么在屋里转，那么嘴里咕嘟着什么。这时我能听到的便是天塌一般的雷声，是地陷一般的流水声，以及从门缝、窗缝、屋顶椽子间隙透过的闪电的强光。这场大雨持续了一个时辰左右，后来，雨小了，但风不止。大姨这时已经将关着的房门打开。我也将木头窗子打开，并透过窗子上那块不大的玻璃往外看，看到的场景着实恐怖，或者说是让我想都想不到的。原来郁郁葱葱、挂满各种果实的树木现在都一片狼藉，各种树枝、果实此刻也都掉满一地，原来整洁的院子似乎也成了汪洋，成了沼泽。更要命的是，这时我看到东南角的两面墙也倒了，就像开了个天窗。我坐不住了，走下炕。然而这时我又看到了一幕让我更感奇怪的事，这就是大姨这时拉了个麦草垫子在门口，并直直跪在那里，低着头，闭着眼，双手合在胸前，嘴里不停念叨：愿老天爷保佑我娃，愿老天爷保佑我娃，让我娃过了茨村河。我当时真有点发蒙，也有点不解，你娃不是在你身边，干吗还这么说？因为我听说过茨村，但没有听过茨村有河。我拉了一把大姨，你干什么？大姨似乎开始还没有理会，依然保持着她刚刚的姿势。过了一会儿，她才起来。这时雨已经小了，我看到大姨父也从饲养室那边回来了。

真是小孩屁股，六月天。大约半小时之后，太阳竟出来了，而且西面真是彩霞一片，真像那里的天正在燃烧着熊熊大火。而地上、路上刚刚还积成一片的水，此时已经变成了一洼一洼的，并那么映照着高悬的天。大姨父回来后，第一眼也是看到了那两堵倒塌的墙。因为那里明显透出一种亮光，透出一种谁忘了穿衣服般的情形。大姨父走到近前看了看，我也过去看。我看到刘芬她爸和她妈这时也在他们院子里。大姨父打了个招呼，墙倒了。她爸回了一句，噢，看来是被泡塌的。我也看到两面墙是坐下来的。只要没伤着人。刘芬她爸说，没有。

这时候大姨父朝屋里的方向走去。大姨这时开始捡拾被风雨折断的树枝。我看到最大的那棵苹果树的一个大枝也被风折断了，就那么掉在那儿，也像倒了的那两堵墙似的，让人看到了一种不熟悉，仿佛有人从理发馆出来理了一个侃头。

大姨父拿了一把铁锹，也开始清理那些树枝。大姨这才说了句，你还知道回来。大姨父说，你也不看看刚才那雨下的。这时大姨又问了句，存娃不会有事？大姨父说，他又不是小孩，还自己照顾不了自己？大姨说，我担心下雨前他没过茨村河。大姨父瞪了大姨一眼说，操心！这时我似乎明白了，刚才大姨那么念叨，是她在为望存祈祷。我知道望存当时正在那个村子上中学。

  这时天色比刚才似乎暗了一些，我听到羊圈里的羊"咩咩"地叫。我知道它饿了，便过去给它添草。可就在我去羊圈的路上，我看到了一只燕子，它贴在地上，仿佛画中的景象，因为它的翅膀是展开的。我将大姨父喊了过来，大姨父看后说，是被雨拍下来的。不知是大姨父给我壮了胆还是怎么，这时我弯腰便将燕子捡了起来。我原本觉得燕子还活着，但当我拿起来时才发现，燕子已经死了。我莫名地有些伤心、难过。因为我一直觉得燕子实在是鸟里面最美的，不仅飞起来轻盈、飘忽，线路流畅，充满变化，并且落下来更让我们感到可爱，感到它和我们人类在很多地方的相似。后来，大姨父让我把它放下，我也没说什么便将它放到我刚捡起它的地方，就给羊添草去了。当我回来时，我发现燕子没了。我心里一直觉得它是在我转身给羊添草的瞬间又飞走了。

  这场雨让打扫院子的工作一直持续到天黑。就在大姨累得几次都不得不站起身直直腰的时候，我听到大门响了，随后我看到望存推着自行车进来了。大姨这时赶忙迎上去，说我娃终于回来了。我这时也跑过去拉着望存哥的车子。这时大姨说，我真替你过茨村河操心。望存哥说，就你一天操心多。

  也不知是我们大家都劳动很多，还是因为别的，我发现今天的饭比平时任何时候都香。

饲养室与自留地

  打扫这场暴雨造成的凌乱和残败都费这么大劲儿，那么当年发生在西安的那场死伤那么多人的战斗打扫起来又费了多大劲儿？我真不敢想，想起来就会想到死人，想到鲜血，想到缺胳膊、少腿、少脑袋的人，接着会想到苍蝇、蚊子和蛆，以及残垣断壁和燃烧的房子，同时又会想起那只贴在地上还张着翅膀的燕子。又会想起父亲年迈时说的那句话，你爷是参加过推翻清政府运动的。

那时候我其实最愿去的就两个地方，要么和大姨上自留地，要么和大姨父去饲养室。我觉得两处事实上都迷人。和大姨在自留地，在田间，我感受到的是一切都是眼前的东西最实在。比如大姨提着瓦罐给那里一株一株辣子苗浇水，或给南瓜蔓打尖、培土，或者在那里摘一把豆角、割一窝韭菜，都让人有一种很滋润的感觉。而在饲养室，更多能让我感受到的是一种岁月本身的奇妙，原因是这里更像一个和我们人有点相似的世界。尤其当牛、马、驴和骡子那么吃草、喝水，那么很是惬意地摇着尾巴时，能让我感受到一种生命的多姿多彩。另外，那里的大车，那里的各种各样的缰绳、农具，以及各种不同的饲料，让我们犹如进入了一个动中有静的天地，走到了近似各种生物同时存在的地方。饲养室的院子很大，比大姨家还大，而且这里也有树，有草，还有偶尔跑进院子的猪和鸡。同时在饲养室里还有老鼠、跳蚤，有各种不同的虫子，当然也有人，有很多男人在这里抽烟、聊天，在这里说一些过去和现在的事情。当然，我一般不在，偶尔也在这里过夜，尤其在冬天的时候那才叫一个热闹，叫一个暖和。这种时候假如在家里过夜，我们能感到的就是冷，就是哪里都让人感觉不敢伸出手。但在饲养室就不同，那里不仅有马灯照明，还有用棉花柴架起的火。另外，饲养室的炕更是烧得让人感到烫屁股，让人在炕上都几乎不用穿棉衣，假如这时再在棉花柴燃烧后的火里烤红薯，那整个气氛就像过年一样了。

我记得大姐有一次说我，你从小就不是好东西。我虽然不知道这话大姐是从哪方面说的，但我知道我从小就捣蛋，就喜欢爬高上低。一次，我一个人上村外割草，其实，也是我想出去玩。大姨说，你能行？我点点头，说行。大姨说，你上哪里割？我说村北。大姨说那你就从迎春家巷子后面的果园过。我说，我知道。大姨说，那你千万小心别到那口井跟前去。我点点头。其实，这条路我已经走过多次，有时候和大姨父走，更多时候和村里的小孩走。可是很多时候我倒喜欢一个人逛。这天，我一手拿着镰刀，一手拿着一个筐子,迎面碰到不少人都看我,说这家伙也会割草了。我心说,割草有什么?其实,在村里我不怕遇到别人,就怕遇到那个叫望学他爸的家伙,他也是个喂牲口的,不过和大姨父不在一个饲养室,他是另一个队的。但他的饲养室在饲养场进门路东的那排房子,而我大姨父的则在靠北最西头的房子,每次他见到我都要跑过来摸我鸡鸡。那人长得倒白白净净,但腰整个就是一张弓。他经常逗我,我见他都有点怕,尤其我一个人的时候,假如大姨父在,我真不怕他。有一次,我和大姨父一起去饲养室,就正好在门口碰上他。当时我也不知怎么想的,就趁他和大姨父说话的工夫,我一把将手伸到了他的裤裆里,并抓住了他那家伙。只听他叫了一声,我撒腿就跑。有人看到我这个举动便笑着问我,你锅锅叔的东西美吗?我边跑边说,美。有人又问,长吗?我说,长!这时锅锅叔和我在人群中玩起了捉人游戏。大姨父这时呵斥我,与此同时,又有人问我,到底多长?我说,和驴一样。就在这时锅锅叔差一点儿就将我抓住。好在这时我跌倒了,好在他没有我灵活,让我给跑掉了。

也许正由于那次事件,我便总怕一个人出来遇到他。说巧不巧,就在我要到他门口时,那家伙出来了,当时他给我的感觉就像头怪兽似的。不过这次有惊无险,他后面还跟着他老婆,并且同时还跟着好像是他们家的亲戚。但你说这家伙贱不贱,他看到我还是喊,这狗日的还会割草了。我当时真想反骂他一句,但我想了想还是忍住了。

我来到了村北的那块麦田。这里视野很开阔,麦子已经长得很高,到处都是深浅不一的绿色。我开始在那里割草,同时在那里玩了起来。这里是几条沟的交会处,应该说就是一个十字路口。我看到在南北两边向我三姨村子去的路上,崖边种的那一排排枣树此刻都结出了小枣,而枣树叶子似乎更显清亮。我知道对面的崖上就是一片苜蓿地,我常常和大姨父上那里。说实在的,苜蓿地我更喜欢,那里似乎每个季节都有不同的景象,让人感到不同的气象。此时田野是一片寂静,有的就是阳光,就是偶尔高高飞过头顶的鸟,或在地面默默爬着的蚂蚁。这时蒲公英的叶子是一片翠绿,花更是开得很艳,不时引得蝴蝶在那儿落下或起舞。羊最喜欢吃蒲公英,但有时我又不忍心割蒲公英,尤其正在开花的蒲公英,要割也割没有开花的。同时羊还爱吃牵牛花的蔓,那羊吃起来似乎才叫过瘾,才叫一个滋润,就像马、牛、骡子都爱吃苜蓿。我有时看羊吃牵牛花蔓我都感到很幸福。它嘴里衔着长长的藤蔓,尤其是那些还带着花的,它一点点地嚼,一点点地咽,一副非常悠闲的样子。羊很可爱,尤其是山羊,它可能个头不大,犄角却不小,再配上长长的胡须,似乎怎么看都少年老成。因此在大姨家所养的那些家畜中我最喜欢羊,觉得它真的好玩。羊在吃的方面很是讲究,喝更是如此,它从来不喝不干净的水。这点和猪不一样,和狗也不同。

  因而那天我就是挑这两样草在割。这时我又在麦田里发现了小蒜。这是一种野生蒜,我吃了一次感到味道很美,很有感觉,这样我又开始在麦田里找起了小蒜,但跑了很长的路似乎也没有找到几棵。这时我的额头已经开始流汗,而我又憋了泡屎,想找个地方拉。那么哪里隐蔽?我开始找地方。这时我瞄准了麦田里的那棵最大的柿子树,我想在那儿拉。但到了柿树下,感到还是无遮无掩的。我便决定爬到柿子树上拉,但太低的枝干似乎还不行,没有叶子挡,这样我继续往上爬。正在这时,忽然有声音从我头顶呼啦啦响起,开始将我吓了一大跳,后来才知是一只野鸽子从那里的窝里飞起。我爬到窝里一看,那里竟然有两只蛋,我有点兴奋,又有点恐惧,但这时我那泡屎也有点憋不住了。这样我便蹲在下面的枝干上裤子一脱拉了起来。这样一来我看到了怎样的一幕?看到了跟牛拉粪一样的情景,只见我拉下的屎从高空落下,再摔到地上,还真像人们所说的屎花。看到这一幕我自己当时都笑了。就在拉屎的过程中,我还想鸽子会不会回来,回来我就走了,不回来我就将那两颗蛋拿走。这时我已经拉完屎,怎么擦屁股?我似乎想都没想就扯下了柿子树叶,这才发现那简直无法擦净,感觉就是光对光,而且一使劲叶子就烂就破,还将屎搞了一手。我想鸽子可能不会回来,但似乎这时又怕它回来,因而我赶忙提起裤子,并小心从那窝里拿出鸽子蛋,当我将它们拿到手里发现蛋还是热的。我迅速爬下树,将蛋放进我的口袋,拿着筐子和镰就回去了。那天我感到自己就像做贼一样。

  虚娃也真混账,你不能也玩消失,能找到还是找不到人,你自己也应该先回来。这时离虚娃到西安去找我爷已过去大半年，也就是说从田里的麦子还在冬眠，到现在马上麦子就熟了，怎么这鬼就是没影。事实上，老爷从一开始就看不上这个八竿子打不着的家伙，就是他偶尔到家里来，老爷几乎都没有正眼看过他。当然，话说回来，他也从不敢抬眼看我老爷。似乎这时老爷才忽然想到"狗肉不上席"的老话来。在我的印象中，不正眼看他的人不仅是我老爷，甚至包括我父亲、母亲。但我当时不知其中的缘由，我倒觉得虚娃老舅这人还可以，尤其他的那张嘴，让我几次都像到了云里雾里。记得就在我们从西大街搬入莲湖路的第二年，我第一次见到了我虚娃老舅。当时我和母亲在家，他一进门，母亲先是一愣，接着就一句，你怎么来了？我这是准备到新疆我黑女那里去，路过顺便看看你们。虚娃老舅这么回答。母亲也没再言语。这时虚娃老舅看着我说，还不给老舅倒水？我拿起茶杯，我看母亲瞥了我一眼。这时我听老舅说了这么一句，都过去的事了，现在都到娃娃辈了，能不提都不提了，想想谁还不犯个过？我看到母亲继续在床边做她的针线。

　　虚娃看我将倒好的水给他端了过去，忽然问，新娃，你哪个区的？我说，莲湖区。你们区长你认识不？我摇摇头。是吃下我的饭长大的。听到这话，我马上对这个看上去其貌不扬的干瘦老头，有了异样的眼神。这时母亲发话了，你也不知道在那里胡说什么。听到母亲的话，虚娃老舅接着说，噢，是这样，我当时给人家做饭，就是给人家机关当厨子。说到这里，老舅忽然话锋一转，说，当时你可别说，当厨子，那可是不错的差事，当时多少人吃不饱肚子，但当厨子的你想能亏了自己？都是公家东西。说着虚娃老舅像回到了从前，我看他也吸了一口口水，没吸进去的都顺着他的嘴流了下来。老舅似乎也有点尴尬，笑着讲，老了，老了，让孙外甥见笑。说完这话，他喝了口水又讲，说新娃你可不知道，老舅当时可是将鸡蛋吃扎啦，吃得后来见鸡蛋都犯恶心，当时，我每天早晨都先给自己打俩荷包蛋，自己先吃美再说。说着老舅站了起来给我比画当时的情景：我一到伙房，先开火，再"啪啪"打俩鸡蛋，然后将鸡蛋皮顺墙就撂出去。我说，那人家发现不了？虚娃老舅说，哪敢让人发现？过不了几天我就到墙外用脚将鸡蛋皮踏碎，再跐到土里，哪能让人发现？发现就当贪污处理，那可要挂牌子受批判呢。这时母亲让我到自己屋写字去,并转脸说,那里那么好你咋不在那儿干下去?老舅说,这不是给娃娃说个闲话。正当我不知所措时,虚娃又说,新娃都会写字了?母亲再次让我回自己屋去。这时虚娃老舅似乎急了,说刚好我这儿还有事让新娃帮忙。母亲说,他能帮你什么忙?老舅说,这事还非得他帮忙不行。说着只见虚娃从包里拿出了一沓用报纸包好的东西。等拿出来后,虚娃说,这是烧纸,我这次去新疆车过平凉,我都查了,车在那里停两分钟。说到这里他又转过头对母亲说,你知道我妈死在平凉。母亲说,我不知道。虚娃说,你忘性大,有可能不记得了。因此,我这次路过平凉,不管啥,都要给我妈烧个纸,她老人家都死了三十多年了。这时我坐在了虚娃老舅对面的椅子上,并拿来了笔。我说写什么?只见他将那沓用报纸包的烧纸扔了过来,说我说你写。我又问,在哪儿写,写什么?老舅说,看你还是急性子,就在报纸上写,写什么听我说。我拿着笔在那里等着。老舅沉吟了一下说,我都没记住。又过了一会儿,老舅说,有了,你这样写,甘肃平凉,虚娃他爸的婆娘收,落款就写儿敬上。我说,这么啰唆。虚娃就又来了,说,你娃不懂,旧社会比这还啰唆,你可不知道,你妈她清楚。接着又问,今年十几啦?我说,十四。他说,也不小了,旧社会都娶媳妇了。母亲又瞥了他一眼。他说,这只是给娃娃说说过去。

  这时我将写好的东西递给他,他看了看,又让我给他一个字一个字念。他说,我就怕写错了,让别人收去了,这不是白费劲儿?而且我这次知道不容易,还专门多买了一些。你想,火车只在平凉停两分钟,我都想好了,我下车后找个地方赶紧先烧纸,等纸烧毕,我砰砰磕几个头,就朝火车上跑。我说,磕几个?老舅说,那要看火车,火车不走就多磕些,火车要走,磕两个就跑。

  母亲又说,你还有完没完?

  虚娃说,我再给娃说几句,娃要知道孝敬。我这次专门给我妈烧纸,我就要尽可能多烧,你要知道,烧得多,到时候妈花不完还给咱攒着。

  这是我第一次见虚娃老舅,觉得这家伙还挺好玩。母亲说,他从来都是话比屎多。这时我还不清楚他和我家以前的事。

他们有自己的节奏

一日,我看到一只猫卧在我们院子里上房的瓦坡上,并在那里晒着太阳。有时时光在这种情景下是一种感受,而且这种感受是仿佛一切都很远,又似乎一切都没有什么。我想起有时人似乎要变花样,似乎变花样才有一种动感,才醒目。比如一天我从大姨家刚出来,就碰到同村子的憨海海。那天他不仅是我印象中的憨,而且还变出了新奇。海海有一个特点就是劲大,似乎别人搬不动的什么他都能搬动,我就看到锅锅叔不止一次让他干重活,相当程度上真像使唤牲口。海海说话别人听不清楚,但别人给他比画干什么他知道,因此,村里人倒也喜欢他。那么这天我看到了什么?其实我看到了他剃了一个楼梯头,让人看去倒挺有意思,似乎怎么看都给人一种动感,一种鲜活,甚至一种新潮。海海在村里常常并不惹事,经常做的似乎就是从村西到村东每天那么来回转,嘴里还唱着没有人能听懂的歌,并且声音洪亮。每次谁家需要有海海干的活,只要听到他的声音就会出门,然后将他叫住,似乎谁家都一样,但无论干什么,最后必须给海海一个馍,并且还要夹上菜。海海就认这个,给钱他都不要,他都扔。另外给馍给半个不成,他也扔,给一个假如不夹菜他还扔,并在那里给你比画,给你吼。只有你给了他一个夹菜的馍,他才给你竖大拇指,然后用手点点他前胸,意思以后他还来给你干活。因而有人说,都说海海傻,其实海海一点儿都不傻。因为有人一旦白用他,那么不仅下次叫他他不会来,甚至你家的猪、鸡、狗都别出院子,出了院子若让他遇上,那就只有挨砖的份,而且他常常是会将它们往死里打的。因而也有人说,看着海海憨,其实人们一般用不起。

在我记忆里似乎哪里都有这样的人,在西大街那边住的时候也见过像海海的这么一位,不同的是比海海还显高大,还显壮实。就是这位不唱歌,似乎从来也不说什么,每天就是沿固定线路那么在街道中间上午、中午和黄昏跑三趟,并且一边跑一边还变着不同花样翻跟头。有贴地的、不贴地的,还有那种干脆空翻的。有时人们担心他翻不好,但似乎从来没有人见过他有失误和失手的。这人不像海海,海海通常没有固定时间,出来的时候一天几次，不出来的时候似乎几天都没影。而这位老兄不一样，每天定时、定点、定线路，似乎一年四季都不会中断。这样人们就能算好点，比如大人和大人说话，想将小孩支出去，就会说快出去看，窝窝蛮快过来翻跟头了。小孩子就出去了。当时不仅一家这样，而是每逢这个时间点各家院子门口似乎都站着人，而且往往小孩最多，一边夹道欢迎，一边会不断喊，窝窝蛮，来一个！窝窝蛮，再来一个！有时窝窝蛮听，有时其实人家也不听，就是那么按自己的节奏走。

后来我们搬到莲湖路还有一位。当时正流行一句电影台词：瓦西里。很多孩子玩什么的时候高兴时都会来这么一句，瓦西里。当时我们楼下正堆满沙子，沙子堆得很高，因而很多小孩都从二楼下面的一个平台往下跳，从这儿往下跳离沙堆顶多两米，而那位傻瓜仁兄竟然站到了三楼中间的栏杆外往下跳，跳的时候还喊了句类似瓦西里的话。可是，当他跳下去后人们发现他没声了，脑袋和整个身子歪在沙堆中，当时谁叫都不应声，并且嘴角还流着血。他在那里足足那么待了两个时辰，后来听说被他家人用一块板抬了回去。过了好几个月，我才发现那家伙最后竟然没有死，一脸憨相地在给他们家倒垃圾。

后来我才听说，虚娃这憨货当年给我家惹的事也不算小，捅的最大的乱子之一就是让我老爷最后将我奶的双腿都给打折了。难怪最后让我父亲对他记恨一辈子，也让我母亲实在见不得他。奇怪，我奶最后倒不怎么恨他，似乎最后我奶只记得是谁将她的腿打折了而已。

一个夏日的午后

有时人的胆是炼出来的。我这样想的时候正在用一根棍子挑一只蚯蚓。挑起它的时候，我想到了曾掉在大姨父脖颈上的蛇。世界有时就这样在变化。昨天晚上，也可以说黄昏，大姨在捧一捧柴草准备做饭时，我听她忽然叫了一声，后来她讲是被蝎子蜇了。在这之前我没有见过蝎子，我只知道蝎子很吓人，因为它毒性很大。我去看时只见大姨无名指流了一点儿血，随后我看大姨使劲地挤，后来她又让大姨父给她挤，我看到大姨当时显得十分痛苦。再后来，我看大姨父给大姨的伤口处滴了点酒，最后找了条布裹了起来。到我们吃过饭后，我发现大姨手指头根都肿了。大姨见我在看，便说，看你以后还在草堆里钻不。我没有说话，我只在猜想蝎子蜇了到底多疼。

记得一个夏日的午后，我当时没有睡觉，大姨躺在炕上休息，我在院子自己玩。忽然，我看到一捆高粱秆的顶端有一个马蜂窝。我当时并不知道马蜂有多厉害，我便拿土块反复砸，但好多次都没有砸下，最后我终于找了大一点的土块一下子将马蜂窝砸了下来。后来发生的事情就如同做梦，因为马蜂开始撵着蜇我，我左突右挡都没有用，正当我准备脱衣服将头包起来时，还没等我将衣服脱下，马蜂已经落到了我的眼睛上，并就那么给了我一下。我一声大叫，便蹲在地上捂着眼睛哭了起来。大姨听到我的声音迅速出来，赶忙问，我娃怎么了？我哭着说，被马蜂蜇了。这时大姨说了一句，你胆大，你敢捅马蜂窝了。我说，没有。大姨说，没有马蜂怎么不蜇别人？大姨这时肯定看到了那竖立在墙根的高粱秆上的蜂窝没了。这时我只好改口说，我也没有想到它会撵着蜇我。大姨说，这下知道就行了，别哭，等我给你拿湿手帕擦擦。我哭着从地上站起来。大姨将我捂在眼睛上的手拿掉。我说疼。大姨说，我知道疼，把手拿掉让我看看。我把手拿掉后，大姨先笑了，说一天让你别手贱，你就不听。说着用手巾给我擦眼睛，并告诉我说，看马蜂刺还在上面。我能感到大姨给我将刺拔了下来。

那天下午，我几乎一直都将手捂在眼睛上，我能感到我的眼睛当时已经肿得和铜铃一样，本来就不大的眼睛只剩下一道缝，而且还什么都看不清，只有用那只没有被蜇的右眼看东西。那真叫一个别扭。我的眼睛会不会瞎？大姨说，只要别用手再乱动，过十天半个月就好。我一听十天半月，又哭起来。大姨说，你越哭越不容易好。

太阳快落山时，大姨父回来了。进门看到我这个样子，问怎么了。我说被马蜂蜇了。怎么被马蜂蜇的？我说我把马蜂窝砸下来了。哪儿有马蜂窝？我将大姨父领到了那高粱秆前，这时我才看到马蜂窝还翻扣在那儿。大姨父说，我娃不要哭了，我们把那蜂蛹喂鸡。后来我看到鸡真的把那些蛹给吃了。这下我似乎心理平衡了，同时又问大姨父会不会也将鸡吃坏。大姨父说，不会。不过，这次吸取教训，以后不要再捅马蜂窝了。我点点头。

不过回到城里我倒学了一招怎么捉马蜂，又怎么拔它的刺，又怎么将它的刺拔下后拿根线绑住它的腿让它飞。夏天，马蜂爱往有污水的地方落，我们就把捆青菜的稻草沾湿，然后用它将马蜂砸在下面。一旦砸住，我们就用一张纸将它捏住，然后再用唾液将衣角搞湿，马蜂一旦蜇进衣角，我们一拉，它的肠子、肚子就出来了。这时我们再将它抓在手里就没有问题了。

第二天，望存回来了，他看到我的眼睛先笑了，又说，这怎么了，是不是被蜂蜇了？随后又笑着说，怎么能被蜂蜇成这样？大姨说，还不是一天憨胆大。望存说，没事，过些天就好了。我说，我要推车。望存说，也不看你都成什么了，快坐那儿乖乖歇一会儿，好让眼睛早些好。我坐在了屋檐的台沿上。这时我看到厨房里炊烟冒了出来。不一会儿，大姨父过来让望存和他去村外拉土，说这个星期要将那倒了的墙重新打起来。我当时也要跟着去，望存说，也不看你的眼睛，出去让人笑话。

这时我忽然感到了一种时光的深远。

当然，事情已经过去了那么长时间，谁也说不清当时我老爷打折我奶双腿的具体细节，更难说清当时的具体原因。一种家人最后普遍认可的说法是，那时我奶也不知怎么，就一门心思要自己去西安，甚至那一天竟然要丢下才几个月大的我三叔要走，屋里没有人能拦得住，而且当时架着梯子就要翻墙走。这下将老爷搞火了，这哪是妇人做的事？老爷当时也没考虑那么多，来到屋里的柴草房拉起当年自己坐轿子时前面负责开道的回避牌，照着我奶的双腿便是一下。我奶一声惨叫就从梯子上滚了下来。这下我奶便坐在那里再也动不了了。这时老爷叫站在一边已经吓傻了的我父亲去叫我奶娘家人，让他们过来接他们的人。我奶娘家也在这个村子。可我父亲当时似乎已经蒙在那里了。我老爷叫着我父亲的名字说，你听到没有？死了，去叫他们家接人！

我父亲这才朝门外走去。过了不到半个时辰，我奶的爹妈来了，看到我老爷问，亲家，到底怎么回事？我老爷只冷冷地说了一句，将你的人弄回去慢慢问好了。这时我奶像母狼似的哭喊着，活不了了，就让我去死吧！老爷说完这话就走进了自己的屋。这样我奶的爹妈也没有办法，他们知道我老爷是个什么脾气，也清楚他目前的心情，就只好先去看自己女儿。本来他们想将我奶先弄到我奶自己的房子，不想我老爷不准，他们只好用平车将我奶拉回了自己家。

路上，我奶的妈说，这也不知造了什么孽。这时我老爷的二房也傻了。我老爷说，还愣什么？将孩子也给他们抱过去。老爷的二房说，我抱过去这合适不？老爷说，那你是说让我抱过去合适，还是放在这里你自己带？后来还是老爷堂兄家的一位媳妇将我三叔抱了过去，抱到了我奶的娘家。

这事发生后，我老爷决定无论如何自己得亲自去趟西安。老爷这时心里想，如果自己不亲自去趟西安，那么他可能到死都不能瞑目。假如他到西安再打听不到儿子的消息，那再叫谁人去都没有用。后来，他果真带了一个本家侄子去了。还没到西安，他似乎觉得西安再变可能也变不到哪里去，但到了以后才发现很多地方都已经物是人非，就像他从来就没有到过这个城市似的。

老爷虽然在西安能落脚的地方很多，也和这时管理西安的几位大员不算搭不上话，但最初他还是先落脚到了一位叫郭俊豪的人家里。此人当时住在西安的二府街。那时西安城什么最多？就是军人，几乎四处都会有盘查的人。那年我老爷说老也不老，就四十出头，加之毕竟出入过官场，同时让他更有底气的是，他有于右任给自己的多封亲笔书信，还有对现任那些西安军界人士的背景了解，因而他几乎没费劲就来到了二府街，来到了这位老友家。然而即使是老友，也不能不为我老爷在目前这个时局下的突然到来吃惊。老爷对朋友也没有隐瞒，说自己此次到西安就是寻找儿子的。郭俊豪似乎更加不可理解，说这哪里是找人和能找到人的时候，难道敬仁兄还不知道什么叫兵荒马乱？老爷说，敬仁哪能不知道这个，但眼下，我的家可乱作一锅粥了。郭俊豪说，我在西安这么多年，可真没有见过现在这么混乱的局面，也没见过一天来时间死了那么多人的。我也知道没有战斗和战争不流血的，但经历这次时局的变化，我才知道什么叫害怕，什么又叫残酷。

我看到田鼠在地里跑来跑去，尤其是它那么站立着将两只前爪垂下来的样子似乎还挺可爱。有人说田鼠肉吃起来很好，而且皮一剥白白净净的。我没有吃过。也有人说这种皮可以卖钱，一张皮可以卖一毛。我有时确实喜欢坐在大姨父骑着的自行车上看田野的风光，那时似乎整个景色都是流动和变化的，而且从一个地方到另一个地方也不用走路。那次我们走了很远，从一大早出发，到下午太阳将落山时才到。那是在我的记忆中参加的第一次葬礼。他们说我应该叫老姨还是老老姨，总之，我当时确实看到躺在那儿的人年龄很大，并且人也显得那么瘦。我不知道为什么，我看到那人的肚子上还压着块石头，并且脸上还盖着一张纸，怎么看都有点吓人，同时整个屋内还弥漫着一股难闻的气味。我不知道人死了是否都有这样的味，我看到还有人不时在给死去的人身上喷酒。后来，我知道那是一种腐尸味。我当时真不愿意在那里待，这和田野里看到的情况完全不一样。我不知道为什么不将人放入棺木，后来我想那时人们根本就弄不起棺木。我当天晚上就缠着大姨回，可大姨说让我听话，今天无论如何都回不成，说明天将人送走我们就回。但我哭声不断，就像苍蝇钻进了尿缸。大姨说看你烦不烦，要这样下次再不带你出来了。我说，你以为我愿意来？

麦子黄了，颗粒归仓

老爷到西安也像梦游了一圈，大约十天后，他就从西安回来了。这时田里的麦子已经完全黄了，很多家已经开始收割。我们家的麦子只有雇人收了。老爷回家后，他的二房太太问，情况怎样？老爷摆摆手，说，就不说这些了，现在的局势还很乱。后来，老爷又问起我奶。二房太太说，双腿都折了，听说现在正在用棍子捆着叫慢慢长。老爷摇摇头。历史有时真说不清，看来时局也一样。老爷这样自言自语道。

太太这时打来了水，并问老爷想吃点什么。老爷说，还是让我先洗洗休息一会儿。

麦收时节，麻雀和蚂蚁是最快乐的，这时它们绝对不缺吃的。一次，我和大姨在一片收割后的麦田捡拾麦穗。但那里的麦穗很少，有时能看到的便是散落在田里的麦粒。大姨有时就在那里捡。我说这不将人急死？大姨说，你没听说过麦子要颗粒归仓？我说都归仓了，蚂蚁、麻雀吃什么？大姨说，你倒操心挺多。要拾要捡就好好的，不拾就坐到树下去。

我看到树下这时也有很多男的女的，他们正坐在那里休息，女的喝水，男的抽烟。我走了过去，有人问，你看我们农民辛苦不？我说不知道，便在那里坐下，也在那里看收割过和还没有收割的麦田。有人又问，你看你大姨能干不？我点点头。这里有城市好没有？我低头喝起了水。

人都是变化的，有时这种变化是默默的，就像水流，又像在梦里往什么地方去。一天我在翻看一本画报，画报是几十年前的，我看到那上面记录的人和事，就像看到了那个时候的时间。因而有时变化还是没变，似乎并不是随别的而来的，而是随着我们人的一些感觉。其实，我并不愿意和大姨来到地里，而更喜欢这个时候和大姨父在一起，他要么是在拉麦子，要么是在场上，那种景象实际上更有丰收的感觉，也更充满了各种存在动感。在那里还有一个好处就是可以光着脚到处跑，无论脚踏在地上，还是踏在麦粒中，都让我感到一种舒服。有时我也会到麦草中玩。有时人在乡下劳动、劳作就是在找这种丰收时的感受和喜悦。场上的麻雀在这种时候比田野里显得更多，它们常常就一大群、一大群那么落在土墙上，密密麻麻，仿佛随时在人不注意的时候就会落下，要么干脆就在那儿和人们比耐心。事实上，它们这时常常也都可能吃得饱饱的，似乎专门在那儿观察人们的各种劳动场景。这时候不仅人忙碌，牛、马、骡子和驴也一样，它们也都从早到晚忙碌着，仿佛养它们那么长时间就为了这几天。城市比这轻闲，其实也看是谁，孩子实际上在哪里都轻闲，做什么都是一种玩。而大人就不一样，甚至怎么都是一种自由，又同时是一种不自由。

那日我又一次去城墙外，这次我们更多时候是在河里玩。那时候河水并不深，水也很清澈，我们蹚着河水都能从河这岸到那岸。在这样的河里洗脚很舒服，似乎只要你将脚泡在水里，流着的水就能将你的脚洗得干干净净。我们那天一开始就这么在水浅的地方玩。后来我们似乎觉得一直这样不过瘾，我们就到了桥墩水比较深的地方。让我们想不到的是，在那儿我们竟然看到了很多小鱼。显然，那让我们感到的是另一种愉快，而且最后我们还在那儿真捉着了几条小鱼，这让我们更加兴奋。于是，我们在不远的一个垃圾堆开始找瓶子。我们找到了不少大的药瓶，便将瓶子洗净，并灌上水，将鱼放了进去。我们看着鱼在那里游。后来我将鱼带了回去，想不到的是，这似乎暴露了我们的行踪，并让我又挨了父亲一顿打。父亲回来看到鱼，不仅没有表扬我，反问我，今天上哪里去了？我说，没有。父亲说，是不是下护城河了？我说，我没有，是谁谁谁下的，是他抓了鱼给我的。不想父亲二话没说，拉住我的腿，让我把裤腿拉起。我开始不知父亲这是要干什么，没想到父亲等我将裤腿拉起后，在我腿上用指甲划了一下，我开始觉得痒痒的，还想笑，没想到，还没等我笑出来，父亲照我头上就一巴掌，说，老实说到底下没下水？小小年纪还学会骗人了！说着让我站起来，接着又一巴掌。到底下水了没有？我这才承认自己下了。你现在是越来越胆大，是不是皮又松了？今天就不让你跪了，就给我站在那里站一晚上。我心想，这都什么刑罚。我站在了门边。父亲这时又发话了，手放下，站直了，别靠门。我只好照着父亲说的做。开始觉得这没什么，后来大人将灯都关了，也都上床睡了，还让我站在那儿。我这时不仅感到困，更感到冷。有时虫子都比人好，虫子都不受这罪。我的鱼早被母亲倒进了院子中间的渗井里。我当时怎么拦都没有拦住，脸上还因此没少挨巴掌。我总共就捉了两条鱼，两条都被母亲倒入了那个黑洞。记得我偶尔也会在那里撒尿，也会将一些小东西扔进去。现在我刚捉的鱼被母亲扔了下去。这个地方是一个不大的孔，至于它多深，我们没人知道，有时再多雨水流进去都没事。我的鱼会不会成了地下鱼，会不会像我这么冷？

世界是个大筛子

后来我想，人都说城市是迷宫，世界是迷宫，事实上，孩子什么都想尝试的心理才让一切有了变化，才让很多东西变得叫他们入迷。我当时已不止一次上过城墙，可是我当时对上城墙似乎并没有兴趣，似乎同我在老家上那些土塬、土崖没有区别，不就是登高望远，就那么看看城里和城外有什么嘛。在那里其实能看到的便是城外景色的迷离和城市建筑的错落有致，看远处的钟楼、鼓楼，以及由眼前伸将出去的道路。当然，从那里也能看到下面各个院落里的存在，当然近点的能看见全貌，远点的就是局部，就是人们所说的一线和幽深，再远点能看到的便是瓦坡连瓦坡的情景，比如当时看我家就是那种情景。因而，当时上城墙对我来说就是上土崖。但有一次我实际上才算真正爬了一次城墙，似乎那感觉才叫爬，那感觉才让你感到什么叫心跳。那次是沿着人们所说的水槽垛往上爬，也就是沿着砖棱一点点往上。也许一开始没有什么，而到了中间，尤其到了上半段，那简直就是你哭爹喊娘都没用的一种情况。那时不仅腿肚子发抖，额头冒汗，心跳更是加速，加上想尿裤又尿不出来的感觉，一下都综合到一起，这让你没有退路，或者说似乎退下去的危险更大，似乎手和脚稍微一滑掉下去就完了。那次好在上面有人喊我，没事，再上一点我来拉你。这样我才一点一点又开始往上。不知过了多长时间，上面的人够到了我的手，这时我的手也抓住了城墙上面的砖。最后我真是连滚带爬上去了。到了上面，我才出了一口大气，才真正领会了什么叫爬城墙，什么又叫上城墙。这种刺激让我再从城墙上看什么，似乎才有一种胜利的感觉。

我哭得一直都没有停，我大姐几次都没有将我叫回去。后来她撂下了一句狠话说，你以为你是上庄人？告诉你，你连上庄的一片瓦都带不走，你真正的爹和妈在西安。我大声回了一句，你胡说！并将口水往她身上吐。大姐说，你要不信就在这里好好哭。有时我觉得这就像爬城墙，就类似过一个坎又一个坎。我内心里一直都将大姨那儿当我自己家，我似乎感到自己就会一直在那里待下去，并像人们说的在那里娶媳妇、生活下去。而且一次还有人问我，你到时候要哪间房？我指着说那间。问我的人自己都笑了，说这娃眼里有水。

  我好好哭了很长时间，至少有七八个小时光景。第二天，或接下来几天我似乎好了一些，似乎又开始很是放松地玩了起来。当时大姐似乎也同样由我任意折腾。我清楚那天我干了什么。那天我其实就一个想法：用筛子扣麻雀。我抓了很多鸡食，并拿了大姐的一个筛子，后来我又要了绳子，反正我当时要什么大姐都依着我。这样一切准备就绪，我便躲在了我姐家的一间放杂物、农具和一些诸如玉米、谷穗的屋子里。我看到大姐家的鸡开始在那里吃，同时也有鸟不时落下，但鸡、麻雀似乎都不进筛子下面，这让我着急。后来，周围的食吃得差不多了，我看到有鸡到了筛子下面，后来不止一只鸡，当然也有鸟，但我是拉那绳子还是不拉，让我为难。筛子肯定扣不住鸡，就是扣住，鸟也可以从筛子里飞走。当然，我也尝试着拉了几次，但没有效果，而且还搞得鸡飞狗叫。什么是鸡飞狗叫，我算是有了深切体验。我将绳子一拉，筛子一倒，鸡首先便飞，也真是鸡一飞，狗就叫，而且一家狗叫，其他很多家的狗都跟着叫，最后叫声连成一片，也将邻居们都招来了。这样几次之后，我便听到院墙外有人喊我姐，说你家这是怎么了，老搞得我们家狗叫。我姐说，我家来了个活宝。我不管这些，继续我的，但发现这样不行。后来我便将鸡全赶到院子外面去了。我姐说，你这贼，还有鸡要下蛋，你赶出去鸡在什么地方下蛋？我根本就没搭理我姐的话。没有了鸡倒也清静，但这时鸟似乎也几乎没有了。虽然，后来也有几只落下，但它们就是不往筛子下面去，我这个急啊，在门缝后我还念叨，快进，快进，可鸟哪里听我的。不一会儿，又有人敲门，我姐便去开门，这样原本就不听话的鸟，再经我姐这么几次来来回回打扰，简直让我捉鸟的事情难以继续，后来我发现干脆一只鸟都没了。而就在这时，我听到那只小羊在叫，我真有点无心再抓鸟了。

  羊是被拴在院门外的。我又出去看羊了。到了外面，我从那些不高的槐树上折了些叶子，丢给了小羊。小羊不叫了，并就那么用小嘴一片叶子一片叶子吃了起来。

  我重新回到大姐的院落，猛然想到了一个新的办法。何不将那间屋子当作一个大筛子？这样一想我觉得有了主意。这时我又将被我赶出院子的鸡叫了回来，其实，这时有几只自己已经回来了。我姐一看我又将鸡往回叫，不知道我又要折腾什么。这时我将院子里的食都扫回屋里，同时也将筛子架到屋里。我姐看了以后说，你可真能折腾。

这样我将鸡又赶到屋里，看它们在那里吃食。我姐说，今天你都能将鸡给我撑死。我不管这些，继续又抓了不少食，那么密密麻麻撒了进去。这时奇迹发生了，很多鸟都一个个飞进屋子，有二三十只之多。我看差不多了，已经有鸟开始从屋里飞出。这时我猛地跑过去，又是踢脚又是挥手，结果似乎鸡或鸟都慌不择路。当然，最后大部分鸡和鸟都逃脱了，但当我将屋门从里面关上时，还有七八只鸟和两只鸡没有跑出去。我原还想怎么去捉，后来让我高兴的是，那些鸟都冲着窗户的玻璃去了。我跑了过去，这样我最后确实抓到了两只。当我将鸟拿到我姐面前时，我姐开始也一愣，后来说了一句，你本事大。

艰难旅途

那么，虚娃当初带着老爷给的盘缠和钱到西安找我爷，最后到底去了哪里？母亲的说法是，那样的人能去哪里，就虚娃自己说，他是让当兵的抓去给人家做饭去了，几次想脱身都没有机会。还说那时你们可能不知道打死一个人就像拍死一只苍蝇。别说我，任何人见了那乌黑的枪口，都会魂都没有了。我开始也不怕，开始走在路上也大摇大摆，心想我就一小民，就这么一副小身板，就是将我浑身的肉刮拉下来，也不够猫吃上一顿，我怕啥？而且我身上还有钱，还有老爷写的那么多条子。但外面的很多事哪有你们在家里想的那么简单？怎么像抱个小孩在炕上喂奶，只要衣服一撩就行？我说了，不那么简单。母亲说，后来，你爹也问虚娃说，舅，你当时知道不知道家里人的心情，知道不知道家里人急着要知道西安这边的情况？你倒好，出去就没影了，出去就忘了让你到西安干什么去了。虚娃说，好我的大外甥，你也知道在外面很多事是由事不由人、由天不由地。父亲说，这些我都清楚，问题是这里你真尽心了没有？还有，一说三个月半年你没机会脱身，那么最后都三年五年了，你还没有时间回去？虚娃说，你这可真是阎王冤枉好人，后来我确实是自由了，是有机会回去说说我了解到的情况，但这时我已经身无分文，这时你舅我也是蚂蚱拴到了西安城这只鳖腿上。父亲说，好了，现在事情过去这么久了，我也不想再提什么，但你也不要想着我不知道你那些年在这里都做了什么。我父亲说，只问你一句，妓院去过没有？虚娃讲，你舅也是个男的，也有那方面需求。父亲又说，最后呢？虚娃说，哪里有什么最后，那地方不就是……不就是差点没让人给剐了。虚娃说，你这都是听谁说的，这不是给舅身上扣屎盆子？那么我问你，开通巷8号常去吧？虚娃这时说，我说你这大外甥怎么越扯越让我听不明白。父亲这时说，你明白不明白没有关系，我今天只想告诉你一句，听好了，以后我不想再见到你。虚娃说，你的意思是我们以后就没有任何关系了，我连我姐都不能见了？父亲说，那是你们之间的事，我只让你听清，以后我是不愿再看到你。虚娃还想说什么。这时父亲说了一句，二掌柜，送客！虚娃自那次和我父亲谈话之后，见了我父亲就如同耗子见了猫。

很多时候历史可能就是迷雾，就是尘埃感。一次，大哥也说起虚娃的事，他说那家伙嘴真叫能掰，让你听上去他当年就像侦察英雄似的，简直有点逢山挖洞、见沟架桥的能耐，有时说起来真叫一个天花乱坠，叫你觉得他能腾云驾雾一般。

有时从时间的一边往另一边看能让人感受到的就是一种迷离，就是一种梦幻和魔幻。记得就在那天，就是我第一次见虚娃老舅，就是他让我在报纸上写虚娃他爸的婆娘云云的那天，我和他做过一次长谈。当时母亲没有留他在家吃饭的丁点儿意思，我觉得这样似乎有点不妥，便在送他时，说咱们在外面吃个饭。虚娃当时说，我可没粮票。我说今天你就不用管，我自己来，说着我从口袋掏出一斤粮票和两块钱。虚娃老舅说，今天可要让你这孙外甥破费了，这叫老舅都不好说什么。这样我们来到一家饭馆，我记得那家饭馆当时就在青年路和莲花池街口的西北角，那里不仅肉丝面不错，还有喝酒的各种小菜。老舅进去看到这些说，今天你别和老舅争，你给咱买碗肉丝面，我给咱买两个凉菜，老舅今天高兴，想喝两口。当时我虽然只有十四岁，但我用手将老舅一拦，说你就坐到桌子边等好了。这时在我们家楼下住的阿姨也看到了我，她当时就在那里卖凉菜，看到我后说，家里来亲戚了？我说那是我老舅。这位阿姨人长得特别喜庆，因而显得那里的凉菜也清爽了许多，加上我们还认识，因此，那天不仅凉菜给得很多，而且酒给打得也很满，二两酒最后少说给了三两多。也就是那天，虚娃老舅是给我这样描述当时的情况的。他说那天当我们家人将他送出去后，他就感到了这事情的责任重大，不能贸然行事，因而那天他并没有立刻上路，而是先回到了自己的村子。虽然当时他家里已经没有亲人，不过村里他还有一个相好的。虚娃老舅说到这里停了一下，又解释道，老舅今天高兴，又到了这把年纪，说这些给孙外甥都不知妥不妥，我今天也就不顾这老脸了，你就权当听故事。我点点头，说没事。这时我看到老舅又抿了口酒，夹了口菜说，那天我回到家后也不知怎么就来了底气，看来钱还是人的胆。说实在的，现在也不怕你笑话，更不怕你说老舅别的。我回到家首先就把那十个大洋拿了出来，再加上那些碎钱，不瞒你说，光那碎钱也有两个大洋还多。我长那么大哪见过这么多大洋，你知道不，我心里真叫那个喜啊。老舅说到这里，高兴得嘴里的菜都掉到了桌上，我看他赶忙捡起来又将菜放入嘴中。老舅说，我当即将钱藏了起来，可这时发现藏在哪里都似乎不放心，都似乎有人在背后死死盯着我，在观察我的一举一动。你可能没有体会，一个家要穷了、败落了，你会发现什么地方都干燥，那种情景别说没有人气，就连野狗、麻雀，再说不好听的连蚂蚁、苍蝇、蚊子都不来。我家里当时就剩下一个土炕、一张破席和一床牛都不盖的脏被子，连个藏钱的地方都难找到。跑进猪圈，那里墙都倒了，而且荒凉得连猪粪味都闻不到。我又跑到鸡舍，那里同样干燥，就是还能看到些鸡粪，这时也干得像豆子，都能吃了。我原想将大洋放在那里，但我还是觉得悬乎。后来我又去了茅房，没想到刚到那里有只黑老鸹突然飞了出来，当时将我吓得半死，我还以为有人在那里。这让我忽然觉得没钱人不好受，突然有钱了人更担心。最后我转了一圈还是将更多的钱藏在了土炕里，怀里只揣了一个大洋和几个铜板，就这么见我的相好去了。后来我发现什么相好，原来还是钱好。我刚去的时候她和她妈还不怎么理我，后来我说了句，我明儿个去西安，今天特意来告个别。这时候她妈先说话了，怎么你要去西安，你有钱去西安？我掏出了那块大洋，她妈差点没坐到地上，同时我又摇摇自己的口袋，她们肯定听见那里也是"哗哗"的。也就是那天我知道了当爷是什么感觉。她妈这时给她闺女说，我早说了，你虚哥这人有一天肯定出息。又盼咐自己闺女，赶紧给你虚哥弄饭，还愣什么？这时候相好的看了我一眼，去了灶房。

我说这块大洋就给你们留下，等我这次从西安回来，咱们有些事再从长计议。她妈说，什么从西安回来，今天就别走了，这我做主了。虚娃老舅说到这里又冒了句，不想捉猫最后逮了只兔子，那天我就真的没回去，从某种角度来讲那天我就一个大洋把婚给结了。他又说，当然，一事归一事，第二天我还是走了，虽然走得有点晚，但还是走了。说实在的，当时我也叫一个难啊，那可近似新婚宴尔。我当时还听不懂他后面的话。

那天和老舅说了那么多话，回来后已经下午三点。母亲说，你还知道回来。我说下楼碰见个同学，让我给他家帮个忙。母亲说，你现在大了，腿长了。这时我突然问母亲，虚娃老舅年轻时是不是特能干？母亲说，能干，什么时候都说他能上天。后来母亲再没有说什么。

太阳落山的时候我们来到了黄河边，一切都显得那么开阔，又显得那么雾气腾腾。那时候我还小，都是跟着大人走。我只记得从那座很高的土塬往下走的时候，不仅路面尘土飞扬，并且从这样的地方看黄河，它似乎就是一条深沟。我们沿路朝下盘旋，就像鸟沿着山坡飞。偶尔我能看到河对面的汽车，它显得那么小，开得那么慢，就像没有动。记得那是我第一次去西安，大概就五岁，甚至比这还小，因而当我们真正走到黄河边时，似乎走了很久。那时候我们过黄河乘的是木船，而且船当时是无法靠到岸边的，因而上船脚下走的是木板，从木板缝隙我能看到的就是泥汤一般的滚滚黄河水，我看后有一种晕眩感，甚至想呕吐。之后我们上了船，到了船舱。船很大，船舱里人多得像锅里煮满饺子，我能看到的就是很多人密集的腿，以及放在那儿的行李。后来我听人说船开了，但我看不到，我这时唯一能看到的便是头顶的天，因而我几乎感觉不到船在动。后来有人讲，甚至欢呼船到了河心，河心的水很大，我感到有水打进了船舱。这时候我看到人们都争着往外看，我也哭着闹着要往外看。倘若我没有记错的话，那次回西安，我是和母亲、大姐夫一起的，或者可能还有我大姨父，总之最后我被抱了起来，并那样高高举起，就像我在空中看到了黄河，而且看到的就是汹涌的河水。我当时也不清楚过了多长时间，我们到了对岸，这时又是相当长的步行，不同的是在河那边我们是从高处往下走，而到了这边我们成了从低处往上，因此走起来更费劲、更辛苦、更让人疲惫不堪，我已经感到自己没有了一丁点儿气力，甚至走不了几步就蹲下让抱。有时我被大姨父抱着，有时我被姐夫背着，或者被母亲领着。这时候我们一方面要赶汽车，接着还要赶火车，仿佛这中间没有一点儿空闲。终于我们到了停汽车的地方，后来我们又到了火车站，这时候我似乎才看到四处都是人，看到整个火车站候车大厅人满为患。此时姐夫去买火车票，我和母亲、大姨父站在一边看行李。母亲说，真是好出门不如赖在家。大姨父说，路上都这样。火车票买回来后，天色早已经黑了。我听姐夫说，是晚上九点二十的车。母亲说，那到西安下半夜了。姐夫说，不管怎么到西安就好办。

至于父亲当年是怎么到西安的我不知道，只知道我奶到西安似乎更艰难和艰险，当时她是下半夜坐草垫子过黄河的，而且听说就这样的一种过河方式在当时也并不容易，甚至要花很多银子，还要打通各种关节，要有人愿意冒这个险将你送过河。据说这次全程护送我奶到西安的人不是别人，还是我的那位虚娃老舅。也许正由于这次旅途，我奶对虚娃不仅不像我父亲那么对他充满怨恨，甚至还一直对他有一份感激。后来，我想到这些不由感慨，也许这就是事情的不同角度，也许从这点讲，我们其实都在这个世界游走。

有时人的旅途就像一扇又一扇被打开的大门，人们在其中就像花木长在原野，就像各种虫子、牲畜都有它们的环境。这让我又想到了我爷到西安的方式，他似乎从一开始就有点飘逸，有点像坐飞机过去的。那次到西安是不是完全出自我爷的本意，还是夹杂了更多我老爷的愿望和心意，抑或还有很多方面因素的混合？一天，我忽然想到这点，其实我爷当时更像多方因素共同促成的一个结果。也许正是由于夹杂了这么多的因素，最后要找到我爷似乎就更是难上加难，或者说要想真正找到我爷，就必须将这中间各种不同的路径集合起来，但有没有这种可能？我想比较难，甚至可能很难。我觉得就拿虚娃老舅这个人来讲，他可能在我父亲心里是一种情况，在我奶那儿又是一种，在我母亲那儿情况又不同。我想到这儿，觉得无论今天，还是事情发生的当初，我们这么多人对我爷的各方寻找，就像羊在什么地方吃草，都显得片面，似乎我们无论出动再多人，都是沿各自的线路和线索在找，都没有将其中的方方面面的因素、要素综合起来。这里包括我老爷，也包括我奶，同时可能还包括我父亲和今天依然在寻找的我。

那天，火车还没有开动，我和母亲就已经睡着了。

在岁月之河捡拾回忆

我正在和一位伙伴在铁路旁边走。有时我们说铁路是神秘的，它的神秘就在于它能让人体会到一种神秘的动感，一切都从远方来，一切又似乎都那么朝远方去，就像它在我们这个地方只属于路过。有一段日子，我和我们住在一起的小孩都常常到铁道边来。我们到那里不为别的，似乎开始的时候我们是为了看火车，后来我们到这里仿佛就是为了捡拾到烟盒、糖纸，或者在那里捡拾到我们没有见过的火柴盒。在那个朴素的年代，这样的一些东西对孩子而言，甚至某种角度就是梦想，就是一种更实实在在的事物，甚至是一个更具彩色感的神话。

那时候对于我们孩子，更多地就生活在一种兴趣里，仿佛因这种兴趣我们几乎时刻都在寻找什么，又什么都没有寻找，仿佛我们常常就是一种看，一种感受。比如有时我们在火车没有来的时候，就在铁轨边找烟盒、糖纸，或火柴盒，但当火车过来时，我们又会站在那儿看火车，看坐在里面的人，假如是货车我们就会数它到底挂了多少节车皮。这本身就让我们非常有感觉，最后争论到底是挂了四十八节，还是五十一节。有时争着争着，假如谁看到和捡拾到一个烟盒或糖纸，或原本什么都不是的小玩意儿，人们也就不再争论，而是要跑过去看个究竟，看看是什么地方的烟盒或糖纸。假如是西安本地的，我们都会齐声"噢"一声，捡拾到的人一听，就会马上扔掉，甚至最后流露出不好意思的神情。因为这时小伙伴们会说，什么眼力。确实，假如是当地的烟盒、糖纸，即使它被揉得再小，也极可能被我们一眼认出来，因为单从颜色我们就能看它个八九不离十。

或许就在我到西安大姐家并从那里最终回父母那里之前，有一次我忽然发现在大姨家的房瓦下有窝麻雀，每天都有老鸟不断给小鸟喂食，有时在老鸟到来时我都能清楚地看到有小鸟挤到窝边，并那么张着小嘴。这让我很感兴趣，也让我几次都有想抓它的意思。但大姨父说，他老了，爬不成梯子了。我说，我自己爬。姨父说，不行，摔下来怎么办？我说，没关系。姨父说还是等你望存哥回来。我心想也只好这样，想着等望存哥回来，我就可以抓一窝鸟了，那样我将它们养起来该多好玩。有时等人是痛苦的，尤其带着某种希望和愿望就更是这样。后来几天我几乎是数着日子在过，那感觉真叫一个慢，等得我都有一种天荒地老的感觉，似乎整个世界都空落落的。说实在的，这么多年我从来没有这么等过望存，仿佛很大程度上他就是一个外人。但这一次不一样了，这一次我似乎觉得他是天下最亲的人。终于，甚至可以说终于的终于，我听到门响，看到他回来了。我很是高兴地迎上去。望存哥看到我这么高兴，说什么事让你今天这样？我说有点事想让你帮我。他说，什么事？我拦在他的车子前面不让他走，问他帮不帮。他说，那要看什么事。我还是不让他走，还是问他帮不帮。他说，不管帮不帮，也要让我先将车子放下再说。听他这么一说，我才让他过去了。等他把车子放好，还没等他将身上的包取下，我就拉住了他的衣服。他说什么事也不能这么急。我说你给我搬梯子。他说搬梯子做什么？我说你别管。他说，那也得等我洗个脸、喝口水。我说，行。也就放开了他。等他一切都停当，我看他安静地坐了下来，就又开始拉他。他说，你先告诉我搬梯子做什么。我这才指着他的头顶，说我要你给我掏那里的鸟窝。他说，那我做不了。后来我缠得他紧了，他说，我害怕，那里有蛇，我不敢。我说不行，就得给我掏。他说，要掏你掏，你只要不怕被蛇咬，我就搬梯子给你。后来他将梯子搬了过来，让我自己上。我上了第二格，他又说，蛇不仅咬，还缠人，到时候别鸟没掏着，小手给缠掉了。我说，你胡说。他说，都忘了上次被马蜂蜇的事了，这次还想被蛇再咬一下？我说，咬你的鸭子！他说，你怎么骂人？我说，谁让你不给我掏鸟。

这时大姨让我们吃饭。我顺便说了声，吃你妈的尻子！这时我看到大姨父也回来了，听到我这话，大姨父说，怎么小小的骂人？我说，他不给我掏鸟窝。望存说，给你说那里有蛇。大姨父说，听人说有鸟窝的地方都有蛇，你又不是没看到过，那天蛇是不是从那里掉下来的？这时他又指着梯子对望存说，还不把梯子搬走，等会儿，蛇就沿梯子下来了。

那天晚上我还在想那鸟窝，想我什么时候才能长大。

可是，几十年后，我似乎又发现人还是年轻和小时候好，因为那个时候人一切似乎都是向下的。记得大姨父当年就曾对我说，要是我能年轻几岁云云。我也曾听父亲说老爷年轻时如何如何，是何等风光和风采。那时候不光老爷自己，就连同村出去的人，只要他报自己那个村子，就已经没有人敢惹。父亲说，他们这些人凭什么，其实就是凭你老爷的名声。你想村民在外都打你老爷的名声，就别说作为公子的你爷，那名声似乎就不用他自己打，可以说到哪里早都有人替他把牌给出了。这是什么，这实际上就是人在江湖身不由己，也是人在某些时候最难把握并最易疏忽的。

我拍死了一只蚊子，继续回想过去的那些风风雨雨。父亲说，后来的日子里，他确实跟老爷去了一些地方，让他感到了世界之大，也让他知道了很多地方水有多深。父亲在谈起对他父亲的印象时，他说得有点模糊，只有一点，似乎他总很忙。再要讲更多的他没有记忆，或者只有从我老爷那里断断续续听一些。但无论怎么讲，我知道我们家真正出问题并不在我老爷和我父亲这儿，所有变化都来自我爷的那个点，而正是这个点的塌陷，让爷孙不得不最后处在类似同一个时间和时光层面。这或许叫三代人同时老，也可以说是三代人不得不同时年轻。

用母亲的话说，她其实并没有从我老爷身上感到有任何的官架子，似乎更多的时候就是长辈，就是位普通老者。她说，在她的记忆里，家里墙上确实挂了幅于大胡子的画像。她进门之后，老爷几乎每天就是习字，而且还在家专门给自己搞了面墙，每天都在那墙上练。有时累了就坐在院子的树下休息，或搬个小凳坐在自家门口。当然，在母亲的印象里，老爷是做过官的人，因此，他可以说什么时候都坐有坐相、站有站相。也许正由于这样，后来无论我二叔、三叔在外面怎样，回到家一个个都特别老实。

当然，在我的印象中，大姨父也是一位经历丰富的人，或者说经历过家庭大起大落的一个人。这一点我从大姨父的表情中常常就能看到，尤其是从他那双大而有神的眼睛，他那长而浓的眉毛就能看出几分。大姨父有一种不怒自威的内在气质，因而和他在一起你常常会感到一种温润。这点他和父亲不同，父亲在家就是一种刚，一种近乎绝对的权威，而大姨父不这样，他似乎内外都是一种柔，抑或内外都有自己的分寸。因而有时我们都喜欢和大姨父在一起，因为他似乎任何时候都随性，随你而给人空间。可是，他无论什么时候都不过分，或者说他既不让自己过分，也不会让你过分，继而形成随你又不随你的情形。

我默默地走在这样的一条岁月河上，就像走在一条更即时又更历史的存在旅途上。这样，我一方面像在捡拾什么，又似乎在各种不同的地段回忆。虚娃老舅来西安，他对我讲他当时确实没有将老爷给的银子全带上，而是将其中的五块大洋包好后，埋入了地下，具体地点是他家西南墙根左右两脚半的地方。他说之所以要两脚半是他觉得稳妥，具体也没有什么讲究。另外他说之所以不放在他开始放的炕洞里，是因为不要说那炕，就是那房久不住人说不定哪天都会塌，如果塌了，就是自己拿起来也不方便，那样就是自己给自己找麻烦。他说，我当时所以如此，也不为别的，就是让自己出去还有一个念想，这样人在外面就不会干什么过分的事，过分到将自己搞死了，那么留下的银子没花，自己岂不是不划算？有人不理解我的心思，所以就对我说三道四，实际上我不在乎，更何况，不说年龄我们差多少，我也是长辈。这时候虚娃老舅又说，你现在在西安这可是和平年代，我到西安时是个什么情况，可以说今天将鞋脱了明天还不知道能不能穿上，今天出门还不知晚上能不能回来。看来虚娃老舅那天也真有点激动，因而他又继续说，当时我不是不知道到西安找你爷是提脑袋玩命自己和自己过不去的事，我所以最后答应下来，也是从方方面面考虑的。一来你老爷那把年纪，虽然在西安、在社会上有人，有威望，但我不能让他拿脑袋往炮口上送，想想炮要打起来认谁，还认你有威望、有钱，炮弹就绕开你脑袋朝别的地方去了？不是这样，别说人脑袋，你说西安城墙厚不，你看最后都被打成什么了。另外，我也看到你奶当时有多急，当然，话说回来，没有哪个年轻媳妇遭遇这样的情况不急的。这时候我不出面谁出面，我不将这差事承担下来谁来承担，难道叫你爸当时一个吃屎的孩子去不成？

这时我对老舅说，还是先吃饭。老舅吃了一口，说这面还真不差。我说，只要你老吃好。虚娃看了我一眼说，我就喜欢跟你说点过去的话，和你这明白娃娃说话舒服。我说，事情都过了这么多年，就像你说的权当听故事就什么事都没了。

战争有时就是摧毁和建立。一天，我趴在一口井边想到这点，就像在井水里看到了自己，看到了天。

大姨反复叮咛我不要到井边，这似乎在提醒我，让我必须注意它。我在这口井里做过两次坏事，一次是将一大块土——我拿起来都费劲的土扔了下去，再一次就是我给那里撒了泡尿。而就在我做完这两件坏事的那年秋天，根泉他爸就跳进了这个井里。跳井前听人说他喝了一小墨水瓶的煤油，最后将那瓶子放在了井边。有人说他跳井的原因是他老婆和人私通，也有人讲是因为他当年为日本人做事的记录被人翻了出来，这让他怕。据说县里来人找他谈话的当天晚上，他就拉稀不断，因而黎明前他借上茅房便溜到了我撒尿和扔土块的井前。那天刚好是十五，天上的月亮很圆，也很亮，也许他也觉得自己当初逃过了初一，现在是十五，他可能无法再逃了。他所以要拿一小瓶煤油，并将它喝下，意思也是自己到了该熄灯拔蜡的时候了。也有人说这是他觉得自己到现在无论怎么也是有口难辩，所以干脆自己了断。从这事发生之后，别说大姨提醒我别到那井边，就是不提醒，我想起那井自己都后怕。尤其当有人说根泉他爸被捞上来时，肚子喝得就跟头牛似的，从那么大的井口出来都难。我的恐惧感就如同灭顶般沉重和透不过气来。

当然，他死后村里也有人骂，说你死也死到自己家，你自己家又不是没有井，偏偏还跑那么远的路死到了大家用的井里，还是一个在村里多少算有文化的人。有时经历的事情回想起来就像山水，就像梦里梦外都有故事一样。我大姨父说,他当年确实在县里当过差,至于当年到底在那里干什么,没有人讲得清,用他自己后来的话讲,当时他也不过是在那儿混口饭。在大姨父看来,他这话说得有点含糊,有点落不到实处。不过当年他偶尔回村确实显得有点神气,和村里很多人差距有点大。后来他回村之后虽然表现得十分低调,但人们似乎还是和他有距离。大姨父还说,当时我奶在村里住的时候,实际上其他人都不提防,而最最提防的就是他。他在外面做事,因而谁对他都摸底细,这点不像在外的生意人。

有一次,一队日本人忽然到了大姨家,那时母亲带着我哥都在这儿,还有我奶。当时大门被敲得很响,日本人进来之后先是满屋子搜查,后来发现什么也没有,那些日本兵便逗起了只有三岁的我哥,并且还将我哥抱了一会儿。同来的一个人讲,这是皇军例行公事。虽说当时是虚惊一场,但这事还是让人多少有点惶恐。后来,我奶便去了窝窝家,母亲也回了娘家。我奶在窝窝家又过了大半年。

有时女人比男人坚强,或者说比男人更有主见。我奶自我爷去了西安,似乎她的魂也就不在当地了。那次她之所以和老爷发生那么大的争执和冲突,就是因为她当时就要到西安寻夫。我老爷之所以发那么大的火,也是和我奶的这种倔强有关。而当老爷不在了,我奶自己就做主一定要去西安,要看看当年自己丈夫去的城市到底是个什么样子。虽然,我母亲并不赞同我奶这么做,但她作为媳妇也无能为力。一次,母亲仅仅说了一句,你要上西安你去,我在家里守着。没想到我奶最后说,你以为你是谁,你要守孩子放下,回你娘家守去!母亲从此就再没说什么,似乎就只有认命了。

有一次,母亲对父亲说,我到这个家几十年,说话从来都像放屁。父亲当时只是在那里抽烟,我看不出他当时是在想什么,还是干脆什么都没有想。

声音是城市的眼睛

　　父亲那天回来后,听母亲说虚娃老舅来了。父亲说,他来做什么?母亲说,听说他要到新疆去见他的什么黑女子。父亲说,他嘴里什么时候有一句实话过。母亲说,他还说路过平凉要给他妈磕头。父亲接着说,他这辈子就三个字,不够人。

　　我说,那他真有个女儿在新疆?父亲看了我一眼。母亲说,那就听他自己说了,反正他嘴里说什么都神乎其神,说什么都和真的一样。父亲最后说,以后他再来了,就少搭理他,要让我碰上就会更不客气。母亲说,谁愿意搭理他,他那种人你又不是不知道,你就是吐到他脸上,他也会装得跟没事人一样。父亲说,他什么人我还不了解?就是烧成灰我也清楚。

　　我真有点不敢相信自己的耳朵,一天之内听了两种完全不同的关于过去的说法,就一件事两种完全不同的解释,而且似乎各有各的愤怒和委屈。当然,我知道我无法回到从前,我们没有人能回到从前让有些事重新再来一遍。

　　记得一次我带女儿回老家,那时女儿只有三岁多,她的一句话倒让我觉得很有意味。当时我们在黄河禹门口那儿堵车了,我们便下车来,到了黄河边,女儿说,她要尿。我说那你就蹲下尿吧。女儿尿的时候说了句,爸爸,这样能把黄河尿满吗?尿满了咋办?我说放心,尿不满的。现在,对于发生在家里的这一切过去,这一切历史的存留,我们用哪个瓶子能将它完全装进去?我们都走在时间的正面,又走在时间的背面。应该说老爷最后意识到了这点,正像母亲描述的那样,他每天就是写写字,就是那么朴素地生活,就像一只蚂蚁爬在一块砖上,又像一只蟋蟀躲在墙缝里。

　　父亲年老之后,脾气也柔软下来了,最显著的态度是对我也不那么粗暴了,有些事还与我商量着说。记得一次还和母亲谈起他们的过去,好像那次母亲说,我真是给你们家做了一辈子的奴。父亲笑着说那你也没有白做,当年还给了你家二十个大洋,那二十个大洋要买骡子你知道当时能买多少?母亲说,那你家当时怎么不拿那些钱去买骡子?父亲说,我没有别的意思,可是当年娶你，也应该是没有少花钱。这时我母亲说，你也知道我到你家是享福了还是受罪了。父亲最后说了这么一句，可以说也享福也受罪。只见母亲看着父亲，在自己脸上用指头划了一下说，真不知羞！

虚娃去没去新疆我不知道，不过没有多久他又到了我们家。这次他悄悄告诉我说，其实，我来西安后来在兵营里做饭，真打听到了你爷的情况，你爷是被炮弹击中，在空中就那么辉煌了一下，后来就成了碎片。我当时怎么能将这个消息带回去，告诉你奶、你老爷？说人挨炮了，连个浑尸首都没有？人都讲究报喜不报灾，我能这么不懂事？我当时躲着不回去也有这层考虑。但后来，你们家没有人听，尤其是你爹，更是觉得我这人是吃人食不拉人粪。

虚娃老舅说着，又将话题转到了另一处，不知你知道不，我今天就在来你们这里的路上又经历了一出。我给你说说。他说，当时我刚上车，忽然发现兜里的钱包没了，我一下子急了，当即就喊了这么一嗓子，司机，给我把车朝公安局开！当时车里那么多人都愣了，他们不知道我这人是干什么的。后来有人问到底怎么回事。我说有小偷，将我包偷了。后来有人说，老先生你再找找，后来又有人指着我脚下说，那是不是你的钱包？我一看还真是。其实，那是什么钱包，就一破布包了个花镜。但我当时想丢了不成，丢了我想看什么都不方便。

我当时只是听，没有发表任何意见。

似乎有一只麻雀飞过，又似乎不像。这情形有点像我们的人生。

一天，我们几个孩子在点一堆干柴、树叶和烂纸，烟雾中虽然弥漫着各种混杂的气味，但我们仍然乐此不疲，似乎这样本身就是一种乐趣，就是冬日灰蒙蒙天气下的一种温暖。有时冬天给人的就是一种败落感，但有时也可能正是这样的一种败落让我们有了时光的变化感。多少年之后，当我在一条江边回忆过去这一幕时，我才感到当年的我们多像时光之中的鱼，又像不知不觉就长大了的树。我三叔从小就没有见过他的父亲，因而对他来说，他的存在就如同有人不经意掉到哪里的一颗种子。这样的不经意形成两种情况，一是可能掉在了随便什么地方，一是可能掉到了类似粪堆上，那儿从某种角度来说似乎并不缺肥力，一旦被重新换一个地方，它似乎就会感到更难以忍受，并由此让其对某种环境形成过分依赖。诸如粪堆上的麦子，垃圾堆的豆苗。我不喜欢待在这样的地方，我似乎就喜欢跑，喜欢在一些地方寻找自己没有见过的什么。一天我发现壁虎就在那儿，就在我们家放煤的砖垛里，并在那儿跑。壁虎让人很不舒服，但有时又让人对它好奇。它通常跑起来很快，不跑时又显得很静。有时我那么观察它，有时也去打它。很神奇的是，这家伙似乎有脱身术，一次我发现我打到了它，但是最后它让我看到的只是它的尾巴，并且尾巴还在那儿动，就如同小蛇。这让我恐惧，也让我觉得不可思议。难道它就打不死？那么人为什么不能这样？我看到一个女人在撒尿。

　　城市有时不是靠眼睛观察什么，而是靠声音、声响，靠瞬间由此形成的变化。很多时候我们说眼睛看什么可以被阻挡，但声音就不一样，声音能让有些事以这样的方式显现，并且有时让人隔着什么都能看到，甚至有时比眼睛看到的还要真切。在乡下人们用耳朵的机会似乎不多，但在城市耳朵似乎常常比眼睛更可信，也更重要，甚至可以说人们就是通过种种声音彼此相处的。

　　我爷当年之所以到西安后没有了音信，最后一去不复返，我猜想和他当初不会用耳朵有关。想想他当年无论最后是被炮弹打的，还是被枪、被刀结束性命的，假如他能很好地使用他的耳朵，那么他可能就能躲过最后消失的命运。有些事在我看来听到还来得及，假如要等看到，那么你就是长十条腿都没有用。因而我爷当年的情况有可能就是这样，他看到炮弹、子弹或刀过来，这时候其实就已经玩完了。我来到城市就是如此，我有时真正不在意自己看到什么，人根据看到什么做事往往太危险，因为那样你常常就死定了。我最初就多次吃过这亏，我在什么地方玩，总在看和观察父亲，但由于过分相信眼睛，结果多次后脑勺被父亲打了才知道真正发生了什么。城里人常说，隔墙有耳，就是他们太知道声音的重要。我推测我爷当年吃亏，关键不在别的地方，可能就是他初到城市不会分辨声音，也可能他耳朵先天有障碍。我那天被我奶打，并不是当时我不知道她来，甚至最初没看到她来，当她的拐杖一戳进院门里，我就知道她来了。她的拐杖戳地的一个特点，就如同炮弹。但那次我之所以没有跑，有两方面原因：一来我觉得我没有做什么；二来要不是她当时那么大喊一嗓子，你这家伙现在真是胆大了，我还不知道她是冲我来的。后来等知道了，我觉得跑已经没有用了。我知道我当时就是瓮中鳖，我奶能找到瓮，或者她就这么在瓮边待着。

有时怕是会传染的，不怕也一样。我奶当时在我们家别说我怕，就连我母亲、父亲都怕，那我见到她自然也就怕，甚至这种怕还让我说不出缘由，抑或就一句话，怕。后来我听人说，其实世界上最美妙的东西都是由怕组成的，没有怕世界就荒芜了，世界便到处都是战争和战乱，就是大家各自不顾一切地杀戮，就是血流成河。人能接受的死亡是自然死亡，这样的死亡犹如一种正常的存在脱落，甚至犹如某个地方忽然掉下的土。因而，人在城市和在乡下最大的不同就在于，城市里人和人都像玻璃瓶，大家在一起似乎不怕别的，就怕相互磕碰，甚至中间还有相互反射、反衬形成的美妙，从而形成魔幻和梦幻感。因而，人走在城市的感觉更多时候不是人动，而是心动，心形成了一种更具变化的情景。

一段日子我就喜欢那么四处游荡，尤其从一个街道到另一个街道，从一个院落到另一个院落，恍惚总有一种探秘感，有一种偷窥和试图偷窥什么的欲望。一天我们几个孩子就钻入了一个幽深的院落，我们看到又似乎没有看到什么，但我们当时都听到了卧在墙头的那声猫叫。那声音悠长，仿佛从猫嘴吐出的并不是声音，而是丝线，是自上而下落下的一张网。当时我们就躲在那儿的花园里，透过一株石榴树的缝隙观察着那里的一家人，恍惚这时的我们都成了一只只蚊子、苍蝇，或脚下的湿湿虫和蚯蚓。这时一个两三岁的孩子手拿一个棍子走了过来，接着我们听到了一个女人的声音，再下来我们看到那女人正在梳头，小孩似乎不听她的，继续往我们这边走来，后来也说不清为什么，他又往回走。这时猫还在叫，并且随即从墙上下来，钻到了那家人的屋里。这时有一个男人从大门走了进来，我们几个人被捉了个正着。记得当时他问我们干什么。我们回答在玩。男的说，你们玩得好，倒玩到我们家院子了。女的这时搭话道，我就说猫怎么好好的就钻到了屋里。只听这时女的又说，好了，你关门，我放狗。我们一听这话，吓得当时一个个差点儿没趴下。这时我们才看到一直卧着的一条狗此刻已经站了起来，而且那舌头吐得像几天都没有吃食。我看到那女人已经朝狗的方向走去，狗的表情也像急着出征的士兵。我的尿又一次流了出来，并感到自己的骨头都没有了，似乎有点儿正在被狗吃的感觉。这时我们当中有人先说话了，大爷，我们再不敢了，大爷就饶了我们这回。这时只见那人说，你们以为狗不吃肉怎么？更别说狼狗。就在这时，我们一个个往外跑，只见那男的几乎照我们每个人的屁股后面都一脚。我当时差点没被踢趴下。怎么说呢，能逃出虎穴，我们就是胜利。令人想不到的是，这时大门已经关了，下面只有似乎猫才能钻过去的空隙，但此时几个同伴都已经趴在地上，试图从那里钻出去，可都觉得自己的头太大，都恨不能自己变成一只老鼠。

后来，那男的给我们开了门，开门时他抱着刚才的那小孩。这时我们才看到他们的这道门不是一个门闩，而是上下各一个。后来，我发现他们家的猫这时也跟了过来，并就那么在葡萄架下看着我们。以后还敢来不，还敢到这儿乱窜不？我们没有一个人不说再不敢了。从那个院落出来后，我们才知道那里的空气新鲜，那里的阳光不错，也才知道什么叫城市里的深宅大院。

眼睛很大，像张年画

就在某一年的春节期间，我竟然被父亲带着又进了这家院落，更令人难以置信的是，后来我娶的夫人便是当时踢我们的人的妹妹。当然，这是后话，是多少年之后的事情。其实，后来我才知道，他家的老爷子和我父亲的关系不一般，应该说算得上世交之上的世交。原因是他家的祖父当时和我爷就在一起，后来还做过当时陕西军队里的副统领。我这是不是在做梦？那天可以说我自己都不敢相信自己的眼睛。记得那天上午，当父亲备好礼，说今天带你去见你还没有见过的伯伯时，我确实很兴奋，似乎有种铁树开花的感觉。可那天当我到了那个我曾去过的院落门前时，我忽然对父亲说，我不想去了。父亲看了我一眼问,为什么?我说不为什么,我就自己在外面玩。事实上,我当时看到父亲将我领到这个院子前时,我的心便跳了起来,我怕父亲的朋友就在这个院子,同时也怕这个院子那天打我的男人此刻从里面出来,碰上我,并在父亲面前认出我,甚至最后再训斥我几句。这真叫怕什么来什么,真叫蚂蚁朝人手指下钻。果真父亲在这家门口停下,并抬手拉那里的门铃。我看父亲那么熟练的动作,就知道父亲今天要带我去的地方的确就是这个院子。这时我头上的汗都出来了。父亲看了看我,就说了四个字,看你出息!我听到从院子里传来了散乱的脚步声。这时我真有一种上绞架的感觉。

　　小时候我就有过这种上绞架的感觉。当时,还是在大姨家,那时我可能只有五岁不到,当时我说拉屎,大姨说就蹲在对面墙边去。那里当时有很多鸡,鸡我不怕,我跑过去它们就跑掉了,甚至跑得比我还快。可就在我蹲下开始拉屎时,看到一头猪卧在不远处跟死了一般。那猪很大,而且是头母猪,常常看到它那猪奶几乎都快拖地了,尤其被它那些刚生下的一群小猪吃着的时候,就更显得如此。可是让我没有想到的是,当我正在一心拉屎并看着大姨在树荫下纺线的时候,我突然感到屁股凉凉的,接着就被顶了一下。我这才看到那猪张着嘴一下将我刚拉出的屎一口吃了个精光,而且跟在它后面的还有它那一群猪崽。我有一种被围困的感觉,尤其那头母猪更令人恐惧,它的嘴开始朝我的屁股直接伸了过来。我一下哭了起来。我怕什么?我怕它咬我屁股一口,怕它将我那尿尿的东西一口咬掉。我当即就觉得自己像死了一样,当即就像在那里等鸡鸡被咬掉瞬间的感觉。这时候大姨不知什么时候已经跑了过来,我听到大姨喊,你这挨刀的,看把我娃吓的。也许猪就是猪,它不管大姨怎么喊、怎么踢和打,还那么往我屁股下面拱。这时大姨才一把将已经吓软的我抱起,并说,你就不知道换个地方,不会跑?后来我回忆起当时的场景自己都笑,人家玩的都是虎口夺食,我大姨这个小脚老太则玩了一把惊险的猪嘴夺娃。

　　那天给我们过来开门的竟然还是那天那个男的。等门打开,他先叫了我父亲一声叔。我父亲则说句,隆隆在家,你父亲在吗?只见隆隆说,在、在。父亲这时不知是想到了我还是什么,竟然特意给那个叫隆隆的人说,这是我的小儿。隆隆这时看了我一眼，我也看了他一眼，最后他说了一句，好像见过。我父亲说，是吗？接着对我说，还不叫你隆隆哥。这时我不得不从牙齿缝挤出那个字，哥。我们向院子深处走去，这时我从一群孩子中看到了当时和我年龄相仿的女孩。她眼睛很大，看上去就像一张年画。同时我又看到了那只猫，看到它似乎觉得人多，抑或因为看到了我，竟一下蹿到了葡萄架顶端。那大眼睛的女孩这时对着已经在葡萄架顶上往下看的猫说了一个字：坏！我感觉就像一粒石子掉到了水中。

那天我就像在风雨中提着鞋在什么地方跑。有时兴奋就如同时间绽放的花。

冬日的草垛

草垛在阳光下有特别的香。我从滑梯上下来，又想起以前。很多时候我们就如同鱼游在水里，如同光线在不同的时间背景中交错。那天，父亲划着了火柴，他在点烟，在火柴光中我看到了他的面容。白天我似乎从没有清晰地看到过它，或者说在其他的时间段落、角度，我从没有像这时，这么躺在被窝里看得明确，有一种雕塑感。在乡下的时候，我非常喜欢草垛，似乎有了这样的东西我就有了快乐，有了温暖，有了类似从一个季节回到了另一个季节的印象。我们说夏日永远是热烈的，冬日永远是萧瑟的，可是，假如我们在冬季能看到草垛，我们恍惚便有了一种温暖。我看到父亲这么点烟的那年，他已经六十多岁，从某种角度讲，他此时更像草垛，更像由时间堆积起的旧物。冬天在老家，人们就是靠各种草垛过冬的，在没有过冬前我们看到草垛都很高，都那么一个个排列整齐，但到冬天开始后，那儿似乎就一天天瓦解，一天天变化，仿佛在被时光侵蚀。因而我们看到此刻鸡喜欢到草垛这儿来，这儿似乎还有它们能够找到的吃的，而有时孩子和老人也喜欢到这里来，特别是当阳光照到那里的时候，老人在那儿晒着太阳，小孩们在那儿爬上爬下，就像又回到了丰收时节。

从我的角度，我能感到父亲似乎是从更远的时光中走来的，他已经有了深秋的迹象，这点从他已经花白的头发便能感知到。夏日的他是一个什么样子，春天呢？有时麻雀和蟋蟀的不同就在这里，似乎一个我们已经认识了很久，一个则是我们刚刚认识的。记得刚刚来到城里的时候，我发现城市里的鸽群很多，有时它就那么在我们头顶盘旋，有的是静静地飞，有的鸽群则会传来很响的哨音，让我们不得不抬头看它们。也许在我看到鸽群翻飞的那一刻，我就感到这儿的存在似乎充满空间感。因而从立体到平面，有时会让我们看到更多，也让我们能够感到更多事物的不同。

　　一天，我们很多小孩出去捉蟋蟀，感觉就像我们多年后一帮人出去打野兔，似乎这时人们能够真切地感到梦是什么样子，又是如何令人愉快的存在。那时我们一路都在讨论什么地方的蟋蟀厉害，有的说辣子地的，那儿的蟋蟀是火钳；有的则说是坟地的，特别是墓穴里的，那里的蟋蟀才厉害，因为它们生活在人都不敢去的地方。这样，我们一路向郊外走去，向我们能抓到蟋蟀的地方走去。有人说，人其实每个阶段都有得玩，而每一种玩都有每一种玩的快乐。我看到一块石头从什么地方掉了下来，同时看到一只蟋蟀在蹦，看到一只鸡刚好将它吃掉。我父亲一次指着我说，你就别学好。我不知道这话讲的是什么。

　　那时我们已经恋爱，我们已经有了一种说不清的感觉，这种感觉带着我们向郊区走，向空旷和寂静的地方移动。当时我们都没有问对方我们这是要向哪里去。在我的记忆中，那天的阳光很好，到处都是庄稼成熟散发出的气息。因而我们这时就像随风在飘，最后当我们走上一个高坡，当我们看到了那刚刚垒出的草垛，我们便走到了那儿，最后又像两只鸡卧在了那里休息。我闻到了草的香味，闻到了我从没有闻到过的味道。她爬到了我的怀里，我隐隐知道她想要什么。我开始用手摸她胸前凸起的地方，虽然隔着夏日的衣衫，但那种柔和软，已经让我有种小时候被泥滑了个屁股蹲儿的感觉。这时候时间很慢，慢得就像停到了那儿。我们都有一种无法再分开的感觉。这时候我能感到我的手已经变得像猫的爪子，继续……可就在这时一个小孩站到了我们面前，我们听到了一个妇女的声音，你这是要去哪里？与此同时我们看到了一个高个子女人走到我们面前。我们的梦开始消散，我看她也像从刚才的深梦中醒来。

鸡将蟋蟀吃了。

青春突然醒来

　　天气很热，我打开窗子。一天我在翻看旧时的照片，从照片中看到了我，看到了我父亲三兄弟，也看到了我奶、我姐、我哥、我母亲和我的两个婶婶，另外还看到了我其他的堂兄堂妹及一些晚辈，感觉就像猴山，就像时间以这样的方式形成的一种存在展开。更让我惊奇的是，在一张有很多人我都不认识的照片上，我居然还看到了虚娃老舅：照片上的他那时还很年轻，但似乎怎么看都有点怪，后来我发现怪其实不在别的地方，而在他的穿戴。开始也没有注意哪里有问题，后来才发现他衣服的纽扣似乎扣错位了，再加上他个子不高，又站在最边，给人的感觉怎么看都像是临时挤进来的。

　　也许这正像那次虚娃老舅对我所说的，人其实谁也别将自己当回事，我这个人就是这样，我从来都是将自己当作狗屁，也可能正是因为我一直都将自己当狗屁，我才能活到今天这把年纪。说实在的，我知足了，说实在的，我也没有想到今天还能喝到你这个小孙外甥的酒。当然，你爷在我的记忆里不是我这样的人，人家出生在高门大院，人家当时是公子身，而我算什么？说句不怕你笑话的话，我小的时候想找一个给别人放羊的差事，不仅要看人家主人的脸，很多时候还要看人家羊的脸，就是当时我连看羊脸色的资格都没。后来我确实是因为你爷的事才有机会到西安的，也才算有机会到这更深的水里转了一圈，也可以说长了些见识。

　　我一边看着照片一边想，就仿佛从一棵树上溜下。那时我已经上中学，已经开始注意自己的形象。人有时对异性的好奇是一点一点形成的，是渐进的，就像我们上梯子，那么一格一格的。我不知道别人第一次遗精的情形如何，我第一次遗精似乎有点特别，有点让我自己想起来都难以置信。那天不知是我自己也到了发情期，还是那女人不经意间打开了她那扇窗户，让我感到自己一下有点不对劲。她当时只是在楼梯顶端那么站了一下，在那儿，穿个大裤衩喊她儿子回家吃饭，而我当时正蹲在楼梯下看别人下棋，我一扭头便看到了她那儿，看到了那儿一片乌黑、一片蓬松。问题是她还曾是我的小学老师。看到老师那儿，似乎更有一种特别的梦幻，也可以说是特别的欲望。她怎么连内裤都没穿，她……我这时已经没有心思再看下棋，我跑到楼外就上了一棵树，那时那树上的洋槐花正在开放。我一下爬了上去，就在我的手要抓住树杈的瞬间，我有被人打了一枪的感觉。那是一种晕眩，那是一种神奇的感觉，那更像一种瞬间的死，就那么从体内打出炮弹。这时我从树上溜了下来，我发现自己那儿湿了一大片，就如同倒了满满一瓶糨糊。我赶紧将原来塞在裤子里的衬衫拉了出来，盖住了那片湿处往家走。当时最强烈的感觉是觉得自己仿佛都不会走路了。

  人有时候是要放养的，放养才能看到各种景象，才能让我们增长更多见识。也许正是这次遗精，我开始自己洗衣服。母亲那天也觉得我洗衣服有点奇怪：一、之前我没有洗过衣服；二、那天又不是洗衣服的时间。但母亲看我重新换了衣服，并自己洗，只对我说了句，长大了。那天，我一边洗衣服，一边回忆，回忆就在几个月前我们去学农，当时我们男生女生住了只隔着一堵墙的院子。一天中午，我们吃过饭准备休息，忽然有位同学脱下自己的红背心，我们不知道他要干什么，只见他这时开始对着站在那里的一头驴抡起来，而接下来发生的情况让在场的所有人都哄堂大笑。这时大家看到了什么？这时大家看到了这样的一种神奇景象，就是那驴的家伙开始下坠，并且最后像液压装置似的伸到了极限，最后在那样的骄阳下开始敲打肚皮，声音很响。我们的笑声更大，笑声就这么飘过墙传到了女生住的那边。下午我们去劳动，便有女生问男生，你们中午都在笑什么？让我们女生都没有睡成觉。有一位男生说，想知道不？下午带你看。

  下午吃过饭，我们这边又传出笑声。这时真有女生过来看。没想到她们还只是看到驴的那家伙刚下来，就吓得跑了。有同学这时喊，别走啊，精彩的还在后面。后来我看到有一位后来的女生看到了驴打肚皮的一幕。再后来，我们的行为被饲养牲口的人制止了，说你们这样会将驴搞惊的，到时候出个意外就不好收拾了。我们也就只好散去。

同学里真有馊主意多的，也有睡得和死猪一样的。晚上，睡的人睡了，没睡的便开始折腾。这时有人又出主意，说谁都遗过精，我有一个办法可以让人遗精。他说，给人脚心抹上清凉油，并不断给他脚心扇扇子，他的那东西就出来了。这时有人便开始忙活了，只见有人忙着拿清凉油，有人拿扇子，后来便选中了一个睡得死猪一样的人试验。这样有人开始给脚心涂清凉油，有人开始扇扇子，还有人开始扒那人的裤头。当时裤头还没有完全扒下，但家伙已经出来了。大家围上来看反应，过了一会儿，有人说怎么还没有反应？有人说，干脆将裤头完全给扒了。可那人就是不配合。有同学又说，我有办法叫这小子翻身，给我拿水来。有人赶忙拿来水。只见这位同学一下子将一缸子水倒在了睡着的那人屁股底下，后来那人确实翻了个身，但裤头还是没扒下来，倒将人扒醒了。

就在我洗完衣服的那刻，我感觉我爷走得太早，也许对西安的了解还比不上虚娃，比不上我们这些他的晚辈，甚至比不上我奶。

一天，大姐说，咱奶说心里话，说她受罪也受罪了，可说她享福她也把福享了。大姐说这话是有根据的，或者说也是她自己的亲历。那时候父亲在西安闯荡得不错，已经在盐店街经营了一家相当规模的银号，这时候咱奶可以说已经变得有点神气活现，当时几乎每个星期都要坐着洋车看戏，而且几乎次次都带着我，而我那时只有十二三岁，恍惚每天都生活在一种快乐中。那时候父亲的钱庄里放的是陕西部队里的军饷，因而每到星期天，都会有小汽车停在门前。后来我知道都是当时的军界人士，他们来到父亲这里并不为别的，就是为打牌。银号当时是一座四进的大院子。最前面营业，后面就是掌柜办公的房子，再后面便是招待客人的地方，那里有可以打牌的房子，有可以喝茶的厅室，还有可以休息的屋子。而最后面便是伙房，是准备酒菜的地方。大姐说，我最喜欢到伙房，不仅有伙计和我玩，还有不少好吃的，而每个星期我都要到那里去几次。有时是自己去，有时是和咱奶一起去，偶尔也有被父亲领着去的。和咱奶和父亲去，我们一般都坐车，而有几次我是一个人那么走过去的。大姐说这话的时候已经五十多岁，但感觉她的回忆此时和当时就像只隔了一道薄纱，有一种飘逸感。

我第一次和燕子亲密接触也是在大姐那儿。有一天，我忽然看到有燕子飞到了大姐家的上房，那里很高、很大，但看去却很土、很乱，仿佛一切都是秩序中的没有秩序，一切都是空灵中的空灵，尤其当早晨的光线照在那儿时，我们就像待在了时间深处。当时大姐家没有别的人，他们该上学的上学，该下地的下地，就我和大姐在家。大姐这时正在忙屋里的事，就是一会儿喂猪，一会儿扫院子，再不就是捧一捧做饭用的柴火。而我就在院子玩。这时我忽然看到有燕子飞到了上房，我进去一看，燕子那么贴在墙上，似乎给上房门对面的墙上抹了点泥。我开始不知道那是做什么。大姐讲，那是燕子要在那儿做窝。这工作后来具体持续了几天，我没有注意，但终于有一天我看到了一个完整的燕窝。我感到惊奇，也感到神奇，同时也感到像做梦一般。我看到燕子的嘴里每次不过就衔那么一丁点儿泥、那么一丁点儿柴和草，但最后呈现在我面前的却是有姐夫拳头那么大的一个窝。

后来我看到窝里有了小燕子，有三四只。这时我看到燕子似乎更忙碌了，不时叼着虫子那么出出进进，忙碌得有点不管不顾。有时我就那么站在门口拦挡，但燕子总能近似箭一般那样飞过去。直到有一天我看到那些小燕子也会飞了，直到有一天我看到燕子拉出的屎白白地在墙壁上流了那么一长溜，看到黄昏时分燕子一家挤在窝中，并整整齐齐地睡觉，我恍惚才感到了世界原来是什么样子。

也就在那之后我回到了西安。

我看到一只鸽子在屋脊上扇着翅膀，最后落到了另一只鸽子上面。而转瞬我又看到其中一只鸽子沿瓦坡滚下，同时看到几根羽毛和血。这时我转身跑回屋子。我真的不知刚才怎么会发生那一幕。我不知道当年我爷是否也是像那只鸽子一样从什么地方滚下的。我知道他不是一只鸽子，我知道他身上没有羽毛。

那年的九月，我重新回到了我当初上一年级的小学，也回到了我当年所在的那个班级。我向同学打听那个叫"娃娃脸"的老师。同学们说在我走的第二年，"娃娃脸"老师便去了部队文工团。其实后来当我回想那天发生的事我也很后悔，甚至内心也有一种隐痛。我当时那么做其实只是为了引起她的注意，她当时在我眼里确实很漂亮，而且声音很好听，但最后我将这一切都打破了。重新回到原来的学校，我有一种故地重游的感觉，而同学们对我也有种新奇感，不知道我这些年都去了哪里，如今怎么又冒了出来。

　　和我们的学校一墙之隔便是一座教堂，偶尔从那里传来诵经声，就像恬静中的恬静，我们从那声音中仿佛能看到在池水里游动的鱼。再回忆在大姨那儿上学的情形，我才发现这中间的差别。那时我们是在一个什么破地方上课，其实就是在大姨父家门对面由戏台改建的地方。改建很简单，就是将戏台正面用土坯垒起来，上面留那么两土坯高的缝用来采光，实际上坐在里面感觉就如坐在地窖里。当时我们是三个年级的学生一起上课，四五年级的在后面一间还算正规点的教室上课。可是，现在看来那哪里是在上课，简直就同大姨父的饲养室差不多，就那么一个食槽，然后拌好料让骡子、马、牛共同吃。而所用课桌、凳子都是学生自家搬来的，桌子高低不一宽窄不同，凳子更是稀缺，有的干脆就用土坯、砖头垒着当凳子坐。这样天热还好点，等到冬天的时候，我们在这里就不是听老师讲什么、说什么，而是只听见一个个不住吸鼻涕的声音。再就是我们在乡下基本就不用本子，更多时候用的是石板、石笔，就像狗撵蝗虫玩。

　　据母亲回忆，我们家最后能到西安，似乎同别人并没有关系，而只同我奶关系最大。她当时是铁了心要去西安，而能表现出她这个决心的有一点，就是在我老爷死之前，我们家在村里重新盖了一个院子，推测老爷的意思是让大家换个环境，让大家都尽可能地将过去的事情忘记。因此，老家当时为盖这座新院子可以说没少花心血和心思。可是就在这座院子盖好的第二年老爷便撒手人寰，这时候家里的大小事务便由我奶这个寡妇一人掌管，最后她的意思就一个方向，离开这个村子、院子，好像不论付出多么大的代价，就是爬也要爬到西安。可是，在老爷在世时，她做不了这个主，那次就因为她不顾一切要去西安，结果被老爷一气之下打折了双腿。自那以后我奶双腿便落下残疾，两条腿最后都伸不直，走起路来就同两根枣木棍，朝内侧弯。但即使这样，老爷一过世，她还是立即开始张罗，开始从这里一步步往西安转移。在母亲看来，我奶的某些霸道甚至超过老爷。当然，母亲还有另一个说法，寡妇似乎有时候也必须厉害，不然真会被人欺负。

在城市我们睡的是床，在城市我们走的是马路，在城市我们少了一些泥土的味道。父亲到城市最早，接着是我二叔，接着是三叔，感觉就像老鼠一个个往外钻。我母亲当时是最晚一个离开的，而我则像最后一只飞过去的麻雀。

活着就是活着，仅此而已

二叔长了两只扇风耳，看上去很怪，就像动画片里的老鼠。但二叔喜欢笑，有时看到他就像太阳从什么地方出来。母亲到我们家时，二叔就三岁，在母亲印象中，二叔很乖，就是后来到了十来岁，母亲只要一说洗衣服，二叔立即便将自己脱个精光，并将脱下的衣服扔到盆里。二叔是最会看脸色行事的人，因而无论在家里还是在外面，他几乎从来不会让任何人操心。如果我父亲是正，我二叔便是曲，而比较起来我三叔便是软。有时他们几个在一起我就能看到变化。有时我在梦中会想到这些，就像想到其他。

一天，我正坐在那儿，有人将一根逗蛐蛐的草塞进了我耳朵，这让我浑身打了个寒战，就像我有时刚起床尿尿时那样，它让人有一种不由自主的感觉。事实上，人在这样的状况下也很舒服，抑或正是这样让我们类似回到了更自然的环境中。当时我们是干什么去了？我想当时我们应该是又到野外捉蛐蛐去了。那天我们确实去了一片坟地，而且在坟地周围我们还确实看到了不少骨头。这些骨头或许没有让我们产生特别的感觉，有时我们会拿起大点的骨头，看骨头的洞中有没有藏蛐蛐，假如藏了我们会觉得那才是最厉害的。最后我们虽然在这里，在这些死人骨头中一无所获，但我们似乎由此感受到了时间和时光的另一种存在式样，这就是永远的什么。有时孩子就是这样，或者正是这样的存在，才让我们感受到了一种远和近。就在我们坐在一个水渠旁的土坡上休息时，那家伙将蛐蛐草塞进了我耳朵，让我差点尿裤子。有时这样的感觉有一种连带、相关，有一种我们都不清楚的存在感。记得刚才我们就看到有人拿了两根死人的骨头在当望远镜般看天空，看我们，看周围的环境。我当时没有找到两个，只找到了一截骨头，也在那里望起来，在我印象中这就犹如一个单筒望远镜，似乎看上去更洒脱，更有感觉。

我知道我奶已经被埋到了地下，我知道我爷是在西安消失的，而现在我拿的骨头我也说不清是谁的，也可能是老虎、豹子和山羊的，但我当时无论如何不会想到是鸡的、鸟的，或者是老鸹和喜鹊的，它们没有那么大的骨头，尤其是麻雀，我曾看过它那细腿，它那小小的嘴。有时我也想我爷怎么那么笨，那么大的一个人怎么说丢就丢了，说没就没了，想起来还真不如此时飞舞在我们眼前的那些小虫，它们还没有蚂蚁大，可它们现在还飞得很起劲。一天，我听大姨说人都要死。我当时也不知出于什么心理，朝她吐了一口唾沫，甚至最后还抠出鼻痂往她身上抹。大姨说，我不说了还不成？正在这时，忽然有两只鸟追逐着，仿佛从高空直接掉下的情景。也许正是由于这样的打扰，我才不再同大姨纠缠，而想去捉它们。

我不知道我爹那辈人都在忙什么，我只觉得我爷那辈人似乎在忙打仗。我说不清打仗是否很好玩，就像我们有时孩子和孩子那么打在一起，而且常常也会打得头破血流，最后哭声一片。有一次，我也被人在头上打了个包，那包是被一个人用棍子敲的，这让我有了一种新体验，这体验便是有时打架会让人疼，而且这种疼会让人记住也认识什么。当时打我的人比我大，我当时没有和他发生争执，但他最后照我脑门就是一下。我当时什么反应？我当时第一反应便是哭了，第二反应便是不顾一切地扑了过去。打我的家伙看到这种情况掉头想跑，我当时抱住他的腿便是一口，只听他大叫一声，接着便是鬼哭狼嚎，卧倒在那里，也忘了这时手里的棍子是做什么用的。后来在他的腿上留下了我上下两排牙印，有的牙印深处血都出来了。后来那家伙再见到我，便远远躲开了，仿佛是我让他知道太阳出来是红的，我都没有想到他那么高的个子见我就像见到狗。

那天回到家，母亲问我头怎么了，我说让蜂蜇了。母亲上去就一巴掌，叫蜂蜇了，是不是和别人打架了？也是在那一天我想，我爷到西安前肯定没有被狗咬过，因而他可能还不清楚血是红的。

女人将那么多的纸夹在那儿,我不知道为什么,以为也是和人打架了,因为当时我不止一次看到那上面的血很多。就是一个人的头和脸被刀砍了,也流不了那么多。我记得我在乡下时还没有看到过这样的情况,但在城市这种情况常常看到。就在我上小学时,一次我课间上厕所,便听到给我们上算术的老师给一位刚从厕所出来的老师说,一会儿你给我上办公室拿点纸过来。说完这话,她后面又诡秘地加了句,多拿点,你应该知道。那老师说,我知道了。然后她们那么对视一笑。我尿尿的时候在琢磨她们的笑,隐隐让我想到了粪便池常常漂浮着的血纸。算术老师长得倒挺漂亮,尤其她一笑那排洁白的牙齿,就让人心里难免有梦。可当我想到那乌黑的纸,我就像看到苍蝇落到了什么地方。

窝窝叔老婆应该说长得也很漂亮,但一次在我看她拉完屎在土墙那儿蹭屁股,这让我后来怎么看她都有点别扭,都会想到当时那幕。这和她那天撅着屁股往她的韭菜地撒尿似乎还不同,因为我大姨在院子常常也这么做,但我没有看到过大姨拉屎后那个样子。我当时想男人这样没什么,小孩也没有什么,我在乡下时也这么做过,甚至用树枝擦过屁股,那其实就是个意思,意思是我的屁股已经擦了。

人有时可能是见怪不怪,或者说人有时就像山里的猴,下来的一句就是,一个干什么都干什么。我在乡下很少洗澡,最多就是夏天的时候,大姨硬将我塞到一个铁盆里给我洗。但到城市以后就不一样,我常常被父亲带着洗澡,在那里我看到那么多人都什么也不穿,仿佛大家也没有什么奇怪,甚至也没有一点儿好奇。但有时不到这种场合似乎就不一样。记得有一次望存哥撒尿,我就跑过去扒着他的裤子看,当时他还躲,说看什么看,你又不是没有。但我还是在那儿看,搞得他最后尿都撒不出来了。

事实上,孩子对什么都感兴趣,他们有时逮到什么都会吃。我就吃过蚂蚁的腿、许多树的叶子和草的茎与根,还看到有人将活的小鱼、蛐蛐,甚至蝗虫,还有一种叫扁担的虫往嘴里塞,并且吃得还很有味。甚至有的孩子连土都往嘴里按,最后弄得就跟个土人似的。应该说垃圾就是废物,但那时候我们经常会去那里翻,似乎只要是我们当时没有见过的,比如废电池、某个金属环、药瓶,甚至那些印着字和图案的硬纸片,我们捡到了都不放,都会往自己口袋装。因而一段时间我们感到扒垃圾的感觉真好，似乎在那里我们才能发现更多我们平日见不到的东西，记得有时可能就是一段铁丝、一截线，我们同样也朝口袋装。直到后来我们在那里几乎扒不到我们想要的和没有见过的了，甚至常常抓到的都是屎，都是些黏糊糊的玩意儿，我们才罢手，大概我们真的要换地方了。

蚂蚁之所以厉害，就是因为它群体庞大。当时我们那些孩子也一样，似乎一个个时没有什么，而要集合成一群，那可以说真是威力无比，所到之处几乎没有谁不感到惊恐的。我们曾经就干过让人惊慌的事。当时有家院子有一棵很大的桑树，开始我们只是单独过去偷人家几片叶子喂蚕，可有一天当我们看到那桑树上的桑葚都红了、紫了，我们一帮人去了，有四五个都爬到了树上。当时他们家只有一个小孩和一个老太太在，我们当时的疯狂程度真可以称得上烧杀抢掠，称得上尽可能地摧残。最后当我们再回头看那棵桑树时，我们才知道什么叫战后的景象，什么叫被欺辱和踩躏后的情况。后来我回忆那棵桑树当时的状况，让我感到的便是披头散发、衣冠不整，甚至几近裸体的女人。这时桑枝、桑葚、桑叶已经铺满一地，而最醒目的便是那红、那黑，便是从那里映射出的血色光泽。

这时我将她搂得更紧，都不知是我怕还是她怕。

有时我们并不想血流成河，有时似乎不血流成河我们就不清楚什么叫恐惧，不清楚人世间的某些界限。西安经历了那场血战，仿佛平静了许多，尤其是满人曾经居住过的地方，似乎少了许多嘈杂，有的就是一切重新再来的状况。我老爷从西安回来后，已经不再多想什么，他此时似乎也已经知道打仗是要流血的，倘若不流血便不叫打仗，只能叫游戏，叫我们有些时候在看的戏。戏里的东西一旦被搬到现实中，那么它不可避免地便是那天西安城发生的一切。有时战争没有打响，我们可能都有自己的想象。可是，战事一旦起来，想象就只是想象，就如同刚才还是晴空万里，转瞬看到的便是阴云密布，一切似乎都和想象无关。

虚娃老舅比我奶小将近十岁，但在我见到他的时候我奶已经死了十多年，而他看上去依然活得很欢，仿佛他在很多地方都比我父亲和母亲更有朝气。那天当我母亲告诉父亲虚娃来了的时候，我父亲就说了句，他还活着？母亲说，我看再十年八年还死不了。父亲听了后摇摇头笑了。也许在父亲心里他都有点想不通，怎么像这样的人渣到现在还在人世。看来有些东西让父亲着实想不通，可也许这就是奇妙，是生命本身的奇妙。

我又想起虚娃的话：我就是狗屎，我知道我一辈子都让许多人讨厌，但这就是我的存在。假如我不让人讨厌了，那么世界就没有层次感了。人都活在自己的认为中，对我来说，我没有认为，我只知道自己活着还是没有活。其实事情往往就这么简单，世界就是这么一个什么都长的地方。

一天，我刚走出自己家的院门，就感到头上落了个什么东西。我用手一摸，原来是鸟屎。我抬头看了看，确实有鸟从头顶飞过。鸟这家伙真行，还能在飞行中解决问题。人没这本事，人有这本事可能就有毛病了。母亲回忆，我老爷最后死时就是这样，老爷前一天似乎还好好的，还像往日一样该干什么便干什么，但第二天起来就不同了，不一会儿工夫去了几趟厕所，最后他自己也说都到不了茅房了，后来他身上便有一股臭味，而且那股臭味迅速在空气中弥漫。到了下午他便彻底垮了，不仅连茅房都去不了，而且还不住地呕吐，到了晚上便不省人事。事实上，母亲说就一个时辰的工夫，你老爷就走了。后来人们回忆那天他吃了什么，也没有发现吃什么特别的东西，还是平时的饭、平时的菜，可是，谁也没想到老爷这么快便走了。有人也说，就是一只鸡也没有这么快，这不真有点和挨枪子儿、挨炮都差不多？这让我想到了大姨父家两面倒塌的墙。当时我也想怎么一个时辰的工夫说倒就倒了？还没有那猪圈的墙看着结实。想到这些，母亲说，人有时真像纸糊的。

虚娃说，我将很多东西看得比较淡，是我经得实在太多，而且各式各样的死人都有。人死如灯灭，那时你就会清楚什么都比屁淡。虚娃说着自己又笑了，说这让他又想到了那一年多每天都吃两个荷包蛋的那段日子。我能看出在他心里那似乎是他一生中最惬意的时候，也是他最有阳光感的一段时光。我知道那是一种什么情况，就是他和我说话的那个时期，我清楚我父亲当时在家里都没有每天能吃两个荷包蛋的待遇。用虚娃自己的话讲，这叫狗也有过年的时候。

我在乡下还喜欢做的一件事便是拉风箱，那感觉很好玩。在我看来，风箱在农村便是最奇妙的装置，它让我有了一种神奇感，让我觉得是我将很多东西那么联动到一起的。大姨家的灶房在西面，因而每当早晨太阳升起的时候，那儿本身便十分明亮，或者正是这样的明亮让我坐在那儿拉风箱更感神奇。那里有柴草，也有炭，烧起来各有各的味，也各有不同的火苗。假如烧柴草那么烟雾便很大，大得让人都看不清锅里的水开了没有。但假如烧炭就不一样，似乎屋里有的便是阳光，便是阳光本身照在这里的情景，而且这时我还能看到外面的景象，看到鸟在飞、鸡在跑、苹果在生长。那时候我真没有想到人会死，更没有想到死人的事情在世界上其实时刻发生。

虚娃有次说自己能活到现在，其实就是从不同的死人堆里出来的。也许正是那天我觉得虚娃似乎也像一个鸟人，一个类似长着翅膀的主儿，一个在什么地方都可以落的家伙。

记得有一段日子我在想这样的问题：女人为什么蹲下尿？当时没有人给我回答这个问题，只是对我讲，你大了就清楚了。说这话的人我记得就是那天到大姨那儿通知我奶死了的雅琴。有一天，她上茅房，我跑了过去，看到她在那里尿，她说这里臭，你出去。而我当时不仅没有出去，还蹲下来看她尿。她这时说了一句，不知羞。我不知道她说这话的意思，我还是那么仔细地看她是怎么尿的。后来，我看她将裤子提起来了，并说看够了没有。我说，你怎么蹲下尿？她说，你看你问的怪不怪，等你大了就知道了。我看到她当时的脸有点红，样子就像鸡刚刚下完蛋。

来自井里的蚊子

一天，我们正在那里等着吃饭。等吃饭比等人愉快，因而我看大姨父这时正在那儿有滋有味地抽烟，我便一手拿根筷子在桌子上敲了起来。大姨父看了我一眼，让我不要敲。我平日里不怕大姨父，但有时我看到他目光直直地看我，并对我说什么时我还是怕，甚至可以说是恐惧，包含着似乎更瘆人的味道。因而我放下筷子,开始静静地在那里等。但就在这时我忽然发现大姨父站起了身,顺手拿了根棍子,就朝大门那边冲了过去,并一边往过跑,一边嘴里还不停地骂,你这贼,想挨刀了!原来是一头大母猪跑到了我们院子,并在一块蒜苗地里不停地拱。我看到大姨父那么气势汹汹,但那猪就像什么都没有听到,还在往里面去。我心想,猪真是猪,猪真听不懂人话。我看到大姨父这时已经到了那猪面前,接着我就听到一声猪叫,接着我看到那猪跑起来也挺快,而且也知道它该往什么地方跑。就在那猪快跑出门的时候,我也追上了它,并给了猪屁股一脚,猪再次叫了一声,但声音明显不大。大姨父这时过来将门关上。

我们又回到桌旁,大姨已经将饭端上。这时大姨对大姨父说,每次让你回来将门插上,你都不。大姨父没有说话,端起碗吃了一口才说,我就看它下次还敢来不。

那天我和她换了个地方又试图亲热,试图重新回到我们刚才的那种状态。这次应该没有人打扰,一切都是静中的静,周围只有那些野花在收割后的麦茬地开放,有蝴蝶在那儿翻飞,以及鸟儿在午后时分表现出赶路的情景。这时我们坐在一棵很大的枸桃树下,仿佛坐到了一把凉伞下,而且这时枸桃树上的枸桃一颗颗红得就像灯笼,很多已经掉到了地上。我们找了一个干净的地方坐下,我记得我当时是靠着树坐,而她坐在我怀中,并且像刚才我们并排坐时那么贴在我的胸前犹如睡着一样。我能感到我们再次进入了状态,我们又一次走到了梦里。我端详着她,如同在欣赏画中画。这一刻,我似乎才知道了世界上什么东西最软,什么情景让人更迷幻。我的手已经搭到了她那地方,我下面的东西已经似乎比我还急切。但就在这时一只蚊子落到她脸上,这让我一时无措,我不知是该将自己的手从她那地方拿开,去帮她打蚊子还是怎么。就在我犹豫的时候,她动了一下,她用自己的手将蚊子撵走了。但就在她撵走脸上的蚊子之后,她看到的只是她脸上有蚊子,进而发现我们周围几乎都被蚊子围着。她一下子便站了起来,比我当年被蜂蜇了还恐慌。这样我们那天本来顺顺当当的美梦便又一次破灭了,就像灰尘折射出的光线,一切都到了空中。

这是什么破地方！我看她这么抱怨了一句，就像一盏灯这么熄灭了。有时一个人的丢失是这样，一段情的消失也如此。西安是我爷当年丢失的地方，或许正由于他的莫名丢失让他的后辈们在这里似乎更加小心，或者说大家最后都怕重蹈我爷的覆辙，因而仿佛留下了一个普遍后遗症就是干什么都小心，都怕在某个地方忽然就没了，就成了又一个谜。我感到自己就是这么一路走过来的，或者说一路都像在躲避什么。有时这样的躲避便是让自己变成灰尘，变成沙粒、蚂蚁和病菌一类。这样你才安全，才不引起他人注意，这里包括猎人，也包括对手和天敌，有时还包括没有任何征兆的一些危险。我就是这么生活的，在我当年还没有到西安之前我并不这样，我什么都不怕，但到了西安之后情况大变，不要说在外面，常常在家里我都难以预测什么时候危险会来，什么时候母亲的巴掌、父亲的手和脚就上来了。恐惧让人不敢伸头，让人能格外清楚地感受自己的心跳。我和她将什么都想到了，比如人，比如狗，比如猛然的什么，但就是忘了这里还有蚊子，这个本来不应该对我们亲热构成障碍的东西，则恰恰最后让它给搅了局。

也许我父亲已经知道了什么叫危险，或者说西安是一个多么险恶的地方，因而他才不时用自己的方式提醒他的子女，让他们时刻都不能有丝毫的麻痹大意。在他看来，正是当初老爷的大意，才让他的父亲在西安跌了那么一大跤，而且这跤下去最后消失得连个痕迹都没有，再用通俗的话讲，就是连个报仇的对象都没有。这不是玩笑开大了，而是玩了一个近似迷宫的游戏。

我们起身离开时，发现就在这棵树旁边不远处有一口井。蚊子看样子是从那里飞出来的。

世界太大，找不到自己

我从那面有豁口的墙翻过便进了果园，仿佛让我感到时间的另一面还有时间，让我感到了人们常说的别有洞天。假如我不从这里走，假如我还像之前那么走大路，我是无法感到这点的。枣树上的枣子很多的时候我们感觉不到什么，但当它只剩下一颗、几颗时，我们可能更容易注意到它。人都不想让什么东西丢失，似乎丢失构成的便是一种泯灭，同时又是一种凸显。这样一方面构成了熟悉的不熟悉，另一方面也可能构成了变化中的变化。我奶后来不愿意想我爷，也不愿提他，仿佛她一直都走在另一条路上，走在让自己遗忘又无法遗忘的存在里。很多时候交错形成的便是交汇。一天，我在集市上看一个人给另一个人画像，开始我们什么都看不出来，看到的便是线条，便是白纸上点到的黑、笔画，它不可能让我们一下看到什么，抑或我们要看到它的全部，似乎就要在这里待很久，并形成了一种更有时间感的什么。后来我离开了，再后来当我路过这里时，我已经看到那个人被移到了纸上。我没有看到它整个移动的过程，或许正由于这样我才感到了其中的某种神奇，感到了它留给我的不可捉摸。我刚才要不离开这里，就能够看到它是怎么一点点到现在的。想到这点，我翻墙去了果园。

也许正是从这天开始，我喜欢让自己待在某种景象里。这样的景象本身便构成一种氛围，一种可以让我感知的存在和变化。父母一直都将我管得很严，似乎我只有变成一只蚂蚁他们才喜欢，才觉得符合他们的心愿。在我看来，他们这么做其实是怕看到我挨子弹或挨刀，因为他们都知道我爷的事，因而他们让我在哪里都不要露头。如果虚娃老舅说自己能在那么纷繁和复杂的时代和环境中活到那么大年纪是他从来都没有将自己当人看，觉得自己就是狗屎，那我父母似乎是让我连狗屎都别做，最好就做个屁，做个石头缝下面的什么。我开始并不清楚他们的良苦用心，后来我似乎才体味到了，屁有时比虚娃的狗屎更具有隐蔽性，也更具变化的可能。

子弹是不长眼的，因而别说你躲都躲不及，倘若还那么伸着头往上送，那将是什么结果，那不是和自己的命过不去？我奶和后来我的父亲、母亲都是这么看的，因而他们教育我的方式就是不断打头，让你将什么都藏在肚子里，哪怕最后变成粪，最后变成屁，这样你就能够避免很多东西，起码可以最大限度避免自己的头最后像一块玻璃那样被打碎。

因而我感觉在没有回西安之前，我还是自由的，是自己脑袋长在自己脖子上的。自回到西安后，我似乎就成了屁，成了他们的一个发泄筒。那时我几乎天天怕的就是挨打，而且父亲有一个特点就是打了你还不许你哭，我感觉就像是你成了屁还不成，还不能放响屁，还必须表现得无声无息。你听过蚂蚁放屁没有，听过鸟放屁没有？再还有鱼，有水中的虫子。或许正由于这样，我最后在西安就成了那种什么都不是又什么都是的存在。这样的存在就是在哪里你都是空气，都无色透明，就像从来都没有在世界待过。

这叫什么？这就叫逆来顺受，就叫哪个季节说哪种话，哪个山头唱哪个山头的歌。有一段日子，我觉得这样还不如我爷那么挨刀、挨枪子儿痛快。没想到我这话还没有说出来，母亲的一巴掌就打到了我脸上。我心说母亲有时比父亲还厉害：父亲只打你露出头的部分，而母亲更绝，似乎见芽就掐，就像对待冬天的洋芋。

一天，我到朋友家，也许由于我的动作过轻，朋友说，你怎么跟鬼似的。我不敢说是父母教育我人在世上难活的话，我只告诉朋友我习惯这样了。他说，胆大点，没人会把你当老虎。我想起自己第一次尿床似乎就是梦到老虎的缘故。一次母亲告诉我，知道你爷怎么死的吗？就是他不服西安水土，最后让西安将他当肥料了。

我感到我像拿着一面镜子往什么地方照。我想没有人能看清什么，或者正是由于这样的看不清我们才感到了某种神秘，有了我们所说的执念不断。我奶最后执意要逃离老家，是她在那里看到了什么，还是什么都没有看到？而她就是要寻找，找自己的男人，哪怕将家里的所有都搭进去，包括祖宗家业，包括她三个儿子她都在所不惜。在她看来，老家当时对她已经没有了吸引力，她要将这一页尽快揭过去。从最后的结果看，我奶最后达到了她的目的。尤其当父亲做得最好的时候，当她常常坐着洋车在西安大小街道周游时，从她的脸上便能看到她似乎在对人们说，我当初想要的便是这样的生活。后来我似乎越来越感到在我奶内心一直都潜藏着一种强烈的赌徒心理，这种心理让她经历了很多，也让她最终近乎将自己的全部都砸了进去。

从看得见的角度，父亲、二叔、三叔最后一个个老鼠般离开了老家，似乎是日本人在那儿祸害，事实上在我奶内心她更像母狼一样要将自己的儿子往外攮，让他们自己去寻找生路，让他们去到更远的地方翻山越岭，而不给他们以任何侥幸。关于这点，母亲几次都说我奶当时真像一个野人，一个将祖宗留下的家业从不当回事的人，她的做法似乎就是挥霍，为了她内心的那个宏伟计划。母亲说，她这样倒好，让我们最后在老家几乎连个狗窝都没有了，而且也正是她的缘故，最后我们一家人无论在哪里似乎都是天各一方，都是那么过着寄人篱下的日子。很多人当时都说这究竟是什么事，放着当时那么好的房子不住，就那么让她的子女、家人那样浪迹天涯。因而母亲说，当时你奶在老家的名声并不好，甚至有人说哪家若遇到这么一个女人，这么一个寡妇，就是家里有座金山也让她最后荡平了。

很多时候人要遭难，可能连狗都不理，更何况在那样一个四处都充满战火的年代，更是家家户户都大门紧闭。而我奶倒好，她硬是将自己的儿子往外撵，最后自己连老窝、老巢都不要了。也许女人就是女人，在她最落魄的时候，在她几乎走投无路的时候，她才知道此时近乎所有门对她都关闭了，只有大姨家让她落脚，让她有了喘息的机会。很多年之后，我奶在回忆这段往事时似乎自己都觉得自己在梦中。

那么，她究竟是踏着我爷的足迹在走，还是在她内心就是要看一看当年吞没自己男人的西安究竟是一个怎样的地方？这可能叫梦里套梦，又似乎是一个人无法摆脱的魔咒。因而当我现在走在西安，我似乎感觉不到当年曾发生了什么，抑或这中间曾经有多少变故。或许用有些人的说法，在西安，石头下、砖块中，甚至脚下的每块土地，倘若我们将它翻起或揭起，那么它本身就是故事，就是传奇。

很多时候我喜欢在一些地方翻腾，似乎翻腾到什么我都好奇，就恍惚到了另外的时间里。记得一次我在一个小木盒里翻出一张照片，那人显得很土，土得就像刚刚从什么地方拾粪回来，而且我能想象到他当时的那身装束，似乎就是一个破棉袄，腰间就那么系一根草绳或布带，而且整个衣服上似乎都沾满粪土，都弥漫着难闻的怪味。当时我问母亲，这人是谁？母亲说，你管是谁。我说，咋这么个丑八怪，就像从粪池出来的一样。我母亲这时说，你作孽！那是谁，那是舅爷！我说，咋长这么个样？母亲说，你知道个屁，当时日本人在那里，你还想怎么个活？我说再怎么也不能像个要饭的，而且眼睛都不敢睁，还一大一小，是不是照相时都尿裤了？这时只见母亲一把夺过照片说，我留下这张照片难道是让你用来糟蹋你舅爷的？这时候我看母亲将那照片撕了个粉碎，那种碎就像当初并不存在。做完这一切，母亲又加了句，叫你在明晃晃的刺刀下照相，你就知道你眼睛能睁多大、敢睁多大。

  自从那天那么看雅琴撒尿之后，我似乎更喜欢和她在一起了。我也不知道为什么，但有一种解释就是我喜欢闻她身上的味，或者也可以叫气息。有时这种东西确实让人说不清，但心里能感受到。事实上，有一段日子我感到雅琴似乎也喜欢和我在一起，尤其晚上睡觉的时候我们经常在一个被窝，而被窝里她总喜欢将她的手放在我那里。不知为什么，我就喜欢让她摸，而且无论她如何翻腾，我都一声不吭，甚至她越摸我还会将她搂得更紧。但锅锅叔摸我就不成，我不是骂他，就是吐他，甚至有时我还会伸手摸他的。其实，在我印象中，他那家伙确实不好玩，让人一把都抓不到手里，让人觉得他那里吊的东西几乎可以说是多余。另外，大姨有时晚上也摸我，我虽然没有反抗，但也没感到有什么特别，因为我没有从大姨身上闻到那种气味和气息，而从雅琴身上我闻到了，不仅闻到了，而且还感到她身上充满了饱满，这种饱满让你死都不想离开。

  人就是不断探索什么，又不断认识什么。有一天，一位外号叫马脸的便这样对我说他当年对女人那地方的好奇。他当时是这样讲述的：一天我们几个男生将一位女生带到了防空洞，当时我们都已经十七八岁，都对那东西那地方好奇，因而到了防空洞里面，我们几个同去的男同学就一个个苍蝇一般将那位女生围到中间，后来我们一起将那女生的裤子脱了，大家点着火柴都急着看，最后将人家女生的毛都烧光了。从防空洞出来后，那女生说了一句，你们真不要脸，然后就回家了。

  世界有时就是山重水复，就是如梦似幻。八国联军侵略中国的那段日子，人们似乎什么都顾不上，就像遭遇了怪物、野兽，遭遇了那些似乎有点不像人的外来者。老爷当时看到这一切说了句，怎么就像大海的水涌了进来，怎么在很多地方人们能看到蓝色的眼睛，看到洋人，看到的就像蓝色火苗？中国人难道遇着鬼了？中国难道真要被这片蓝色吞没？那时老爷正在准备科举，但看到这样一种景象，他似乎感到了什么，或者说他似乎一定要让自己到最前面看个究竟，看看这帮人都是何方神圣。但他知道要想看到这一切就必须加紧学习，才能到更远的地方去。那时候他更多的时间就是将自己关在屋里，仿佛他将自己那么关到一个暗室，那么读书，那么想，自己就真的会看到了什么。那时的读书人都讲究红袖添香，老爷不愿这样，最多叫自己妻子倒碗水，就让她出去，似乎他在那里并不是干什么好事。其实当时我老奶也操心，这样的苦读最后人会不会疯掉？她清楚人一旦疯掉，那么最后可能还不如一个傻子，傻子有时比疯子还更好管理，因为傻子虽然帮家里干不了什么，却不会给家里闯祸，不会最后将家里搞得还不胜猪圈和狼窝，甚至还像马踏过一样。

她记得几天前村里便发生了这样的一件事，这事听上去似乎匪夷所思，让人想起来便毛骨悚然。据当时看到的人讲，就是狗剩家刚过门的儿媳妇，那天好好地在村道上走，忽然后面一匹马朝她猛奔过来，她感觉不对回头一看，那马真是直直地向她奔了过来。当时她身边还有和她同行的两位妇女，但那马似乎并没有管那两个人，甚至最后还越过了那两个人。这时她闪身进了一家的门洞，那马"嗖"的一下就从她眼前过去了，但还没有等她缓过神，那马竟然又折了回来，还是冲着她。她这时死死贴在那家关着的门上，但瞬间发生的一切让所有人都呆了、傻了，让所有人都不敢再看第二眼。怎么回事？原来那马扬起前蹄便一下将她踏到地上，这还没有完，接着四只蹄子便开始在她身上踏……最后狗剩儿媳妇被踏成什么样子？一句话，连个人样都没了，简直就成了一摊肉泥。后来人们分析可能是她当时穿得太艳、太红，让马一下发疯、发情了，导致最后没有谁能够阻止这场悲剧发生。

老爷最后会不会也变成这样一匹发情甚至发疯的野马？我感到似乎瓦坡上有瓦滑下，接着它成了碎片，成了不得不扔掉的垃圾。

西安东南城角的熊熊大火燃烧起来后，那真可谓是地狱才有的景象和场面，整个一个鬼哭狼嚎、惨不忍睹，就像在那里居住的满人以各种方式下地狱的情况：上吊、跳井是一种，割腕、抹脖子是一种，被枪炮打死是一种，更多的则是类似被当柴火烧。后来人们发现那一片的井里几乎都有死人，有的井最后都被尸体给填满了。后来听人讲,那里最后能逃出来的几乎只有一些小孩,而且还是被居住在那里的汉人带出来的,他们的家长哀求着说就是下辈子做猫做狗都要报答人家,才被有些汉人当自己的孩子给领出来了。那儿当时真犹如露天火葬场,如一座规模庞大的坟场。

当年和我们住在一个院子的王老太太便是当初从那儿的满人居住区逃出来的。她说她这辈子还从没有见过这么惨烈的景象,简直让人回想起来都噩梦连连,一想起来连饭都吃不成。她说,当时的情况真是老房子着火没有救,那天若不是她的这双当年缠了又放了的脚,她也被当作满人给一起烩了。她说,那时候人们的大脑真的一片空白,几乎没有任何想法,除了逃命,往外冲,好在我当时住的还不在满城区的里面,不然是什么结果我也不可能知道,甚至别说到今天,当时就做鬼了。我当时听这些几乎就像听神话,就像听人们常讲的鬼故事。

后来我还听人说,那天整个情况让人猝不及防,尤其那些满人,用当时流行的话便是,城门刚关半扇子,满人就杀了一半子。因而几十年之后当我们再在那片地方转时,都给人一种荒芜和阴森的感觉,有一种隐隐的寒气。

有时我们都不知道我们要往哪里去,我们似乎只是那么活着,那么在一种不断的变化中游荡。在乡下生活我们能感受的便是四季,便是由此形成的一种规律感,一种静静等待庄稼生长和成熟的感觉。但在城市似乎便不一样,似乎一切的一切都远离了季节,这时庄稼已经不是庄稼本身,而成了我们自己,成了我们自己的一种生长。犹如我们从当初的一种主动变为了一种被动,或者从一种等待生长变为了一种自我生长。因而这中间人便构成了一种多变,构成了我们所说的缝隙和缝隙中的存在感。有时这样的情况本身便构成了一种密密麻麻,构成了由人本身组成的变化。就我的印象,城市其实就是迷宫套迷宫的生活,我们在某些时候总有看不到的内容,而这种看不到便构成了一种隐蔽,某方面也可以说是神秘。

在我眼中,母亲似乎在家中并没有任何事,仿佛就是做饭,就是那么近乎整天在时光中坐着。这与我大姨、三姨和四姨不同,她们每天几乎没有坐下来的时间,每天从一睁开眼便忙碌着,一直到天黑,有些时候我都睡着了她们依旧没有睡,依旧在干着什么。我不清楚这里的原因,就像当年不清楚乡下的很多存在。

海海在我离开乡下的第二年死了。有人说他是那年冬天到池塘里挑水时掉进去淹死的。当时是他的桶先掉了下去，他下意识去捞，最后自己也滑了进去，也掉进了冰窟窿。人们最后捞起他的时候，他已硬得像块石头。告诉我这个消息的人说，也难怪他憨，桶掉进去就掉进去了，一个桶值什么，总不至于为一个桶将自己的命搭进去。

母亲说，你奶当时就像疯子，她的疯让很多人目瞪口呆，也让很多人对她没有一点儿办法。你老爷没有死时她似乎也不敢那么轻举妄动，但你老爷死后，她还是要到西安，那时候她已经将这个家完全掌控了，已经成了一家之主，一切都是她在指挥、安排和调度，她就是要将原来的家彻底摧毁，然后向西安转移、渗透，仿佛她的这个决心比谁都坚定。她说她这把老骨头最后就是死也要死在西安，哪怕死在去西安的路上。最后她做到了这点。母亲说她可能满意了，但当时新盖的那屋子，浸透了她的心血和辛劳的屋子就这么被废弃、被荒芜，让她怎么都想不通，甚至在西安几十年都没有忘记，都那么像临时住在这儿的感觉。偶尔我也想，难道我奶就为了当年掉到西安这口井里的我爷这个桶，最终不惜变卖家中一切，不惜以全家和子孙来为她打捞？

记得一次大姨也说，西安有什么好？住的就那么点地方，人住在那儿也不知你们憋屈不憋屈，反正放到我急可能都急死了。后来我的感觉是，在西安其实就是一个近似熟皮子的过程，一个最大特点就是你无论是什么皮子，哪怕你是野猪、野牛、大象、鳄鱼的皮，最后都让你柔软了，而当你柔软了，你也就城市了，就西安了，也就在一些地方滋润了。一句话，城市就是隐藏和隐蔽，就像我在城市很少见到在大庭广众之下有妇女敞胸露怀给孩子喂奶，但在乡下就不一样，似乎那是一种司空见惯，是一种习以为常。也许用老家人的说法，城里人一个个怎么就跟怪物似的，让人怎么看都假，都没有我们乡下人显得皮黑肉粗，显得豁达。当然，也有人讲，城里人是活脸不活屁股，这和我们乡下不同，在我们那里是活屁股不活脸，这叫什么？其实就叫实在。

因而城市就是一个没有谁能摸清谁的存在，或者大家都是遮遮掩掩般存在，就是看到什么都不说的一种生活。这样人都像走在风雨中，甚至觉得这样我们才刺激，才类似始终在大海上航行。

  人是鱼，也是鸟，更多时候也是我们人本身。城市就是这样的语境，抑或就是这样的一种变化和适应。这让很多人看不懂，就我家而言，我爷当年就没有看到这点，因而他不清楚这里的变化，以为还是当年在老家那么个小地方，因而当年在那个更具变化、暴力和混乱的时局下，几个转身他似乎就什么都不知了，最后自己也不知自己到了哪里，更不清楚自己是谁，结果便不知是掉到了水里，还是到了空中的哪里。这时才发现自己原来没有翅膀，发现自己也不知怎么到了这个高处。有时这种情形构成的是一种陌生，也是一种恐惧，同时又类似一种虚空。我看到一只鸟在那儿飞行，同时看到一只老鹰在更高的地方盘旋，记忆有时就是这样，而正是在这样的情景中让我们感受到自己和自我的消失。

  西安一直都在变化，有人这么讲，也有人说这样的变化让他感到迷离，让他感到晕眩，甚至让他吃不下饭。而另有一些人讲他们就喜欢这样的存在，正是这样的存在让一切都显得像处在梦里，并一直有一种刺激，有一种更具生命力的感觉和感受。我爷到这里是什么情况？他似乎就是那种晕头转向，就是那种心不在焉，就是那种左顾右盼，并由此让人感到他不是这里人，他是一个外来者。这让他想到了老家，想到了这以外的情景，这是一种迷离之中的迷离，而正是这样的迷离给他招致了危险，让人们感受到他身上的某种异样，进而构成了他的凸显、醒目，构成了他最后成为遭猎杀的目标。

  可能由于事情过去得过于久远，有时感受这些我们就犹如掉进了一口枯井里。那里有什么？事实上那里现在有的似乎就是一些残片、粉末和气味，甚至是演变。这种演变最后让我们看到的便是一些近似的矿物质。我们在这里翻找着曾经的蛛丝马迹，就像在用这样的一些近乎存在的不存在来恢复当初的情景和场景。有时在这样的地方我们会有很多想象，这种想象有时也能构成一种氛围，一种原先情景的恢复。我小时候在大街上滚铁环，那时候滚得挺起劲，仿佛那就是一个跑，就是一个随动而动的变化，让我忘了很多，甚至忘记了什么叫恐怖和恐惧，也忘了母亲和父亲的巴掌，恍惚这时的自己便是一种鲜绿，一种神奇，一种墙头上长着的草。我滚着铁环可以在人群和车流中穿梭，恍惚一切都轻盈，都像尘土悬浮在空中。我爷当初肯定没有在西安滚过铁环，因而他在人群中似乎就难以穿过和穿越，就像掉在那儿的什么。我有时觉得还是虚娃那家伙厉害，他就那么一堆狗屎样，遇到事情那么往地上一抹，谁最后见到他都躲，或许只有苍蝇接近他，似乎他领地的部队便是苍蝇家族，是让更多人都唯恐避之不及的一帮家伙。因而他最后才活了下来，最后还能和我在一起喝酒，并那么讲自己的当初，讲自己那些高兴的事。

虚娃说，在世上我们最好不要伸头，要记住伸头往往就会遭打。其实就我推测你爷当时可能就由于伸头了，他以为还在老家，还在老家的土崖上，他怎么都没人敢打，都那么被你老爷罩着。也不想想西安是什么地方，不是咱们那儿只有弹弓、土枪、胡墼块，这里有洋枪洋炮，打你个小脑袋还不像捣蒜？这点你爹比你爷强，他已经变得很滑头，知道在什么场合做什么事，也知道跟什么人讲什么话。

这时我恍惚听到了一个女人的撒尿声，听到了变化之中的变化。虚娃说，他当年在西安做得最丑的一件事便是那天他正那么端着他的黑女人在撒尿，忽然有人进来，而且进来的不是一个人，而是一大帮，而且个个手里拿着家伙。他们中有一个这时开口了，好小子，玩得挺花哨。说着就将枪指到了我的脑袋上，而他带来的那帮家伙这时都将注意力集中到了我手上那女人尿尿的地方，好像一个个都从来没有见过。那一刻说实在的我尻子都松得厉害，没想到女人的一句话倒让我镇定了下来。女人说，还不将我放下，尿完了。那帮人看到这样的场景也傻了。当时拿枪指着我的人说，干什么的？我这时并没有搭他的话，而是将女人放到床上，并给她盖好，然后从我的衣兜里拿出了大帅府的通行证。那人看到之后说了句，多有得罪，便离开了。

鸟拉屎见过没有？我当时真玩了一把在弹弓，不，枪口下这么惊险的一幕。虚娃说，有时在城市一张看着不起眼的纸就起这么大作用，就能将掉了的脑袋又重新搬回来。后来人们都说是我从枪口下救了那女人，事实上要不是那女人在那么关键的时候的那句我尿完了，我的这颗脑袋早喂野猫、老鼠，或下地了，哪还有今天能为我妈烧纸、能和孙外甥这么坐到这里？有时说谁厉害，从这次经历我看到在西安干这种事的女人都有这样的胆量，再别说什么别的人。

我看到大姨父从一个梯子上下来，又看到他下了红薯窖，整个过程似乎就那么一气呵成，感觉就像一条平滑的曲线。一次，我被大姨父用箩筐放到那里，就像到了一个秘密的去处，特别是看到那些红薯，我有点像见到了自己久别的亲人。这真可谓是梦里有梦，真可谓整个世界便是一种隐藏。

我就是张破纸

我们家的辈分感觉在我老爷那时候便乱了，这种混乱的情形让外人看了简直就是迷宫，就是说不清的说不清，搞不好就张冠李戴，让人哭笑不得。在我印象中，我刚到西安不久，一次，我到一个比我年龄大十多岁的亲戚单位捉蛐蛐，亲戚也帮我逮，而且逮得很起劲、很卖力，最后当我大获而归时他们那里有人问我，你将他叫什么？我的回答是，我不知道我将他叫什么，但我知道他将我叫舅。当时在场的人几乎都笑了。我那亲戚最后说了一句，羊小未必年龄小，牛大未必辈分高。那天我仿佛被一群年老的人抬到了轿子上，我仿佛由此见到了更远处的情景。

我喜欢蛐蛐有时并不是喜欢它别的什么，而是喜欢它吃瓜子的感觉，吃西红柿、石榴籽、青菜心和大辣椒的状态。岁月的幽深往往能从那里看到，也能让一切原本并不鲜活的东西突然鲜活，有一些情景重新浮现，并构成一种小中的大和大中的小。有时蛐蛐将自己的眉更生动，更能让我们感到它的灵性，更显奇妙。我有时会看着这样的场景出神，看到这样的场景自己都想变成蛐蛐。母亲不喜欢我玩蛐蛐，父亲也一样，好几次母亲都将我的蛐蛐倒进了渗井里，而父亲则将我的蛐蛐罐不止一次给踢了。有几次罐子虽然被踢翻了，但是我的蛐蛐却逃生了，最后跑得我家四处都是，到了晚上，蛐蛐的叫声就形成了一种合奏，形成了一种屋内四处都唱歌的情景。

父亲开始很烦,几次还用脚在被窝里踢了我几下,说都是你抓回来的这些讨厌家伙。但没有几天父亲不说了,似乎还有一次在这样的声音里笑了一下,并对母亲说似乎还有点又回到了乡下的感觉。听到父亲这么一说,我也仿佛赤脚踏在了麦草和麦子上。后来,蛐蛐的声音越来越少,不知是跑了出去,还是都饿死在了哪里,后来只有一只躲到了家里的水缸下的砖摞里。砖摞是由四块城砖拼起的,几次我都从缝隙看到它,看到它那长长的眉,而几次我都没有将它抓住。有时悲伤不是别的,而是残留,而是我看到空蛐蛐罐的时候,那里蛐蛐吃的一切都还在,就是没有了蛐蛐。

我能想到我爷离开老家到西安就如同蛐蛐跑了留下了一个空罐子。原本想着能回来,但最后发现没有回来,发现回来的希望几乎为零,大家就到处找,这一找就近百年,找得最后我们也都将蛐蛐罐给忘记了。

我听亲戚单位的人讲,你们家倒有意思。我心说,你才有意思,哪伸出你这张驴嘴。后来我发现西安真的很大,它比大姨家院子大多了,也比我们村子大多了,恍惚有种我们怎么走都没有走到头的感觉。正由于想到这点,有时我还真佩服虚娃老舅,就那么一个怎么看都像一个土老帽的人最后竟然没有在西安走丢,反而还能那么自由地穿梭在西安和老家之间。他难道是属蚂蚱的?老舅说,他的秘密就在他从来都是野生的,而不是家养的,因而他从来就不知道哪里是家哪里又不是,因而他是走哪儿算哪儿,哪里黑就在哪里歇,哪里就是他的住处。这样没有便成了有,丢便成了没有丢,你们谁在乎一张破纸在哪里,在乎那些砖头瓦片在哪里更顺眼,事实上,这样的东西在哪里都多余又似乎不多余。而你爷做不到这点,因而他在什么地方都会蹦,都会招很多人注意,因而在这方面他就不会保护自己,导致最后丢了都不知丢到了哪里,也不知被什么人给弄丢了。

虚娃老舅说,你们家有时太谨慎又太不谨慎,很多时候就是在这种犹豫和徘徊中让事情变得糟糕的,并一发不可收拾,到最后不得不背井离乡。当然,从现在的情况讲也算不上太坏,但当时的整个过程我都看了,也看到你们开始那么好的一个家最后怎么一点点变成废墟的,甚至到现在近乎变成了一块不毛之地。这一切怪谁又不怪谁,似乎目前都已经难以说清,说怪你老爷吧，似乎也不能完全怪，可以说是他一手促成让你爷到的西安，让人在那里最后没有了影，就像肉叫猫吃了，水让狗喝了。但话又说回来，当初假如没有你老爷，你父亲当年也不可能在西安站住，并一度还将事情做得很大，一度训我就像训谁家的野狗一样。记得我当时只对你爹说了一句，我好赖还是你舅！你爹差点没提起凳子砸到我脸上，并说我就是找条狗当舅，也没你这么个舅。我心说，我本来就是狗，就没有将自己当人，你找狗还不是找我，我还不是你舅？

或许正像母亲所说，虚娃就是狗挑门帘，全凭那张嘴。后来几次和他接触也算见识了。我说，老舅，听你说话怎么有时就像讲故事？老舅讲，娃，你就别憨了，人在世上不容易，我在外也闯荡了这么几十年，不敢说什么，最起码过的桥比你走的路多，吃的盐比你吃的面多，受的罪也比你拉的屎多。再说，这个社会不管谁，就是你亲娘老子也不可能一辈子搬梯子给你下，何况，你老子有时还没有那么高的梯子让你下。你爷当初发生那事其实就让我看到了这点，你爷在当时应该说梯子不能算不高，结果怎样？结果还不是指屁吹灯，什么用没有顶。在我看来，他并不是跑到了某个高处，因此梯子再高没有用，我猜想他更有可能掉到了井里。我正是由于悟到了这点，我就自己给自己带把梯子，我想上也用它，想跑也用它，最后实在不行就将自己当狗屁。后来，虚娃老舅又说，谁在世界上都有两难的时候，人很多时候会遭遇顾头顾不了尻子的境况，你说这时候该怎么办？这时候你只有蹲下来，这样高处的人就不打你的头，低处的人也就不敢在下面羞辱你，你才有逃离困境的可能。你想想，平时谁惹臭虫、苍蝇、蚂蚁做什么？所以它们的种群数量最庞大。虚娃说，城里人最大的一个群体是要脸的人，这部分人有时你将尻子给他，他顶多说你一句不是人，骂你一句畜生，他们的脸也就会像吃了喜鹊蛋一样。这部分人一般在城里还属于没有烧透的，最厉害的是不管你是给他脸，还是给他屁股，他都那么没有反应，那么四平八稳。遇到这样的人你一般不要惹，否则你不是没有了下半身，就是脑袋搬家。

我说，我似乎只有尿到裤子才会感到湿。虚娃老舅最后叮咛道，娃，可不敢这样，这样你就是人们说的生瓜蛋，最后可能还没有长成就不知什么时候让人给剁了。我问，什么是生瓜蛋？老舅说，就是还没有尝到女人的味就没了。

　　我沿着一个大坡往下走，就像顺着时间往下，总以为在那下面能遇到什么，这样我走了很久，最后到下面才清楚那儿什么都没有，只有一个水坑，而且那里的水也不多，似乎看上去就那么一点亮和湿，就长了一些草和落了些小虫。这让我想到了马的那个地方，又想到了锅锅婆娘的那地方，不同的就是一个是肉的，一个是泥的。后来我在那里尿了一泡，并将那里长的草打湿后便走了。往上走的时候我又想到了雅琴那地方，她那里不同的是似乎没有落虫子，似乎也没有那种残败感。当时我也不清楚自己怎么会忽然想到这些，可问题是我当时就想到了，仿佛那情况自己也控制不了，抑或有时候似乎越是控制还越是向那样一些方面考虑。

　　狗和狗待在一起时间很长，这种长有时超出了人的想象。记得一次我就看到这种情况，我们在吃晌午饭前看到这一幕，当我吃完饭出去，那两个家伙还在那里。我拿了一块砖砸了过去，我看到它们一起往前。后来还是大姨出来制止了我，说你就不怕等一会儿被咬。我想问大姨狗在那里干什么，大姨的眼神让我没有将要问的话说出口。感觉这时就像谁将我头顶戴的帽子拿走了，或在我头上打了那么一下。接着大姨说，走，回去，我给你摘几个杏吃。这样我便跑回院子，也就来到了杏树下。我看到这时大姨拿了一个竿子，拣已经熟的开始给我打。这样我一边捡落在地上的杏，一边又在想刚才那两条狗。

　　我喜欢吃杏，就像猫喜欢吃耗子。因为杏能让人还没有吃到嘴里就流口水，尤其是那些带着叶子的杏掉到地上，就更让我有感觉。城里和乡下不一样，城里似乎吃什么都是在吃钱，而吃钱有时却让人难以下咽，让人似乎少了一种吃的感觉。因而我到城市之后几乎很少吃什么，尤其是那些在乡下几乎并不缺的东西，比如苹果、枣、柿子、石榴、核桃、梨、李子，甚至白菜、萝卜、韭菜，在城市似乎都成了稀罕物，成了要拿钱说的另一种存在。这样在城市很多东西似乎只有看，只有欣赏，感觉一切都是真的，又似乎一切都是假的。也许正由于这样，城市给人感觉好玩，但并不实用。我能想象，我爷当初到西安似乎首先被城里搞晕了，很多东西就在手边，又仿佛隔了十万八千里。他不清楚这里的玄机，不清楚这里的游戏是怎么玩的，仿佛干什么都如同在拿自己的什么，仿佛像大姨那么拿着竿子打自家树上的杏或果子，没有想到最后将自己像炮弹一样打了出去。

后来我发现母亲在城市生活了几十年后，越来越对城市生活有了感觉，甚至有了我们所讲的城市习惯，这就是没有人清楚她整天都在干什么，她似乎每天都能在看似很是琐碎的事情中活得有滋有味，就像一切的一切都在一种不语中，一切的一切都在那种看去什么都没有的空和无中。

时间就是这样一口井，一种近似我们所说的梦中的梦。在我看来，人到了这种状态便有了一种迷离，有了一种梦幻。城市的植被和乡下不同就在这里，或者说它的有趣和奇妙便在这里，城市的人其实更多活在自己的想象里。而乡下没有这种情况，没有想的时间，有时一想什么，人便睡着了，人便一下子感到自己困了，感到自己就如同真的死了一样。

对于有些刚刚到城市生活的人来说，他们不明白想是一种什么情形，甚至觉得想是什么代价都不需要花的一种存在。事实上，他们忘了想是成本最大的一种存在方式。很多人在城市忙碌，在城市找不着北，原因是他们很多时候连想什么的时间都没有，每天就是那么马不停蹄，就是那么没黑没明，就像一路被贼撵过来似的。

或许还是那句话，我老爷当初将什么都想到了，也都叮咛了，就是没有想到我爷适应不适应城市里的生活，适应不适应到城市这样的前沿地带去打仗。后来我奶不服，又将家里的全部家当押进去，一定要见识见识西安是怎样的一个龙潭虎穴，并亲自坐镇指挥。用母亲的话说，一个寡妇要发起疯来，最后可能连野狗都怕。母亲说，后来你奶就是这种情况，就是那种近似不拿下西安死不瞑目的劲头。因此，当时很多人见了她都躲，都觉得你不想过了我们还想过，你不想活了我们还想活。

我那时并不完全懂这些，后来觉得我奶似乎比我爷、比我老爷都厉害。我老爷当初就是将一个儿子送了出去，我奶似乎更有种，她是将三个儿子都像给枪膛里压子弹那样将他们硬是打发去了西安，虽然不清楚是她觉得别人都靠不住，就让儿子到西安去找自己的爹，还是要以这样的方式去给自己找回当年失踪的丈夫，抑或她当时就只有一个简单的想法，就是死也要离开这个让她憋屈了半辈子的地方。

又一次，大姐说，咱奶当时真算得上一个人物，整个家在老爷死后就她那么撑着，而且她最后表现出的霸道和疯狂让很多男的见了她都害怕，甚至最后村里都有人称她没人惹。后来，我说起虚娃，大姐说，他虚娃那两下，看有咱奶小指头那么一点没有，他就是那样一张烂嘴什么都敢说的家伙。

我看到一只蜜蜂落到了南瓜花上，我看到这时远处的一座山很蓝，而大姨还在给地里的那些破玩意儿浇水。我又一次像苍蝇那样哼起来，并且喊，还不回家？大姨说，马上，我知道我娃饿啦。

世界没有终点

我们跟着雅琴在走，可能由于天黑，我们走得很慢，这让我忽然想到了蒙着眼睛拉磨的驴。有时世界可能就是这样的一段旅途，我们只是那么默默地走，并不知道我们要上哪里去。驴在那儿转圈，我看它走得还挺起劲，仿佛有一种走在旷野中的感觉。事实上，我知道它在那儿拉磨，在那儿就像没有终点地走。它在转，磨盘也在转，我看到麦子往下，面粉下来。大姨在那里忙碌着，一会儿拨弄上面的麦子，一会儿又在那儿收磨下的面，然后又在那里用罗筛面，我有时跟着她那么跑，有时又会趴在那儿的横木上让驴也拉上我。每当这时大姨都会制止说，小心驴踢你。说心里话，我确实在某些时候有点怕驴，在我的感觉中驴就像男人，它走得很快，尤其身上黑亮的毛皮，本身便让人有点不敢接近。我知道牛不是这样的，它给人的感觉总有一种温顺，在任何时候都那么不紧不慢。不好的就是牛的屎尿多，几次牛磨面，我都看到它又是拉又是尿，而我趴在那横木上不是被牛的蹄子吓跑的，而是被它的屎尿，仿佛它的屎尿就往我脸上去，那样我只有撒腿跑。有时磨面的时候麻雀也多，仿佛它们看到粮食、面粉，就像看到了花，看到了它们想要的。因而这时无论树上、墙头、瓦坡，到处都能看到它们的眼睛。每逢这时大姨便会给我一根细棍让我在那里撵麻雀，我发现有时这也挺好玩，只要我在那儿麻雀们便不会下来，就在它们所在的地方那么装着玩，那么相互嬉戏，一旦我稍微不注意它们便会落下来，并那么啄麦粒，或是啄面粉。这时我就开始用土块砸，开始用瓦片打，最后它们不得不飞走，但过不了一会儿又会回来。没有磨面的时候那里是一种清冷，是一种空荡，有的只是一些蚂蚁在那儿找食。每逢这时候我往往待在那口平放的缸里，尤其在刚过过面之后，我能从那里闻到很浓的麦香，特别是阳光很烈的时候我更喜欢待在里面，并在里面感受着一种清凉。

　　那天雅琴说，你们都慢点，这里黑。我看到那里有一个很大的水塘。它让我感觉就在村子中央，而我们要绕过这个池塘，转一圈下来就要费好长时间。大姨说，你们村的这路怎么这么难走，跟村外似的。雅琴回答，整个村子都乱糟了，没有人管。这样我们下了一个陡坡，之后又似乎在往另一个坡上上。我当时真的想回去。等我们走到了一个窄巷前，雅琴问我，你可能还没有来过这里吧？我说没有。我们继续往里走，后来看到了一个亮灯的院子，看到有人正在那里出出进进。

　　等到了门口，进了院门，我们听到有人说，这不是她姨？雅琴说，是我大姨和大姨父。后来我在那里看到了大姐，看到了二婶，最后看到了我爸，看到了一个瘦高个儿的男人戴着很长的孝布。我看到当时他正站在一口棺材前说着什么。后来我被人带到了躺着我奶的另一个房子，我在那里看到了曾经用拐杖打我的人，现在正直直躺在那儿，躺在一块木板上，一动不动。我正准备逃离那里，大姨和大姨父让我跪下，让我给我奶烧纸。在我记忆中，我纸没有烧完便跑进了院子。院子人很多，我熟悉的便是大姐的两个孩子，后来我才知道同时在那里玩的还有我二叔的两个孩子。我大姐让我今天就不要走了，就在这里，可我后来还是离开了那里，跟着大姨、大姨父和雅琴回到了四姨家。我一进四姨家，四姨就说，你怎么也跟着回来了？也不在那里给你奶守灵。我说，谁给她守，有什么守的，都死了。大姨说，养你这贼有什么用！我说，爱有什么用有什么用。这时大姨用手在我头上指了一下，说哪里要了你这么个种。我说愿哪里哪里。

　　我们上了炕，在炕上又说起了别的。我知道我奶现在还躺在那儿，直挺挺的，曾打我的那个拐杖挂在窗台上。这时候，我喊着要撒尿。雅琴将尿盆端到我跟前。

城市没有乡下地方大，但城市隐秘的地方多，仿佛这种隐秘便是不同，便是差异，便是我们看不懂和看不全的存在。我们仿佛更多时候看不到城里人的劳动，而能看到的便是他们的各种悠闲，或者他们的早出晚归，至于他们这都是去了哪里，似乎便是谜。当时我只知道人们见面会说，上班去！但究竟什么是上班，我无法理解，甚至对我而言，它似乎本身便是一种神秘，一种虚幻，一种如在梦中。乡下没有这么神秘的事，这么让人不可捉摸的存在，仿佛最有感觉的便是大姨父喂牲口，便是大姨磨面。这些都是我能看到的，因而它也就没有了神秘，反倒让我在一些时候有了兴趣。但在城里就不一样，似乎人人都有点像幽灵，那么来无踪、去无影，然后又那么像驴拉磨那样活着。有时候我知道父亲在家里的作用，感觉他就像每天都要出去寻找食物的人，仿佛有他我们家里的一切都正常运转，而没有了他我们家就一切停摆，一切都像坏了的钟表那样停在了那儿。

因此，我一度感觉城市其实就是人们玩失踪的一个地方，似乎只有失踪才有迷幻。我很多次问母亲父亲每天都去了哪里，母亲常常就那么一句，给你挣钱去了。这更让我迷惑，就像几个弯转得自己都不知回家的路。这样我便对父亲有了一种特殊感觉，而这种感觉似乎就是各种知或不知，仿佛他一走入人流便成了一种消失。

送别我奶那天我被父亲拉着，在我的记忆里，这是我们父子之间截至当时最密切的一次接触，仿佛这之前我们谁都不认识谁。那天我能感受到父亲似乎已经不像我先前印象中凶神恶煞的样子。

一些纸从高处掉了下来，有的掉到了我头上，有的掉在了父亲身上，我听到了哭声，同时听到了父亲的抽泣，并闻到了田野里泥土和麦苗的气味。我从头上捡到一张纸，我看到它是圆的，看它的样子像麻钱。我将它拿在手里，一直拿到墓地，拿到了那个深坑前，我看到那口黑亮的、里面躺着我奶的棺材此时就放在它旁边。

我看到一只鸽子在头顶飞，就像赶着往什么地方去。我奶死后，我每次再经过我奶当年居住的院子，就发现那儿总有一种空，这种空有时让我说不清，但能够感受到。虽然从院门口我还能经常看到我三婶，偶尔也能看到我三叔，但我还是感觉那里有什么东西没有了，而且这种没有似乎让我有一种难以表述的味道。因而我从那里过，也像头顶的这只鸽子，没有了转弯感，似乎有的就是一条直线。梦里的石头在这种感觉下似乎已经不是石头，而成了别的什么。世界是由人组成的，也是由人垒成的，某些时候它可能就像一块砖，没有什么的时候我们感觉不到什么，而有什么的时候，比如它破了、碎了，我们便看到了它的醒目。我奶现在就像被打掉和打碎的那块砖，抑或正是她的缺失让我感到了那里的一种空，一种残破，一种类似屋脊上长着的草。

恍惚到现在我才明白，那么多年前我爷在西安丢失或失踪之后，为什么家里当时那么多人要找，而且这一找家里便发生了那么大和那么多的变故。后来我听大姨讲，死了就了了，不死反倒让人操心，反倒让一家人最后跟着乱成一锅粥。大姨说这话的时候，父亲当时正在大姨那里，我觉得这话是给父亲说的，又像给别的什么人说的。父亲当时只是坐在那里抽烟，在那里跟大姨父讲话。我听不懂他们说什么，但我能感到他们当时谈得很悠远，恍惚能追溯到几十年前。快吃饭的时候，父亲说了句，人生苦短。大姨父说，他奶快八十了，算高寿，在咱们这里也算喜事。父亲说，我也是这么想的。当时我没有言语，当时我似乎看到的依然是那些纸钱。

我们都是时间中的鱼，我们又都是空中的灰土、尘埃。我奶死后我隐隐感到了其中的某些变化，就像眼前突然少了熟悉的什么，又像屋顶突然有了一个大洞。我奶原来类似我们家的一座山、一个神，一个始终被供奉在那儿的存在，如今我亲眼看到她被埋到土里，看到父亲那一刻清鼻涕都流了下来，就如同他打我时我的样子。

这样不知是我在长，还是他们在往下溜，我隐隐感到自己已经开始知道什么，又仿佛变得更加模糊。

我看谁敢将我家的娃给人！这话是我在我奶死后听到的，抑或正是这句话让很多东西变得复杂，也让很多东西最后悬置和停滞到了那里，感觉就像大家都在等什么，又感觉大家似乎都在静观什么，在看事情最终往什么方向走。很多时候这似乎就是谜中之谜，就是我们想说清又说不清的存在。后来我才知道我的处境当时有多尴尬，这种尴尬是我几乎成了宝贝，又成了近乎让任何人都感到烫手的山芋。仿佛我奶没有死我就只能那么悬在那儿，那么等待着某种存在的尘埃落定，因而我那时候便只有那么在一些地方飘，那么犹如谁家娃都像，又谁家的娃都不像。

或许正是感受到这点，或许正是由于忽然让我明晰了什么，我才感到了历史是什么，也才感到了它的绵延很多时候会形成怎样的一种山回水转的局面。这中间所有裂痕、问题的出现，其实后来我发现并不是我们后来人能左右的，而对我家而言，那个破裂点其实在我老爷、老爷的二房、我爷、我奶及我父亲、母亲的时候便埋下了，从而让有些事情不断沿着它最早的裂纹那么延续、演化，那么让更多事情变得越来越复杂。那时我仿佛就处在这个旋涡的中心，处在这个能说清又似乎什么都说不清的存在里。

我清楚地记得我多次与大姨父抱在一起痛哭，那种痛哭的场面让很多人都不清楚这里面究竟都包含着什么，对我而言我只是舍不得大姨父。可以说在我十岁之前，我内心一直将大姨父视作自己的爹，虽然，这以后我已经明白我真正的父亲是谁，但我已经在感情上难以转过这个弯。

我最开始回西安上学的那年，大姨父是一路哭着送我过来的。当时火车上的人都不清楚这个男人究竟遭了什么大灾或大的不幸，尤其是火车越接近西安，他的泪水便越多，甚至有的时候都不敢看我，似乎一看我他便止不住落泪。我当时真不知道发生了什么，当时我只觉得是和他出一趟远门。可是，一天早晨当我醒来的时候，我忽然发现大姨父不在了，就像我突然到了西安，最熟悉的东西没有了，我最可依靠的人没有了，我便开始哭了起来。这时母亲、二姐都说，大姨父开会去了，因为走得急没告诉你，过两天就回来了。后来哪是两天，两个星期、两个月都过去了，我都没有再见到大姨父。我就只能这么面对一种空无，并让自己始终处在期盼和回忆里。

后来我知道我在这里面对的是一种空，大姨父和大姨在家面对的同样是一种空。用一句话讲，我们都在流泪，都在感受着一种钻心的痛。用另一句话讲，我们都在吃历史的草，我们其实每个人都在历史形成的延伸线上。就我看到的情况，我们家的渊源和演化，以及构成的后来的一切都可以看到我老爷那儿。他构成的是一种源头,同时他也是构成我们家今天的最早成因。当然,作为他的后代,我能看到的情形是我们都是他打出的炮弹,形成了那么一种爆裂,而又在爆裂之后形成分裂,并这么一级一级,形成了各个不同的散落。

这一天,我像在公园,又像在花园中走着。

时间是一列缓慢的火车

历史可以回忆,不可追溯。这天我在一辆行驶的车里,我都不知自己是睡着了还是醒着,因为我能感受到的便是一切似乎都那么若隐若现,都那么在流动的流动里。大姨去世那年我刚刚中学毕业,我又跌入了从前的坑里,跌入了我曾经在那儿的日日夜夜。有时一个人的死会形成一种震动,一种相关,甚至一种变化的变化。当时我拿了电报,看了电报,上面就这样几个字:大姨危,速归。电报纸的格子是扁的,是红色的,仿佛那是一种急。大姨弥留之际的氛围,怎么会这样?我似乎到了梦里。我看到母亲已经在收拾东西,父亲这时也去买火车票了。这样空气中有一种紧张,同时也有一种肃穆。我又想起了棺材,想起了当时装我奶的棺材,它摇摇晃晃被人抬着,或者说它当时就么被人抬在空中,并那么似乎在空中游动。我奶入殓那天,我就在旁边,我看到她就躺在里面,就像睡着了一样,而且身上穿的都是新衣新裤,并且鞋子和帽子也是新的,最后还给身上盖了一床很光鲜的缎子被,颜色似乎是淡紫色的,感觉像过年。我看到二婶将我奶的拐棍拿了过来,她说别把这忘了。后来我看到我大姐将它放到了我奶身旁。最后我看到棺材似乎整个已经被挤得满满当当,甚至将一些旧衣服也塞了进去。在我看来,她这是要出远门,要带足所需的东西。这时有人说,看看还有什么,最好别将什么落下。后来我看到大姐又开始在那里找,最后找到了我奶平日穿的一双鞋,那鞋很小,小得还没有我的巴掌大。要放就放进去。我看到大姐将鞋塞到了靠我奶小腿的位置。下来我看到棺材盖被抬了过来,听到有人说，要看就再看亲人一眼。这话立刻引来了一片哭声，尤其是大姐、二婶、大姨，仿佛她们事先商量好的，仿佛一切忽然间被引爆。当时父亲的哭声感觉最独特，似乎就那么几声便停下了。后来我看到人群被拉开，接着听到了合棺材盖的声音。那声音很响，就像从很深的空谷中传来。棺材是令人恐惧的，也许正是这样的恐惧让我们这些孩子不喜欢在那里待。

我们捉蛐蛐，最忌讳捉到"棺材板"，捉到我们心里就有一种不舒服。"棺材板"有时很容易迷惑人，从后面看几乎没有不将它当蛐蛐的，可当真将它捉到手，再看它的头便会感到晦气，甚至觉得手上沾到了什么不洁之物。"棺材板"的叫声和蛐蛐差异很大，似乎听上去一个阴间，一个阳间。我们就这么在躲避它，又在寻找着不是它的东西。

我发现这时候的我已经长大了，因而这次回老家我已经不需要任何人陪和领，而且这时我还能一路招呼和照顾母亲，这是我的感受，同时也是我对岁月的体验。记得小的时候我似乎一直在盼望自己长大，似乎那就如同遥不可及的东西，甚至恍惚觉得自己永远也没有长大的可能。可现在我忽然发现长大是不知不觉的，就像梦中的情景，就像我们在什么地方睡了一觉。

我爷当年死的时候没有棺材，也没有我们所说和所看到的仪式，仿佛有的就是一种乱，就是死活都是一个谜的情况。也许正是由于这样，他让我们家形成了一种混乱，形成了一种四散的情况。他不像我奶，也不像现在的大姨，她们让人有一个集合地，有一个围绕的点。因而用有人的话讲，他最后就像变作了一个孤魂野鬼，那么四处飘荡、云游，将所有寻找他的人搞得四分五裂，搞得就像一切都成了砖头瓦片，成了任意的什么。我们看到了一只鸟，抑或我们看到的只是我们大脑中的景象。现在，大姨死了是真的，我奶死了是真的，我老爷死了也是真的，而我爷在我们的印象中到今天他只是丢了，只是失踪了，有一种似乎还能碰上的感觉。因而死有时并不是什么坏事，尤其是那种真真切切的死，那种让人看到的死，用大姨在我奶死后说过的话，这样很多东西也就一了百了了。当时大姨的话中是否包含了我爷的情况，我想应该有这样的含义，有这样的所指。大姨应该见证了这中间发生的很多事，有些事可能连我们自己家人都不清楚和明白，尤其是那段我奶装神弄鬼、装疯卖傻的日子，她似乎比谁都清楚，也比谁都了解这中间的甘苦。

此次在火车车厢里就我和母亲两人，没有其他人跟随和陪同，恍惚中岁月就是这样，就有这样的一种让人想起来都魔幻的感觉。就在十八年前，我和母亲也有过这样的一次旅行，用母亲的说法是那时我小得还没有只猫大，而且也正是那次在火车上她把我尿，竟还将我摔到了地板上。母亲的说法是当时由于我太小，小得让她都难以下手。这时候车厢里的人都在看，开始也当一只猫，后来才发现不是，是猫大的一个孩子。有人惊奇，怎么还有这么大点的娃？而母亲这时都不知该如何对我。她只说将我抱起后，她都不敢抬头再看周围。那是我第一次回老家的经历，从某种角度讲也就是将我放养和听天由命的开始。现在我竟然长到了十八岁，竟然不是当年那个比猫大不了多少的我了。我能感到母亲这时似乎都不敢相信自己的眼睛，都觉得真是岁月如梭。火车越往老家方向我越感到一种熟悉，越感到某种亲切，越感到自己的脚在一点点接近大姨家的大门。

　　母亲也许由于经历太多，也许由于思绪更远，我没有从她的脸上读到某种急切，而是读到一种类似什么都没有发生的平静，一种近似时光本身的什么。火车离开城市在原野上奔驰，有时确实会让人们感受到某种迷离和苍茫，某种很多东西和岁月交织到一起的那种忽远忽近，那种形象和景象的交错、交织。我能感到自己这时很急切，恍惚总觉得奔驰的火车太慢，这种慢与我当时的心情和心境比就似乎自己坐在了一辆牛车上。时间的变化有时真让人不可琢磨，或者说琢磨起来我们都不知道自己是怎么走到今天的。

　　事物很多时候就是山水，山水很多时候又是事物。我此时就像看到了一只闪电般的燕子在那儿飞，一会儿高，一会儿低，一会儿又直直地往高空在飞。很多时候琢磨构成的便是不可琢磨，不可琢磨又似乎就那么一直让我们琢磨。我想起了大姨曾经养的那只狗，想起了那时每到黄昏便跟在她身后寸步不离的自己。我们已经有好多年没有见面了，而这时我才清楚什么是天各一方的感觉。

　　我看到母亲有点像睡着了，有点像她在家时一到晚上就开始坐在那儿打盹。

　　虚娃这家伙真鬼。有一天下午放学，我看到他又坐在我家，仿佛还是那么一副说不清的怪样，那种陌生又不陌生的神情。见到我，我还没有开口，他便说了句，学生放学了？我看母亲这时给了我一个眼神示意别理他。但似乎就在我准备进自己房子的当儿，他又说话了，只听他讲了这么一句，来叫老舅看看你写的作业。我说，你又不识字。他说，你看你说的，我不会做鞋，还看不出个鞋样？我只好将作业本拿给他。只见他这时还拿出了自己的花镜戴上，我当时都想笑，觉得他才像父亲常说的装猫不像狗。他一边看一边说，嗯，不差，真的不差。我看到母亲又用眼睛丢了我一眼。这时我便从虚娃手里拿过本子，并顺便问了句，你从新疆回来了，你将纸烧了？这时老舅摘下眼镜说，回来了，纸当然烧了，这次假如不是为烧纸，谁大老远跑新疆做什么？这次我就是为了给我妈烧纸才去的新疆。看，他摸了一下自己的额头，这次算是把头给我妈磕美了，而且撞得那地我都能听到"咚、咚"的声音，就像火车轮子撞在铁轨上，当时要不是列车员制止，我将头都能磕破。后来头虽然没有破，但也让我疼了好些天。但我感到这次过瘾，感到这次就像真见到了自己的妈。我现在摸这里还有点疼。我说，那你不能磕轻点？虚娃老舅说，这娃真是说憨话，对自己的妈可不能有假，就是将自己的头磕成两半，变成瓢都不重，都是应该的。要不是列车员挡，我当时就准备把我的头最后磕成瓢。我听着老舅的话，仿佛看到了一只猫在什么地方喝水，感觉就像在他的脑壳里。我说，见你女儿了？他说，见是见了，不过人家忙，我也就没有多待，我不想影响她的前程。说着虚娃又像想起了什么，我看他的口水又一次快流了出来，流完口水自己又先笑了。果然他又说，还是这女儿，我记得我当时又找了一个伴，第一次我和人家见面，也就是人家到我们家来，我喊女子叫人家妈，女儿就是不叫，还说了句，找谁也不能找个地主婆。我当时二话没说，上去就给了我女儿一巴掌。我这一巴掌其实就是给那女的看的，要让她知道我是爱她的。母亲这时说话了，问我，你是不是没有作业了？又对虚娃老舅说，你还有没有别的要说的？没有你也就该走了，别影响别人。虚娃说，我这不是说说自己的以前。母亲说，没有人愿意听，要说到大街上说去。虚娃这才将话打住，这才说，你妈不愿让你听这些陈谷子烂芝麻，那你就好好学习去，我就走了。也许梦里的石头永远是石头，用石头组成的梦永远都像山。

我和母亲终于下了火车，我们又搭上了汽车，就像从一种等待，换成了另一种等待。这时候我已经听到了乡音，抑或乡音已经让我知道大姨家越来越近，而且这种近让我已经感到自己到了大姨家的院落。那是一个公园一样的院子，那里几乎种植着北方所有的果树，那里仿佛就是一个世外桃源。这让我清清楚楚地看到大姨在那儿劳作，在那里做着各种农事。仿佛一切都在那里生长，一切都在那里呈现着我的童年。有时农业让人有一种现实的舒畅，有一种更显遵循自然的自然，仿佛这里很多东西就是生命的感觉，就是生命本身随岁月的一种蔓延。可是，在城市似乎不是这样的，或者一切似乎都在我们的想中，又一切和我们的想无关，或者每个人在那里都没有一个完整呈现，都是局部的显现，又仿佛都是呈现的非呈现。因此，城市看不到大姨家的景象，能看到的只是一枚树叶、一个瓦片、一个果仁，或某个人的背影与侧影。

母亲已经有十多年没有回老家了，她和老家的阻隔从母亲的脸上就能清楚看到。这时候我发现整车的人似乎只有母亲在这里最凸显，这种凸显并不是从别的地方显出的，从母亲的皮肤就一眼能看出来。记得我们在火车上时还没有这样明显和突出，但到了汽车上，母亲让很多人一看就知道是西安的。汽车没有火车舒适，汽车很是颠簸，而且有时这样的颠簸伴随的便是尘土飞扬。

我喜欢乡下有时就喜欢那儿的土，仿佛那儿的土构成了那里存在的全部。也许人都有初始，我的初始便和这里连接在一起。记得当年很多时候我就在这样的土里，从不会走路我就那么在土里爬，到后来在土中玩，再到在土中游戏，直到一天我在厚厚的浮土中那么踏出近似拖拉机碾过去的印，我才感到了土的变化无穷。城市是缺土的，在城市土也要拿钱买或换，这让我迷惑，也让我好多次上厕所都没记住兜里装纸。我感到这时的我正在记忆的深处飘浮，这时我才发现自己不知什么时候已经在这颠簸的汽车里快要睡着了。后来还是母亲提醒我马上就要下车了。我开始从行李架上拿我们的包。这是一只帆布包，我看到它上面的拉锁已经坏了，但我知道这个包同样在西安和老家之间穿行了多次，恍惚中我们无论谁走在这条路上，它都是不可缺少的，它比谁都熟悉这条路，这条反复变化的路，以及路上的人。

那次当我、母亲、大姨父和姐夫一起到西安时，就是这个包陪伴我们，那一次这个包里装的是苹果、石榴、核桃、枣和柿饼，还有小米、糜子面。而这次这里装的是什么？我知道里面有大米，有酥饼，有点心，还有水果糖，还有做熟的肉。

我和母亲走下了车，我看到接我们的人都在那里。这里有望存、雅琴，还有我舅家的、我三姨家的，但我没有看到大姨父，我的眼泪便开始在眼圈中打转。雅琴说，大姨父正在家等你们，他身体很好，就是有点弱。我又问起大姨，她说，她也在等你们回来。此时我几乎要哭出声，此时有人说，有什么话回去再讲。望存说，你那一走，有好些年没有回来了。我说有七八年了。母亲说，她也有十几年没有回来了。

我奶是病重之后从西安回的老家。她曾经发誓自己不会再踏进那个村子。但在西安待了二十多年后，她又回到了她不想回去的地方。我奶在离开西安时说了这么一句，我真是不知不觉地老了，我真是由不了自己了。父亲当时只能对我奶说，老家空气好。我奶的话也似乎一针见血：不是空气好，是离坟墓近。我奶说，回去行，回去之前，我还想在剧院看场戏。父亲答应了。但随后我奶和父亲两人抱在一起大哭了起来。我奶说，儿啊，这不是梦吧？父亲说，人都会老的。

死亡是时间的另一种塌陷

我已经不是以前的我。相隔多年我又回到了自己熟悉的院落。此时这里一切都变了，或者一切都没有变，变了的仿佛只是这里的人，只是这里说不清的感觉。我看到大姨这时已经被放到了原先的大门下，放在了那天她被蝎子蜇了的那个地方。我看到她时，她已经到了生命的最后关头，就像一盏灯即将熄灭，就那么被风刮得在摇曳，有时有光亮，有时又没有。我和母亲一进门便到了那里。我再次体会到了一种轻，同时也体会到了一种重，似乎走到了任何响动都能将一切突然打翻的一种氛围里。我看到这时的大姨已经不会说话了，或者说已经只有那么一点儿鼻息了。我听到有人在说，姨，你看谁来了，谁来看你了。我母亲这时也一声接一声地叫姐、姐，就像在叫一个睡着的孩子。后来我看到大姨的眼睛似乎微微那么睁了一下，又微微地闭上。当时那里的人很多，多得就像要看看最后有什么奇迹发生，又像在等某一时刻的到来。

　　后来还是大姨父将我们从大姨躺的那儿叫了出来。当时是下午3点多的样子，是中秋时节，一切萧瑟又似乎清静、清晰，就像一切都到了无须遮掩的情形里。我走过大姨躺着的地方，出来便看到了那棵最大的石榴树，这时它的叶子已经开始脱落，许多叶子在树上已经黄了，树上结着的石榴此刻还挂在那儿，它形成的是一种红，一种看上去更让我熟悉的场景。记得在我离开这里时，我们还走的是大门，是那种两辆大车并排都能走过的地方。但现在它已经变了，这里的门没有了，而是被砌成了墙，砌成了一间显得更大的房子，又绕过石榴树重新开了一个小门，那门仿佛只能过一个架子车。这让我有了一种错乱，又似乎有了一种新鲜，就像一条我们熟悉的河床改了道，或者就像梦又到了另一个地方。

　　人有时往什么地方去，就像走在梦里，走在一种静默里。这种状态像流动的水，而有时它又像雾让我们难以看清，让我们有一种在变化之中的变化感。当时由于急切要见到大姨，我们带去的包此刻就放在院子里，恍惚中那构成了另一种醒目，同时又构成了另一种散乱。这时候我感到人似乎就在这熟悉中翻越，又在陌生中熟悉，就像我们某些时候在翻书，在这么感受着不断变化的景象。

　　我在院子里便打开了包，将那瓶肉拿了出来，将酥饼、点心拿了出来。我知道姨父当年最爱吃酥饼，他曾说等你长大了，姨父什么都不要，你能给姨父买些酥饼就成。但正当我从包里拿出酥饼的时候，我看到的一幕几乎让我傻眼了，让我的眼泪差点没流下来。只见大姨父这时已经打开了那瓶肉，将手指透过白花花的大油，拿出一块肥肉便吃了起来。我赶忙说，要吃先要热一热。只见大姨父摆摆那只拿肉的手，那只沾满大油的手，再次将两只手指塞到瓶子里。我说，那样不好吃。大姨父说，好吃，好吃。这时大姨父手指的黑与大油的白形成了鲜明对比，并在这种对比中让我感到了一种刺眼，那光线恍如电光般顷刻将我击倒了，甚至让我感觉这中间真不知究竟发生了什么，让我就像到了现实之外。后来我看到大姨父似乎还想吃，我将瓶子从他手里夺了过来，我说这样真的会吃坏肚子。

在我的印象和记忆中，大姨父似乎从没有如此失态，仿佛他身上的儒雅之气一直都很浓，无论干什么都有规矩，就像大自然本身给人的感觉。但今天、眼下这是怎么了？就像山塌一般，就像那天的暴风雨将那只燕子打到了泥里一般。

那天大姨在黄昏时便走了，那天我感到了一种从没有过的死寂，同时体会了世界掉在黑洞中是什么感受。大姨走了的那天晚上，我们都坐到了被麦草铺着的地上，像我母亲、三姨、四姨、我妗子和一些上了年纪的人都坐在了草垫子上。我以前经历过这样的场面，但此次似乎有点不同，此次我才真正感受到了它是一种什么氛围，同时又是怎样的一种伤感与荒芜。我感到此时的自己犹如掉入了深坑，就类似蚂蚁般在那儿爬。

死亡能将一切打翻，能将一切变为石头。我想起自己有一天那么被人放在一头黄牛背上，牛驮着我，就像驮着一棵草、一粒灰、一只蚂蚁似的。我在那儿感到了一种飘逸，一种近似时光的永恒，就像我来到了天际，来到了白云和蓝天里，来到了能有多高就多高的仙境。但现在恍惚一切都是它的相反，或者说这时的我似乎就在黑洞中，一切感觉尽失。

在我刚回西安的那段日子，一天吃饭，我将一只碗打了。那碗不大，浅浅的，颜色黑红，感觉就同大姨家喝水的碗一样。就为这我被母亲打了，而且打得那狠就如同鞭子打在牛背上。母亲说，干什么都不小心，吃饭也这样，今天你要能将打了的碗重新搞浑了，再吃饭。可当我看到已经躺在地上的碗，已经成为两半的碗，我才知道自己没有了办法。最后我看到母亲将碗丢到了垃圾筐里，我这才隐隐感到自己做了什么，才感到就是一张撕了的纸，我们也没有能力让它重新完整。

现在大姨已经像我奶当年那么躺在那儿，那么一动不动，等着最后被放进棺木。我闻到了刨花的味，我从刨花味中感到了一种梦幻的远离。

没有死亡，我们看到的都是貌似寻常；一旦死亡呈现，我们仿佛就能看到不同的景象，那是时间形成的忽然之间的倒流，仿佛水急急往一口渗井里去，而来不及流下去的水便形成了对一些地方的淹没。有时出现这样的情形是可怕的，仿佛那真是一种塌陷，一种忽然间的存在和事物消失。就我看到的情况，我奶的死亡、我大姨的不在似乎还算正常，可是，当年我爷的死，或失踪，或谜一样的忽然找不着，便将很多人都卷了进去，将当时和后来同他有关的人都那么夹裹到了其中，并由此绵延下来。有时这种夹裹可能是明晰的，而有时可能是暗藏的，就像高山绝壁处的树，就像在一些地方不可能有生长而看到的生长，在某些地方不可能有生命而冒出的生命。我们没有谁能对类似的存在说什么，它似乎就那么存在，让我们本身都感到它的惊奇。

你们家以前不是现在的样子，你们家在你老爷还在世的时候，可以说在这里是数一数二的，某种角度你们家便是一座山。参加完我奶的葬礼回来后，大姨父这样对我说。但自你爷到西安最后没有了影，一切便开始出现了变化，并开始有了衰败，有了荒芜，有了大不如从前的感觉，特别是后来你老爷不在之后，那儿似乎没有两年便几近成了废墟，成了某些时候还不如一片荒地的情况。有时我偶尔经过那里，我都不忍心看，有时看了让我都会气短，都会浑身发冷，曾经的曾经现在看去都犹如梦，犹如幻影。大姨父说这些的时候，我当时就似乎在听蚂蚱叫，在感受着一种麦收之后大地出现的景象和景色，在看小虫、田鼠和虫子那么在田间跑。后来，你们家几乎将一切都丢到了那儿，或者将很多人的记忆扔到了那儿，然后都一个个到了外头，到了西安，最后形成扩散之中的扩散，就像蒲公英，就像那些草本植物的种子，随风飘到各处。当然，人有时在随气息走，也可以说是随着一种味道走，这种味道无论是汗味、体味，还是血腥味，它最终就这么形成了一种流动，形成了这样的一条基本线路。

大姨父说，说实话，当年假如不是你爷最先去了西安，并在那儿出了事，或许你们家最后也不会去西安。有时人可能就是这样，有些事有了回旋，它就有了某种固定，一旦什么地方破了，或者说没有了我们所说的回旋，那么它可能就成了一条线，成了一种必须寻找的态势。因而某些时候有了找，便可能一步一步出现我们所说的再找，由此形成一种持续的持续，再可能便形成的是面对的面对……这样几十年过去,你们家便成了今天这样的一种状态,这样一种犹如四处散落的存在情形。我又一次想到炮弹,想到炮弹打出去之后的情景,并最后形成了爆裂的爆裂,形成了爆裂的逐级演化。

那时我并没有考虑那么多,我所考虑的似乎就是让我自己玩,就是这么每天能让我到自己感兴趣的地方去,就像在各处参观。

后来在我的记忆中,我们那些围坐在大姨已经冰凉的身体旁的人,尤其前半夜几乎都是在一阵接一阵的哭声中度过的,感觉这才是我们这些人所应该做的事,或者说只有这样我们在座的所有人才能想到大姨的好,也才能回忆起她一生的经历。我们那些年轻人回忆年轻的,那些老年人回忆他们和大姨在一起时那些更远的时光,那些记忆叠加着记忆的情景。开始时似乎只要有人来,我们就是一阵哭,后来似乎是隔半个时辰、一个时辰、两个时辰那么哭,再后来我们似乎就隔远了,就似乎在这个空当有了记忆形成的交错、碰撞,有了由此形成的一圈人的回忆,或者三三两两在那里诉说。

我奶死后似乎还不是这样,或者说可能是那天晚上我没有在那里,但从另一方面讲,当时我们家回去的人似乎也不全。在我印象中似乎就是男的派了我父亲做代表,女的派了二婶,而我们这辈人还算多的,有我、二姐,还有二叔家的两个儿子,再下辈的便是二姐的两个女儿、一个儿子,仿佛就是一个简单的仪式,就是那天葬礼的本身。记得当天葬礼之后,我们那些大小几乎差不多的小孩便开始围着水缸捉起了蝌蚪,我姐和我二婶最后异口同声地讲,你们就在那里諫,那可是吃的水。她们一同攆了过来。我看到二叔的老二这时正在往挑水的桶里尿。我喊了一声,你们看!这时大姐说了句,你们这一窝没王的蜂。这样我们六七个便一同跑出了院子。我知道在我奶病重期间是大姐和二婶在轮流侍候我奶。大姐后来回忆说,咱奶当时就说,我当初怎么会想到最后还指望上你了。我姐说,噢,就那当时你还不对我好?我奶说,我当时可没有对你怎样。大姐后来自己也说,咱奶确实对我不错,有什么都偷偷给我吃了。

一天,我带着女儿上动物园,女儿看到猴山顶的一只老猴子正给一只小猴子捉虱子。女儿看到这幕说,真好玩。

就在第二天早晨，我看到大姨的棺木被抬了回来，棺木看上去很轻，就像是用杨木做成的，而且还没有刷黑，感觉就像临时从什么地方搬来的，又像是连夜赶制的。在我眼里这里一切似乎都和我在这里的时候有了不同，甚至某种角度似乎也没有了公园的味道，有的仿佛就是一片接一片的土色，就如同败落相互映照出的情景。我看到院子里的羊还在，但猪圈这时却空了，而且鸡也只剩下了三只，在这样的一个大院落里怎么都显得空荡，让我感到物是人非。大姨父这些天几乎很少到大姨的身旁，而是动不动就在院子里蹲着，似乎他要躲避什么，又似乎他想在这样的一种氛围下让自己清静。那些天我一直陪着大姨父，我发现他现在确实老了，老得就像院子里的那些树，像院子里的随便什么，甚至有点像掉在地上的那些已经烂了的果树叶，像院子西南角那面看上去最老的墙，已经彻彻底底被岁月和雨水侵蚀成了黑色，只剩残破。那里有一棵桐树，我印象中是在我离开这里的那年栽的，因而它这时仿佛还有那么点年轻。我不敢再沿着这样的思绪往下想，因而我和大姨父到了村外，到了更显开阔的地方。

咖啡屋里的氛围很幽深，又似乎很亮丽，仿佛这是为另一种存在特意营造的。一天我和一个女人坐在那里。那女人是谁我已经不清楚，仿佛是谁都可以，甚至我一个人在那里也行。或许我当时想要的就是这里的气氛，这里给人另一种梦幻感。虚娃说，你父亲当年经常出入这样的场合，他当时就喜欢这样的生活，并在这样的地方感受着什么。我当初就见到过好多次，但我那时候不敢说什么，或者说我觉得他当时所做的工作便需要到这样的地方去。那时候我们虽然是亲戚，但我们之间似乎隔着什么，仿佛他就是一种神秘，一种我们能看到却看不清的东西。你奶当时从不问及儿子这些，似乎只要他能拿回来钱，只要他能让她那么很是悠闲地生活，她就对你爹很放心。你奶对儿子的要求便是一路往前，在她看来只要这么在外面，并且那么四处地跑，说不定某一天就能打听到你爷的下落。那时你父亲所以能在一些地方穿行和游走，也是因为有你爷和你老爷当时的背景，并由此形成了一种保护，形成了一种没有谁能摸清他来路的情况。

虚娃说，那时候你父亲已经算不上是麻雀，也就是说一般的弹弓、枪，甚至炮已经很难将他打下来，你爹这时的行踪已经显得越来越诡秘，叫一般人很难摸清他的行踪,更无法清楚他的存在线路。有时待在城市就是待在某种氛围里,不同的人在不同的氛围里,这些人往往从表面无法看出,甚至有时可能还会让你越看越糊涂。

因而城市和乡下不同,城市的情况是你越让人看不懂似乎越是活得滋润,而乡下情况恰恰相反,似乎是你越让人看得清,你才可能活得越踏实。因为乡下的存在是四季轮回,是一切的一切说白了都在等时,因而越能耐住时的人,他们就活得越显章法。城市不是一个等时的地方,它似乎更在抢时,仿佛谁抢到了时,谁就抢到了一切,就像人到了水里,就仿佛这时越活越梦幻,而越梦幻在城市仿佛就越现实,就越有空间的变化。虚娃说,后来我从城市看乡下和从乡下看城市,事实上,我总结到的便是这点,即乡下是等时的存在,而城市是抢时的生活。我所以最后两头不像人,是在乡下我没有耐心等时,而在城里我又不知怎么抢时,这样我最后似乎只能这么四不像,似乎谁见我都害怕。后来虚娃又说了一句,在我看来有点类似总结:城市是一个人飞天的过程,因而要看天;而乡下人们是随自然而自然,因而人们需要看地。我现在是总结到了,也明白了,但问题是我如今已经老了,也可以说是有今天没明天的。在我印象中,那一天虚娃走得很狼狈,就像一只丧家之犬。

就在大姨殡葬期,大姨父说,我知道你大姨这盏灯的油算熬干了,她这一走,我也就差不多了。我说不会的。大姨父摆摆手说,我有感觉。我当时真不知该对大姨父说什么。大姨父说,世界永远是年轻人的,你就好好的,你们家这么多年也不容易,可以说把苦和罪都受了,没想到最后还有了你这么个巴巴儿。

我说,我以后会经常回来看你。大姨父摸了摸我的头说,我知道哪里都不容易,话说回来,姨父这把老骨头还能扛一段日子,我相信我还能吃上我娃给我买的好吃的,你大姨现在没有这福了。

人都是为生存而战,又仿佛是为梦想活着。我关上一扇窗,已经有了一丝寒意。人有时就是在我们所说的各种气候里,又类似在各种不同的变化环境中。现在大姨被埋到了土里,仿佛她源于土,最后又归于土,就像一切又都回到了从前。现在望存已经是这里的主体,或者他已经是这个院子的主人，这时的他已经有了两个儿子，他的媳妇现在已经担当起了大姨当初所干的活。这样我看到延续形成了新的延续，就像这里又长出了新的庄稼。大姨葬礼后，母亲没有马上回来，她还要到亲戚家走走、住住，并在这中间感受点什么，也让有些记忆最后再形成一些延伸，像因缺水而打蔫的植物被灌溉后得到再次的充实，并让有些东西就那么待在泥里，泡在水中，生命就是越走越寂静，越走越像到了梦里。

我总感到大姨父在那儿消化和反刍着什么，后来我看到晚年的母亲也如此。但父亲似乎不是这样，父亲似乎每天都在看新闻和最新鲜的东西，仿佛他就是要让自己的生命时刻随最新的东西变化，很多时候一边抠脚，一边还在读报。父亲是属山羊的。

记忆，过冬的草

我听到石头从山上滚了下来，掉到了下面的水里。阳光艳丽的时候一切都是清晰的，而当光线暗淡的时候，我们几乎每个人都像处在了梦里。有时我就像这变化中的一个点，就像我永远在什么地方那么悬浮着。有时我和大姨父在一起的时候似乎一切都显得很像画，显得就像景象形成的层层叠叠，但和父亲在一起时我更多感到的是一种迷惑，而且这种迷惑让我一直就如同在梦中的梦中行走，仿佛要一路这么走下去，你都不知道哪里会是尽头。大姨父的一生在我看来就像大地，而大姨给人的感觉就像田野，就像院落和炊烟。我父亲似乎一生都在爬山、走路，就像在什么地方飞，而我母亲常常就像水，就像在水里动又似乎不动的水生物。我常常就在这些不同的地方和环境不断变化，一会儿要适应这个环境，一会儿又要适应那个，尤其是我到了城市，到了西安，我就更有点像到了变化不定的存在里。在这里不仅要应对父亲，这个似乎我在哪里干什么都逃不出他眼睛的人；在家里，我也要面对母亲在一些时候对我形成的种种出其不意，仿佛我的任何举动都难以逃过她时时形成的监视。更要命的还是我奶，她当时在我心里就如同一个蝙蝠侠，时时刻刻你都不知她会在哪里冒出来，并给上你一拐杖。这让我相当一段时间都想从城市逃离，都想重新回到老家，回到大姨父身边。这种情绪我持续了很久，甚至有时在梦里我都会感到自己又回到了大姨家，回到了我已经相当熟悉的村子。恍惚在那里几乎没有人欺负我，也没有人打我，我便是那里的王、那儿的猎人。但到了城市这一切似乎都变了，别说在外面如何，仅仅是在家里，我就只有任人宰割的份儿。我心想，这都是什么和什么？后来我似乎慢慢体味到城市其实就是这样的语境，他们的潜台词似乎就是，难道不这么教育你，你还要步你爷当年的后尘不成？他当时在老家就是被惯坏了，最后以为到了西安还是老家的那一亩三分地，还是他想做什么都成的地方。最后他对这个家造成了什么影响？这影响就是他将老家的一切都毁了，而且最后毁成了什么样子他可能都不知道，由他形成的这个深坑最后填进去了多少人的心血他可能都不知道。这都是什么事，现在可能没有人能说清。不错，不否认老爷当初为他好，为了让他能走上正路，可是，最后不敢说老爷矫枉过正，起码你爷自己最后就这么给折了，让我们倾其所有，让我们最后干脆经历了大海捞针似的艰难和艰辛，最后结果不过是尽了我们一点儿心。想想西安城这么大，在经历各种演变和变化，别说你是根针，你就是根房梁、房檩，在这里也近似什么都不是。

  我们都漂在时间的河流中，我们又都坐在事物的船上，仿佛这就是我们在梦中的感觉，而某种角度它也是我们双脚踏在大地上的感受。我有时并不知道父亲在想什么，仿佛他什么都想，又什么都不想，感觉他一直都像坐在一条变化的船上，而他就坐在那儿，又恍惚早已到了另外什么地方。大姨父是养牲口的，因而他清楚牲口的习性，也包括我们这些孩子。父亲似乎不是这样，他似乎就是将自己扔入这个世界，然后感受什么人来吃他，他似乎就是以这种做派，让自己感受世界本身的种种复杂。在我的印象中，他常常就那么拿着一份报在那儿看，抑或那更像一个幌子，更像让人看不到他的一种隐形。因而变和没变似乎都在报纸的后面，都让你无法猜到他下一步要做什么。后来，种种迹象表明父亲之所以这样，是他吸取了他父亲的教训，使他在很多地方不露声色，仿佛在某些时候他是他，又不是他，就像一张公共座椅上不停变换面孔一样。后来，虚娃说，在几十年寻找你爷的这个漫长过程中，最后似乎只有你父亲真正在西安落住了脚。想想也不容易，想想你爷不在那年，你父亲才五岁。我感受着这中间的变化，就像感受着从没有停止过的变化图景。

时间走过一百多年，让很多东西最后都变得不是东西了。因而在我看来，城市更像我们所说的故事演化的河床，是我们人人都在不断往上走的山。而我们所说的故事的根脉有时并不在上面，在我们的脚下，在城市不断升高的岩层里。因而对很多历史，我们今天生活在这块土地上的人，只有小心、再小心，才能让我们先辈所走的路得到更真实的保护，并从那里看到他们曾走过的痕迹。

大姨父在大姨离开人世的第二年也走了，也许正如大姨父自己所说，他的这盏灯也没有油了，并那么很是自然地熄灭了，就如同他最开始来到这个世界一样。这让我想到，人类的历史和文明其实就是我们用生命拉出的一根粗麻绳，当我们活着的时候它是一种显现，当我们离开世界之后，我们便成了粗麻绳中的一缕纤维，而更远便成了化石，成了粉尘和粉末，成了我们生与死近似从没有分离的存在。这样我们可以说生和死在这样的一种视角下便近乎没有区别，或者生死其实只是一种形态变化，而我们存在的线路、方式和结构几乎没有本质的不同。我们都在找什么？我们其实都在找让我们能生活得更好的途径。

记忆是我们过冬的草，也是我们人类一代又一代延续的碎片，有时正是这样的东西让我们看到了蓝天，看到了星星，也让我们看到了远处汹涌的大海。

认识的不认识，这似乎才是永远值得我们一读的书。它神秘又不神秘，就如同大姨手里盛水的瓦罐，感觉她永远都在给植物浇水，都在做着和农事相关的活，她构成了一种生长的生长，又同时构成了一种延续的延续，似乎她的梦就是要让所有的土地都能披上绿色，让所有能种植的地方到了秋季都能看到收获。而大姨父感觉似乎就是要让所有的生命都能获得珍惜和珍爱，并让它们平平安安地走过它们生命的过程，因而他要饲养它们，即使他不饲养，也不对它们进行可能的伤害，比如那天掉到他脖子上的蛇，他就那么轻轻地放生了，让它重找它的生路。

那我老爷、我爷、我父亲和我奶呢？我就像在捡拾着他们的生活碎片，在感受着时光另一端的他们，同时也在感受着他们的同代人。或许用一句话讲，我们每个人在现实中其实都在找路，这种情形其实就是现实的现实，就是为了能给自己的梦多一些机会。从某种角度我们说没有任何人在现实的存在中愿意坐以待毙，都是为了选择生而让一些东西死。

母亲在那里洗着衣服，一切都那么不慌不忙，就像她在和时间比试看谁更有耐心。在母亲眼中有些事似乎只能交给时间去处理，否则无论谁有多少条命都不够送，或者说送了最后也就送了。她清楚这样的事别说自己听说的，就单单自己的经历，要想死可能死个十次八次也有了。但母亲说她不想死，死了才让有些想让她死的人高兴了。她就是不想让想让她死的人高兴，所以才坚持活下来，最后在很多人眼中她就是活，似乎除了活，她就再没有任何要求。因而母亲很多时候在别人眼中就是不停地干活，无论所干的活在别人眼里有什么还是没什么，她都不管，在她看来这样她才舒服，才心安。这样母亲才将很多事情在自己心里消化了，感觉就像大地吸收阳光和水分，就像将什么堆积在大地上都不为过，都是一种近似天然的景象。母亲这点和我奶不同，而且差异还很大，这似乎和她们的经历有关，也可能与她们各自天生的性格关系密切。这形成了一山一水，同时也形成了一火一冰、一矛一盾，也类似一个我就是我，另一个我是什么都行。

母亲的这种性格似乎让任何人对她都有办法，同时任何人都拿她没有办法。回西安和母亲生活的那段时日，我感觉我就像到了水里，到了什么都没有的大海边。这点似乎和大姨有相同也有不同。在大姨的身上似乎时光和她所做的事是明显分离的，因为大姨更多时候还是那么在一些地方移动和活动。而母亲不是，有时她活动的范围很有限，似乎就屋里屋外，就那么一个固定的环境。因而她给人的感觉似乎一直都在时光中那么浸泡着，并由此形成了一种近似深海的感觉。我能想象，在乡下时她并不是这个样子，而几乎和大姨一样，但当这一切最后都消失之后，她的感觉就犹如遭了水灾，特别是到城市之后她似乎更有这感觉，仿佛她怕自己再干什么再遭水灾，因而她干脆就让自己待在水中不出来，让一切都随变而变。她只保证自己的手头有事，而不是在那里吃闲饭似乎就足矣。

在这样的存在下，母亲对自己屋内的一切很是熟悉，哪里稍有动静，她都会清清楚楚，屋里的什么放在什么地方她非常明白。因而我们在屋里常常都不敢翻什么，仿佛只要一动，母亲便看在眼里。她喜欢将一切都搞得整整齐齐，就像大姨整她的院落，一切也都是有序的。有序才有了精致，有了更显时光的影子。因而当我来到城市，我如同到了几乎没有自由的存在里，到了似乎要让我脱层皮的地方。或许用一句话讲，从陆地掉入水中，我首先要学的便是熟悉这里的水性，否则我极有可能如同到了迷宫，到了一个动不动就有可能回不了家的环境。城市经常发生有人走丢的事情，我爷应该说也算其中的一个。城市不同于乡下，城市什么人都有，而且彼此多数不认识，稍有不慎，就连经常在这个环境里的人也会在一些时候莫名其妙没了踪影，或丢了性命。和我曾一同上大街的那位，后来就莫名地没了，最后也连尸体都没有找到。

第二部

　　生活就是战争,某些时候只是叫法不同,只是表现形式、方式有差异。

　　猫也知道洗脸,狗也知道做爱,老鼠也明白下崽,植物和植物也时刻在争夺地盘。生命就这么在延续,也构成了文明、野蛮、暴力与死亡。

父 亲

　　从山上下来的人讲，山上没什么，连根鸟毛都没，上山的人还在爬，但有人便坐在了那里。很多时候故事就这么产生，甚至最后成了看上去的模糊不清。虚娃那张狗嘴能吐出那么多象牙，就在于他去了西安，其他人没去，因而后来他那张嘴拉什么人都信，讲什么都不为过，仿佛他就是玉皇大帝。很多时候我不想理他就在这里，假如有些东西像他说的，那么母鸡都打鸣了，公鸡便下蛋了。当然，一段时间我也信过他的话，觉得可能事情便是他说的样子，什么我父亲就像只鸟，那么飞出去到西安就没了，就不知是被枪被炮给打了，而且他有时说得很玄，有些事似乎就是他亲眼所见。后来我知道了一些事情，我再看他就像看到鸡屎。但他肯定以为我什么都不知，像我妈信他一样。事实上，他在整个事情中就我所知连个道具都算不上，甚至某些时候我们对他就像给鸡撒把米，让他哄着我妈当时高兴，让她在那样的时候有个念头，有对整个问题的一个回旋。

　　一次，我爷就对我讲，让我记住有些事只能让男人知道，有些事甚至只能自己知道，即使让你感觉像吃了苍蝇、屎，你都必须咽下去，这样你才可能在更纷繁的事情中保持清醒，并让你自己始终处在安全的地方。世界很多时候没有真相，抑或所谓真相都是给别人听的，是让有些东西有个时间上的延缓，并让有些东西在暗中更迅速和迅捷地运行。我爷说，人和动物最大的区别就是人在时间面前是主动的，让时间能够形成貌似更具象的变化，从而让时间最后形成让更多人根本就无法看懂的存在。而正因为有些人看不懂，他们才会在一些时候和地方等，最后越来越看不懂，似乎当他们都能看懂的时候，有些事其实早已经成为历史，成为时过境迁的存在。这有什么好？其实这就是人类的存在，很多东西其实展现的便是本身发展变化的过程，有时很多人没有过程感，只有生命感，抑或只有平面对平面的存在，从而让他们感觉人生很漫长，而当他们反应过来的时候，他们其实已经到了坟墓的边上，恍惚这时才发现自己一生似乎都在睡梦里，都在一个和这个世界几乎没有关系的角落。

我父亲的情况究竟是什么样，这里我只能说西安起义之后他并没有死，甚至应该说活得还很滋润、很洒脱，就像电影里所展现的那种来无踪、去无影式的神秘人物。而且据我所知他最后不仅改了名，还改了姓，还重新对面部做了修饰，因而他最后其实干脆便成了一个符号。也许虚娃有一点算蒙对了，就是我父亲就像一只鸟，后来消失了，就像土掉到了土里，水掉到了水中，那样化了。当然，我知道父亲当年确实用过一个叫"老鸟"的绰号。但此鸟和像虚娃这样的鸟人说的鸟不一样，是没有消失的形体存在。用我后来逐步明白的话讲，就是像我父亲这样的人其实最后要做的就是隐蔽，那种只有指令对指令的存在。西安起义后之所以让我父亲消失，让他在很多人的印象中在那场战斗中死了，并将寻找的声势还搞得那么大，那么多头进行，而且我爷为此还亲临西安，事实上，就是让他能够在当时消失得干净彻底，并让几乎所有知道他的人都以为他已经不在世上，以为他死在了那片废墟和混战中，已经不辨面目，已经血肉模糊。对付当时的复杂局势，一个最好的方式就是做到极致，而极致便是最简单，最简单便是让一切最后都成为孩子手上的土。我在这样的谜中也过了很多年，恍惚在我内心，我父亲也早成了灰，成了人们常说的空。

后来我才清楚真正的政治是什么，其实就是残酷到极处的一种玩意儿，就是将人世一切都放下的存在，这从某种程度上讲，就是活着将自己的心取下的一种情景。用文雅的说法，这是有信念的存在，这是一切都聚集到一个点的存在。没有信仰和信念的人做不到这点，或者说这样的人他自己要什么都是模糊和本能的。让自己先死的一种活，就是大境界的活，而让别人先死的一种活便是小境界的，是自己很多事情放在那儿都不知道的一种存在。这样的人眼睛永远是往下的，就像捡拾柴火的老太太，这样的人构成的是一种朴素和实在。而虚娃这样的人还不是这样，他就像闻腥的猫，哪里有味他就去了，就在什么地方卧下了。

很多时候我并不想说什么，我知道得太多，我这里一漏，一切最后都会灰飞烟灭，甚至让有些东西比现在还面目全非，甚至最后我们近乎所有家人都可能没有活路。这就是残酷后面的东西，就是战争背后的和平。人就是不能让心死的一种交织存在，并由此形成一种呈现。这辈子说实在的就苦了我母亲，她所遭受的罪似乎让很多人难以理解，但我清楚那是怎样的一种滋味，尤其对女人，对一个还要带三个孩子的女人，她所承受的是怎样一种压力，又是怎样的一种出自母性的刚烈，怎样的一种近乎母狼一般的疯狂。因为有些事她难以左右，而有些事又必须让她承担、承受。最后很多事让人不敢说出真相，似乎讲出来在很多人眼中这可能都是一种阴谋，像由什么人在背后操纵的一样。有时候山越高、云越淡，仿佛什么都没有，但事实上那儿常常飞着的才是苍鹰，才是大鸟，才是将很多变化都考虑进去的情形。我开始对这些也看不懂，但后来我的看法改变了，仿佛我才理解了当年我爷所做的一切，甚至正由于他当初的果断，由于他将我父亲送了出去，才让我们这个家有了延续，才让我们在如此复杂的时代变化和变迁中最后免遭灭顶之灾。我知道于右任曾有这样的一个段子，一次他和一个日本女人在一起，他对那女人说，你知道我喜欢你哪边的屁股蛋？女的说，哪边？于右任说，中间。这个段子可能在有些人看来会觉得于右任怎么这么流氓、这么色，但在政治的那个层面这些都算不了什么，似乎就是生活的一种本来面目。

  人有时活得很龌龊，后来我发现并不是别的原因，而是自己将自己僵死了，从而让有些东西便没有了存在的飘逸，从而让人在这里只能那么近似动物般活下去，并将这种死局当作我们生活和存在的全部。有时人的性只是最初的一部分，而从性到情是一个阶段，从情到意则又是一个阶段。于右任当时已经到了意的层面，因而他才能够洒脱，有看似恶心的不恶心。我知道我爷没到这层，他顶多到情的层面，因而他某些时候便显得有点沉重，有点严肃，有点在情这方面就将自己困住了。当然，这是题外话，也可能是一个人和另一个人的不同。我后来还能做一些事，可能在有些人看来做得还不错，事实上，他们并不清楚这其中的内在原因，也并不知道还有一个叫"老鸟"的人在这中间所起的作用，而且这个作用连我都搞不明白。我当时只知道我做什么似乎都很顺，都像是梦中才有的情况。当时我只是隐隐感到了什么，但一直都不知道这里包含的真正东西。那时我也觉得父亲已经死了，并且死得就像从人间蒸发，也是在多少年之后，我才明白那个叫"老鸟"的原来和我是什么关系。关于这些我一直都压在心里，尤其对母亲我没有吐哪怕半个字，或告诉她，我爸，就是你丈夫还活着。我不能说这话，也不能将它告诉任何人，尤其在母亲还活着的时候，我只能不去说出真相，只能让她认定她的丈夫早死了这个事实。后来我发现很多时候似乎隐瞒真相比知道真相更难，也更折磨人。知道了却不能说，这叫什么？这其实就叫人们常说的文火炖鳖，最后一切东西都在汤里。人没有翅膀，但有些人却给人感觉似乎能够飞，能够在很多人眼里形成忽然而至的东西，形成我们所说的变化、隐藏和隐秘，就像他们永远都不在某个地方，但有时你又觉得他仿佛一直都在那儿。我爷结交的很多人就这样，他们似乎就是空中的大鸟，就是给人感觉不在人间的一些怪物。很多人很难看清他们要什么，似乎常常什么都不要，但又似乎在很多地方都能看到他们。这形成了一种自由，又形成了一种神秘，仿佛他们的一切都是冷静的，仿佛一动便是很大的动作，便是人们所讲的可以兴风作浪。

　　虚娃知道看到的倒是个屁，别说一跺脚，就是掉下个土块，他都会怕得哆嗦。他以为他是舅，事实上在我眼中他顶多就是牛粪上落的虫。这里要说的是并不是我看不起他，是他自己让人没有办法将他看起，一被看起，他就以为自己是龙王，就觉得他这么个屎壳郎也能上天。要不是为了母亲，他早就可能被喂了王八，我早就将他那颗小脑袋做瓢了。

母亲

　　真不知男人们整天都在做什么，一天就那么匆匆忙忙，就像被贼撵过来似的。我到这个家才算知道了什么叫不安分，什么叫鸡飞狗跳，什么叫母猪都能上房。这个家我是看透了，似乎并不是别人让这个家不安生，而是这个家里的人自己让一切变得不可收拾，甚至变成一锅糨子的。我虽然不怎么管这些，每天就做自己的事，干自己的活，但有时这个家的混乱真让人难以看懂。我当初之所以嫁到这个家，就是父母觉得这个家的家境好，觉得人家能主动来提亲，真是天上掉馅饼的事。我倒没这种感觉，或者说没有这种意识，只是觉得父母的话可能没错，就这么糊里糊涂嫁了过来。确实在最开始时一切还真不错，甚至感觉真像父母说的，不是一般的人家，而且往来的人也都是人们讲的有头有脸的人。因而在很多人眼里我真是掉到了蜜罐里，说实在的，我当时也有这感觉。这个家正像父母当时所说的，不缺吃也不缺穿，虽然我不知道缺不缺钱花，但就我的感觉似乎也不怎么缺。后来我觉得这个家仿佛还缺点什么，但具体缺什么我似乎又说不很清。噢，对了，是缺少一种让人自然而然的状态，也就是说除了晚上睡觉，人一天都像生活在一种紧张中，这种紧张让人很难放松下来。这是我在嫁到这个家之前没有体会过的，甚至好多次我都感到自己难以承受，感到自己还不如回娘家去算了。我清楚这里的紧张并不在吃穿，而在这里的那种氛围。那种气氛，让你时时都像在油锅里待着一样。我知道在这里很多时候确实没有人说你，仿佛一切都在你自己，这和在娘家时不一样。娘家的情况是做什么父母都会告诉你，而在这里你一切都得自觉，一旦让人说，感觉比在父母身边挨打还不是个味。

很多时候，人都向往名门大户，但并不知道名门大户很多事的复杂。在我看来有时比柴草垛还要让人难以理出头绪，你都不知怎么了，最后却惹出了一堆事，甚至有些事最后让你比戏里编的演的还要哭笑不得。从我内心讲，我倒喜欢当年大姐嫁的那种人家，起码让你感到的不是壁垒森严，不是让你在很多时候喘气都困难。无论人们所说的深宅大院还是高墙大院，没有进去的人不清楚那是一种什么样的味，进去了就清楚那里头是类似将你的骨头都要炖化的感觉，某种程度就是让你自己消失，让你一直都不敢在任何地方和任何时候伸腿伸脚，仿佛稍有松懈便如同被老鼠夹夹住一样。有时我想喘气，或者大口呼吸，似乎只有在茅房里，在那里稍稍让自己松懈一下。在这里，我确实不用下地，不用在田间做农活，这在当时很多人眼里可能是向往和羡慕的。我以前也是这感觉，似乎那么坐在家中就什么都有，就能吃好的和穿好的。现在我应该说已经基本过上了这样的生活，但我发现这种生活也真不是白过的，甚至有些像被当成牲口养似的情景，这就是你可以不缺吃不缺穿，可以在很多人眼里看上去很滋润，但每天你几乎就待在那么个狭小空间里，像牲口被拴在那儿。

事实上，后来我也不得不下地，不得不去做农活。这叫什么？这其实才叫最后搞得什么罪都受了，而且最后整个家还像被枪打了、被炮轰了一般，让一家人那么四散，那么四处颠簸、四处躲藏，就像逃难，甚至还不胜人家逃难的。逃难的有些时候还可以大摇大摆走在街上和路上，而我们只能像老鼠、蝙蝠、猫头鹰一样在夜间活动，而且不能发出声响，一响就可能引来狗叫，就能让人浑身都发凉，似乎时时都有被子弹打烂脑袋的感受。想想这都遭的是什么罪，这难道就是嫁到深宅大院的好？我算体味够了。在这样的人家，你只有做空气，做什么都不是的哑巴，而且最后还要跟着这样的家一路像灰尘一般地飘。虚娃讲我受的是芥末罪，其实何止是芥末罪，干脆就是牙打碎你也得往肚子里咽。

后来人们觉得我更多时候不说话了，想想让我说什么？说什么管用吗？有时我都觉得自己还不如要饭的，他们还能那么四处溜，那么在一些地方想怎么就怎么，而我就不行，我似乎处处都受限制，到最后都不是别人限制你，而是你自己都将自己限制了，都让自己再没有任何话和脾气。这也许就是后来的我，就是有我又没我的存在。有时连我都感到自己这样是消磨时间，是随时间那么飘着，而且随年龄的增长，我越来越感到自己似乎就是时间。有时干脆就等于自己活在这个家的空气里，和那些空中的尘埃、尘土没有了区别。人要活到这样的情景还有什么味道？我想说没有了，最后我是什么都已经不重要。在我看来，从有脾气到没有脾气，这就如同活剥人，就是将你的器官、感官和让自己有脾气的地方都搞死、掐死和割去的过程，就是让你感到你什么都不是，又什么都是的那种疯癫，那种只有自己又似乎没有自己的存在。

我一路就是这么痛苦过来的，也是这么一路被割断各种痛苦神经的。到最后我什么都没有了，似乎有的便是一种空，一种和任何东西都没有关系的情形。后来我觉得这样也不错，就如同自己将自己完全交了出去。这样自己都没有了，那么世界发生的一切几乎也和我没有了关系，或者说它愿意是什么就是什么，它想是什么就是什么，而我每天只在那里做自己的，无论做什么都是自己的事，都是时间的一种呈现。

我以前并不是一个没有脾气的人，甚至可以说还是一个脾气很大的人，但到了这个家之后，别说你是一个女人，就是一头雄狮、猎豹，就是一只老虎，最后也会将你搞得没有了丝毫的野性。最后可能见只猫、见只羊你都会离它远远的，并且看上去比它们还要温顺，还要没有脾气。这样的家需要的就是这样的人，无论男人或女人都一样，就是不能让你有脾气，似乎只要你有脾气，就要将你有脾气的地方割了，直到最后让你发脾气你都没得发，因为这时所有促使你发脾气的地方都被割了，最后你也会发现自己不知什么时候已经变作了空气。

老爷

战争永远是脱了裤子的游戏，用通俗的话，就是豁出去了。豁出去是要有勇气和胆识的，用一般人的说法叫舍不得孩子套不住狼。问题是这话说起来简单，做起来就如同把自己的心放进油锅里炸，而且还要自己亲手用筷子翻腾、拨弄。什么叫千钧一发？这才叫千钧一发，这时你的手假如稍稍一抖，你打到的就不是狼，而是你的孩子、你的心。当初，我将孩子安排到外面，到西安，在当时的时局下，就是将他丢到了狼窝，甚至狼群里。难道我不清楚这里面有可能出现怎样的后果？更何况我就这么一个儿子。因而西安局势异常紧张的那段日子，我的担心也真如撕心裂肺，也埋怨自己怎么能干这样的蠢事。那段时间我的紧张程度是我一生中没有的。就拿写字来说，我从来都没有手抖过，可是那时我的手抖了，甚至写出来的字我都不敢相信是我写的。当时我内心也反复给自己说，儿子不会有事，儿子不会有事，但即使这样说实话自己心里还是没有底。当时西安战事发生后是一个什么情形？可以说就是将清政府这只老虎的屁股摸了，而且还不是一般的摸，简直就是将肠子给掏了。想想这下清政府该有多疼，同时又是怎样的一种惊慌失措，又将会形成怎样的一种反扑。这正是枪声不响没任何事，一旦响起来战争的任何一方都没有了退路，甚至就是你死我活，总之最后要争出个结果，要有一个说法。

或许在当时几乎没有人看不到清政府要垮台的迹象，但很多人也明白要让如此大的一个帝国垮掉，光它塌下的那些砖石瓦块，就可能会将无数人埋没，并致残致死，儿子子峰会不会成了这其中的一员？似乎没有人能够给你打包票。我虽然将儿子送出去时也做了最坏打算，但战局和战事发展到现在这步，也让我的心空了，尤其看到他那年幼的孩子，更让我清楚如果他出事，这个家最后将会成为一个什么样子。我当时实在不敢往下想。这哪里是将儿子送进了狼窝，简直就是将整个家都扔在了狼群中。当然，我也清楚在这种时候自己首先得保持冷静和镇定，但要做到这点谈何容易。对一个国家来说，我一直清楚覆巢之下焉有完卵的道理，现在我发现一个家也莫不如此。我甚至觉得自己当初的决定简直就是作孽。

老话说，开弓没有回头箭。我现在才体会到这点。当时我还似乎能隐隐听到家里人这样的抱怨：你老东西不想活了可以去死，没有人拦着，现在倒好，就这么将一家老小的性命都丢进了火坑。在这样的一种现状和情绪下，我几次都梦见自己像在什么地方找绳子，想让自己和这个乱世乱局告别算了。但几次我又从梦中惊醒，告诉自己不能这样，这样才是真正意义上的作孽，才是拿整个家开玩笑。夫人说，任何事出来首先要冷静，而不是瞎思瞎想，那结果只能是自己吓自己。我当时从夫人的话里似乎隐隐听到了什么，但很快又像到了事情本身的浓雾里。这也许叫身不由己，也叫想法和现实的差异。也许谁都不愿意看到这样的状况，但这又似乎是没有谁可以逃离的存在和时代的必然。在这样的情况下，我们似乎只有听天由命，或者就看一个人的造化。因而那段时日我似乎必须撑着，并这么等候着事情的变化。很多时候打开一扇门就等于关上了另一扇门。说实在的，我当时操心的还不完全是儿子，还有儿子的儿子，还有由此将有可能形成的变化。有时候放出去的人就等于放出去的鸟，他会是什么情况，或许只有他自己清楚。也许在家人眼中我比较狠心，似乎西安发生了那么大的事，我还不急，整天还在写字，像没事的人，还摆当年官老爷的架子。其实，这并不是摆什么架子，而是我清楚急也没有用。我难道不急？我不急的话我写字也不会手抖，也不会变形。用行话讲，看字见心，因而这时别说别人，就是我自己都能看到我的字已经乱了内在的气韵，从某种角度说已经有了混沌，有了人在风暴中心的迷离。

我一直是一个很注重细节的人，在别人看来这叫一叶知秋。但现在的情况是整个国家都四季不明，仿佛形成的是春夏秋冬整个的一种错乱和错位。战争的情形是超越四季的，或者说在这里它只有冬夏两季，要么死亡，要么活下去，仿佛就这两种情况，就这么看过去时时刻刻都在变化。这时候我能保证什么？我能保证和看到的是清政府的大势已去，但这只是一个大的趋势。没有谁愿意死，愿意自动走下历史舞台，或者说谁都清楚走下历史舞台会是什么结果。西安的事态让很多人都震惊，原因就在它似乎发展得太顺利，顺利得就像梦里的情况，因为在那里恍惚一天之内便天翻地覆，就像这城从最平静的样子忽然让人们看到了一个巨大的旋涡，从而让很多东西、存在似乎瞬间消失，又让很多东西那么顺流而下，接着形成了翻滚的波浪，进而形成了种种暗流。有时最紧张的时候便是最黑暗的时候，也是各种信息满天飞的时候，仿佛一种说法之后紧跟着便会出现另一种说法，甚至是完全相反的说法。

对后来的情况其实我已经做了最不好的打算，那就是我权当儿子死了，并开始重新考虑一些问题。我在想，有时天要塌谁也挡不住，地要陷也同样如此，谁叫我们赶上了这个漫画一般的时代。一天，我忽然感到事情既然已经发展到了这步，我这把老骨头还得披挂上阵，还得再度出山。那天让虚娃先行到西安，我只是在家人面前表明我的一个态度，我想他去了能探听到什么最好，打听不到也能给我一些时间，让我再做一番考虑。我知道远离事态中心的人往往比处在那儿的人更心中没底，也更容易随想而想，并把自己都搞得神魂颠倒。当然，这一切也都是常情。我们都想避免战争，但正像人们所讲，它往往不可避免，我们能避免的只是战争的另一形式，是没有脱掉衣服的情景。而现在大家都将衣服脱了，那么就是一场混战，就是一场生死的较量。我们现在都处在这样的状态，这样的情形某种程度上是你躲也躲不掉的，就像烟尘，就像已经燃起的大火，我们就这么被卷了进去，或者我们本来就在这样的一个现实中。

那段日子我写了很多信，也陆续收了一些信，但似乎都是局部的景象，是战火正在燃烧的状态。我们其实在战争面前都是被动的，抑或是你逃都逃不了的存在。我将子峰放出去，他或许是希望，或许是绝望，但我觉得我没有坐以待毙，我觉得在时局动荡的年代，我们怎样都是一种姿态，假如是死，怎样的姿态都没有关系，或者说就像我们没有来过这个世界。

虚娃

　　我不知道别人是什么，但我知道我的一生就是乱逛。有人说这岂不是一只野狗？我想不论野什么，似乎都比家养的有感觉。我从小就没有家养的感觉，自我记事起，我爹就没影了，我妈一次说出去串门，也像给狗吃了，再没有回来，最后托人捎话说，她在平凉。我从小就在村道长大，有人说那时候我抓住什么都吃，吃过草，吃过虫，有一次还吃过狗屎，狗屎什么味我没尝出来，但我知道它臭。因此，后来有人就说我是吃狗屎长大的。其实，那时候人们谈论我最多的还不是吃狗屎，而是我吃母猪奶，他们说那才叫一绝，才叫他们难忘。有一段日子我只要一饿，就会跑到母猪肚子底下，并用手一推，那猪也就顺从地卧下，而我就开始像小猪一样吃了起来，而且猪似乎也听话，可能觉得我还真是它下的崽。我其实并不在乎这些，在我的印象里人似乎并没有动物自由，甚至没有蚂蚁、苍蝇、鸟愉快，这些家伙的一个好就在它们似乎无须吃太多东西，就可以那么玩、那么耍和那么游戏，仿佛整个大地和天空就是他们的。你看我姐家，从表面上看似乎要什么有什么，似乎活得很滋润，事实上到底如何？我感觉她活得还不如我，我在很多人眼里可能就是孤苦伶仃，但他们忘了这其中还包含了自由自在，还成了可能在任何时候形成的多变，这就是说我可以在任何时候和任何东西玩，找任何东西吃，而他们就不能，仿佛他们就知道麦子、玉米、豆子、辣子、韭菜、葱、萝卜、白菜能吃。我不这样，我觉得这个世界似乎没有什么不能吃，想想我狗屎吃过，猪奶吃过，蚂蚁、苍蝇吃过，那还有什么东西是我不能下咽的？在我看来，如果将自己看得太重，人就不是人了，仿佛就连那些畜生都不如。那天他们家老爷将银圆给到我手里，我知道自己平生都没有见过那么多钱。当我将那些钱拿到手上，揣到怀里，我才发现像我这样的人也是有价值的，甚至感觉他们的很多劳作和劳动最后都被我这么一下给打包走了。后来我姐又将我叫到屋内，又给了我些钱，还给我说了句什么穷家富路的话。我感觉这叫什么？这叫黄鼠狼上房还不知谁给谁拜年。他们这些人我清楚，往往将脸看得比尻子重，我和他们不一样，或者说正好相反，我是将尻子看得比脸重，或者对我来说尻子和脸同等重要，也就是某些时候需要尻子给尻子，需要脸给脸，进而让什么都是，又什么都不是。

这样我就来了西安，这里让我陌生又似乎不陌生。我觉得我就是只狗，当我这么想时，就不那么怕了。我虽然没有尾巴，但我感觉我似乎走了一路摇了一路，似乎见什么人我都这样。有时遇到劫道的，人家叫蹲下，我一下就坐到地上，人家一看我这德行，给尻子踢一脚，就这熊样还出来跑？那一脚的意思就是滚，我自然就走了。有时遇到当兵的搜身，还没等他动手，我就将裤子给抹下，并前后让他看，那当兵的便会说，这妈的哪儿来的土包子，然后给我一枪托便让我走了。因而来西安这一路说实在也不容易，甚至不夸张地说狗不受的罪我都受了，有时就是见到一些当地的小鸡巴孩儿，我也像小鸡见了米粒似的给人家不住点头。叫我姐那一家任何人来，他们谁能遭这罪，受这份只有不是人的人才能受的气？

我当时将四个带去的银圆藏到了我的破裤脚，而且专门给那里抹了屎和泥，人见了就腺就臭，可以说摸都不敢摸，而将那些小钱塞到了糟糠、麸皮里，更是味道难闻。这样我看上去比叫花子还叫花子，这样我才算一路滚到了西安。到了城里我也不知道自己是更安全还是更不安全，仿佛那又是一种环境，我这才发现什么叫好出门不如赖在家，什么叫人生有岸，世事无涯。我听老爷，也就是子峰他爹说，你到西安后，别进东门，而是从北门进，到了城门的第二个巷子，往西，也就是右手拐，找一个叫药王洞的街道，然后找一个秦云药铺，到那里找一个姓田的，你说明情况，他就会让你有个落脚地，然后一切他会给你安排。他说此人四十多岁，人长得慈眉善目，就是一条左腿有点问题。我正坐在那儿琢磨着，忽然看到有支队伍自西而东过来，我吓得赶紧起来，没想到正当我转身时碰上人家一位女的，那女的也算不上妖艳，但能看出是当地人，我正要赔不是，没想到那女的身边的一个男的，上来就给了我一耳光，还顺便在我身上踹了一脚，说瞎眼了。我说，确实没看到。而那女人瞟了我一眼说，也怪了，西安半个城都给清理了，怎么还有这样的乌鸦在？我心说，教训狗也不该是这么个教训法。从那时起我就想，你就别让我这乌鸦落稳了，等我落稳非压你们几个西安女人。这时也不知因为刚挨了打还是怎么，我反倒有点不怕了，我想就是家长打人也不能一会儿打几次。我朝城里走，我看到西安的城墙真是高，也真是大，我当时还想世上还有这么大的院子。城门口有当兵的站岗，进去的人有的被盘查，我都想好了怎么说，但没想到我进去的时候竟然很顺利，仿佛我有隐身术一般。或许用另一种说法便是，小鬼难缠，大鬼倒好见。

进了城，也不知是心理放松，还是紧张了，我倒有点想尿。这时我才后悔当时怎么没有在护城河里尿一泡，起码也算到西安后的一个纪念。后来我在到药王洞的途中，在一片野地里将问题解决了。我当时还想城里这地方怎么还有种庄稼的？尿完之后我又想刚才没有在护城河里尿也没什么，起码我到西安的第一泡尿尿在了西安城里面。那叫什么，那才叫舒服，才叫有感觉，才叫沿途受了那么多打、受了那么多罪也值了。老家有多少人，他们有谁在西安城里尿过尿？我这个吃狗屎、吃猪奶的尿了，因而就是这时挨枪子儿，遗憾也少了。

这时我看到一个老者从对面过来，我说，大爷，药王洞怎么走？老者看了我一眼，手一指说，照西走。我问人家秦云药铺。那儿药铺多，到了再问。我赶忙说，谢谢大爷。只见人家摆了摆手。

一扇窗户掉下来，那么多墙倒了，整个城市就像蚂蚁窝。也不知子峰他爹哪儿出了毛病，还托人找关系将儿子闹到这里，难怪村里人说都是当了几天官烧的，这下算是烧到头了。我早就清楚人在世上很多事要悠着，就像牛拉地就混个响。这倒好，将儿子扔出这么远，真是放着好日子不过，到这地方找着挨枪子儿。现在出事了，让我出来找人，这不是尽心，是死马当活马医。我没有到过西安，因而这次也想出来逛逛。在老家我不止一次听人说，一生浪过西安城，不枉世上来一回。还有一句是，能在西安浪个女人，当堆牛粪也心甘。我现在第一个目的算达到了。

二叔

  我不知道世界有多长，也不知道世界有多短，很多时候我就那么活着，我觉得这样就很舒服，有时回想自己就是这么一路走过来的。我既没有我哥那么刚毅，也没有我弟那么娇嫩，我似乎就是吃饱了就没影了，就想怎么玩就怎么玩，但我无论什么时候一看势头不对，比谁溜得都快。因此，无论我在家还是在外面，似乎很少挨打和吃亏。有人说我这家伙属猫，嗅觉很敏锐，因而他们常常想打都找不到理由。很多事我不往前，也不拖后，从这点讲，我常常都感觉自己像活在一种气氛里，而不是活在某种性格里。在有些人眼里可能觉得我这个人没有性格，但事实上我倒觉得这就是我的性格。后来我知道那段日子家里发生了许多事，尤其是我父亲的问题，似乎使整个家都弥漫在一种少了什么的感觉中。我知道这种东西让人很空荡，让人就像没有或少了骨头，有时就像看到少了胳膊或腿的人，那么就一个空袖筒或空裤管的样子。我对父亲的记忆是模糊的，或更干脆点就是没有记忆。试想那时我只有三岁，三岁可能对马、对牛、对羊已经不算小，但对人可以说还在吃屎。这样父亲对我就像秃子头上的东西，没有我也不想，没屎谁还老往厕所跑？我虽然常常听到人们谈论父亲，但我觉得谈论那些东西还不如上菜园子拔根葱就馍吃，那样还让我有点感觉，能让我拿着它四处浪。

  一次我听母亲说，我怎么生了个你这样一个没心没肺的，整天怎么什么心都不操，就知道四处野玩。我心想不是我不操心，我操那心有用吗？你们那么多人都没办法，难道我操心就有了办法？这不是光屁股穿棉裤，难道就图脱得快？要是这样我还不如开始就不穿，也别让你们最后反复审我。我后来发现我这种性情几乎没人喜欢，甚至人们无论谈什么、做什么也都不找我，说跟他说就像给驴弹琴。也有人说我说得更狠，说我怎么就像个骡子的家伙，看着有处安其实却没处用。我心说不就是骂我是个太监，太监又怎了？很多时候太监实际上比不是太监的人玩得还美。后来有人说我怎么有点像虚娃，其实他们只看到了其中的一部分。虚娃是什么人？虚娃其实就是那张嘴，恍惚说什么都云里来雨里去，就是有时他可能说的确实是真的，最后别人也当驴放屁。而我很多时候其实是不说话的，就像哑巴吃饺子，多少都在心里。我知道这个家不同一般家，话多板子就挨得多，不说话往往才什么事都没有。我从不参与家里的事，因而他们后来几乎都把我忘了，甚至将我当作院子里飞的麻雀，似乎我在不在对家人都一样。但我有一点好，就是从不忘吃饭和睡觉，这样他们似乎对我更放心，似乎还感到养这样的娃省心。后来也许他们反应过来了，让他们省心就是为他们操心，如此我反倒更自由，也反倒越发招家里人喜欢。

有人总觉得家里的老二是受气的，似乎前不受人宠，后不惹人疼，可我觉得我似乎更像卷心菜的心，上有经受风吹雨打的外皮，下有沾屎带尿的根，我在中间就是自己玩自己的，既不往上出风头，也不往下争那么点疼和爱，我就只在自己的空间，让自己把性情和性格充分地抖一抖。这样一来，谁能撑天撑天，谁能立地立地。而虚娃和我的不同也在没有人给他撑天，也没有人给他立地，他只好那么屎壳郎般就地爬。

我对父亲的印象可以说是没有印象，但对我爷的印象，他似乎就像一个黑衣教父，有时他在家里就如同神像，没有谁能碰撞他的尊严，似乎谁碰就是自找不安生，就是放着安宁不要，偏要不安宁。当然，我在我爷面前也一样，记得我长大一些的时候，他每天都要叫我写字，有时我顶不愿意写，但我爷的话我是不敢违抗的。有几次我在写字，我爷过来说，想什么呢？我说没想什么。我爷说写字就是写字，想没想什么不用你说，你的字都告诉我了。那次我才明白这位"教父"的厉害。我都不知道他是怎么看出来的，我当时确实想着等会儿写完字，上果园摘桃子。我喜欢过那种似乎和任何事物都无关的生活，似乎我就喜欢在缝隙里营造自己的世界，其他一切和我都没什么关系。我不多事，更不管事，仿佛我就那么走在自己的存在里。我知道我哥不能这样，似乎他想像我这么跑都跑不了，他必须承担他要承担的。而我更多的时候只是观察，只是一个旁观者。

当然，这种处境有时也很尴尬，似乎在家里我没有敢惹的人，惹我哥我知道我打不过，惹我弟我知道那会遭到什么后果，仿佛比惹我哥还可怕、还恐怖，仿佛那就是惹了家里最宝贝的东西，尤其在母亲那里，她更会像狼护崽子一样。记得一次我从他的手里抢了张破纸，更确切地说是抢过我弟写有字的纸，便遭到了母亲的打，而且打得让我几次都不敢从地上爬起来，似乎一起来就一耳光，一起来就一笤帚把。这样我在这个家更多的时候只能躲得远远的，感觉就像空中的树叶、灰尘和光线，就像某些时候掉落在地上的什么。后来很多人说我乖，其实在那样的一种环境下，你乖不乖由不得你，或者你不乖就会清楚自己会遭遇怎样的后果。因此，我的童年似乎一直都像在躲避什么中度过，而这种躲避后来让我几乎不怎么使用眼睛，而更多使用的就是感觉，就是近乎靠着对周围环境的揣摩，就能知道周围大概发生了什么。长期以来，我几乎在什么地方都如同惊弓之鸟，就像在很多时候和地方比别人反应快一步，而有时这一步很关键，某些时候子弹和危险，就是眨眼工夫。

有时我也听人说，这小子比兔子跑得还快。当然，快也有不好的时候，甚至也有自己撞到树上的情况，也有跑着跑着鞋跑掉的时候，那样的快有时反而也是慢，甚至比慢还要慢，还要后果严重。一次我为了躲避母亲伸过来的巴掌，结果自己一头撞到了门框上，而且当时脑袋就流血了，后来我发现那比挨一巴掌还划不来。后来我也就更加注意观察环境，甚至到哪里都不忘记这点。那段时间，我发现这个世界似乎就是狼咬狼、狼吃羊，大欺小的世界。这样恶劣的环境有什么好，我的感觉是没有事最好别找事，有了事最好是能躲就躲，能跑就跑，实在不行就干脆别动，就那么在那儿装傻。有时从小的变构成的不变，便形成了一种品性，形成了让人能把握似乎又把握不了的东西。我们家那时的情况就是这样，有时看着什么都在变，又恍惚再变还是那么几张面孔，还是那么一个院落和我们吃饭睡觉的地方。当然，那时候有人也似乎知道或听说了我父亲失踪或不在的消息，因而也有人问我，想不想你爹？我那时就装傻，就表示听不懂他们说什么。有人似乎不满意，还再次说，问你话呢。我依旧不理，当他们说的就是狗语。但他们往往说我，怎么听不懂人话？我心说，你们说的好像不是人话，更像癞蛤蟆的叫声。我们后来去了西安，再后来，我去了新疆，去了乌鲁木齐，那时候我恍惚真感到自己成了一只老鸟。后来我哥隐隐透露了家里的一些事，尤其是他所了解到的父亲的一些情况，让我才感受到了我不曾体验过的东西，也才更清楚了母亲在这里所遭受的罪。因而有时我们知道的只是我们能知道的和已知道的，而这或许远不是事情的原本，更谈不上事情的所谓真相。我是不相信事情真相的，特别是真相越说越不像真相，甚至越让人感到破绽百出。母亲相信真相，可她最后千辛万苦到西安找到真相了吗？我要说没有，我要说所谓真相就是她内心的想，而当她不想的时候一切似乎也就松弛了，也就有了另一种生活的景象和迹象。后来我和我哥知道真相以后，那么孝敬母亲，事实上是不想让她知道真相，而不是帮她去了解和挑明真相，这样在我印象中那段日子母亲过了一段放松和愉快的生活。我喜欢小心翼翼的生活，有时这并不是我真怕什么，而是我害怕某些时候自己被不必要的事情网住，那样的结果往往就比较麻烦，甚至这种麻烦就是自己给自己找不快乐。我母亲的一生几乎就是在这种不愉快中度过的，而她的不愉快最后导致一家人都跟着她那么颠簸，那么跋涉了再跋涉，直到我们最后都走不动了，似乎有些东西才平息下来。

颠簸最伤害什么？在我看来最伤害的其实就是生育的机能，无论对男人和女人都如此，甚至用一句不该说的话，就是狗要干那活，也得有个狗窝，可是那时我们多年都在那种颠沛流离中度过，不是我们的土地撂荒了，便是我们的东西给浪费了，或者都从阴沟流走了。我虽然是一个很随意的人，但随意并不等于随便，只能让我们在某些时候装作什么事都没有发生，装作我们很多时候都很快乐。

大姨父

有时真是世事难料，谁也不清楚明天会发生什么，就像前一天还没有一个人知道一场灭顶之灾正向我们靠近，仿佛一切的一切在前一天还显得那么寻常，院子里那么平静，那么被生活本身的琐事围绕着，但第二天这个家似乎一下便成了废墟，甚至比废墟、荒原还让人难以接受。这哪里是天塌地陷，简直就是活活要人命，就是要让整个的家在同一天下地狱。噩梦有时就是在人最不经意的时候发生的。那场打击让我们家由此绝望，也由此步入了生活的深渊。这个深渊到底有多深？反正让我最后对待很多事只能是无语，只能像牲口那么活。本想我们家遭遇这样的不幸是恶人背后使坏，是同行的人嫉妒，而用了这样卑劣和歹毒的手段，将我们置于死地。但后来他二姨家发生的情况几乎让我更无语和感到突然，或者说总觉得像我们这样的家倒了、败了，还有复兴的可能，我们就是一家子牲口贩子，就是后来生意做得大点，除此也没有什么根基。但他二姨家是什么情况？那简直就是一座城堡，是在很多人眼中炮都将它打不透的地方，但它最后败落起来似乎和我们家没有两样，甚至最后更让人想不到的是整个家都没有了，整个家里的人都那么亡命天涯。我知道一个家败落是什么滋味，别说他们还曾在当地显赫一时，就连我们这个算一般的家在败落后，感觉当时也是连鸡狗都不如，甚至还不如墙上的草、地上的虫。也正是那次的打击让我性情大变，尤其是出生不久的儿子的夭折，父母在经受连续不断打击后的相继离世，一下让我们不敢对任何东西再有奢望，似乎自那以后整个家就犹如成了一片寂寞的坟地，我们两口子也几乎一下成了一对哑巴，每天就那么机械地活着，那么沉默地勉强度日。那时候我们得到了她姊妹们的关心和关怀，否则我想我们是过不了那个难关的。当时据我所知，家里发生了这事之后，不只是表面的损失，父亲还因而拉上了不少外债。那时候逼债的人催得很紧，整个就是一个要一家老小命的关口。那时这笔账是怎么还的，现在说起来都让人齿寒和心冷。当时说白了就是将他二姨嫁到了那个家，我们也听说人家之所以出大价钱，一来是家里有钱，二来也因家里出了事有冲喜的意思。我们最后就是用这笔钱渡过了那个难关。虽然，这不能简单地讲是用人换牲口，但事实上多少也含有这样的一层意思。这里的情况事实上只有几个人知道，至少我是知道这点的。或许这当时解决了我们家的问题，但从实质上讲这不过是一种压力的转换，是从硬压力变成了软压力，变成了一种情放在了那里。后来他二姨家出了那么大的变故，我们就是舍上性命也得救，也得给他们一个避风挡雨的落脚地。这叫什么我不知道，我只知道这时我们只有义不容辞。

有时我们说一个家一种氛围，我到他二姨家去过，那里的气氛和别的庄户人家确实有不一样的地方，毕竟那是个书香之家，毕竟他二姨的老公公是做过县太爷的。因而一到那里你便能感到一种威严，一种似乎任何事都更有规矩的感觉，特别是他们住的院子和我们往常看到的不同，人家住的院子就是院子，农具、牲口在另一个单独的院子，两者是一前一后，而且所住院子的院墙要比一般的高出很多，仿佛真的就是一座城堡。那时他们家还长年雇着人，而且有出门专用的车子，看上去真的不一般。但谁能想到就是这样的一个家最后也垮了，而且垮得莫名其妙，让很多人匪夷所思。我隐隐听说造成这一切的起因与发生在西安的那场战事有关，据说正是那场战事让他二姨的公公再也没有回来，并由此使这个家发生了接连不断的事情，也使这个家出现了败落的迹象，听说光为到西安找人就花去了家里不少银子。当然，有时我也想，别说是这个家最后倒了、败落了，原来的清政府是多大的江山，后来不是说倒也倒了？像我们家可能根基算浅，但在当时我们那个小村也算是好家，起码按当时的情况看，也算得上村里前几户的人家。但就那么一下，让曾经的一切像被一阵风吹了个精光，而且在这种情况下我们连逃的可能都没有，仿佛有的就是上吊或等死。我当时真是跳井的心思都有。我心说这是什么世道，但是有时人又不得不面对，不得不那么咬牙活着。

　　有一天，我和他二姨父谈起发生的这些事，他似乎想得还比较开，说这个世界就这个样子，我们很多时候没有办法，很多时候也只能到哪步说哪步的话。谁也不想让有些事出现，但它有时也是我们无法阻止的，我们只能在某些时候选择坚持还是放弃，总之都要看某些具体情况。我们谈话的那天他爷刚刚去世不久，恍惚从他的表情中我感觉他也不想再回忆过去，或者用他当时的话，现在真的还不是回忆什么的时候，而是解决他该如何撑起这个家的问题。他说，人有时在现实中真的没有退路，似乎你越退越死，越退越可能成为粪土，成为他人恨不得拥有的肥料。他说这就是他那段日子总结出来的，他说假如他倒了，他不敢向前了，那么这个家最后才可能真正遭遇人们所说的灭顶之灾。他说很多事就是那个样子，平时没有事的时候似乎什么都不是问题，可一旦有事了，就必须死活顶着，不然一个家马上便可能成为粉末，化为乌有。他说他刚刚就打了一场官司，他说你知道我爷才不在多长时间，可就在我爷下葬十天之后，就有人到家里讨债，而且不是一个。这都什么事，人都说人走茶凉，这人才走多大一会儿？这不是欺负我们家孤儿寡母，看我们家没有人了？我便和那些讨债人打起了官司，我说我爷在的时候我怎么从来没有听你们提过？而且我爷也从没有给我说过他外面还有外债，你们这样空口白牙想干什么？后来官司打到了县里，你知道我爷当年的情况，他也是场面上的人，因而官司一打到县里，还没开庭，那些人首先软了。你不知道他们当时口气多硬，又是不还钱如何扒房、拆墙、搬东西，又是声称他们不怕打官司，别说往县里打，就是打到南京都不怕。我心说就你们这些到县城腿都打哆嗦的主儿，你们知道南京在东南西北哪个方向不？我当年可是到过南京的，而且你也知道当时我爷在时不仅和省城、西安、北平有书信来往，而且往来南京、上海的书信更多。后来我才知道他们也是想乘人之危敲诈一把。我当时就想，不论你们以往如何，这次算你们找错门了。那些人后来再没有敢来。

　　我后来也想自己，当年自己就没有这样一种霸气。当时那些逼债和催账的并不是冲我的，人家找的是我父亲，所以我几次也想上去和那些人理论，但都被父亲训了回去。这让我的怒火没有发上来，最后也让我感到吃了哑巴亏。我知道父亲一辈子都是一个喜欢息事宁人的人，但这次我想并不是息事宁人那么简单，而是若要息事宁人这个家可以说就真的下到地狱了。后来事情算息了，但父亲一病不起，最后在当年便丢了性命。我后来之所以不愿多讲话，是我清楚这个家再也没有崛起的可能，也就是经历了那次打击后，我就想这辈子就像庄稼、虫子一样活着算了，特别是他二姨家出事之后，我更明白了一个家几代人的奋斗和心血最后是怎么似乎连自己都没有明白就毁于一旦的。更何况，很多时候人吃人似乎比狼还厉害，狼吃饱了还留个渣，但人不这样，人往往恨不能挖地三尺，连渗到土里的也给拉走。后来，人们都说我怎么越看越像个败家子，我真不知该如何回答这样的问题，难道我不败还等着别的人败不成？我最后就是抱着这个想法在活，特别是后来看到这么大的国家都败给别人了，先是八国联军，再是小日本。难道我现在再将家费劲建起来最后再遭炮轰？我也不知道是我被打趴下了，还是这个世界本来就不想让人站起。

外祖父

我是一个庄稼人，我没有什么特别的奢望，似乎就是吃了喝、喝了吃，然后拉，然后上地，然后再长庄稼。我教育儿女的话就是，狗吃屎活，人吃苦生。我的这种教育不知对还是不对，但我就是这么过活的。都说皇帝女儿不愁嫁，我看我的几个女儿也都早早嫁出去了。有人说怎么看你每天都没有闲的时间。我说闲能闲出什么，难道能闲出蒸馍、闲出花？很多人说我就这么个穷命，可我没有看到谁的命真的富。人家说你看人家官老爷，每天出去都是轿子来轿子去，我怎么没看出这样的命就富了，就贵了？我倒感觉跟个小丑游街似的。我有时对孩子们说，别光看贼吃肉，还要看贼挨打。我觉得世界是公平的，它可能给了你这个，就不给你那个了，你别想什么都要，你要了你可能就被分成八瓣了。我有四个女儿、一个儿子，特别对女儿，我不论她们嫁给谁，也无论他们是挑担子卖葱卖蒜的，还是咱那庄稼户打牛尻子的，还是杀猪宰羊、耍把戏卖唱的，还是打铁砌墙的，都要做到你们的本分，这样驴自然就会拉磨，狗自然就会看门，鸡也自然就会下蛋，不然猫也就不捉老鼠，鸟也就不吃虫子。我说的这话可能土，但我知道粪上到地里才有用。

我对生活没有要求，唯一的要求便是每天能劳动，能那么伺候庄稼与收拾庭院，进而形成一种安稳，形成一种周而复始的循环。我几乎连县城都没去过，偶尔就是上附近的集市去。有人说我很闭塞很土，事实上我这也是守的一种本分。我没有别人吃飞食的本事，但我每天到地里劳作，就是没有什么活，在地里捡拾些柴火、树叶，我觉得也是一种收获，因而我很喜欢到地里。在我眼中，大地就是一座宝库，很多时候那里并不缺失什么，那里每个季节都是富饶的，都是可以从那里捡拾回很多东西的。我几乎一年四季没有不下地的。有人说，你这样能在地里刨出金子？我心想，地里何止有金子，应该说地里的东西比金子还宝贵。还有人说你就那么一个儿子，至于将自己搞得这么辛苦？我心想，这是他们觉得我辛苦，其实我并没有感到辛苦，相反还感到滋润，感到我的生命一直在向前演进，并形成了一种神秘的感受。

怎么说呢？我清楚我们家不缺柴火，但我每天依然能拾回不少柴火，拾回它们就够家里做顿饭，而树叶也能喂羊。看到这些我就痛快，就觉得一天我活得很充实。人们都觉得外面的世界好，那是他们的事，我只记得有句老话，千里做官，也为吃穿。庄稼人苦，但庄稼人实在，他们常常不管世事怎么变化，他们都是干活吃饭，都是在地里刨食。我信这条，因而我没有感觉一会儿天堂、一会儿地狱，一会儿高兴得就像狗戴上了转铃，一会儿又痛苦得像谁将他的娃给弄死了一样。我的大女儿、二女儿家最后都遭遇了很大变故，这种变故有时说起来真由不了她们自己，但我看到了一个家最后败落是个什么样子。可是在我眼里这似乎都没有什么，或者说都正常，我告诉她们只要人在，只要我们人好好的，就当我们从一开始就没有什么，或者一开始我们就没有发达过，而且说白了那些可以说都是人家上辈子的事。有时人在世上真不知一辈子都要经历什么，我就经历了从清朝到民国，后来又经历了日本人，仿佛这一切就像走马灯似的，一会儿让你留发，一会儿又让你剃发，尤其日本人还给你发什么良民证，一个个都像狗皮膏药，反正咱普通百姓就只能让他们那么打扮，不知我们是猴子，还是他们连猴子都不如。我就一个种地的，一个伺候庄稼的，坐下一身粪，站起一身土，我倒看你们能将我尻子咬个牙印？

当然，很多时候我也知道树大招风的道理，而且很多时候似乎越是树大越招风，二女儿家后来不是将风招到了很远？要不是这样她的公公也不会死到西安，好在他们家后来还有家里老爷撑着，不然那才叫败落得快。后来我听说女婿也去了西安，我真替他捏把汗，我有时在心里说，到那些地方做什么？在咱们这里每天种个庄稼、吃个饭，一家人在一起不好吗？但后来我才知道里面的事情并没有想象的那么简单，据她们姊妹讲似乎还是复杂里套复杂。我没有她们脑子好使，我也就不跟她们说。我感觉每天说这些还不如我到地里捡个柴、拾个粪，或到村外拉个土，给牲口垫个圈来得有滋味。有人说我就一个劳累命，我心说你不劳累能上山，能住人家皇帝住的金銮殿？咱们这些庄稼人就是屎壳郎推粪蛋，土是土，但找的就是那样的乐趣。我没见过多少城里人，但我见过那些衙门里的狗腿子，一个个表面都跟人似的，但我能感到他们肚子里似乎都包着蛆，而且他们的难受给狗去说，狗可能也不理他们。

　　就拿二女儿嫁的人家说，那可以说是这里远近闻名的大户，尤其是在人家老爷做县令那些年，听人讲别说人从人家家门口过，就是村里的狗打那儿过，也都是夹着尾巴的。人常说狗是通人性的，其实人很多时候也是通狗性的。我有个妹子嫁到了那个村子，就是没有这门亲，我们两个村子又是邻村，我也知道那是一个怎样的人家，也知道当时只要人家老爷从什么地方过，都有人负责在前面清场和清道的，而且还有人沿途给举着回避的牌子，因此，那样的高门在庄稼人的眼里简直就像山。但后来没有想到的是我们家竟然与这样的家结上了亲，还嫁给了人家的长孙。虽然，二女儿嫁过去的时候这个家已经大不如从前，而且还缺少了顶梁的男人，也就是二女儿嫁过去的时候，她就已经没有了公公。我当时觉得这样的家总让人有点不踏实，可是有人讲这样的家倘若家里没有出一点事，人家也不会看上咱这样人家的闺女，何况就是人家现在的家不如以前了，但要知道瘦死的骆驼比马大，你没到人家家里去过，人家屋里的房檩都比咱们普通人家的房梁还要粗一圈，因而就是人家最后再不行，光那房产、地产，卖也卖相当一阵子。我还不清楚这点？有钱有势的人家，最后再不行，扒拉扒拉，也够普通人家吃好多年。可女儿嫁给这样的大户会吃什么苦、遭什么罪，我想这可能也是个问题。家大往往规矩多，这实际上才是我最担心的，我知道这中间不单单是吃喝问题，要真是个吃喝问题事情可能就简单了，而且根本就没什么问题了。童养媳受什么罪，我有耳闻，但后来我之所以同意将二女儿嫁过去，也就是想着看她有没有这个造化了。而且就像媒人说的，人家曾做过县老爷的能看上咱们的闺女，也算是咱闺女的福分。这门亲事一旦成了，你也能见识见识县老爷家是怎样的院子，也能清楚人家和咱们这些庄稼人的家有什么区别。另外，你也应该相信能出县太爷人家的子孙也不会有太扯的种，常言讲，将门出虎子，那么当官的人家出什么？我虽然说不好，但我想绝不会是咱们普通人家那样几脚都踢不出个屁的吧？媒人的话有时就像专门给人掏耳朵的，让我当时听了也感到似乎有那么点理。后来我答应人家媒人说，穿窝窝上炕，就这样吧。后来这年腊月，二女儿就嫁到了这个家，恍惚就像梦里的梦。我们都没有什么，我一直都这么想着，或许正是这样的视角让我感到世界其实一直都在变化,就像旋转的什么,这样世界上的很多事情便成为一种近似庄稼一般的自然,成了由此形成的事物和感受。我有时就这么看着什么,或什么都没有看,从大女儿到二女儿家里各自的遭遇,我似乎看到了某种说得清又似乎说不清的存在,也看到了一切的一切似乎都没有庄稼的生长来得可靠,给人一种在任何变中都不变的感受。我知道我现在也不如从前,就像一个看上去已经很旧的房子,已经被时光、风雨,被各种事物搞得越来越接近冬日的大地,被剥去了一切表象的什么,或者说表象就是一种色泽和色彩的暗淡。我感到我越来越接近土墙和草垛,接近我刚刚来到这个世界的那种奇妙的感觉。有时败落形成的败落,更让我感到我原来不过就是尘土、光线,就是到这个世界那么走了一圈。

四姨

有时轻就是一种重,我默默地看着什么,我有时觉得这种看什么都不是,又感到什么都是。在我的视角里,我似乎更多的时候只是观察,只是看,只是那么静静地感受着一切变化。记得那些年我无论到大姐家还是到二姐家,我都能感受到我不那么熟悉的氛围,抑或正是这样的不熟悉让我清楚了存在和世界的神秘,也让我感受到了我似乎一直都在某个地方穿梭,有时像虫子,有时像鸟,而有时又仅仅是我自己。我和大姐相差十五六岁,和二姐差十岁,和三姐相差二岁,和我哥相差六岁,因而在我们家我就像树枝的末梢,又像家里最重又最无足轻重的存在。也许正是这样的一种存在,让我感到我时时都在变化,又仿佛没有变化,这种感觉让我愉快,让我常常就如同水里的虫子,恍惚让我感到自己一直都在梦中又都在梦外。这样我看着眼前的一切,常常就像在看一种植物的生长、蔓延,在看这其中各种不同的存在。在我看来,这很奇妙,这种奇妙让我某些时候仿佛到什么地方都可以,而不去想我就在自己很是简单的存在里。有时事物其实就是一种景象,犹如天空的云、地面所有变化的变化以及我们每个人的面孔。有时怕构成的便是不怕，而不怕构成的便是我们的某种熟悉。我在自己的家便是这样，我有的便是不怕，但我后来无论去大姐、二姐和三姐那儿，我似乎都近似处在不同的怕里，这种怕有时并不是别的什么，事实上就是我对某些地方的不熟悉，而且正是这样的不熟悉才让我在很多时候犹如在那些地方深一脚浅一脚地走。也许正是这样的近似在感受中的感受，让我知道了很多，也让我清楚了更多环境的不同。当我长到十七岁时，我也嫁到了二姐这个村子，那时候他们家已经有了很多变化，这些变化也让我清楚了人在这个世界是怎么回事，起码知道了一个家，一个女人和男人更内在的东西。我嫁的人家当时也不错，他们家那时在西安就有生意，这点不用看很多，只从我嫁到这儿的院子便能看出。或许从某种角度讲当时没有二姐家那样的规模，但我可以从那更显青色、更显规整的院落里感到这中间的某种厚，某种类似地下还有几层存在的印象。我嫁到这个家的第二年就去了一趟西安，并且后来还去了甘肃的天水，这样我才知道了这个家更多的背景。

　　或许正是那次的游历，让我知道了某些表象下面的东西，知道了什么才叫山脉的体量，也正是这次的出行，让我清楚了世界有多大，同时也让我清楚了什么是让我们肉眼都难以看到的力量，也让我意识到走过九州十八县都不用住别人店是一种什么感受，是一种怎样的使人迷离的存在景象。后来我知道，二姐家其实是在他们的上一代才发达的，而我嫁的这个人家在比他们早两代时就发达了，而且这种发达构成的并不仅仅是我们在乡下看到的什么，他们真正的家业其实是在外面，在我们都不知道的地方，那情形才可以讲什么叫梦中的梦，什么又叫更显绵延变化的存在。当然，对我来说，我并不喜欢城市的那种生活，或者说我在那里更多感到的便是嘈杂、无序，便是类似怎么都是梦里的虚幻。因而用有人的话讲，我这是享不了这福，我就是一个乡下命。我不管他们怎么说，我只说我在城市头疼、头晕，在城市感觉自己就想呕吐。后来他们说我可能是怀孕了，我心里知道我是怎么了，自来到城市我可能先感到的是新鲜，是梦幻，是深一脚浅一脚的情形，到后来我能感到的似乎就是某种存在的不真实，就是白天和晚上似乎都难以分清的状况。我当时都不清楚他们家到底有多少亲戚，在不同的地方有多少店面，仿佛每天就那么被人领着在近似迷宫一般的地方转，我几乎将自己的魂都丢了。这让我最后实在受不了，甚至那种受不了几乎都要要了我的命，因而我和我的女婿就那么回去了，就那么离开了那样一种喧哗。我记得当我们离开城市，当我们一踏上老家的地界，我一下就神清气爽了，不敢讲有放虎归山的感觉，起码也有鸟回林中的感觉。

我回来之后，三姐问我怎么不在城市待着，怎么回来了。我说，我受不了。三姐说，人家都想离开这穷地方，你倒好，有这条件离开，你倒不离开。我真不知你是怎么想的，要是我，我巴不得。我说那是你没到城市去过，去过了你就知道在那里你脑仁都疼。三姐说，我看你就是穷命。我说，我穷命现在还命在，要是在城里可能我的命都没了。你可能不清楚人的脑仁疼起来是什么感觉，我告诉你，那比死还难受。我要说，二姐那时还没有到过西安，或者说没有到过外面很多地方，我这次可是见识了，而且可以说不是一般的见识。但对我来说，我确实不喜欢外面，那让我怎么都不踏实，抑或怎么都找不到自己。

或许那时我就体会到了在外百日好，不如在家一日安，因而我喜欢家里的感觉。有人说我这人似乎就是食草的命，但这没有办法，我知道自己不是老虎，也不是狼，自己就是只羊，就是只兔子，因而我到了城市感觉自己就如同到了狼窝、狼群和老虎山，时刻都有类似要被吃掉的感觉，有在哪里都似乎不安全的感觉。因而当时我说什么都要回来，而且还要将女婿也一同叫回来。我当时是这么对他说的，你要我活，那么咱们就回老家去，倘若要我死，那你就在这里待着。后来女婿也就放弃了在城市待下去的想法。

我从西安回来后，二姐偶尔也到我这里来，我能感到二姐在那个家也很压抑，这种压抑似乎就是二姐在那里就是没有话的那种存在，仿佛她从来就生活在水里，就那么在无声的世界做着什么。我能感到她在那个家似乎真像人们所说的是山上有山、水中有水的状况。如果说他家老爷是最高的山，那么当时她的婆婆就是一道绵延的山岭，而她的男人就是山中之山，再别说她还有两个小叔子，后来还有两个妯娌，再加上这时她自己的两个孩子，仿佛她上下都受着挤压，而身边又似乎有那么多的事将她包围，因而我知道她那在很多人看来已经相当不错的家，对她而言是一种什么滋味。她说，我有时候在那个家连一个尿尿的时间都没有。二姐说的这种情况我能想象到。她几次都说，就是牛也有下套的时候，但在那个家我没有，似乎我每天从一睁开眼到晚上一家老小都睡了，我才能上炕眯上那么一会儿，似乎只是打了一个盹。二姐说，这样的日子什么时候是个头，我真不知道。有时我真的在想，我还不如茅房里的蝇子和蛆，它们过得似乎都比我轻松和滋润。

  在我眼中，乡下很静，可城市便如同一团乱麻，仿佛哪里都有头，哪里又都找不到头，在那儿都不知道自己是干什么的。这让我有种被困在什么地方的感觉。我类似从田里拔出的草，在阳光下不一会儿便蔫了，便没有了丝毫的朝气。如果这算享福，那么我享不了这福，我宁可回乡下受罪，宁可在老家喂鸡喂羊，在田野里围着庄稼打转，或者在家中围着锅台转，像大姐那样，或者像二姐那样，那样才觉得自己是活的，是有生命的。在城市吃得好、穿得好，似乎看去也像不干什么，可我的感受是在那儿我就如同一个木头人，就像一个没有了脚、没有了手的人，甚至就像鸟没了翅膀。如果这也叫享福，那么谁愿意去谁去，我是不去。二姐说，她在屋里憋屈，事实上她是没有去过城里，她要到了城里她就清楚什么叫憋屈，而且那种憋屈让你感到尿尿都不顺畅，都会觉得有什么人在什么地方盯着你。尤其在城市的后半段我几乎每天晚上都失眠，直到后来头痛得厉害，似乎要死一样，最后他们才让我们回来。我也不知道当年二姐的公公怎么就想着到西安，而且他家老爷也就真的让去，结果连个尸首都找不到，让那个外表看着挺殷实的家，最后像没有了能下地犁地的人和牲口一样，让人怎么看都像缺点什么。我是决不会让我男人上城里和外面的，我就愿意过那种两个人始终在一起的日子。我真不知道公母分开那算什么生活，或者那样活着还有什么意思。我以前没有体会过一个女人和男人那么脱得光溜溜一起睡的感觉，现在尝到了，我才知道了那实际上才叫真正的神仙生活，我才觉得谁拿世上再嫽的东西换它我都不会换。在我看来，每天无论白天再累、再辛苦，只要晚上还没有死，只要晚上两个人能光溜溜再在一起，就什么累都没有了，假如再能像牲口那么来一下或几下，那么我感到真和男人累了吸烟一样。说实在的，我就喜欢让男人那么弄，那才叫没白在世上走一遭。有时我甚至想，城里人忙成那样，哪里还有时间和精力干那活。

我奶

一切都是自找的,一切又像冥冥之中的安排。我看上那死鬼那年,是死鬼他爹最得意的时候,那时似乎整个村子的人都集中在他们家,我也不例外。那一年我十四岁,十四岁对很多事都是有意识又没有意识的,甚至可能就是那种很是朦胧的感觉。记得之前家里人就忙着给我说亲,甚至急着定亲,我一概不理不睬,我知道我的性格和我姐不一样,她是那种温顺的,仿佛父母的话就是皇帝的圣旨,因而我姐去年就嫁了出去,而且嫁的人家可以说也很富有,那种富有的程度可以说是我没有见过的。但我对此不以为然,甚至觉得我姐嫁到那里就像被关到了一个笼子里。我不要这样,我要的就是那种能在更高的天空飞的感觉。家里人也说,照你的这个性子如果现在不找个人家,怕是以后没有哪个人家敢娶你。我心说,你们以为我还真想嫁?我甚至还想娶。用家里人的原话,我这么个人都不知像谁,简直性子野得如同假小子。可我并不觉得这样有什么不好,或者这样和他们说的又有什么关系。当然,我也清楚我从小就喜欢向有些人不敢去的地方走,我觉得这样才能显示自己,才能感觉心里畅快。我姐喜欢做女人的活,我其实也能做,甚至很多地方并不比她做得差,但我也喜欢干男孩子喜欢干的事,比如爬树、上草垛,再比如在巷子里疯玩疯跑。有时母亲也管我,但父亲似乎不怎么管,在他眼里似乎孩子就应该这样,就应该不要让性子受到特别压抑,否则似乎以后就长不开,就会在有些地方受压制。因而很长一段时间,我都是自由的,在村里我似乎也算是疯丫头。后来我和他怎么就对上眼了,我不知,反正有那么一段日子我们就总能见面,这种见面有时连我都搞不清怎么回事,可是有时我在什么地方,他就一定在什么地方,或者我到哪里他也便在哪里。当时我们虽然不清楚这叫什么默契,但时间长了我们似乎就都感到了点什么,这样的事有时似乎并不用说,仿佛常常就那么个眼神,就那么一种暗暗的内心交流,我们就像彼此已经融到了一块儿。后来有一天他们家果真托媒人到我家了,我当时听媒人讲,是他看上了我,是他要他们家人给他提这门亲的。我当时是什么反应?应该说是没有反应,因为我已经感到会有这一天，只是没有想到这天来得似乎有点快，让我说准备好了也好了，说没有准备好也没有准备好。我当时与其说喜欢他，似乎不如说喜欢他们家的那种氛围。在我看来，他们家似乎不同于我们乡下一般人家的情况，也不像我姐嫁的人家，他们家仿佛介于这两种家庭之间，既不特别杂乱，也不特别浮华，毕竟他爹是读书人，毕竟人家是做官的，是有俸禄的，这形成了怎么看都让人顺眼的状况，让人感觉要清静有清静，要殷实有殷实。我这个人看着似乎更泼辣，事实上就我内心而言，我倒是一个喜欢干净的人，同时也是喜欢一切都有秩序和有条理的人。

在他们说媒之前，我其实也去过他们家几次，我是上那里找他姐的。记得有一次他母亲还问我，你是谁家的女子？我说是谁谁谁家的。他母亲说，我知道你是谁家的了。还有几回他母亲在那里做针线，我也蹲在那儿看，他母亲看我看得那么用心，说你会做这吗？我点点头。一次我还将自己做的针线拿过来，他母亲看了还直夸，说针线做得不错，说看不出你这个性子的人手还这么巧。就这样有点鬼使神差，第二年我便嫁了过来，就这么成了死鬼子峰的媳妇。

记得一次母亲还说，你这一天不在家待，倒有点像自己给自己找人家去了。我说，我最后真怕像你们说的到时候嫁不出去了。母亲说，看不出你的鬼点子挺多。但后来谁能想到我看上的人家、看上的人，竟然对我就是一场噩梦，让我五年多一点儿的安生日子，最后竟要用五十几年的时光偿还。我真不清楚自己这是造了什么孽，上天竟然要以此惩罚我。最后怪谁不怪谁，实际上连我自己都说不明白。记得在这事没有发生之前，很多人都说我嫁给了一个好人家，甚至都觉得我命好福大，但等事情出来后不仅没有人再这么说了，而且我当初自己把自己近似送上门给人家，本身就不是一个好的征兆。我明白人的嘴就这样，他们似乎怎么说都是他们的嘴，但有时人要处在了这样的一个旋涡，你只能那么受着，那情形有时就如同吃黄连，什么苦都得自己往下咽。我那段日子确实想一死了之，也确实情绪波动得就像锅里翻滚的开水。我知道男人去了西安，因而那时我说什么都要到西安找人，但当时他们看我比看什么都严，似乎那时鸡、狗都比我自由，似乎那时我就是一个囚犯，一举一动都有人看着。说实在的，我自进了这个家门就惧怕公公，因为在他的脸上似乎很少有笑容，感觉他一直都像是公堂上判官的脸，这样我在这个家里似乎更憋屈，似乎有时连大气都不敢喘。男人在时我还好受，起码我们还有个话。那段日子先是婆婆不在了，后来又遇到了那个继任婆婆，比我大不了几岁，但有时你还得敬她，这真是尿盆子放到了锅台上，有什么办法？尤其是后来男人在西安没有了音信，更让我有一种不祥的感觉，要不是我当时有身孕我早去西安了。我有时也想，你死鬼死就死了，怎么要死要死了，还让我再怀个孩子，难道两个还不够我操心？

偶尔我也想，这可能就是嫁到大户人家的好，荣光时真可谓让很多人羡慕，倒霉时也让人人都看得到。我当时就有从高处掉下的感觉，而且就是那次掉下，我近乎用了自己的一生都没有将这个坑填起，甚至感觉越填最后将自己埋得越深，甚至感到二十二岁之后，自己整个就在一场近乎没有间断的梦里。我想说在公公没有去世前，我就已经像憋了足够多炸药的炸药桶，但那时我一直无法自己做主，似乎一切一切都是公公说了算，尤其那次将我打了个半死之后，让我和我们家在村子都难再抬起头。后来还是我们家人服了软，托人说好话才让我重新进了家门。我知道公公当时有势，虽然已经远离官场，但在村里还是没有什么人敢惹他。在这样的一种情形下再回到这个家，我内心就像淤积着一座火山。好在后来儿子们一个个像山羊般长大，才让我多少有了点希望。那时候我感到自己就像一面土坡，每天看着他们几个在我眼前那么长，似乎我才有点要活下去和必须活下去的感觉。尤其是当老大结婚后，我当了婆婆，我的心才渐渐有了些安稳，有了点更显层次的存在。但一切都有出乎意料的情况，而人很多时候似乎就是在这样和那样的出乎意料中生活，在出乎意料中延续。

大姐

我喜欢一切都还没有变化的那段时光，那是一种静、一种纯粹、一种刺激，但后来发现这其实只是一种想法，一种一厢情愿，而不是真实的。真实似乎永远是回忆中的看到，是我们在那样的地方留下的印象。有时印象就像画，就像一种存在的幽深，人看到这点仿佛才能看到更多，看到有些东西变化的纹路和线路。我似乎能够清楚地记得我们家当时离开老家的情况，感觉像梦，又像幻境，同时又像真实中的不真实，但我能感觉得到的是，整个情景都充满诡秘和怪异，就仿佛秋天大树上的叶子，似乎一直都在掉，都在脱落和飘落。一开始我还觉得好玩，觉得这样的景象似乎让有些东西更清晰了，可是，后来的情况似乎便有点不一样，甚至让我感到了虚和灭。小孩子有时没有更多想法，仿佛有的便是印象，便是那么用眼睛看，然后将看到的记在心里。我当时的情况便是这样的，便是这么只将有些东西一边看一边放到心里。某些时候我觉得这样很好玩，这样似乎整个世界才是我的。那年夏日，我记得老爷忽然得了病，忽然就躺在那儿起不来了，然后大家都开始忙碌，然后叫来那个姓孙的大夫，大夫摸了摸脉，只是那么摇摇头。记忆有时就是这样，就是在很多时候不断经受着大风，一些东西飘落，另一些东西近似没有任何伤损地被保留着。我那时候并不清楚这个世界是怎么回事，仿佛很多东西会这么周而复始地循环，就如同白天和夜晚，就如同我们每天都要洗脸。因而我感到这是一种平静，是每天都在一种熟悉的熟悉中生活。我每天没有更多事情，每天就那么在院子里玩，有时我和我哥一起玩，有时我一个人玩，还有的时候被三叔或二叔带出去玩。

　　后来我发现某些时候人不懂什么可能更好玩，用有的人的话那叫没心没肺，仿佛就是吃了玩、玩了吃，然后晚上累得和死猪一样。我没有见过我爷，后来偶尔听人说起我爷，说他去了外面。我对外面没有特别的概念，我似乎觉得外面就是门外，就是村道，就是田野，就是县城。但不论怎么，我爷也该从外面回来。在我印象里，倒是老爷常在家，但很多时候他很静，很严肃，不是那么静静地坐在那儿，便是在读书、写字。我有时过去，他也和我玩，并让我站在旁边看。有时这场景和场面，我也觉得很有意思，我虽然看不懂老爷在写什么，但我觉得那仿佛和玩一样有趣味。我能感到老爷在家地位很高，就像老虎，没有谁敢对他高声说话，就连我奶这么一位让母亲都怕的人，见了老爷也总是一句"爹"，而且就跟小猫叫一样。但我在家里不怕别人，似乎只怕母亲，我看母亲的眼睛一瞪，我就怕，我知道这时自己假如再不听话就会被母亲打。当然，有时候我也怕我哥，他老将我惹哭，但如果父亲在我就不怕，我知道他一旦将我逗哭，父亲就会上去收拾他。人都有自己的心思，这点我似乎能看出来。就那段相对平和的日子，我能看到母亲似乎在家最累，二婶的嘴最能说，三婶似乎话最少，但也不做什么。我不知道人都是怎么安排的，但我知道当时的家里似乎就是这么一种状态。有时我们也到地里。我觉得地里比家里畅快，地里有各种花草和庄稼，也有各种虫子，似乎在那里一切都活了，一切都让人很兴奋。我知道我们家里的地不少，起码看上去比别人家要多。老爷是从来不下地的，有些时候他也到田里走走，但我没有看见过他干活。有一次，我问母亲，老爷为什么不干活，不到地里做别的？母亲说，老爷不是做这个的，他也做不了。做不了是什么意思？母亲没有回答。

　　土地的下面还是土。一次我不知怎么想到了这点。实际上，从内心讲，在这个家里最喜欢我的还是我奶，因为我奶有一段日子似乎不论到哪里都带着我。她是小脚，我和她一起走的时候总喜欢看她的脚，怕她一不小心跌倒。但这种事似乎从没有发生过，这倒让我觉得有点意思，不仅没有跌倒，而且似乎常常比我走得还快。我奶在家里似乎话不怎么多，但到了外面就不一样了，似乎跟什么人都说得来。有一次我就听有人对我奶说，家里如果闷就出来，出来我们姊妹还能说说话。你家那公公是做过官的，人们到你那儿总觉得不对味，总觉得似乎走到你们那里，就有到了公堂上的感觉。我奶说，我知道，就是我在家也常有这感觉。做梦是为了不做梦，不做梦又似乎是为了做梦。当然，我后来也清楚，当时家里之所以有这样的一种气氛，相当程度也不是由于老爷做和没有做过官，而是由于我们家这时少了一个人，这样的少让老爷没有了儿子，让我奶没了男人，也让我爹、我叔没有了爹。这样似乎家里无论怎么都像什么地方透着风，将有些声音天然地屏蔽了。仿佛大家在这样的一种氛围下，都不得不将有些话往肚子里咽，这样你咽一点，我咽一点，最后大家的话都少了。扎到肉里的刺最后会磨成老茧的。但这需要时间。另外我也明白，时间是会生长的，时间的生长会让很多事过去，但有时也会让人像蛇蜕皮一般，从一个家离开，感觉就像什么东西被搬出家门一样。也许疯狂形成的是另一种疯狂，也许我一直都像意识的水流那么在流。我不知道家长和小孩到底有什么不同，是不是不同就在家长都很高、很大，都在一些时候说一些我们听不懂的话。我有时在琢磨这些，但似乎又不怎么能琢磨得懂。因而我看他们似乎能看到的就是一种存在，就是一种或多种气韵的不同。这种不同构成了很是空灵的景象，抑或正是这样的一种存在，恍惚让我感到一切都是呈现，都是有什么或没有什么的情况。

老爷当时从发病到死，就一天多的时间。我当时真不知是怎么回事，我只知道后来我们一家人几乎都哭了起来。这里几乎包括所有人，但似乎不包括我和我哥，而且之后人越来越多，就像我们到了集市，到了一个人流非常拥挤的地方。在这之前，家里也来人，但都是稀稀拉拉的，就像偶尔跑到院子里的鸡、羊和狗，或者某些时候落在什么地方的麻雀或别的什么鸟。后来我还看到许多亲戚都来了，有我认识的还有不认识的，大家最后都挤满了院子，同时似乎每个屋子都是人。母亲给我的头上也扎了孝布，而且在扎孝布时对我低声说，老爷不在了，殁了，这些天大家都忙，你听话点。我还是不理解母亲的意思，我不知道什么叫不在了，什么又叫殁了。但我知道老爷现在已经直挺挺地躺在了那儿，就像睡着了。我看到老爷的脸已经被盖住了。

这究竟是怎么回事？前两天我看见你还好好的，怎么会发生这样的事？我看到很多人都觉得疑惑、不解，仿佛都在梦中一样。后来，我知道梦似乎永远都是不可理解的存在，或者正是这样的不可理解，让我们恍惚如同走在各种不同的什么地方。可能是后来，在老爷被埋进土里之后，我才感到家中真正发生了什么。从那以后，我发现在家里，在院子里，在每一个屋里，我都没有再看到过老爷。这是我没有经历过的状况，而正是这样的状况，让我内心有了一种怕，尤其是老爷原来常出现的地方，更让我有种说不清的感觉。我从那以后，似乎开始害怕阴凉，害怕天黑，似乎天一黑，我便必须有人依靠，比如不是跟着母亲，就是寸步不离我奶。一个人的死对一个家的影响多大，后来我慢慢知道了。我们最后举家到西安，其实在很多人眼里都同我爷有一定关系，但事实上真正在这里发挥作用的还是老爷。我当时能够感到，自老爷不在之后，很多事情开始有了变化，而且这种变化在我看来就如同整个屋子和家塌了，就像我们大家都到了野外。而以前有的那种平静与祥和，恍惚一夜之间没有了，就像没有了安宁。尤其是我奶的脸、父亲的脸和母亲的脸，仿佛自那以后都变成了一种低沉，而这种低沉在我看上去很黑，就是我哥也比以前更老实了，似乎还不敢发出声音。感觉就像我坐到了说不清的车里。它没有形状，也似乎看不到方向，一家人仿佛都在等待什么，但又没有谁能够说清，我似乎感觉大家当时都在等待不知什么地方会滚下或不断滚下的石头，或类似石头一样的东西。那些天父亲经常和我奶在说一些事。我同样听不懂，但我能够感受到气氛有时是紧张的，有时似乎又有争执，有静，然后有父亲离开，去了西安。一天，我只听我奶说，这些人，老爷在时，一个个什么事情都没有，现在真是什么屁事、怪事都出来了。人有时就怕忽然，又怕没有忽然，这仿佛就是矛盾。那段日子母亲的话越来越少，就像从来没有说过话一样。我当时想，蚂蚁就是这样的，墙上爬着的蜗牛也是这样的。对于这帮人决不能手软。我奶对父亲说。父亲似乎也接着讲，我也是这么想的。

三叔

我知道什么，又不知道什么，我似乎感觉自己一直都在梦里，在想说清又似乎说不清的砖缝里。我的感觉是很多时候我似乎被有些东西护着，又似乎被有些东西挡着。这样的情景让我感到了某种被包围，又仿佛被晾晒在那儿的情景。有时处在这样的存在里让我觉得不错，而某些时候又常常让我有点愤怒。我不知道这样是因为自己的营养太足还是太不足。我觉得我来到世界就很梦幻，或者说还没有来到世界我就感到了一种动荡和起伏——那似乎是很情绪化的东西，或者说我还在黑暗中，在母亲的子宫里我似乎已经感到外面发生了什么。人在子宫中，有时相当程度是能感到什么的。子宫中的生命某些时候就犹如生命的种子在感受和体会自己是在一种什么样的环境中生长。而当时就我的感觉而言，我仿佛始终都在风浪中，在类似一艘船的船底。在这样的地方我似乎能够感受到外面的各种变化和声音，能感到某些近似一直都在起伏的东西。似乎在自己被孕育的整个过程中，我都恍如处在不安里，处在风浪里，处在某种颠簸里。因而我不安地那么上下，感到自己一会儿像在谷底，一会儿又近似到了浪尖。在这种情况下，我常常感到自己整个身子都收得非常紧，这种紧类似自己总想抓住什么，但能抓的只是自己本身。我对外面是恐惧的，对世界也是恐惧的。我似乎在子宫里就已经感到这点，感到了我身上似乎缺少某种东西，缺少某种很是天然的硬质，而有的就是软。在有的人的印象里和记忆里，仿佛一个人最值得回忆的是童年和少年，但我不一样，我感到自己真正有记忆的地方似乎并不是在来到这个世界之后，而是之前，是在黑暗里，那时我就已经隐隐感到了外面发生的很多。因而时间的非时间性，和梦幻的非梦幻性，在那个时候我已经体会和感受到了。世界有时就是世相，很多世相的东西我并不是用眼睛看到的，而是可能在我眼睛还什么都看不到的时候我就相当程度上有所体悟和体会了。似乎我在子宫里的时候就有人在时不时提醒我外面的风浪很大，你还是安安地在这儿。

也不知由于我在这种黑暗和风浪里待得太久，抑或别的什么，有一天在我真正来到这个世界时，我恍惚已经有了某种精疲力竭，有了那种人们常说的有气无力。我当时的哭声很响，但有人回忆似乎就那么一声，之后便毫无声息。这娃需要好好地缓。我似乎在听到这样的说法之后，感到了母亲流在我身上的泪、奶水或者汗液，然后我感到我被她急切地揽到怀里，有一种近似不想再松手的感觉。后来我又听母亲说，你可真是我的小祖宗，你怎么赶到这么个年景到我身边，这不是要我的命吗？这时候恍似声音的声音构成了没有声音，构成了近似大地的沉睡。这娃需要相当长时间的缓，应该说在他还没有来到这个世界之前，他就注定了要经历相当漫长的缓和恢复。

后来我知道自己是个遗腹子，这样的一种身份可以说并不是我自己可以决定的，从另一方面讲也并不是我用任何手段和方法可以抹掉的。或许正因这样我才被那么多人关注、包围，被那么多人呵护，尤其是被母亲这样呵护。这构成了一种什么状态和状况？这仿佛构成了脱离子宫后又近似依然还在子宫里的情形。这时的我是什么？这时候的我仿佛从当初看不到的软到了可以看到的一种软中。我似乎一生都在脱离这样的环境，但脱离最后恍惚构成了没有脱离，甚至构成了一种更大的柔软深陷。母亲说你还是不要乱跑，外面风大，外面野兽也多，你就老实这么待着。仿佛我一离开母亲身边，母亲就会惊恐，就会像我在子宫里感到的那样，她就会流露出不安，流露出神色特恐慌的样子。某些时候她就如同母狼和其他哺乳动物那样，将它的小崽叼到自己觉得安全的地方，至于到底安全还是不安全不知道，反正她觉得是安全的。我在这里只能接受这样的摆布，这样看似不错的安逸生活。当然，某些时候过于暖和也构成了一种冷，构成了一种仿佛一到外面就冷的状态。

尴尬有时形成的尴尬，会让人有一种怎么走都难受和不对的感觉。我其实就是这么生活着，这么一直似乎在哪里都会被各种眼神看着、关注着，尤其是母亲的眼神，似乎任何时候都没有离开过我，恍惚她的这种关注某些时候就如同空气，甚至是空气中的空气，因而某些时候我似乎不能不顾忌这样的存在。尤其是我爷还在世的那段日子，我似乎更是在一种怎么都难受的情形中。我能感到我爷对我同样很好，好的那种程度同样让我有种被浸泡在柔软，甚至更柔软的地方的感觉。有时他的手摸在我的头上，或者他用那样一种透亮的眼光在看我的时候，我似乎整个骨头都是软的，就会那么像猫一样卧在他身边，并那么感受着阳光，感受着周围怎么都是光和亮，都是静中的静。爱是没有理由的，爱有时也是最难让人回绝的一种馈赠。我当时就在这种难以诉说且难以说清的各种爱中，又似乎在各种各样的爱恨交织成的网中。而我便在这样的网里游走、穿梭，感受着某种光和影的变化。

那段日子我能真切感受到的便是，我在母亲身旁似乎是一种感觉怎么都很实、怎么都安全的状态。而到了我爷那儿，我就像到了天上，到了没有谁能够到的地方。有了这样的两个去处，我在这个家里就有点像为王一样，似乎到哪里都没有谁敢惹我，到什么地方其他人都得躲着我。不论是我哥我嫂，还是我的侄子侄女，我到哪儿他们似乎都会离开，给我让路和让位，否则会发生什么，我能感到，他们仿佛也清楚，说得再明白点就是整个家里可能都会鸡飞狗跳，最后每个屋子都会出现响动。后来，我觉得一个人没有爱的可怕，让人觉得凄凉；但一个人的爱假如太多，甚至比没爱更让人窒息。作为我，我并不想也不愿处在这样的一种氛围，但我发现自己没有能力改变这些，似乎不改变我难受，而改变的话却会让母亲伤心，让爱我的人失望和痛心。如此一来，反抗构成了无法和难以反抗，让我在很多时候只能这么空壳般活着，这么近似在有些地方只吸气，而在有些地方只呼气。这是一种垂危构成的垂危感，近似我生来便是一个病人。在有的人眼里，我似乎太幸福，仿佛围绕我的都是爱，但我内心清楚这样的一种爱要承受更多的是孤独，是什么都可以说，又说什么都不对。

  我后来感觉，我来到世界可能本来就是一个错误，或者说就是这样一种只有被人爱，而没有资格爱别人的情景。后来我知道，我父亲是在我还没有出生时便死在了战场上，这死形成的那片红，让人可以感受到的便是一种黑、一种暗，而我恰恰处在这样的红，这样的血光喷发、流淌的强烈刺激的另一端点——暗中之暗构成的旋涡里，那种太阳形成的黑洞的另一端口。这是时间泯灭后形成的灰尘，形成的时间和生命落下之后的情景。我清楚母亲在这样的一种情形下已经被那样的强光搞得晕厥，搞得不省人事，搞得几乎完全疯癫和崩溃。而此时的我就在她的体内，并且似乎一切的一切都已灵魂出窍，像整个的心也同时被这样的瞬间烧作了灰。灰中之灰是什么状况？而此刻的我还在这样被灰覆盖的深潭中。我也常听到这样的话，这话似乎是母亲说的，似乎也只有母亲有资格说这话：你到这个世界真是一个错误。相当长时间我不明白母亲为什么要这么说，但后来我已经能慢慢感觉到这其中的什么。

  花永远开在春天，但你更像是在最不该开花的时候，在最严寒的时候开出的花。因而你要能活下去，就必须始终在温室里，但在这样的年景，在这样的一个兵荒马乱的日子，这真如同登天。我从母亲的眼神中屡屡读到这样的言语。

  其实，就我的印象，很多时候爱比恨更让人恐惧，更让人无所适从。我就是一直处在被宠幸和凸显的地方，而到最后我才感到爱让我到了雪山的上面，让我犹如雪莲。最高的地方往往能开的便是这样的花，也只能是这样的花。或许可以用这样一种说法，我在天堂，我也在地狱，我似乎到最后只能这么随环境而适应，只能这么听命运的安排。

  当然，我不止一次感受到这样的危险，但后来我已经无法也无力改变。我不知道我到世界是历史的错误，还是，还是……

  我的性格中缺少一种东西，还是那种东西已经被鲜红的血给化了，给冲得只剩下生命本身？除了它世界恍惚没有了别的。

三姨

  我知道我们都是属草的命。属草就是低，甚至是低中的再低，这样才是我们。说实话，我曾经很是羡慕二姐的命好，能嫁到那样一个有权有势的人家。但后来，我似乎不怎么羡慕了，甚至最后看到他们一家所遭受的罪，都有点让我胆战，让我就像在噩梦中。正是日后看到的某些，才让我更明白什么叫树大招风，什么又叫好事便是坏事。看来，人都是有命的，或者说这其实便是我们要逃脱的没有逃脱，是我们一步到了什么地方，又一步远离了什么地方的印象。高门楼有时给人感觉真的不错，但也可能是让人们看到了这样的不错，才让人不知处在其中到底是种什么情况。我能看出自二姐家的老爷突然离世之后，那个家怎么看都如同处在了一种飘摇中，处在了近乎外人都可看到的一种险峻中。我已经好久没有见到二姐了，只听二姐不时捎话说，家里最近事情多，没有办法脱身。记得一次和二姐说话，二姐说可能在外人眼中这样的家给人感觉不错，似乎从不为吃喝和银钱发愁，但要知道那实际上受的是另一种罪，这种罪让你只有那么默默忍受，那么像熬油灯似的熬，直到有那么一天将自己熬干，熬进了棺材了事。似乎给人感觉就是扛得住的扛，扛不住的就早死。我也曾很是羡慕那些大户和有钱人家，觉得他们的日子怎么看怎么光鲜，感觉自己的命苦，怎么没有托生到那有钱的人家。但现在我算是看到了那样的人家过的到底是怎样的一种生活。事实上，那哪里是生活，简直就像待在炼狱里，让你怎么都得规矩，都不得轻松，都得讲究各种礼数，哪里稍稍做得不对，仿佛光那死寂的气氛都能让人喘不过气。我听了之后心说这哪里是人过的。二姐说，也真不怕你们笑话，受的那罪很多时候自己都感觉连猪狗都不如。但就是这样，你在人面前还必须强装笑脸，还必须将眼泪往肚子里流。当时，听到二姐这么说，我都替她难过，我说，这是放到你了，要是我你看我会怎样闹。二姐听了我的话似乎不以为然，甚至还说，不要说一个你，就十个你在那样的家，到最后同样会把你搞得大气都不敢喘。随后二姐又说，我婆婆难道还没你厉害？她娘家人难道少？最后怎么样，最后还不是被搞得在我家老爷面前从来大气都不敢出？

我还想说什么。二姐摆摆手说，我们还是说说别的吧，说说能让人高兴的事。后来我们也只好作罢。看来，家家都有本难念的经。我抱起了二姐的孩子，也是我的大外甥。作为女人有时似乎只有回到娘家才多少能轻松一些，好像大家都是从暗无天日的地方爬出来的似的。我记得那段日子大姐家的情况也开始不好起来，而且那种不好可以说是毁灭性的，曾经那么叫人羡慕的滋润日子，恍惚一夜之间灰飞烟灭，一夜之间天堂和地狱翻转。最让人伤心和痛心的事还在光景没了——大姐的孩子，也因大姐的悲伤、恐慌和不安，最后导致早产而夭折。这真像人们讲的，真可谓福不双至、祸不单行。大姐也曾是一个很性情的人，但自从那一连串大打击之后，她也变得郁郁寡欢，变得很多时候对什么都是要么点头，要么摇头，要么就像在梦里。

这到底都是怎么了？似乎没有谁能说清，似乎想说清一些事的时候，仿佛事情更模糊，更让人没有头绪。我嫁的人家不好，甚至可以说在姊妹中属于最次的，但就目前看，我的家似乎最安稳，没有像她们几个经历那么多乱七八糟让人烦心的事。这也许就是上帝的公平，是上帝让我们到世界上来各人受各人的罪。种子怎么落都是要接地的。我觉得很多事似乎没有什么，而有时有些东西之所以会那么出现和悬空，便是我们离开土地太远，从而让我们感到有些东西就如同在空中，在想象的某个地方。有时人往高处走也没有什么，但有时处在高处也让人恐惧，让人仿佛更怕掉下来。我有这感觉，我爬过树，也上过梯子，我清楚站在高处就没有站在地上稳当，站在地上让人没有摔下来的担心。但有时这似乎也由不了自己，人和人在一起便有高有矮。二姐能嫁到那样的人家，也可能属于二姐的造化，也可能冥冥中说不清的东西和因素促成了这门亲。我们大家都能看到的情况是那年二姐的公公在外面没了，这让这个原本不错，甚至很好的家，一下子像四处都透风似的。这样二姐才走进了那家的大门。倘若当年这个家不发生那样的事，二姐可能也就不会走进那个家，走进那个开始还让人觉得不错但后来却一败涂地的家。最后整个家的人都背井离乡，落荒而逃，那么好的宅子和家业、家底，也像被一阵风给吹了。有时我路过二姐原来的家，仿佛总有一种说不清的味，有一种世事让人难以捉摸的感觉。更多的时候，我和他四姨都不愿打那儿经过，哪怕多走点路，也觉得还是绕开那地方的好，否则每次都难免想起二姐，想起她曾经在那里的时光。看来，人有时像庄稼，而有时就像鸟。我记得那年母亲病重去世，二姐便没有能够从外面回来。几次说起这事，二姐似乎都觉得自己有罪，像犯了某种不该犯的天条。

后来我觉得每个人其实都走在自己的路上，并那么一天天如在梦里，又在实处，似乎没有谁没有自己的困惑。二姐去世的那年我去了，我到了西安，我望着躺在那儿的二姐，我觉得她受的罪也算到头了。

父亲

应该讲，作为家里的长孙，我知道我们家所有变故的种种原因，甚至这中间的更多细节，但我后来之所以不愿意说，也不想对任何人谈及，是因为在我看来说那些已经没有一点儿用，甚至可能越说会让人越沉重，让人似乎最后什么事也做不成，甚至有可能大家会在这样的一种情景和氛围中都那么等死。我记得我爷在世时就对我不止一次讲过，我们这个家到今天也只能托付给你了，因而你任何时候都不能倒下，假如你一倒，一切的一切就完全没有指望了。记住，你应该将曾经的一切首先放进坟墓，你如果做不到这点，那么我看这家的其他人就更做不到了。我说，我清楚了。我爷又说，另外，一定要照顾好你母亲，我知道她遭的罪有多大，从某种程度超过了我们男人都难以承受的苦难。听到我爷说出这样的话，我当时眼泪便流出来了。我爷又讲，以后不要把过去的事太放到心上，为了你妈你都得好好活着，而且一定要活出个人样，听到了没有？那天我含泪点点头。最后我爷说，应该是我对不住这个家，我给这个家似乎带来了一些东西，但这些东西仿佛又在我手上被彻底毁了，我都觉得自己现在难以面对列祖列宗。我能感到我爷的话是发自肺腑的，也可以讲是反思之后说出的话。我爷说，我也算是琢磨了一辈子的人间事，到现在似乎还有点看不懂，能看懂的仿佛只有一点，这就是我们的国家太贫弱，太不经那些洋人的炮火。我想说，这些年这个国家死了多少人，最后还给洋人赔了多少银子？现在我只最后叮咛你一句，有什么事你可以去找你于爷爷，他现在走的不仅是正路，而且也是中国今后的方向之所在。当然，我如今不想让你搞政治，也不想让你再去当兵，我只希望你以后能靠自己的双手将这个家养活，这样我什么时候死也能闭上眼睛了。

　　那段时间我其实已经感到我爷的身体已经相当弱了，但脸上的表情看上去依然刚毅，依然在尽自己的力撑着这个家。后来，我也慢慢琢磨出，在国破和丧子之痛的双重打击下，他老人家可以说确实已经身心疲惫，尤其在最后的那段日子，他每天除了在那儿写写字，便是坐在那里一言不发，看上去轻得就如同蝇子的翅膀。我能感到我爷即使这样，他活着对这个家依旧犹如一座山，一种近乎没有什么可以撼动的力量。关于这点，可以说没有人不清楚，但有些时候越清楚，似乎越让人惶恐。事实上，当时我们并没有考虑这些，或者说当时我们大家每天该做什么都还在做什么。很多东西都在缓慢中进行，或者说这是生活的节奏，但有时世事的变化却犹如暴风骤雨，犹如一切的一切都到了风浪里。

　　人在很多时候对未来都有想象的成分，我其实也有，但自家里发生了那么多事之后，我就很少想象了，更不敢空想，尤其是我爷最后给我叮咛了那么一番话之后，我就像一块石头似的沉了下来。最后不论做什么都那么喜欢一步步推进，感觉任何时候似乎都是越实在越好，越这样似乎越让我有空间，也越让家里人感到安全。的确，我一度也感到沮丧，但后来发现这没有用，这只会让很多事最后变得更糟、更加不可收拾。尤其当我离开老家之后，我似乎在很多地方更小心，这是什么？这其实就是我在一开始只身一人到外面的感觉，更何况前面有父亲外出不归的事，我觉得这就是教训，也可以说对于整个家都是伤痛中的伤痛。而我似乎在不该成为支柱的年龄被迫成了支柱，这感觉犹如重压之中的重压，也让人不得不更谨慎地让自己负重。

　　在我看来，恍惚一个家能说清的东西不少，说不清的东西更多，但从某种角度这似乎也是透彻中的透彻，是存在中的存在。我父亲离开我们得早，我爷又突然走了，这让整个家一下子就如同什么都没有了，这时候无论谁都会感到无助，感到很多东西都仿佛忽然间变了颜色，忽然间原来的气韵和光晕感没了。这仿佛原本的包围形成了忽然的没有包围，而某种原来没有包围的存在，又成了包围。那段时间我能感到似乎所有家人都处在这样的变化和不适里，大家似乎都在不同程度地调整和调节自己，尤其是在调整和调节我爷不在之后的存在。以前这个家无论如何还是我爷撑着，并且很多事只靠他点头。但现在变了，现在是母亲说了算，是一切的一切都得通过她，如果用一个不恰当的比喻，感觉就像大山没有了，石头也自然变硬了。我知道母亲毕竟是个妇人，很多时候要外出还是有诸多不便，因而实际上这时候很多家里重要的事都落到了我的肩上。在我爷还在的时候虽然觉得自己也大了，但后来才发现那似乎还是一种错觉，因为在刚刚处理完我爷后事的那段日子，我还是感到了自己的单薄，感到了自己在某些地方多少有点力不从心。但后来我还是突破了这点，并清楚了该如何跟更多人打交道。后来我到西安、杭州、上海，似乎才感到自己真正成熟和独立了。后来我们兄弟三人都到了西安，并各自做着不同的事，只是三弟这人我似乎没有办法，老二我倒没有什么特别操心的，原因是老二无论到什么地方不管钱挣多少，最后都还有个说法，有个善始善终的样子。可是，老三似乎不这样，他还以为在外面和在自家一样，想怎么似乎就能怎么，似乎他到什么地方并不是来给人家做事，倒像是来给人家当少爷、当掌柜的来了。总之一句话，是被惯坏了。但许多时候碍于母亲的面子，或者说不想让她老人家生气，我也就一忍再忍，几乎没有说过他。一次他从一个绸缎庄气呼呼地回来抱怨，说人家那里吃得太差，那哪是人吃的饭。我问他，那掌柜的吃了没有？他说，他吃是他的事，我吃不下。我告诉他说，那好，你以后就不要出去做事了，就在家里吃好了，我养着你好了，以后再别指望我给你找个什么活干，我实在丢不起这人了。母亲说，他不是还小吗？我说，好，他还小，人家十三四的都出去干活，他还小。

事实上，我知道家里的很多事处理起来比外面麻烦多了，甚至某些时候干脆就如同一锅粥，不管不得了，管了了不得。因而家里的很多事我后来真的很少管，你们闹翻天都成，我能做的就是尽我的本分。我知道在外面无论做什么，什么就是什么，用行内的话讲，就是买卖不成情义在，这次不成，下次再说。但在家里很多事就不是这样了，似乎谁都会叫你一碗水端平，可是站在不同角度，这水能端平吗？就是你觉得你端得已经够平了，但还是有人不满意。人似乎都是这样的情形，我唯一的希望就是一家人最后都好。

四姨

我最不喜欢那些婆婆妈妈的人，我就喜欢踏实干事，我觉得这样比什么都畅快。我不相信这样能将一个人累死。不喜欢干活的人表面看着舒服，实际上是不是真舒服？在我看来也不尽然。我就喜欢在田野里干农活，而不喜欢待在城市和家里，我觉得那样闷得慌，那会让我感到头昏脑涨。很多人可能都觉得城市不错，那里如何如何繁华，如何如何看上去好东西多，我从不稀罕这些，我倒觉得在那里实在让人受罪，让人感觉似乎一不留神就可能迷路。二姐后来到了城市，我虽然不清楚她在那里急还是不急，但我能想象她就是在那里急也没有办法，因为他们在乡里最后什么都没有了，回来可能还不如鸟，回来就只有到亲戚家走走住住。我曾问过二姐在城里急不急。二姐说，急也好，不急也罢，我又能怎样？那又不是由得了自己的事。我心想这一切都是当年当了那么几天县长的她家老爷一手惹的祸。他当年或许风光了，当年似乎多少享了点福，但最后又搞什么革命，又让儿子当兵，那枪子儿可是闹着玩的？反正不管别人理解不理解，我是想不通。也许人家可以想通，甚至觉得那样似乎更天经地义。我不爱任何东西，似乎就爱劳动，就爱一家人平平安安地在一起。有时候吃好吃赖真没什么。

当然，我也知道某些时候事不由人，并不是我们想怎么就能怎么。后来偶尔二姐也从城里回来，有时我们见面，我看她似乎还行，还真的和我们乡里人有了很大不同。不说别的，就那肤色我们就和二姐的区别很大。我们的脸都是黑红黑红的，二姐的脸则如同白面馍。我知道二姐的性格原来就绵，现在在城里时间长了，这种绵似乎都已经渗到骨头缝里了。我是个急性子，急性子的人适合在乡下待着。实际上，我也可以说经历了兵荒马乱，经历了在这样的一种情形下的大富大贵。假如当初二姐家不是那样的家庭，我相信她到现在可能还在村里，我们也还在同一块土地上做农活，但问题是她最后也不可能这样，最后不得不一家子离开这里。乡下是在简单中寻找复杂，就像我们在垃圾堆中刨某种奇妙和奇特，这样的感觉不同，似乎每次我们到地里、到田野，都能捡拾些什么回来，就是一些草、树叶和树枝，我们也觉得是有收获的，仿佛就是在游戏中我们也不会空手回来。我知道我说不好，我知道我是个急性子，但我觉得大地可以是一个垃圾场，也可以是一个聚宝盆，不过在我眼里它更像一个聚宝盆。我喜欢在乡下，是因为我感到自己几乎每天出去都能在这里捡到各种有用的东西回来。在有些人的眼中我捡的那些东西似乎没有用，但我觉得不是没有用，是他们看不到其中的用处。诚然，很多时候还有人笑话我，说我像个贪得无厌的家伙，仿佛恨不能将大地上的什么都那么背回家、驮回家，这样又是何苦呢？你们的日子又不是缺那么一点儿。可是，在我看来，这似乎并不是缺和不缺的问题，而是我觉得自己这样才快乐，才觉得每天都有自己的事做。也许正由于这样，我感觉自己在很多时候也不喜欢别人来打扰，别人要什么我都给，但我就是怕他们打扰我下地。或许正是因为我喜欢这么亲近土地，我几乎天天都能感受到来自大地的变化，能感到它那呼吸本身蒸发出的气流、光泽和光晕。有时候只有打扫才能构成被打扫，或者说正是这样，我能更清晰地感到土地的变化，甚至感受到这其中的某些细微，某些季节形成的季节交错和渗透。有人说我真像一个清道夫，每天都那么日复一日地在大地上感受它的各种变化，并将成熟和有用的东西从那儿带回家，这让大地似乎便有了一种清亮，也让眼前的世界仿佛永远那么清纯，那么让人有感觉。

很多人都会对我说这样的话，说到我这里十次有九次都没有人，一问说可能在地里，再问还是下地了。多少次天色已经完全黑了，似乎鸟都入巢了，你才刚刚打开家门。我说在家闲着也是闲着，倒真不如到地里干干活舒坦，而且我似乎更喜欢在月光下干活，似乎怎么都不冷不热。对我来说，这便是一种享受，我倒真不觉得这比每天让我吃大鱼大肉差到哪儿，甚至还更合乎我的胃口。

我并不喜欢有事没事那么东家串西家走，我觉得那才是浪费时间。但有些时候真有什么事，我还是一定要去的，而且去了我就不想地里的事。但即使这样我也清楚地里会出现怎样的变化，或者它能变成个什么样子。我知道城市的人一个个看着都很轻闲、很风光，甚至给我的感觉每天都那么像狗一样在转。我不觉得这有什么特别的好，我倒觉得这样类似一种受罪，类似让自己慢慢腐朽的情形。

二姐原来也和我们一样，在地里干起活来也是不含糊的，也是恨不能将活那么一直干下去的。但现在她离开了土地，去了城市，给我的感觉她就如同坐到了船上，而且就那么仿佛在时光中航行，这构成了一种飘，一种似乎只有那么静静待在什么地方的感觉。这些年我也去过二姐那里几次，虽然我感到自己怎么也不适应那儿，但我能看到二姐将房子打扫得非常干净，这种干净也让人有种清爽感，尤其坐在这样的房间里看窗外，看流动的城市，也会让你感到就如同坐在一个移动的船里。我新婚的时候也去过些地方，也坐过那种像房子一样的船，但在那里我感到晕眩，在二姐的房子里我还相对适应，虽说还感到有点闷，但总的来说，我依然没有脱离时光本身。

我感觉，城市就是飘浮在什么地方的存在，没有飘浮感的人在那里会迷路，会晕厥，甚至会感到头重脚轻。我第一次到西安就是这感觉，一上大街便头晕目眩，便找不到东南西北，甚至连人都认不清。或许第一次就是这种情况，第一次我就对这地方产生了惧怕，因而最后我死活拽着他四姨父回了老家。他们家里人都说那里好，有的人想到城市都没这条件。我记得我当时的态度也很坚决，要我留在这里，给我金山银山我都不要。他们当时几乎所有人都说我傻。我的回答是，要这样，你们去找那些不傻的去。我喜欢的不是城市，而是乡村的平静和规律。

虚娃

我其实真正佩服的人还是我姐，在我眼中她不是一个一般的女人，而是非常干练的人，是一个无论遇到什么事都能沉住气的人。想想一个年纪轻轻不到三十就守寡的女人，一个后来又遭遇各种家庭变故的女人，最后能将在当地算得上相当不错光景的家业，那么像挥一下手就丢掉的女人，那种不当回事的气魄和气度，最后将一家人都一个不少地弄到了西安。别说是女人，我看就是很多男人都未必能做到。有时候大外甥总觉得这一切都是他的成绩，但据我所知真正在背后指挥这一切的人还是我这个寡妇姐，这个看上去似乎没有什么的女人。有时人不要将运气当命运，也不要将命运当运气。我清楚我这人没有什么本事，似乎见谁都点头、都哈腰，是人家叫我怎么就怎么的主儿，或者说我就是只臭虫，谁见都讨厌，都恨不能让我赶紧躲远点。但这又怎么了？我就是这么一个令人讨厌的家伙，我也是经历过大世面的，这里不说别的，就说西安最乱的那段日子，你们都在哪里？你们可能都还在你妈怀里和面前撒尿呢！而我当时已经在西安城穿梭，在西安各种人群中游走。当时的情况多恐怖，时局多么复杂，仿佛稍不留神小命就没了，而且还可能不知是怎么死的。现在你们都威风了，都出息了，都似乎觉得翅膀硬了，都觉得当年的事情如同没有发生一样。我这里这么说不是要表什么功，我明白任何事都会时过境迁，都会人走茶凉，但我清楚这其中很多事的全过程，别说你一个大外甥常常还对我横鼻子竖眼睛，当年就你们家老爷对我也没有这样，甚至尊重和感激的程度都让我受不了。我现在只是不想和你们这些做晚辈的计较而已，好在你母亲还没有忘记这些。

我知道人生在世，人和人是不能比的，用更多人的话说，就我这么一个几乎没名没姓人家出来的草民，能活着就已经是天恩，这我也认。但你不能过了河拆桥，进了城就忘记还被虱子咬过。当然，我也不否认大外甥你有本事，到西安后是你一个人将这个家撑着，而且事情也做得大，你整天也像是在云里走，在风里飘，但要清楚你能有今天，不说我，其实是你们家多少人将资源都投到你一个人身上了，就像大家都是肥料，都是叶子，让你一个人最后在外面开花。

从内心讲，我还是最喜欢二外甥，他无论怎么，见我都是不叫舅不说话、不笑不搭腔，这让人舒服，让人觉得心里暖和。我觉得事情归事情，人归人，总不能将有些东西搅到一起。不错，你舅也在西安城玩过女人，而且在你认为我最不该做这事的时候做了这事。尿憋又恰巧遇到厕所，谁会不撒？另外，你能说你就清白？我虽然身子贱，没有像你们有钱人那么整天又吃又喝又玩，没吃过猪肉，却也听过猪哼哼。你难道没出入那样的地方？不要说你在西安，就是在上海干的一些事我也有耳闻，就是不说、不挑破罢了。当然，你会辩解那都是应酬，是逢场作戏。什么叫逢场作戏？那不过是一个事情的另一说法。我就不信你大外甥真见了奶子不摸，见了女人身体不沾，还是哄鬼去。

我是不是话又多了，是不是又说了你们认为不该说的？当然，我也知道我这个人没有什么长处，用你们的说法可能就长了张臭嘴，似乎无论是真的假的、香的臭的，最后从我这张嘴里出来，你们就觉得像到了厕所，到了粪堆上。但我有什么办法，老天就让我长了这么个粪坑嘴。实际上，我感觉，人在这个世界都不要说自己清白，不客气地讲，我们事实上都是从粪坑出来的，都那么在紧挨粪坑的地方头朝下出来的。我这人说话不喜欢绕弯子，我觉得那样累，那样有时候不仅可能将牙绊掉，弄不好还可能将舌头给咬了。你们看不起我，说我这样说话不文明，说我像个土豹子。要说进西安，到城市，告诉你，我可比你们还早。我知道人年轻气都盛，而且盛得有时都不知道自己在做什么。我也是从年轻时过来的，我知道树一绿就不看树干，花一红就想不到它还会落。这是什么？这其实不是我诅咒谁，这其实是最一般的规律，也可以说是常识中的常识。别说人，就想想大清国，那么大的一个帝国，最后不也是被埋到了地里，不也不见了当年的辉煌？看到这点，我很多事情都想通了，我在一些时候被人踏、被人踩都无所谓。人怎么都是生命的过程，都有各自的所见和经历，另一方面也可以说每个人都在以不同的方式写自己的书。我现在也感到自己老了，似乎无论什么地方都不如第一次到西安的时候了。那时精力好、腿脚麻利，很多时候自己都能感到自己如同多变的虫子。现在没有这样的腿脚和身手了，就像自己已经成了掉光叶子的臭椿树，感觉就是稍稍一碰，甚至就是风那么轻轻一吹，都会有树枝下来。大外甥他们还没有感受到这点。

人都有威风的时候，也有衰败的日子。当年他们家老爷谁能说不威风、不风光，不是让人觉得这样的家才称得上根基深厚，怎么都会这样一直繁茂下去？但现在再看那里，我相信很多人会觉得像在梦里，眼前怎么看都如同幻影。

我哥

  现实的现实有时便是不现实。我这辈子可以说没有受过多少罪，仿佛不论什么时候都很顺，这让我感觉自己似乎一直都是往上的，因而对于家庭发生的很多事我也知之甚少，很多时候还真没有大妹知道得多、知道得清楚。我不知道是操那心没有什么意思，还是我觉得多余、没有用。很多时候我不清楚我这一直是被人捧着还是宠着，我总有一种在空中的感觉。我想这可能是作为老大的好，作为老大家里人要的便是让你不要琐碎，让你这么一路往上。因而我的感觉是，自己的一生就如同一棵树，虽然在整个生长过程中，我也经历了很多弯曲，很多看似如意的不如意，但我恍惚一直都没有特别沮丧的时候。可能很多人觉得我我这人命好、有福，实际上我现在觉得只是自己的想法少，很多时候就那么一步步走在路上，除此我就让自己保持一种安分。人们似乎觉得重才是承担着什么，我的感觉恰恰相反，我觉得很多时候自己干什么都不累，都似乎永远是那种没有感觉的状态，那样可能才是最有感觉和感受的，生命也是最松弛又充满节奏的。

  我记得我最沮丧的一段日子是我大学刚毕业，我们全班几十号人，最后就我被分配到了山沟沟。这不是我原来的愿望，甚至这样的情景我想都没有想到。我当时想，这哪是人待的地方。后来我索性回老家种地。印象中这是我第一次自己给自己做决定，当时我事先没有告诉家里任何人，就一个人带着手续回到了西安。父亲看到这种情况，唯一说的一句便是，你自己既然将事情都做到了这步，那你就继续走下去，没有人能管，也可以说管不了。这样我就真的回了老家，并用给我发的钱在老家买了房，买了生活用具，还买了眼前吃的粮食。一开始我觉得还不错，还觉得这才是自己能够独立生活的一种显示，就这么在老家待了一年多。记得到了第二年我回西安过春节，当时我家住在西安双仁府的一个院子。春节过后，我又该回老家的那刻，我便有点失落,特别是当我坐上火车之后,我的心思重了起来。因为在老家不论怎么也干了一年,到头来除了分了点口粮,再就是分了是三块多还是五块多钱,这便是我一年多在乡下劳动的报酬。这让我回想起在甘肃,那儿虽然远,但我在那儿每月工资就八十五块五,这让我最后越想越不是滋味,越想越觉得失魂落魄,而且春节的时候家里人尤其父亲对我也没有多问,就是我将我一年多的成果告诉父亲,父亲也没有一句话。我不知是自己的命好还是别的,就在那次回老家的火车上,我对面坐的一个人和我说起话,当他了解了我的情况和经历后,好像只说了这样一句:现在国家正处在建设时期,哪能好不容易培养出一个大学生让去种地?后来他让我写一封信函寄给国家信访局。一到老家我就按那人说的方法办了,最后将信寄了出去。信寄出去我便开始等,那段等回音的日子可以称得上是苦熬,是我心神最不安的时间。可以说我从来没有经历过这样的苦等,但这次让我知道那是一种什么滋味了。大约一个月后,我接到了回复,回复让我还是回甘肃那边报到。接到信函当天,我就将有些事和我购置的家当交给了四姨,让她帮我处置。我记得当时给四姨交代完这些,我就回西安了。回到西安我似乎感到家人也高兴,父亲说那你就尽快去。我第二天便坐火车西去。最后一切似乎还顺利,就是最后说,你一年多没有在,作为手续这年扣你一个月工资。我说行。后来也就重新回到了肃北。有时我也想,这不是做梦吧?这可能是我记忆最深刻的一次经历,也是这次经历让我懂得很多时候不能头脑发热。头脑一旦发热,就很可能遇到魔鬼,也可能最后让你的一切都乱掉了。直到最后调回西安之前,我在那里又干了十几年。我在粮食系统,在那里几乎从来没有断过肉,有时候断粮都没有断过肉。这在没有来过的人眼里,似乎挺神奇,实际上不缺肉才是那里的特色。那时候不讲保护野生动物,因而豹子肉、麋鹿、野驴和野牛肉可以说经常吃。

也许因为我在外面时间长,也许因为我一直都在上学,因而家里发生了什么事,我真的一点儿不知,而且也很少有人对我讲。实际上,在我看来很多历史的东西最好就让它过去,让它那么保存或封存到原来的岁月里。这是我的态度,否则那些陈芝麻烂谷子的事就可能真的没完没了,可能再翻几千年还是那么点事。我就是这么想的,我不知道别人怎么想。当然,我有时也会回忆自己的经历，回忆过去自己经历的一些事，但这样的回忆是一种画面，而不是纠缠。

我想说生活是往前的，历史是往后的。这样才能形成水流，这样很多事情才能呈现自然。倘若说传奇，可能没有谁的经历不像传奇。

我舅

时间的背面还是时间。我曾是这个家里的宝贝，仿佛就是中心的中心。我被围拢在父母、大姐、二姐、三妹和四妹的中间，我从小似乎就在蜜罐里长大，起码就结构看是这样的。后来我的姐妹们一个个出嫁，原来的那种被包围和围拢的感觉没有了，有的只是身单力薄。人常说早开的花早谢，我感觉我似乎就是这样的。从另一方面讲，似乎大姐、二姐家的情形也一样，她们当时都嫁入了在人们眼中不错的人家，大姐嫁的人家有钱，二姐嫁的人家不仅有钱也有势，但后来都衰败了。大姐家的风光恍惚一夜间就荡然无存，就天塌地陷，恍惚一夜的工夫整个家便从天堂到了地狱；从百花盛开、暖意融融，一下到了冰窖，到了万物萧瑟的深冬；从碎银不成问题的生活，一下到了不得不举债度日的地步。这是没有人能够想到的，也是当初我父母都没有想到的，怎么将闺女嫁到了这样一个似乎见到鬼的人家？水是哪儿低往哪儿流，人情和亲情是哪儿急往哪儿去。这样一来，为了让大姐家尽快渡过难关，人们也开始了有钱出钱、没钱出力的繁忙和奔走。我和三妹家当时作为一般的家庭，也顶多就是出点力，而我二姐和四妹家，此刻无论如何都要伸出援手了。最后事情怎么解决的？我了解的情况是，我二姐肯定起了作用，而且似乎作用还不小，起码最终让那个几乎没有一点儿希望的家不至于遭遇灭顶之灾，而是有了缓的可能和时间。虽然，大姐家到最后都没有恢复到鼎盛状态，但起码最后过上了普通人家的平常生活。我后来想，大姐家最后能过上这样的生活就已经算恢复得不错了，何况，瘦死的骆驼比马大，人家那盘子在那儿放着。可以说那是一个多事之秋，也是一个动荡年月，后来我听人说二姐家也出事了，并且用人们能看到的情景讲，那个家随着他家老爷的突然离世，一种破败的迹象便已经开始显现。那段日子我几乎没有见过二姐的面，我就能感到随着他家老爷的逝去，很多原来没有的事情似乎现在也都出来了。我听到的情况是，有人拿着字据说二姐家欠了他们的钱。在二姐家人尤其我姐夫看来，这些几乎都是无中生有，是趁机敲诈。后来，听说姐夫让他们拿着字据、欠条上县衙告，告下来了一分不少给，告不下来后果让他们自己想。那些人开始还嘴硬，后来一个个再也没影了。毕竟二姐家的老爷当时在当地不是一般的人，虽然自二姐公公出事后，不怎么公开露面了，但县里的那些当官的还不时到家里来。老爷的身份之所以特别，就在他既是旧政府的官，又在今天的新政府上面有人，而且是通天的人。想想这样的一棵大树，哪是一般的力量能扳倒的，别说一般的草民、刁民，就是县里、地区，甚至省里的人也未必能将二姐家老爷奈何得了。

但无论如何，这都是老辈人的关系和势力，甚至对于他们家还是老辈的老辈人的关系，因而一旦人走了，那么虽然在一段时间里还有余威，但毕竟长久不了。可能二姐的婆婆和二姐夫也都感到了这点，听说老爷不在的第二年，二姐夫便先去了西安，大约过了两年，他们兄弟三个都离开了。这样家里真正留下的就是屋里人和二姐的两个孩子。能看到这是一种撤退，但最后到底是怎么一回事在当时似乎还没有人能看得出。

可是，突然有一天，二姐家的人都离开了，就像秋风扫落叶，那儿便近乎一下成了空城，给人感觉就像四散了，就像一切的一切都这么消失了。二姐那段日子回来了几天，我知道他们可能是要去西安了。但当时满世界都很乱，何况是在那种时候到西安。我们都为此担心，都为他们一家捏了一把汗。事实上，后来我也去了西安，我知道那沿途有时顺有时也不顺，有时干脆就如同逃难。

有时人也说不清什么时候会迁徙，但迁徙更多是为了逃避战火，是为了让自己能待在一个相对安全的地方。我在西安的那段日子，西安还算是一个相对安全的后方。记得在我到西安的时候二姐一家在西安已经相对安稳了，当时他们是住在大学习巷，不久又搬到了琉璃庙街的一个院子。有时候在城市就是这样，或者说就是不断地做着调整。我知道我没有能力将一家人接到西安，当然，父母也不愿离开故土。有时回想起这些我都不知道人到底是什么。总之在四妹住的村子，我们再见不到二姐一家了，那座原来的宅子这时候已经如同一座古迹。这让我走在那儿，感觉就像我们间隔了几个世纪。

母亲

　　我之所以到最后什么都不想说了，是我觉得那不仅无用，甚至还让自己最后生了不少气，因而后来很多事我只是那么听人说，甚至有时也不听人说，而就那么自己在那儿坐着。这构成了一种静，一种近似让很多东西沉淀的状态。我感到这样的一种情形也不错，恍惚每天我就像在记忆的湖边坐着。至于说这犹如什么，就如同我在很多时候又回到了从前，回到了自己自有记忆以来的地方。那是漫长，那是悠远，恍惚拉开布帘便是以前、昨天，便是我一路走过的景色和景象。我怎么发现这种奇妙的？事实上，我也不知，甚至某些时候我自己似乎都不清楚自己在哪里，不知自己是在原来的某一时刻，还是就在自己现在的某个状态。我能记起我们姊妹很小很小时的情景，那时候我们都还在一起，就像一群小鸡似的，大家围绕在一起，每天都那么在一起玩，在一起游戏、打闹，晚上大家都睡在一张炕上，并且依然跳，依然蹦，依然那么你推我、我推你。有时母亲会冷不丁说那么一句，再蹦把炕给我蹦塌了。这时候老三会说我没跳，都是你儿子在跳。这时候母亲都会首先喊大姐，然后喊我，这样大家似乎才可能静下来，才可能都钻进被窝，但即使到了被窝里，大家还会那么闹一阵，然后便听到有的睡着了。往往最先睡着的是四妹，然后可能是大姐，然后可能是我，能听到的最后一句可能就是三妹说，怎么都睡着了？有时她会拿脚踢被窝，有时踢到我，我会叫一声，而要是踢到老大，老大也可能和她对踢，最后一人被母亲照头上打一巴掌，这时或者两个人都老实了，或者两个人都哭了。父亲往往是在我们都睡了之后才上炕，才似乎忙完手里的活。母亲也一样，也睡得很晚，有时我们都不知他们究竟是什么时候才睡的。我们似乎更喜欢下雨，通常只有下雨，父亲才会早早坐在炕上，这时我们姊妹五个几乎都围着他。常常看到的是，大姐安静地坐在父亲对面或身旁，剩下的，包括我都会抢着让父亲抱，有时四妹会爬到父亲的肩头。而父亲此时往往是怀里至少搂两个。母亲看到这幕总会说，怎么像养了一窝猴？我们听到母亲的话一般都会笑，会跟着说，怎么养了一窝猴？最后常常还是母亲发话说，都下来，坐好。然后对父亲说，我真不知道你最后要将娃惯到哪里。父亲会说，娃娃总是娃娃，这有什么惯不惯的。

我都不知道自己怎么会想起这些，而且每当自己一人这么坐着仿佛都会想到这些，想到过去，想到几十年以前，并且有时觉得这样的场景就如同只隔着一块玻璃、一块透明的塑料布，甚至一些时候可能连这也不隔，似乎它形成的便是浑然一体，便是我们和过去似乎从都没有隔离和远离。

怎么会这样？我想说我后来感到的情景就这样。后来，我感到人似乎只有处在这样的状态，才不会在什么地方弄出更多声响，才会怎么都自然。我的这种改变，我都不清楚是从什么时候开始的，似乎是从他奶走了以后，又似乎是从老三走了以后，或者我那口气走了以后，我才渐渐到了这样一种怎么都是生活的安静中。诚然，安静是难得的一种境界，或者人只有安静了，才清晰了，才像某些死结被一点点解开了。

我想说，人其实一生都是在某些不同的心结中走，这样的走构成了我们每个人的不同段落的拐点，等最后没有了拐点感，我们就算走到了有什么又没有什么的状态。也许什么东西经历多了，我们才能达到这样的一种状态，达到这样的一种浑然。我想说其实就是经历的各种死多了，我们才可能将一切都放下，才可能到达那种不生不死的地步。我在自己生命的最后几年，似乎感知到了这点，似乎我和很多人无论在现实中见面或不见面，我们都是一体的，都曾经经历过某些共同的时光，并且这样的时光很多时候依然延续，依然构成了不同景色的变化。

这也许就是年轮的感觉，这也许就是只有到了冬天才能明白四季是怎么一个过程。从另一方面讲，似乎只有到我们年老了，才能看到我们经历的全景图，尤其是当那些和你一同走过一段路的人，这时候一个个都离开这个世界之后，你就会感到曾经发生的很多事此刻都是那样的微不足道，甚至那些充满了各种恩怨情仇的存在，似乎此刻也都成了故事、笑话和传说，成了我们所说的各种存在和现实的插曲。

人生是越走越孤独的过程，也是越走越丰富的过程。很多时候迷惑在一个阶段之后又成了不迷惑，而某些不迷惑可能最后又成了新的迷惑。这也许就是我们在走的路，也许正是这样，我们在现实世界才始终有路可走，到最后才让我们对很多东西清楚，让我们感到某些时候，我们既在大地的某个地方，同时又像在天际，在我们说的混沌中。可以说到最后我对自己的存在以及他人的存在清楚了很多，但最后的最后或许只是我感到了清楚的本身。也许人到了弥留之际，都有这种上天的感觉。

我到后来似乎已经能够听到羽毛落地的声音。

二姐

我一直都觉得自己很傻，似乎我无论做什么都不管别人，觉得人都很可怜，因而很多人也都这样说我，说我傻，但我从来没有想着害任何人，总觉得什么人我能帮的都帮，也算是尽到了自己一份心。家里的很多事我能看出一些什么，但我从不去深究，只是那么看，那么一点点地往前。这是一种想说清又说不清的东西，某些时候恍惚只是一种感觉和感受。我从小没有离开过西安，似乎一直都在这个城市长大，在我的记忆中我也回过几次老家，而且知道我们家曾和四姨家在一个村子，并且我还被四姨家的女儿带着到我们家曾经的院子走了一圈。我当时真说不清走在那儿是什么感觉，是梦中的感受，还是空荡荡的空荡荡。难怪有人说我傻，我当时还觉得这是四姨的女儿在逗我玩，甚至我心中还纳闷我们家怎么能住在这里，我们不是在西安吗？四姨家的女儿说，这是你们家去西安之前住的地方，并接着对我讲，你看怎么样，比你们现在西安的房子怎么样？我说，就是大。四姨家的女儿说，何止是大，就你们家的这房子当时在整个村子可算数一数二的。我似乎还是不怎么听得懂。四姨家的女儿说，不跟你说了，你可能在城里待久了，把你家先人都忘了，如果这样我就不跟你说什么了。我心说，说不说对我都一样，我真的对这些没有丝毫感觉。但在我们离开那座院子往回走的时候，她还是对我讲，你可能不知道，我听人说，你家老爷在当时可真不得了，是当时方圆远近闻名的人物，听说很多东西都是直接从上面下来的，有人就见过许多官、许多外面来的人常常出入你家。我还听说那时候不仅你们家的人没人敢惹，就是整个村子的人上外面，似乎只要一提村子的名字，别人也不敢欺负和怠慢。有人也曾说，你家老爷在当时村里人眼中几乎就是一位神人，似乎很多村里人无论干什么，只要看你们家的情况怎样，那么就能预测到可能发生或不可能发生什么。感觉你们家一旦静了，村子里的人就心安，你们家要是不断有人往来，而且一看就是上面或外面来的，人们就预感将有事情甚至大事发生。记得那次你爷出事后，你家便一度出现了往来不断的访客，后来过了很久村里人才陆续传出西安的满人统治被推翻了。后来人们才知道你们家那段时间之所以访客不断，是你爷在西安出事了，好像听人说是死了，也有人说是找不到了，是失踪。当然，村里人有时嘴就那样，因此有人就讲，什么叫失踪？失踪就是死了连尸首都没找到。

我怎么越听越糊涂，越听越觉得四姨家的女儿在讲不知什么人的故事？然而，她似乎有点不依不饶，仍然继续说，当然我也知道无论对谁家来说，这都不是什么特别好的事情，因而家里人不愿说也正常，更何况这事无论如何都过去几十年了，提及和不提及都没有意义。几十年是什么感觉？几十年说不好听的，就是骨头都化了。

后来我回到西安问母亲四姨女儿说的一些事，母亲的回答是这样的：别听她说，怎么后生的还先知？接着母亲倒是没有否认我们家曾经确实住在那个村子，也没有否认四姨家女儿说的院子是我们曾住过的。但除了这些母亲便没有再说别的，只是对我讲，好好上你的学就是了。我现在也是有年龄的人了，虽然不敢自称老，但我已经退休几年了。有时我也问自己时间究竟是什么，生命呢？我真的不敢想象，甚至不敢回首自己这几十年都是怎么过的。有时在这样的年龄段似乎再看什么都像处在梦中。

我现在的状态是，似乎既不敢回想以前，也不敢看眼前。回忆过去我看到自己如梦，看眼前我明显感到自己怎么都赶不上时代和潮流。女儿说，你再别唠叨了，在我的记忆中你似乎从来就没有跟上时代过，也没有潮流过，而现在都退休了还想这些。女儿又说了一句话，我的眼泪几乎都流出来了：现在你就把你的身体搞好，也不看你都累成什么了，憔悴得几乎都没了人样。这话怎么我越听越像当年看自己母亲时内心的话？那一刻，我不知道自己现在真的是腐朽了，还是更坚强了，或许还是像有些人说我的：你这人真傻。我似乎不知听谁跟我讲过，人其实到人世就是受罪来了，说是享福其实只是一说。我回想了一下我那么多离世和没有离世的亲人，似乎这话也说得有理。我怎么感到我越来越像我妈？

大姨父

很多时候人们都觉得我这人懒，我真不好说什么，有时懒是不懒的另一面，某种程度也构成了一种映衬。我知道我曾经不是这样子，曾经也对生活充满信心，但后来一系列事情的出现，让我变成了现在的样子，变成了似乎在更多人眼中看到的懒。其实，就我看，我做的是本分，是近似我们所说的分内事，就像日出而作、日落而息的日子，除了这我似乎没有更多想法，我每天都在什么地方晒太阳、抽烟，或者就那么坐着看什么。有时时间就是这样的，或者正是这样形成了一种眼前的岁月感。处在岁月中人似乎就静了，就好像怎么都同在一幅画里。我不想怎么了，这并不等于说我就什么都不做了，我还种地，还每天做农活，只是没这以外更多杂念了。另外过去发生的让我们没有了孩子，孩子有时便是人的希望所在，但我们没有，因而我们在很多人眼里，似乎怎么看都没有别人那么拼命。我对这样的一种想法和看法能说什么？人很多时候都是心力的存在，或者说有了心力便有了路，有了某种闪烁，但我们目前已经没有了这样的闪烁。也许正因为如此，我们才给人一种软塌塌的感觉。这样的软我不知道在别人眼中像什么，但就我看我这里的人气还行，特别是他几个姨家的孩子到我这儿，似乎没有不高兴的，没有不快乐的，这让我也非常喜欢，让我觉得没有自己的孩子似乎孩子反而更多了。

　　我知道祖宗没有给我留下什么，但留下了这座院子和我的命，只是这点我就感激他们了。在我看来，他们当年也不是不努力、不辛劳，更不是不想让日子过得更好，但是不是他们当时这样的想法过了头，最后才招致了那天的大祸——那天现在想起来都是让人胆战心寒的。可能对没有经历过这种打击的人和家庭来讲，他们感受不到那是一种怎样的毁灭，就如同行驶得好好的巨轮顷刻在大海中沉没。试想这时船里的人是一种什么状况，那简直是万念俱灰，有的只是放弃一切的本能逃生，是近似在死人堆和地狱里才能看到的景象。我们家当年就经历了这样的场景，这样的一次致命打击。那打击就是一个好端端的家，一个昨天似乎还景色盎然、生机勃勃的家，在发生事情的前一刻，一切还安好，或者说一家人还欢声笑语，但接下来的那一刻一切的一切都变了，恍惚我们能看到的便是鬼哭狼嚎，便是一片狼藉。我看到了那些牲口嘴里、鼻孔和眼睛都在流血，都那么抖着、动着，都那么做着近乎最后的挣扎。后来，我努力让自己别想这一幕，但很多时候又似乎由不了自己。在我看来，这叫什么？这其实就是长在心上的疤，这样的疤要想完全愈合仿佛很难，仿佛只能最后让其随生命一同消失，一同被埋到土里。

　　经历的最后在我看来就是经历让我们心不痛，更彻底的情形便是最后让人心死。心不死人就会动，就会有不断往前的冲动。我知道我的心在很大程度上已经死了，因而我才能这么无论在什么地方看什么，都那么静静地待着。在我看来，有时自然便是这样，便是这么一直在什么地方等什么的状况。那么，我在等什么？我似乎隐隐感觉自己在等死。等死的时候人就静了，人就同大地上的任何东西没有了区别。

　　灾难很多时候不是一个人的，甚至也不是我们个别家庭的，而是一系列的景象和景观，从某个方面讲它似乎更大程度构成的便是一种大网的境况，是由此形成的一层一层的坍塌，这样一种近乎废墟接连不断的状况。我想说这是什么？这其实就是天翻地覆，就是大地上所有生物、生灵都近似无路可逃但又不得不夺路而逃的场景。大地的坚实永远是用生命构筑的，是用鲜血充填的。我们有时候之所以不敢到这样的废墟里，并在那里张扬和高声说话，其实就因为在这样的废墟下，要么是曾经的生命，要么是原来这地方人的希望。

　　他二姨父常说他一定要报答的人是我，说我们对他家的帮助他是心知肚明的。我其实并不在意这些，我在意的便是大家都好。我知道我们家的家业可能当时在我们这个不大的村子是显眼的，但要和他二姨父家当年相比，那简直就像大地上的土堆，就像山底下的一堆柴。可是，就是那样的一份家业，最后也被近乎夷为平地，我能感到那是怎样的一种痛，又是怎样的一种伤，同时又是怎样的一份内心的不甘。

　　我后来又养起了牲口，又那么和这些生灵走到了一起。这或许就是命。当然，我最喜欢看的还是牛头伸进水缸中饮水的那种痛快。经历着时光之下的风，时光之下的景，时光之下的阳光……我坐在旁边的土堆上抽烟。

我奶

　　我怕过什么，还是我什么都怕？有时可能连我自己都说不清。说心里话，我真正怕的不是人，也不是鬼，我最怕的还是那些小虫子，比如大地上密密麻麻的蚂蚁、厕所里的蛆和衣服缝里的虱子和虮子，这些东西看了就让我头皮发麻，浑身火烧火燎，让你觉得似乎整个身体都被蛀空，最后一切都变为齑粉。在很多人眼里，我的一生并不容易。就我感觉，我觉得我经历了似乎最华丽的开幕。当我作为一个女人走进那个家的时候，可以说是那个家方方面面最鼎盛的时期，似乎在当地人眼中我就犹如生活在皇宫，一切的一切都是快乐而随心的，仿佛一年四季给人的感觉都是阳光灿烂，都是鸟语花香和其乐融融。很多人说我有福，说我上辈子不知积了多大的德，可我觉得似乎这一切都很自然，自然得就像春天里没感觉花就开了，地就绿了。但这样的生活最终似乎只持续了短短的七年，很多事便开始有了转弯，让人怎么都觉得不对劲，仿佛船在湍急的河里转了个急弯。事实上，当时我并不知道外面发生了什么，或者正在发生什么，但可能我的公公，也就是当时我们家的老爷，他清楚，他也知道，据我所知他也曾在外面闯荡了很多年，因而他的消息是灵通的,也清楚外面正在发生的一些事。我所知道的情况是,他作为大清国的朝廷命官,再做什么身份有点特殊,因而用人们的话说,不适宜更多地抛头露面。但我公公似乎能够预知什么,因而后来当外面不断有人来到家里要公公为国出力时,他便将自己的儿子,也是我的男人交了出去。我当时知道我男人和来的人一同去了西安,至于说去做什么,来人对我说,不会做什么坏事,更何况像你们家的人出去做什么,能做那些偷鸡摸狗的勾当吗?我作为一个女人不好在这种时候多说什么,只是临行前我对丈夫说,记住,我不问你这次出去做什么,但你要在事情办完后早点回来。他对我说的话是,怎么又来了,怎么净讲胡话,我不回来还能上哪儿?事实上,那天夜里我们俩已经说了很多话,似乎围绕的也是这么个话题。

　　我也知道可能作为女人就会在某些时候婆婆妈妈和哭哭啼啼,但通过很多事我也清楚女人的直觉有时是非常准的,这直觉让我担心和不安。我后来就是想不通,我公公,他可是饱读诗书、走南闯北、做过官的人,无论如何不该不清楚这次叫儿子出去将会出现什么后果吧?但就我回忆,当时他还觉得自己是在做一件了不起的事,一件为儿子、为这个家干的天大的好事。后来的情况确实是出了天大的事,但不是好事,而是将这个家推向了深渊。

　　后来很多人都觉得我这人怎么了,怎么像条疯狗似的,整日都在家里闹,并将整个家搞得鸡犬不宁,似乎很多时候我既没有了体统,也没了妇道,有的就是发疯似的狂喊乱叫,就是一味不讲理地寻死觅活。那段日子很多人让我冷静,让我理智。我知道他们是一番好心,但是想想谁遭遇了这样的事,遭遇了腹中还有孩子、脚下还有两个娃要吃饭,男人就没了、死了、变鬼了的打击后还可以冷静,还可以安安静静的,像只乖猫?我当时无论如何是做不到。当时我的想法很简单,也很直接,那就是我无论如何要去西安,要找我男人,哪怕见不到人,能见到尸首也成,就是什么都见不到,死在路上我也甘心,我也无怨无悔,也算完全解脱了。

　　可那段时间他们将我看守得很紧,似乎每天二十四小时都有人跟着,这让我感到自己倒像犯了什么十恶不赦的大罪,让我感到自己倒对不起这个家了。一天他们让二儿子看我,我趁他不注意搬了梯子就架到了墙头。我只听二儿子开始大叫,叫我家老爷。我当时已经爬到了快到墙头的地方,只见那老东西操起他当年当官时被人举着的"回避"牌就过来了,照着我的小腿肚子就一下,随后我便从梯子上摔了下来,不省人事。而我公公当时说了一句话:实在不想活了,想死就回你娘家好了。说完这话,他就命人将我抬回了娘家。

回到娘家,我听到有人对我说,在这种非常时期其实大家的心情都不好,你没了丈夫难受,你不想想你公公,要知道他死的可是他儿子,你以为他心里就好受?听到这话我似乎明白了什么,但有时我还是难以想通,还是觉得要不是当初他决定让儿子跟那挨刀的人走,哪有今天这样的事情发生?我不怨他还能怨谁?有人接茬说,要怨还是怨现在的世道不好。

后来他们有人将我的小儿子抱了过来。看到他,我似乎看到了冤家,看到他,我似乎只能那样长泪横流。我再次昏了过去。这真是让我死都难。我昏天黑地,在鬼门关徘徊着。

后来有人又说话了,说现在人们只是说西安的战事打得猛烈,死的人多,也没有谁准确讲你家那口子真的就不在了。何况,你公公这不也在多方派人打听情况,你现在这样放了谁谁不心烦?

我说,事情到这步都是谁造成的,难道是我一个女人家不成?有人说,谁说是你造成的?既然不是我的事,为什么要我承担和承受这样的苦痛?这让我还能活不能活了?后来,我究竟是怎么走过那段痛不欲生的岁月的,或者当时我究竟在娘家待了多久,我自己都记不清,也说不准。后来,有人也当面说我这女人不简单,我心想,不简单,其实是指我遭的罪大,受的难多。至于这究竟是批评还是表扬,我其实到最后都不管了。感觉最后发生在我身上的所有,都像是在什么地方不小心沾到的土,很多时候用手那么掸掸就是了。

老爷

很多事让我想到了这样一个词:在劫难逃。我真不知有关这点该从哪儿说起，似乎当我想起这个词时，我已经远离了这个世界，感到自己已经成了空气。很多人不明白我最后怎么会变成这样，事实是，我现在已经成了这个样子。我明白我有过春风得意、风华正茂的年月，但也有像今天近似手无缚鸡之力的时候。我现在已经到了这种状态，一切在我眼中都像过眼烟云，能带走和带不走什么，都已经明明白白。记得应该是最后一次见到右任兄的时候，我们就谈起了当时的时局和我们的过去。记得那次临别时右任对我说，你此次回去就别想别的，好好保重和保养自己的身体，我也就放心了，那样我们将来还会有更多见面的机会。我能理解丧子的痛是怎样的痛。最后他叮咛说，如果家里有什么事，你不方便就让家人直接来找我。我便将自己的长孙再次拉到了右任面前，让他跪谢。右任赶忙俯身拉起孙子，并对我说，现在都什么时候了，还兴这套，你又不是不知清政府早没了。我说，我这行的是咱们的老礼，这礼可比大清国年代长多了。

现在我每天也按右任说的，已经什么事都不怎么管了，似乎就是那么每天吃三顿便饭，然后写写字，并以这样的方式让自己静下来，让自己将所有东西放下。这是与世无争，似乎也是不再给这个已经很乱的世界再添乱的存在。有时候重孙子和重孙女会到我旁边看我写字，重孙女说，太爷，你这是在画什么？我说，太爷这是在写字。我怎么看着像是在画画？她说。我说，那就是画画吧。

这个家下来怎么过，他们最终还将遭遇什么，看来我自己都难以预料。我知道我已经是那一朝的人了。那朝人不管这朝人的事，因而我现在很多时候才这么似乎看着只是活着，某些时候自己感到自己都像鬼，像可有可无的什么。当然，可能正是我的这种轻构成了这个家的某种重，似乎我们之间隔着天界似的。我都能感到这其中的隔阂，我相信他们也能够感到。我之所以要表现得如此，事实上，也是想让他们能够尽快独立，尽快学会以自己的意思和意愿处理一些事。我清楚一个家到了这样的状态会很难受，如今虽然我还活着，但我已经感到自己有些老朽，越来越近乎一块朽木。朽木不可雕，更多时候只是摆设，甚至不知道目前我这摆设对这个家到底是有的好，还是没有的好。一座危房，究竟是塌陷的好，还是不塌陷的好？似乎这很是矛盾，让人琢磨不透，甚至也不敢琢磨。我如今就处在这样一种矛盾心理中，相信家里每个人都这样。某些时候我甚至自己都能感到自己的多余，感到自己是不是也到了该离开这个世界的时候了。

　　当然，人想认识这个世界似乎是太难了，仿佛认识的转眼间又成了我们看到的不认识，又立即成了存在的另一种存在。我们当时都在想，只要清政府不在了，这个国家便好了。现在清廷退出了历史舞台，似乎很多事情依然没有大的改变，也许改变的只是能改变的某些有限的部分。可能正是这样的情形让我们似乎无论怎么走都像走在困惑里，走在由此形成的绵延里。我已经感到自己有点走不动了，与眼前的时代有了脱节。我知道我也曾是新思想、新潮流的拥护者，但眼下看到的现实，让我觉得自己如同在什么地方做梦似的。人老先老心，我恍惚已经感到自己走到了这样的一个段落。我现在更多时候似乎只是这么简单地在活。这种感觉有时连我自己都感到像得了什么怪病，我都不知道自己每天这么在这个院落和家里的好，还是不在对这个家更好。就我自己真实的感觉，我已经处在了这种两难状态。退场构成了没有退场，还是没有退场倒构成了更实质性的退场？有时我也想，假如儿子在会是一种什么状况。但这其实只是一个念头，而转瞬我自己其实还是在写字，用重孙女的话说，我是在画画，至于画的什么，是有心还是无心无关紧要，有时我都觉得自己画的是恍惚，是抽象中的抽象。可是，我现在才发现自己无论怎么写和练都难以写出右任先生的那种大草和狂草，那种行云流水，那种气韵。我坐在凳子上，偶尔也回想起我们曾在一起的情形，那时候我们都是少年意气，而如今我似乎只有意，没有气了，远不如右任了。看来，人和人是有区别的，区别似乎在我们出发的那刻便有了。这叫什么？其实连我自己都说不清了。我每天话都不多，甚至压根什么都不说，而只是那么在写字，偶尔和家里人说点无关紧要的什么，有时这样的情况才能让我听到水声，那是岁月的以前，还是岁月的将来？但我已经感到很多东西还会变，至于怎么变，我无法预料，也不敢预料。

虚娃

我知道我来到这个世界可能就是遭罪的，从另一方面讲，我原本就没有什么，没有什么很多时候在我看来就是什么都有了。这有点像当官久了，最后离职后无官一身轻的感觉，用他们的话讲，这叫如释重负，仿佛新理了头发，新换了衣服，新洗了澡。我知道人上山的时候都很累，这种累让人不敢左顾右盼，让人只有那么低头在走，感觉就像耕地的牛，就像拉车的马，就像……

也许用大外甥的话说，我这人就不是个东西，就是人渣，就是猪狗一样的家伙。实际上，我从来不想和他计较，我知道他在很多人眼里是有本事的人，至于究竟有多大本事，我不想说，也不想想，我只知道他本事再大也不可能比过他爷。当年那可不是一般的本事，那可是有权有势，至于钱财似乎就更不是问题，但后来呢？后来还不是埋到了土里？我相信时势造英雄，我不相信英雄造时势。大外甥现在不过是顺应了时势，或者说走到了相对顺水的地方，他就有点看不惯我们这些有点碍手碍脚的老东西、老器物，甚至老瓦碴儿和胡墼蛋了。他当初到西安，家里人在老家都怎么过的，他可能并不知道，他肯定以为大家都在享福，哪里知道当时几乎整个家的人的狼狈状况，都如同在地洞里过活，还不敢喘气。那时老家是怎样的一种乱局，又是怎样的一种复杂场景？明处有日本人，有国军，暗处还有打着各种旗号的武装力量，仿佛当时大家的生活都是在遭遇一轮又一轮的洗劫，仿佛遍地都是炮火，都是荒芜，都是惊恐。这场景大外甥他经历过吗？他没有，我经历了，我当时可以说一路护送着他们家的人，尤其是我姐，也是他母亲。那一路遭的什么罪？我可以这样说，子弹就在头顶嗖嗖地飞，而且更多时候无论在什么地方似乎遇到人都比不遇到人更让人恐惧。他小子经历过这些？我敢说他没有。更何况，那时还不是我分几次将他们一家老小带到了西安，并让他们一家团聚？我不敢说有功吧，但当时沿途受的苦，遭的罪，被人骂，被人扇耳光，甚至被人多次拿脚踹、拿枪托砸的情况，他经受了吗？从他的眼神里我似乎能读出这样的一种含意：就你，只配做这样的事，你不做这样的事可能你那时想吃屎都没人给你拉。后来我姐常说，别跟娃娃们计较，无论怎么你还是长辈。我这才在很多时候不说什么了。

　　我说过我确实从来都没有将自己当回事，无论在什么人面前我都这样，我觉得很多时候将自己看小点、看贱点不是坏事，不要觉得鸡一上架就成凤凰了。当然，我这人常常不受人待见，用我姐的话说就是你的嘴太碎，碎得让人最后无法跟你说些正经事，似乎大家觉得任何正经事只要到了你那儿就不正经了，就像一杯水里掉了只苍蝇一样。我明白我身上有这毛病，但我其实也没有任何恶意。我姐说恶意不恶意没有人说，大家只是觉得你那嘴说什么都不牢靠。记住，生活不是舞台，而你在什么时候什么地方都喜欢表演，将一些事搞得尘土飞扬，都同打仗似的。在战争年月，你可能算得上一把好手，但在和平时期，有些事情就不一样了。当然，我也了解自己，用土一些的说法，我就是狗肉，狗肉人们尝个鲜还行，而到了正席，你这狗肉便得知点趣，这时候你该上哪儿上哪儿，这给我的感觉似乎怎么都有点像卸磨杀驴。后来，我大概也想通了，似乎我那段日子的一切都只是个阶段性任务。我后来也可能是意识到了这点，才在心里说，既然你们有了杀我这驴也好狗也罢的心思，那我也只好这样说一句，就是此处不留爷，自有留爷处。这样后来我便离开了西安，就像人间蒸发一样。记得那天我将自己的想法给我姐说了之后，我姐也同意，并且给了我些钱，还留下话，说以后无论到哪里有什么事和难，你就过来。这样我便又回到了乡下，又去找我那多年没有见的女人去了。意外的是这时我已经有了一个五岁的女儿，虽然长得一般，人也有点黑，但我感觉这样的娃似乎在那个不好的年景里倒好养。这是让我喜的，但也有让我不喜的，那就是当我回去的时候我的女人已经成了别人的老婆。我和女人谈过，女人告诉我，这孩子是你的，你要领走就领走，你要不领我们也可以养。我说，那咱们……女人说，也别咱们了，现在根本就不存在咱们了。你那一走这么多年，什么时候想到过我们娘儿俩，知道我们这么多年是如何吃糠咽菜过来的？听到这些，我已经无语，我只感到有一种内疚，便给她们留了些钱，后来还是觉得心里不是滋味，我又将当年埋在我家老宅的几块银圆挖了出来，第二天一大早也送了过去。女人开始不接，说她担待不起。我说，要知道这不是给你的，是给我这黑女子的，是给她让她以后读书认字用的。这时我看我那黑女儿在用眼睛盯着我,又看看她妈。而那位她现在的男人当时始终没有露面,感觉一直在屋里的某个角落看着当时的那幕。我当时的印象是,我那女儿的眼睛黑亮黑亮的,或许正与她的皮肤形成对应。最后我试图抱她的时候,我看她眼睛里流露出瞬间的惊恐,但很快我就感到她安静了下来。记得当时我只抱了她两三分钟就将她放下了,然后我便很是迅速地离开了那儿,仿佛这一切都在梦里似的。

　　离开构成了没有离开,没有离开又构成了离开。这样我就再度回到了西安。这时候我才感到一切的一切都犹如梦幻。走到这样的一种状态,我似乎有点隐姓埋名的感觉,从某方面说,这时的我一直在观察着我姐一家,但我相当长时间没有真正在他们面前出现了。那段日子,我在一家药材店给人家做饭,虽然工钱不高,但也能一日三餐无忧。我能感到此时的自己像暗中窥探着什么,又似乎在这儿等待着什么。我此时恍惚感到了某种绿,感到自己的身体类似树木的根,那么往地下在扎。这时我感到自己似乎已经不是人,而是树木,是草,是我多年才仿佛接地的实在。我心说,这是战争结束的迹象或者是在孕育着下一场战争所出现的间隙。不过我能感到过去那么多年,我仿佛这时才睡了一段时间的安稳觉。后来,我才知道此时抗日战争已经结束,各地都在欢呼胜利。

三姨

　　人真是越活越淡,越活越知道什么又不知道什么。从二姐的葬礼上回来,我似乎才感到冥冥中有一种力量在左右着我们所有人。在此之前我没有感受到这点,或者起码没有感受得这么透彻,可我现在猛然认识到了。记得从大姐出嫁,到后来二姐出嫁,再到我,再到我哥结婚,最后到小妹结婚,那时一切的一切似乎都是五颜六色盛开的花,就像自然中的自然。也许那时大家的日子怎么都无法和现在相比,感觉整个都是苦,但那时我们似乎并没有感到什么,似乎前面怎么都是美好,都是时间形成的花朵,们仿佛都是快乐的。

但这样的好日子持续了多久？也许就那么两三年，顶多就五六年，在我的记忆里最长也不过十年，很多东西就有了变化，有了近似我们所说的另一种光泽。它构成了一种褪色，一种分离，一种原来某些东西不清晰的清晰。我能想象这类似我们姊妹几个都从一种身份转为了另一种身份，也犹如从原来的一种生活环境到了另一种环境，这中间有让人惊喜的和新鲜的，也有让人怎么看都觉得陌生的。大姐出嫁让我们认识了大姐夫一家，也让我们仿佛在另一个地方有了落脚之处，后来二姐出嫁，又让我们认识了二姐夫一家，这让我们感觉不仅奇妙，甚至梦幻，而且我们的视野也由此形成了不断的扩展和延伸，仿佛到哪儿都有我们的亲人。我当时对这种现象和变化充满不解，近似懵懵懂懂的感觉。我记得当时自己问自己究竟这是怎么回事？偶尔从中琢磨，但琢磨到一定的地方，我就不敢让自己往下想了，似乎一想自己的脸就红、心就跳。有一次不知我心中的秘密怎么就让小妹发现了，还是她当时就只是那么一说。我记得小妹说，三姐，下来要出嫁的人就是你了。我看了小妹一眼，回敬了一句，你可真不知羞。当时我听到我哥在不远处似乎在做功课，也似乎在做别的什么，但他说了一句似乎更刺激我的：女孩子到了年龄不嫁人，还赖在娘家才羞人。我知道我从来就是急脾气，家里人都说我怎么像男孩子的性格。因而当时我的一句放在嘴边的话便出来了。我说，听好了，我就不嫁人，不离开这个家。小妹看我这样，似乎吓得眼睛都直了，而我哥听到我的话似乎更泰然，只是伸出自己的食指那么在脸上不停地划。我当时一气之下冲进屋子，对正在那儿纺线的母亲说，你也不管管你儿子！母亲说，这又怎么了？怎么了，他和你那宝贝的小女合伙欺负我！母亲说，怎么个欺负了？母亲当时说得不紧不慢。怎么欺负了，他们一同逼着我嫁人！母亲说，我还当什么事呢，原来是这事。好啦，我给我三女做主，我三女就不嫁人，我三女这辈子就跟娘在一起。我便感到满意了，便感到立刻气顺了，随后我撇着嘴从屋里出来，一副得意和胜利的样子。我哥看到我的样子非但没有生气，还在那儿笑。我不知道这家伙倒是笑什么。只听我哥随后的一句话似乎更狠，他说，不是你最后想嫁不想嫁的问题，就你这个脾气，我担心的是最后有哪个人家敢娶你的问题，到最后别因你成了家里人的一块心病，成了家里的一块石头。也不知小妹是听到了石头，还是听出了话中的真正意思，她接着又说了一句更毒的话，好狗不挡路！好狗不挡路！这时候我又向小妹冲去，你说谁是狗？小妹说，我可没说你，我只是说狗。小妹一边说，还一边看着我，似乎还一副很是无辜的样子。这时候，我听屋内的母亲在叫我，并让我去给羊添点草。我没好气地说，怎么不叫你儿子去？我哥这时说，我在做功课。我说，做功课个屁！还不是在那里做样子。这时候又是小妹，她说，哦，给羊添草了，给羊添草了！然后自己便向羊舍跑去。

想到这一幕，我感到仿佛还是昨天发生的事，实际上，它已过去了几十年。眼下，我们姊妹五人，剩下的就我和小妹两人了。就在多年前，大姐不在的时候，二姐还去了，我们还一起说着和大姐相关的一些事，而现在我们又送走了二姐，我和小妹也提及了和二姐有关的事。我发现小妹似乎还是原来的脾气，她说都是过去的事了，我们都别说了。

从送大姐、二姐出嫁，到最后我们参加她们各自的葬礼。现在在我们这个家，或者说这些姊妹中，我已经顺理成章地成了还在世的年龄最大者。在这个家庭中我哥死得最早，而死的时候也似乎是大家生活最不好的年月，因而他的葬礼似乎办得异常简陋，仿佛只是将人那么埋了而已，似乎那样才能将悲伤降到最低。那时二姐一家也早已到了西安，因而参加我哥的葬礼二姐也是缺席者，而当时在场的还是我、大姐和小妹。我们没有埋怨二姐，我们知道在我哥病重期间，我哥到西安看病，在那里也烦劳过二姐一个多月，我们知道在那段日子他们姐弟该说的话也说了，该想到的结果也想了。

我也不知道自己怎么就回想起了这些，还是人到了这样的时候有时你不回想这些都由不了自己。

似乎就在我们谈论我是嫁人还是不嫁人的第二年，大姐家便出了大事，那事情几乎让我们像做了一场噩梦。记得那天大姐夫来家里告诉我父母家里所发生的事情时，整个人看上去似乎一下老了几十岁，当时就我的印象，似乎连句完整话都说不了了。还是我母亲说，别着急，究竟怎么了？你慢慢说。只见大姐夫先是"哇哇"地哭，再一句便大声说，活不成了——真没有办法活了！这时候我们都吓得不敢说话，都吓得像马上会遭雷劈似的。母亲问起大姐，大姐夫又是一阵大哭，说大姐已经躺在那儿起不来了。

过了好大一阵，大姐夫才将事情的经过说得完整了，说他们家十几头牲口一夜间死光了。说到这里，我父母和我哥当即便同大姐夫一同去了大姐家。母亲说，这到底是谁这么造孽？大姐夫说，现在还不知道。后来大姐因此而早产，孩子也没有活下来。我想不通怎么会这样，也许正由于这件事，我才看到了某种以前没有看到的东西。后来母亲说，看来以后给三女子找人家还是找个一般人家好，这样可能看着不体面，但多少让人踏实。母亲对父亲说这话的那晚，我其实也听到了他们的话，也可能是他们有意让我听的。

二姐婚后的生活怎样，我们几乎不知道，我们只是在二姐有时回家时看她的脸色，似乎也不像外人想的那么舒心。只有一次二姐哭着对母亲说，那哪是人过的日子，那简直可以说是苦海，是把人当灯点似的苦熬。母亲对二姐反复讲，你可能不知道，哪家媳妇要熬成婆都是这么过来的。二姐说，我真的都有些受不了了，我怎么越想越像是被卖出去的牲口似的？父亲听了二姐的哭诉只是在那儿转圈，而母亲说，娃，别傻了，你慢慢就会明白谁披这张人皮都一样，都可以说连畜生都不如。

我想到这里，想起二姐当年的哭诉，忽然感觉二姐如今总算熬到了头。看来，我现在还没有到头，小妹也一样。我现在的感觉是，人没有哪条路是好走的，好走就不叫路。

我奶

小雨还在下，还是小雨从来就没有停过？我知道我已经是快死的人了，我不知道快死的人是不是都有这感觉，但我的体会是这样的。作为女人，我一生经历了太多的事，也有过几个阶段的风光。从出嫁到我那死鬼抛下我之前，我可以说是风光的，一切都顺风顺水。不敢说那段时间要什么有什么，就是我一口气给这个家生了三个儿子，作为女人我就算得上够可以的了。不知道是前面太顺，还是别的原因，这之后我所遭的罪，让我几乎在长达十几年的时间都感到自己像生活在地狱里，生活在怎么都像不是人过的各种磨难里。后来过了这段难中难，我又到了相对比较好点的阶段。这个阶段我可以说是享的自己儿子的福，而之前我应该说享的是我那死鬼男人的福。也许在很多人眼里，我是一个在某些时候霸道而无理的女人，甚至是刁得够呛，也泼得可以。那么真实的情况是这样吗？我心想现在说这些都没有用，也没有意义，甚至感觉还多余得很。试想，在当时的乱世，那样一个复杂年代，我作为一个年轻的寡妇要带三个未成年的儿子生活，那是件容易的事吗？我不将自己先泼到底，我那几个儿子还可能有活路吗？当然，我有时也想，如果我那死鬼男人在，我又何苦那么抛头露面，又何尝不愿坐在热炕上做做女红，在家里做做饭、管管孩子？要说我的针线活，我可以不夸张地说，后来无论孙子孙女，还是重孙，他们小时候脚上穿的虎头鞋绣花帽都是我自己一手做的。人们可能不知道，我是一个外刚内柔的人，这样的性格有时是天生的，但更多时候也是后天形成的。也许不是一家人不进一家门，我家老爷其实也是这样的人，从某种角度讲正因为这样，我们常常构成了都难受的情况。他是一个有身份的人，我就是他的一个儿媳，假如我那男人在，我们似乎也不会出现同在一个屋檐下大家都难受的情况。当然，我也清楚无论从哪方面我这小胳膊都不可能拧过人家的大腿，但在当时那样的现实打击下，我真的就是一头野兽，一个什么都不顾的人了。

　　现在我又从西安回到了我原来的村子，不知这叫落叶归根，还是别的什么，但我更愿意将它看作命，这也就是命当如此。就我内心讲，我现在真可以没有遗憾地离开这个世界了。话是这么说，心里也是这么想，但要说完完全全一点都没有牵挂那是假。我怎么又想起了我那死了几十年的死男人？而一想到我那死男人，我就会不自觉地想起我的小儿子。眼下别的人我真的都没有可担心的，老大就不用说了，老二现在虽然远在新疆，但整个状态都还不错。就是老三，就是我那小儿子，从一定程度上可能当初也是他让我在那种情况下硬撑着活了下来，可如今我这么一走，我对他还是不放心。事实上，有时候事情很怪，这种怪就在，应该说女人最懂女人心，但在某些时候仿佛正是女人最不懂女人。我能感到我的苦心就不被我老大的媳妇了解，但后来我也不怎么抱怨，我也明白一家有一家的事，一家有一家的操心。我知道我自己的儿子难，大儿媳妇也知道疼自己的孩子，有时我也能感觉到老大在这中间有为难、有苦衷，但说良心话，他已经做得相当不错了。

  我现在住的房子并不是我们家原来的，而是大孙子那年回来置的。院子不大，而且是个半拉院子，仅有北房和西房，因而怎么看都缺点什么。至于究竟缺什么，我真的都不在意了，似乎某些时候正是这种缺让我们才活得比较松弛，活得不那么紧。我知道我现在都不该考虑这些，但有时大脑里想什么我真的无法控制。我这次回老家，也非我的真实意愿，但不回来会给孩子添麻烦，况且他们一个个年龄也都不小了，老大都有孙子了，我假如再不退场，有些问题越往后，越对他们兄弟有影响。我似乎隐隐感到我在他们兄弟身边待的时间有点久了。我知道城市和乡下的生活不同，在乡下我们喜欢家越大越好，做起什么来也方便，但在城市似乎大家越早分开越有好处。老二在西安的时候似乎就不怎么样，仿佛他受的委屈更多，在他的上面有当哥的，在他的下面又有当弟的，这让他很多时候很被动，仿佛往上有挡他的，往下也有让他落不了地的，因而后来他只有远赴新疆。我听说他在那里还不错，还当了一个似乎比当年老大更大的官，而且做的事情听说也不比老大当年小。这真可以说人都有属于自己的一段好时光。相比之下，我似乎觉得老三一直有点弱，这种弱究竟是出于什么原因？我现在想也可能是我当初把他罩得太严，当初由于他不好的身世，我尽量弥补对他的愧疚。但现在我发现似乎这样有点适得其反，让他越来越经受不了风浪。

  如今我躺在床上，每天服侍我的是老二的媳妇和老大的大女儿，或许正像老大的大女儿所说，你当初就是不爱我，而疼你孙子，现在你有病了，你孙子在哪里，怎么不在你身边？我当时只是笑笑，只是说我怎么可能有十年早知道。后来我也顺此话想，事实上，人在世上所做的一切似乎都在走着这样一条最后让人哭笑不得的路，这条路用一句话讲，就是让人最后感到我们无论干什么似乎都在沿着事与愿违的方向走。

  比如当初我嫁入这个家庭，我哪里能想到这个让我充满希望的家，最后让我品尝到的却是最大的失望。这似乎正应了人们常说的，很多时候山有多高，水就有多深。或许正由于自己一开始爬得太高，最后才让我跌入了深如大海的深渊里。这是一个能让人死掉多少次的落差，连我自己最后都不清楚。我现在能感到自己似乎也到了老爷在世的最后那段日子，一切似乎都成了有心无力，成了一种轻的再轻，也近似成了一种重的再重。我真的不知道自己哪天会忽然崩溃，忽然就这么一下子走了。我已经隐约感到人到了这种时候，仿佛就是等时，就是等最后合上眼睛的那个点。

　　一次我对服侍我的孙女说，还不给你爹捎信，让他给我打棺木，是最后想用一张席子将我一卷了事？孙女回答说，我的老奶，你这是想到哪儿去了，你这不是好好的？我爹前阵子还写信对我说，等你病情好转，今年天暖和了还接你回西安，到时候咱们再一同上西安易俗社听戏。我对孙女说，你们就不要再哄我了，我知道我自己身体到了怎样的状况，我这辈子是不会再有到戏院看戏的福分了。那天说完这话，我都能感到自己眼角有泪水流下。后来孙女和二儿媳妇她们也哭了起来，特别是我那孙女，我都能听到她的哽咽声传来。当年，我每次上戏院看戏或到哪里逛，我几乎都带着她。

　　我说，外面是不是在下雨？二儿媳妇说，妈，外面天气晴好，过一会儿你吃过饭，我们扶你出去，在院子晒晒太阳。我说，没有下雨怎么我感到我浑身都冷？二儿媳妇说，妈，这是你这些天躺得太久，你应该适当到外面活动活动。我记得我当时没有说话，我似乎又想起了自己的小儿子和他一家。看来，人真是有时候最难拐的是心弯。到现在我似乎更明白我这辈子真正的冤家并不是别人，而是我那小儿子。当初是他让我闭不上眼，现在似乎也是他让我合不上眼。但我明白我已经到了肯定要走的时间点了。

母 亲

　　他三叔病重住院的时候，我被他爹左劝右劝、左哄右哄上医院看他，我都没有动心。回想起过去几十年他的所作所为，回想起他当年动不动就打我骂我，到今天我能去看这样的一个畜生？想起来当年的事，我可以说千刀万剐他都不解我心头之恨，我怎么还有可能现在上医院看他？当然，自那个母老虎离开西安后，他就已经老实多了，后来也不止一次到家来，也说让我做嫂子的原谅他的以前，原谅他打我骂我就当打条狗的恶行。我有时会"嗯"一下，但更多时候连"嗯"一下都懒得"嗯"。我能看出有时他也知趣，进门见到我会问他哥在不，如果我说不在，他便会说，那我过一会儿来。我清楚我没有理由阻止他们兄弟之间交往，这是我管不了的事，而且我也从来都没有管过。后来，经常就这样，有什么事他们兄弟之间谈我不挡，但要叫我给他好脸却是不可能的事。

　　后来还是他爹说了这样一句，才让我似乎多少有了恻隐之心，动了上医院看他一眼的念头。他爹说，过去就是发生了天大的事，到现在你总不能连一个将死的人也不原谅吧？你这样会让老三死都合不上眼。难道他当年打我还打得对，打得有理？骂我祖宗、家人骂得理所当然？他爹说，不论是今天还是当年，我可以告诉你，没有一个人说他做得对，包括我母亲。那又怎么样，他最后不还是想打打、想骂骂，不还是仰仗你妈那母老虎的势？他爹说，我现在叫你一声祖宗好不好？假如老三当年就能意识到自己做错了，那哪有那些让大家都不愉快的事发生？我说，现在什么都不说了，要我去医院行，就让他老婆亲自登门来叫我。他爹又说，我看这样吧，在这样的节骨眼上，叫老三媳妇过来也有点为难人，我就让他女儿来叫你。我没有说话。第二天，他女儿果真来了，而且一进门便哭了起来，便要给我跪下。我这才赶忙说，娃，你这是闹什么，我听你伯说了，你爸病重住院了，我这就去医院看他。我也明白和谁有仇，也不能为难孩子。这样我就于当天去了医院。我第一眼看到老三时，也眼软了，怎么大半年没有见面，就一下成了这个样子？整个人看过去简直就像蜡纸糊的一样。我能看到老三见我来了很激动，并且我能看到他眼睛中渗出的泪水。他声音很低地说，大嫂，你是我这辈子最对不起的人，就原谅我当初的鲁莽和无礼吧。我说，看你说到哪里去了，我怎么会不原谅你？我进这个家门时，你想想你才多大点，可能也就一岁多、两岁吧。老三说，我都记不得了，我只知道打小我们就在一起。后来，老三说，我知道我不行了，因而这些天我一直想最后能和你见上一面，能见一面我心也就安了。说完这话，老三朝我摆摆手，示意我离开，并说，我这病不好，会传染的，能在这时候见一面我就心满意足了。我叮咛他还是不要想太多，还是先安心养病。我看他听到我的话，那蜡黄蜡黄的脸有了笑容。不知怎么，我心头一酸，眼泪便下来了，也在这个当儿，我退出了病房。

说来，他们兄弟三人都不矮，当然，老三是他们兄弟三人中个头最高的，而且可以说是长得最英俊的，但我没有想到最后也是他们兄弟三人中最早走的一个。尤其是他那最后的一笑让我脑海里立即想到冬天里的蜡梅。他生在这个家最寒冷的冬天，而走的时候他给我的印象也似乎和冬天相关。我从医院回来，抑或从病房出来那一刻，看老三那么一笑，我忽然感到人在世上似乎最后都是苦命的，所谓的那么一点儿甜，似乎都是苦尽之后的呈现。据说，他三叔最后得的是黄疸型肝炎，我看他时他的病已经到了晚期，甚至应该说到了晚期的晚期。我不知道他这是甜尽苦来，还是别的，仿佛自那年婆婆病重回老家之后，我已经感到老三各方面已不如从前，他那看着从来都是翘着的尾巴开始夹了起来，恍惚也知道了什么，这种近乎和从前判若两人的情况，让我忽然对老三的家有了一种说不清，有了一种他恍惚一下住到了土墙和土窑洞里的感觉。这个时候他二叔一家早到了新疆，而我们也于几年前搬离了和老三同在的那条巷子，这一切的离散，一切形成的类似自然又不自然的变化，让老三似乎没有了中心感，没有了被围绕的感觉。我不知道这像什么，但我能感到似乎这有点像在给老三脱衣服。如果说当初我的婆婆对他是皮袄，我男人对他是棉袄，老二对他还是夹袄的话，那么现在这一切的一切都没了。对于一个可以说从小就没有吃过苦，或者说由于各种因素没有叫吃过苦的人，现在到了那么一把年龄，再让他吃苦，似乎相当程度上就等于是要他的命。

这点在我上医院前没有感觉到，但从医院回来，我已经能够完全感到了。记得当年老爷还在世的时候，尤其他越到最后似乎越让人感觉有一种气场，有一种被这种气场吞没的感觉，从老爷那儿最后我能感到的似乎不是别的，而更多的是岁月显露出的无情，但后来在老三那儿，现在就说他三叔吧，在他那儿最后让我能感到的便是现实的无情。便是这种无情最后让一个人完全瘫软下来的情况。有时我们都想找这其中的原因，事实上，最后似乎没原因，成了历史进程本身的存在部分。没有一个人到了这种时候可以从头再来，包括我家老爷，包括我的婆婆，似乎某种程度也包括我自己本人。

现在我才感到某些时候说构成了没说，没说似乎又构成了一种说。他三叔在我上医院看他之后的一周便走了。当时我看到我男人回来说起这个消息时已经泣不成声，而且反复强调的一句是，我没有照看好老三。在这样的情况下，那段日子几乎一家人都投入了老三后事的处理上。人有时是有感情的，有时候又似乎是无情的。恍惚中我看到一只蜻蜓落到了水面的一块石头上。

　　记得一次听三妹说，我弟弟在临离别人世的时候，也经历了难受和苦痛，经历了人们所说的回光返照。三妹告诉我，那段日子他舅的病一天比一天看上去不好，似乎吃什么都吐，甚至最后连喝水都喝不进去。当时我和大姐，还有小妹几乎都轮番守护着他。就在他离世的那晚，他在一阵剧烈的咳嗽之后，吐出了两条棉花一样的白东西。看到这他舅的脸色马上好起来，给人感觉就如同换了一个人。当时他就指着那两条白色物说，这下好了，原来都是这家伙在捣鬼。看到这种神态大家当时都很高兴，而且他舅还说，我饿了，我现在要吃饭。我看到他妗子赶忙去给搞吃的。当时可能就是给他冲了两个鸡蛋，然后泡了个馍。我扶着他，我看他吃得很快，也吃得很猛，而且边吃还边说，好吃好吃。我当时还一边劝要是好吃，那以后天天给你吃，你还是慢慢吃。但我看他依然吃得很猛。后来他果真将那碗饭给吃完了，吃完后还自己找手帕擦嘴，我当时手里就一直拿着手帕，我就给他擦了擦嘴。我边给他擦嘴，他还在说，好吃、好吃。当时看到这种情况大家都很高兴。但大约半个时辰，可能也就半个时辰不到，我感到事情就有点不对劲，因为他当时就靠在我身上，后来我发现他的身子似乎越来越重，我心里就是一惊。我说了一声，赶快拿老衣！他们在场的人还在愣神，我又说了一句，快，人不行了！随后他妗子赶忙从柜子拿来老衣。等我们刚给他将老衣换上，他就已经没气了。

　　人怎么到最后都这样，都这么让人想不通？他三叔葬礼那天，家里剩下的就我一人。我仿佛能看到和感受到那葬礼的场面是一个什么情景。他三叔也没有孩子，只有一个女儿，是后来抱养的。我不知是战争和战乱让男人都恐惧得没有了精子，还是战争让女人的身子都不排卵了。后来我似乎意识到孕育是需要有一种氛围的，没有一个相对安宁的氛围，就连最本能的东西都没有了。战争是会摧毁一切的，甚至包括出生和没有出生的生命。这近似于扼杀。

也许正是从他三叔离开人世之后，我便什么都不想说了，我没有了恩，也没有了怨，有的就是待在岁月里的情景。

父亲

我有时真不喜欢回忆什么，或者说在现实的状态，在各种残酷形成的残酷环境中，你会感到你根本就没有时间想别的，仿佛在那样的一种恶劣环境里，你会感到时时刻刻都有数不清的枪口在对着你，让你不敢在任何时候大意，仿佛稍一大意，你就可能人头落地。我之所以这么说，一方面是我自己经历了无数这样的险境，同时我父亲的莫名失踪，也给了我最大的提醒。很多时候我之所以最后放弃探寻这里面事情的真相，并不是由于别的，而是我后来已经感到了越是寻找，事情的真相似乎离你越远，甚至最后不仅真相没有找到，自己又可能陷入更看不清真相的另一谜团里。

当年在很多人眼中我离开老家和我们派了很多人到西安是查找事情的真相去了。能这么想的人都喜欢看到最后的结果，他们喜欢在有些事情出来后围观起哄，在各个角落看着你。我开始也有寻找父亲失踪和死因的想法和冲动。后来我爷看出了这点，对我讲，过去的事情就让它过去，想找真相的人都是自己让自己往墓地里去。我爷一天说，不要说你，就是我，就是你于右任爷爷，有些事情最后也成了没有真相。记住我的话，不要去找你父亲最终去了哪里，他去了哪里他自己清楚，没有人会比他更清楚。

我记住了我爷的话，就当什么事都没有发生，并那么一路做着自己的事，并那么将这个家带出了那段悲伤和黑暗。我母亲其实也是一个聪明人，她事实上知道我父亲可能已经凶多吉少，知道这辈子他们夫妻已经无法见面，但她为什么还要那么死命地闹，要不顾一切地想自己去西安？事实上，这样激烈和完全没有理智的闹，似乎说明她已经知道我父亲去了哪儿，但感情让她又不能承认已经发生的事。

　　我那时也才多大点？只能本能或近似完全本能地看，感受着事情的变化。时间会让一切过去，也会让一切东西最终清晰。记得有一次不知听谁说战争就是死人的买卖，就是人吃人的一种极端争斗，有时候只有认识到这点，我们才可能在某些时候做出相对正确的反应。我想说梦的深处永远都是梦，仿佛挖下去便是树根，便是各种各样梦遗落的残片。其实我们每个人都在自己的梦里。有一天我想到这点，又想到我父亲，想到我爷说过的话：你父亲知道他在哪里。我当时明白了父亲在哪里，他其实在他的梦里。

　　母亲当年的极端反应，其实就是调整自己的梦。作为一位妇女，她原来的梦可以说是无梦，或者说她的梦当时就架构在我父亲的身上，但问题是这样的梦破灭了，某种程度就类似完全成了我们所说的黑暗一片，试想这换了谁不挣扎，不狂暴，不重新经历一次超乎生死的反应？在我的印象中，母亲这样的调整用了五六年的时间，抑或五六年的时间才让她从当初的那种悲痛欲绝的状态里出来，并让她放下了以前，让她似乎完全可以控制自己的情绪了。经历过这次生死的大痛之后，我看到的母亲就显得更沉稳了，这样的沉稳直到后来，我能看出就连我爷也对母亲似乎有了某种放心。因而在我爷离世前的那两年，我们家的气氛实际上已经基本恢复了父亲出事前的一种平和。有时这种东西我们只能感觉，无法量化，有些残缺的东西已经在那儿了，只是它离我们远了，不怎么影响我们眼前的一些事了。

　　有时候经历是什么？其实经历最后是让人始终都不要想过去，或者说让自己似乎就没有时间这么做，这样，人才可能一路看到的都只是看到的，都是很多东西无所谓变或没变。有时树大才能听到鸟鸣，听到各种叽叽喳喳的叫声。在我一个人养活全家人的那段日子，我就近似每天都能听到这样的叽喳声，我当时并不感到这是一种烦，而能感觉到的似乎倒像自己在听音乐，倒像自己以此便能感到四季的变化，也能更清楚地知道，自己工作的好和不好。这是什么？这其实就是一个男人该做的事。假如我听到了其中的某些抱怨，我就知道我可能在某些地方做得不够好。那段日子我为什么要不断给虚娃舅脸色？原因可以说只有一点，这就是他只要一来，一到我们家那么一串，我就能感到各种抱怨声就来了，就近似让大家又回到了很远的某些历史里。因而很多人可能对于我当时对他的态度有看法，甚至觉得我忘恩负义。我心里明白，如果我不对他忘恩负义，最后他可能就会将这个家给我搅得永无宁日，甚至再度让这个家支离破碎。因而我当时打的就是这样的病菌，就是这样一个近似瘟疫一样的家伙。

　　后来，母亲也似乎感觉我做得比较对，才不再听他对当年的一些事没完没了瞎叨叨。在我眼里，虚娃就像猴子的尾巴，你不时时打，就能翘到天上。

　　我不是一个习惯往后看的人，我知道人要往后最后是一种什么情景，最后它一定是埋葬你的墓地。后来其实说心里话，家人中我几乎谁都不操心，我操心的就是三弟。他最后会是一个什么结局，我事实上是能够看到的，但在母亲在世时，我对他实在是没有办法，他不求进取，再加上他老婆也这样，还被母亲那么像老母鸡似的护着。这样直到最后，直到我最后为他送葬时，我似乎才后悔当年自己怎么没有像对虚娃舅那样出重手，或许当时那样，老三也不会有今天这样的结局。当然，这也只是我事后的想法。我清楚推测永远只是推测，假设在更多时候也只是假设。就像当年母亲抱怨老爷，说都是他当初的决定才让自己男人去了西安，才最后犹如在那里变成了青烟。

　　我能感到给老三送葬，比当年给母亲送葬更使我悲痛和心碎。

四姨父

　　我是一个胆小的人，是一个见到血就可能会晕厥过去的人。因而我一生都谨慎，都不敢在任何地方冒头，似乎就是低头做自己的事，并且从来不在别的地方想入非非，情愿自己就是砖缝里的虫子，就是时间形成的生命本身。在过去的几十年，我见到和经历的东西太多了，或者说正是有些经历，让我越发在有些时候和地方不敢露头。我是家里最小的，他四姨也是，因而更多时候我们就是跟着前面人在什么地方走路，从他四姨姊妹几个看，她大姐和二姐家的经历和遭遇我们是一路看过来的，从某种角度他们似乎都是从当年的辉煌最后跌入了谷底，跌入了让人似乎都不敢看的状态。事实上，我们家的情况也如此，只是我自身恍惚没有感觉罢了，只是我们可能不再想这些了而已。我知道我的祖辈当年在外面生意也做得很大，甚至不亚于后来她二姐夫在外面的情况。但在我眼里那都是祖辈和上辈的事，用他四姨的话说，我们就是属鸡的命，我们就愿意在土里刨着吃。在她看来这样安生，也安稳，当然，至于到底是否安生和安稳，似乎我们也不清楚。我也知道每个家有每个家的情况，她二姐家之所以最后遭遇那么大那么多的波折，并不是由于别的，而是由于他们祖上是做官的，做官在好的时候好，但在不好的时候家里人所遭的罪可能是我们平常人家难以想象的。用百姓常说的，那是提着脑袋在刀尖上舔血的营生。我清楚我们家没有干这种事的基因和血统，我们就是平民，无论种地还是做生意，我们都似乎是在做分内的事，是不问政治的。后来我能看到她二姐夫最后也是这么做的，就是在家境败落和破落之后，就一心只想着养家糊口，而不再有别的想法。后来我看到她二姐夫一家最后到西安还转得不错，起码最后一个个还都安全，经过了那么大的劫难之后还都挺了过来。我们没有经受过那么大的劫难，或许因为我们原本就是小民。有时回想起和听老辈人讲他们家曾经的辉煌，再目睹了他们后来的各种变迁，我们都会胆战心惊，大气都不敢喘。

说起遭罪，我发现其实没有谁最后不在现实中遭罪，只是可能一家不知一家的难罢了。她大姐和大姐夫原来是什么样的人？但经过了那次近乎灭顶的打击后，他们仿佛都像变了个人似的。从某种角度大家最后都没有了任何想法和愿望，有的恍惚就是希望能安安生生地活下来。当然，从这些亲戚的整体看，似乎最后几乎都如履薄冰地在那个战乱的年代活了下来，但至于怎么活，又经历了多少苦难和苦痛，真的让人都不堪回首，或者说回首起来几乎每个人都会惊叹究竟是什么让自己在那么难的情况下挺了过来。我记得有一次和二姐夫谈起当年他们家的那些遭遇，二姐夫最后只说了一句话，我觉得似乎还是有道理的，他说人某些时候其实都是逼出来的。我相信他所说的是真的，正因为有这样的体验，我看二姐夫的时候似乎自己也觉得精神。

事实上，我有时候也想，人其实往往是什么时候说什么话，感觉似乎任何时候天都没有绝人之路。在他们很多人眼里都觉得我这个人好，我这个人似乎无论什么时候都勤快，不像大姐夫似乎不是蹲在什么地方抽烟，就是那么靠着墙壁晒太阳。其实，一度我也觉得是这样，看到大姐夫那样真的叫人急，后来我也明白了这样一个道理，就是每个人其实都活在一种梦想和希望里，大姐夫最后的希望在哪里？他没有后人，虽然最后也要了三姐的孩子，但这里没有血缘似乎总是个问题，总让他心里可能有点看似没有什么的什么。有时这真的没有办法，可能正是这样的缘故，人们才觉得大姐夫懒。实际上，我觉得这很可能只是人们内心的一种感觉，而并非事情的真实面目。后来我也觉得，没有经历过什么，说什么都只是说说而已。

　　如今我刚刚提及的那些人都相继过世了，这时候再回忆他们的某些曾经，我们能做的是最好什么都别说，我们真的没有资格评价他们中间的任何人。要说他们辉煌，他们可能都是辉煌的；要说他们凄苦，他们可能没有谁不凄苦。我现在和他四姨也都快八十岁的人了，我们现在的状况是什么？我们其实是没有状况，也就是说我们现在几乎就是和一群动物生活的。用二姐的大女儿的话说，你们这里都可以开动物园了。我想说她说得没有错，我们养了猫、狗、兔子、羊和很多鸡，我们觉得和它们在一起我们每天还有事干，还显得忙忙碌碌，显得我们这样才精神。三姐常说，你四姨和四姨父就是能干，就是命贱，就是有钱都不会花，就知道下死苦。她说得对还是不对，我不想说，我只知道我和他四姨确实都没有为钱犯过愁，也没有为吃借过人哪怕一升粮食。我和他四姨的最大共同点就是我们都觉得能让自己不停干活就是快乐的，就仿佛自己越活越年轻越精神。我想这些的时候，我养的那只猫就卧在我的脚下。我感觉这就不错。

三婶

　　我不是在做梦吧？那天他二婶和她的大女儿及老大跟前的我的小侄子到我这儿，我都不知道这是真的还是假的。我一边给他们拿暖壶倒水，一边嘴里还在说，你们这都是从哪里来？小侄子说，是二婶这次从新疆回老家，路过西安，说一定要过来看看。我当时都不知道该说和不该说什么，似乎吐了这么一句，我都快死的人了，还烦劳你们来看。他二婶说，不是上次那一别，这都小二十年没见了吗？我看着他二婶的大女儿说，这不是敏婕吗？他二婶说，是敏婕。我说，都这么大了。可不，她离开西安时才两岁多，现在她都四十好几了。他二婶说，现在你还好？我说就这样子，你们也看到了，现在四处都拆迁，我这不是也搬到这民房里来了。你们是怎么找到这儿的？他们说，是问了你妹子。我心说，也只能通过她才可能找到我。这时小侄子说，三婶就别忙了。我看了他一眼说，没有事。真想不到你们能来，而且还能找到这里。你们看到了，就这么个地方。他二婶说，那这么说咱们以前住的院子都拆了？我说，何止我们住的院子，整条街都拆得光光的。他二婶的女儿说，那你一个人住到这儿成吗？我说，成不成有什么办法？谁能想到老了老了，还摊上这么一档子事儿。

好长一段时间后我才感到自己这不是在梦里。他二婶问，你现在还这么一个人过？我说到现在还能怎么样？他二婶说，我看你的腿脚都不便利了，这买东西买菜可怎么办？我说，有时是敏予过来给我捎点菜和别的吃的。他二婶的大女儿说，那还可以，起码你吃东西先不发愁了。我说，我这都是快死的人了。后来我问他们，他二叔还好？他二婶回答说，还可以。我说，那就好。

他们走后，我心说很多事真是不敢让人想，很多事都犹如在梦里，很多东西和景象都在时光中飘。在这种情况下很多事构成了想象中的不敢想象，很多事又形成了不敢想象中的想象。我们这都是怎么了，还是我们原本都没有怎么？从我现在的情况讲，我几乎什么都不想了，尤其从我那死鬼男人走后，我更是将许多事看得越来越淡，甚至这种淡就像我原本什么都没有经历过，或者说我原本就是这个样子。有时候我从很多人的眼神中觉得自己可能很可怜，其实我可怜不可怜我自己知道。我不像我那死鬼那么想不开，可能很多人不知道，我这人什么日子都能过。我知道我自从到这个家，可以说几乎没有过过特别苦的日子，这倒不是因为别的，就因为家里的老太太，她几乎一路都在护着我们两口子。这点不仅他们每个人看得到，我们其实也清楚。可是，这能怪我们吗？老太太喜欢谁不喜欢谁，照顾和不照顾谁，也不是我们能说了算的。当然，自老太太得病离开西安回老家后，我们其实马上就感到日子不如从前了，不仅仅是物质上的，更多可能还是心理和精神的。很明显的一点是，老太太在，仿佛什么都在，而老太太一离开，一切的一切似乎就四散了。人常说，石头离开山就硬了，但人们似乎忘了也有石头离开山便风化了，便立刻成了粉末。我男人可能就属于后者，他没有能够在这种变化中支撑过去，就那么瘫软、倒下，最后就那么早早被埋了。试想，对于这样的结果我能说什么？我只能什么也不说，我只能这么默默活着。这里我要说不是我无情，是因为有些东西我们没有谁能够改变。可能他们很多人都觉得我这个女人坏，我这个女人就是在背后撺掇着我男人，让他那么一路怎么怎么。这真是天大的委屈，其实，他们也不想想，那么多人都觉得管不住的人、管不了的事，我一个弱女子就能管得了吗？

　　后来，在老太太死后，在我男人死后，我一个孤老婆子之所以还能撑着那么往下活，有些时候我也不知道是为了什么。或许我这人属于前半辈子享福，后半辈子受罪的。如果真是这样我也认了。我其实一直都不是一个多事和多言的人，更多时候也就是该做什么做什么，没有什么做的我便那么静静地坐着。这样他们可能就觉得我懒。我也承认我这人在有些地方确实懒，比如做针线，我就没那耐性，因而他们看到我的时候我似乎总是那么两手吊着。

　　也不完全是我不做，还有一个原因，老太太干这些活确实干得好，我们也就没有人敢在她面前献丑。何况从老家到城市以后，要做的针线活更少，这样闲不仅是我一个人闲，可以说是大家都闲。再比如当时一大家子在一起，大家做饭，我前面总有两个嫂子，这样有些时候并不是我不干，或不会干，而是我连插手的机会都没有。但后来，大家之间有了矛盾，似乎当初根本就不是事的事最后也成了事，最后似乎屁大点事，都可能被搞得让人觉得整个家都乌烟瘴气。

　　我从不否认老大和老大媳妇对这个家的付出和贡献，但有些事到后来，我们真的也是长多少张嘴都说不清。有时委屈构成的委屈便不是委屈了。我现在就是这样的，就是这么什么都不想地死撑。我发现有些时候大家什么都没有的时候日子似乎还好过，比如在家里不断遭遇灾难的时候，我们都撑了过来，但日子好了，问题反而多了，一切问题反倒都出来了。我现在其实又遇到了这样的情况，这样的一种近乎前后左右都为难的事，这事不是别的，其实就是此次拆迁暴露和显现出来的：一边是我的妹子想要，一边是我的女儿，这似乎又将我推到了一个难受的境地。

他二婶他们来的时候，我其实正在为这事苦恼，为这事经历着再次的内心折磨。我此刻隐约有了这样的一种感觉，很多事情仿佛从开始就预知到了它的结果。我现在虽然不敢说我来到这个家原本就是一个错误，但我已经发现有些事似乎从开始就是错的，但随着岁月的流逝，它似乎已经成了几乎没有谁能够改变的一条线路。

死亡让一切合理，又让一切从另一个角度看似乎成了不合理。记得那天我送他们的时候，我似乎又觉得自己处在了梦中。

大姨

我和我们，这是一个很有意思的说法，怎么都像一种游戏中的游戏。我知道死亡最终会像收麦子一样将我们每个人收去，这是没有谁能逃脱的最终结局。这一点我并不是今天才想到的，在家里出现那些死骡子和死马的当日就想到了，想到了我们最后也会一个个走上这样的路。特别是后来，经历了自己孩子的夭折，经历了连年不断的战乱，似乎最后那些认识或不认识的都被以各种方式收去了。有了这样的一种感觉和感受，很多人都觉得我的话不多了，都觉得我性格大变。事实上，我还是我，我更明白我们所谓的生其实将要面对的都是死。当然，也有人说，我这个当大姐的怎么看都有个大姐的样子，恍惚在日子好过的时候这样，在日子不好过的时候也如此。我想说其实我们某些时候似乎只有在不希望什么的时候才在某种希望里，才在自己的本分和本质里。我就是这么活着的，这么平平常常，这么每天几乎都在自己的院子和地里忙着，除此我不喜欢到别的地方，除此我觉得哪里都和我无关，哪里都是陌生景象。二妹无论从西安来，还是在他们家的那段非常时期和岁月，我这里都是她和她的家人的另一去处。在我眼中，人都是有线路的，而且这样的线路有时也近似构成了我的线路。从某种角度讲，或者说从我们姊妹几个看，我们两家都是遭遇过大难的，不同的是，我们家遭遇大难之后表现出的是大静，是类似什么都没有发生的情况，仿佛很多东西和没有发生大难前没有什么区别，仿佛一切都在按部就班、有条不紊地继续。而二妹家的情况就不一样了，仿佛大难之后呈现的始终都是大动，是近乎树倒猢狲散的状况，是大家似乎四处逃命的情景。内含的意思是，在这种时候他们什么都不管，而是先逃，而且并不是让体力和能力弱的先跑，而是让能力、体力和精力最强的人先跑。据我所知，他们家最先跑出去的就是二妹夫，他当时可是那个家庭里的最强劳力，但倒是他先跑了，后来听说是去了西安，后来则是他的另外两个兄弟。这在一般庄户人眼里似乎难以理解，可是这样的情形反常吗？我想说在当时其实并不反常，因为那时候可以说已经兵荒马乱，是很多人都想找个地缝那么钻进去的环境。问题的实质，其实不在别的，而在他们出去后干什么，是单纯地逃命，还是除了逃命之外还能给一家人找一个更好的落脚和生活处？从后来的情况看，显然是后者，显然是他们先抛弃一切再重新开始的感觉。其实就我能想到的，无论是我们后来的静，还是二妹家出现的大动，有一点是共同的，那就是都是为了性命能免于像庄稼那样被收割。

我听很多人对我讲，他们说二妹家这么做实在有点可惜，真不知道他们最后怎能舍得那么大的家业就远走他乡，难道不觉得可惜？我心说能说这话的人其实相当程度都没有真正经历过生死考验，经历过的人才知道在最关键的时候该舍掉什么，又该留下什么。当然，很多时候舍还要在关键时候有的舍，否则可能就只有以命相搏。

我没有文化，但有些时候我也在琢磨，我们在某些时候其实都是在相互依托着存在，尤其在某些情况不好的时候更该如此。经历过大灾才能理解大灾时我们该如何做事。我们家当初经历的那次致命打击是怎么过来的，我们心里也清楚，是二妹和她婆婆的妹子家帮我们渡过了那道难关。从那一刻起，我们其实就有了日后报答的想法。后来我们也确实有机会报答二妹一家，后来二妹夫也不止一次讲，有什么困难就说、就讲，只要我能办到的绝不含糊。我和他姨父心里也明白他们确实没有亏待过我们，我们在任何时候也都是用心对他们的。

这些我心里都知道，有时我之所以不说，就是觉得只有这样，我们才能够有彼此，有在这种默默中的自己和他人。二妹的婆婆走的时候我之所以要去，而且还同他姨父一同去，是因为我觉得我们不仅该去，而且我对这个经历可以说不一般的长者很是敬重。在有些人眼里可能看到的只是她享的福不少，但可能还没有人清楚她当年遭过的罪更大，有的罪大得可能让一般人难以理解和难以想象。我就听说，她当时都那么一把年纪了，每天还被挂着牌子在扫大街，就是在那样的情形下，她都没有倒下，她都那么挺着。

记得那天我跪在她的灵前给她烧纸的那一刻，我想起她当年住在地窖里、住在别人家布满灰尘的阁楼上过活的场景。后来在我们回去的路上，我还对他大姨父说，二妹的婆婆可真是什么福都能享，什么罪也都能受的人。他大姨父说，这我知道。

二叔

那年我们老弟兄俩一同回老家，在老家我们见了很多人。我感到大哥很开心，但某些时候他的脸上也显出一丝凝重。每逢这种时候我都知道他可能又想起了我们的老三。我能感到痛心和开心有时是相连的。我们兄弟自打离开老家，再也没有结伴回去过，作为大哥这些年可能自己回去过，但都是形只影单，去办些非办不可的事，比如那年将母亲在老家安排住下，再比如为母亲送葬。我们离开时年龄都小，因而和老家人的熟悉程度都有限，加上几十年都没有回去过，对老家的人和事有了一种陌生。然而这次我们兄弟能一同回去，说实在的，不仅我哥高兴，我也高兴，假如说老三现在还在世，那么我们兄弟三人一同出现在老家，那应该更是一种很壮观的感觉。我们不是回去光宗耀祖，我们当时只是感觉能在几十年岁月流逝之后，再回到我们儿时生活的土地，是一种幸福和幸运。那次回去我们第一件事就是到母亲坟前祭拜。母亲离世时我没有回来，这次能来到坟前，也算对当年遗憾的一种补偿。

实际上，三弟的离世不仅让大哥难受，我其实也为他伤心。他这辈子可以说经历的苦难并不比我和大哥少，或许从表面上他得到了母亲更多的爱和眷顾，但事实上我们能看到他内心的一种难以言表的苦。至于这种苦是什么，就是他在某些时候并没有我和我哥自由。有时我感到被人爱和照顾其实是一种负担，而且很多时候可能还是一种重负，一种无形的枷锁。我不敢说这样的枷锁究竟来自母爱，还是来自他的婚姻，但无论来自这当中的哪方面都是一种苦闷，而且有些苦闷还不能说，只能那么默默忍受和承受，直到有一天被彻底压垮。

我能够感到三弟最后的苦闷是双重的，一面来自母亲无微不至的关心，一面肯定来自他的婚姻。老三结婚几十年一直没有生育，到底是什么原因似乎一直都是秘密，都是隐私。有隐私自然就有隐痛。这样的滋味我尝过，那在一定时候简直会像山一样压着你。我曾经也在这样的一种重压下，这种重压让我几乎崩溃。当然，现在到了这把年纪我就什么都敢说了，我现在的夫人，也是他们的二婶，其实并不是我的原配，我的原配和我也是没有子女，说来我们在一起也二十来年了，但后来我还是毅然决然地和她离了婚。要知道当时来自各方面的阻力有多大，不说我们两个人自己，就是她们妯娌三个之间的情分和感情也是很大的阻力。在我的原配离开家时她们几个听说几乎都哭成了泪人，听说泣不成声的还有我哥的女儿。我知道感情到这时候几乎都已经成了亲情，似乎怎么割舍都痛都难受。好在我当时不在西安，在新疆，我才没有目睹那让人心碎的一幕。这里老实说我的原配和我之间并不是没有感情，想想当年家里经历了那么多事，她都一路跟着，并且忍受着，而且家里几乎每个人对她的印象都不错。她是一个性格特别开朗的女人，即使在我们家最黑暗和难过的日子，也常常因为有她在，整个气氛都好了起来。但谁也想不到我们的婚姻最后会走不到头。后来我想究竟是什么让我、让老三都没有能生育？是我们自己的问题，还是战争让女人、让一切都紊乱了？

最后我的体会是没有安定的生活,一切可能都无法谈及。战争让一切死亡。想到这儿,我想说我真的厌恶一切战争。

和大哥从母亲的墓地回来,我感到走到了某种熟悉中,走到了许多许多年前的岁月里。就像葬埋我爷的那段日子,抑或比这更远。此时所有能想象到的东西都重叠到了这里,都那么在飘、在流,都沉溺在某种感受里。人走到最后会是一个什么情况?事实上一切既像繁花似锦,又类似恍若隔世。我们轻轻地走在这里,我们又很是显眼地走在这里。我们当时是由一位堂兄陪着,恍惚这中间便有了不同的色彩,有了各自不同的感受。我有时喜欢我哥和敬重我哥,是因为他到最后似乎能将一切东西都放下,包括恩怨,包括各种委屈。我后来发现我也能,不过可能在早期做得没有大哥好。那次回去之后,好玩的就在我看到大哥似乎又在捡拾和收集一些家中的旧物,诸如我们家人用过的一些东西,诸如我家老爷曾留下的字、笔筒,他都收集到一些。那些东西在老家人眼里并不值钱,也无用,恍惚被统称为死神子之类。后来我们花了少许的钱买下了一些,我看到我哥似乎如获至宝,老脸在拿到那些东西时都如同开了花一般。

感情往往构成的是无情,而无情又似乎构成的是有情。我们当年出去的时候都抱着哪里黄土不埋人的想法,但此次重新踏上故土似乎感觉还是有点不同。当年我们出去那么多人,如今真正谈得上落叶归根的是母亲,可能除了母亲我们剩下的都不可能做到落叶归根了。大哥拿到那些收集来的东西说,其实我也没有什么,就是最后在一些时候有个念想。我想历史能剩下和剩不下的,最后也就大哥手里拿的那点了。有历史才有记忆,有记忆有些东西似乎才离我们每个人并不远。那天我们一起在堂兄家的院子吃饭,就仿佛我们从来都没有离开过脚下的这块土地,尤其是拿那粗布手巾洗脸的时候,更是让我像回到了从前,回到了当年我只有三五岁的岁月里。

要是……堂兄说。我知道当时堂兄也很感慨,并且想说要是当初没有发生那么多的事,今天又会如何如何。我知道这是一种良好的愿望和心愿,但是现实有时候往往是看不到以后的,如果看到那人就不是人,就是神,就是我们脚下随便什么了。

从当年到当年,从现在到现在,那天我们似乎要说的话很多,似乎到处都是头绪，到处都是线头，都是我们要说和想说的话。堂兄知道我现在在新疆，在乌鲁木齐，他笑着说，最后还是你的腿长。我笑着说，不是腿长，是罪大。这时候我看到大家都笑了。堂兄的媳妇、我的老嫂子说，几十年过去了，老二的性格似乎还是没有变，还是那么说起话来总让人听着顺耳。我说假如不那样，我当年就不知道要多挨多少打。大家又是一阵笑，只有我哥拿着那些宝贝东西在看，在端详，感觉像在研究什么。

那天我们都看到了一种远和一种近，一种历史的远和现实的近，感觉怎么都像在阅读着什么，感觉我们都像回到了当年能想到的各个地方和阶段。这时我的那位堂兄老嫂子又说，听我们爹娘说，你家老爷当年是何等威风，又是何等尊严。我说，那都是过去了，甚至都是曾经之中的曾经。

听说你现在也当经理了？我说，什么经理不经理的，都只是为人服务。

石头下还有石头，这时只见大哥拿了一个收集来的食盒说，看到没有，这个盖子上的字还是我写的，是当年咱爷手把手教我写的，上面是咱们村子的名，还有我的名。我看到字似乎是用金粉写的，而且是篆字。老嫂子也伸过头来看，说，我怎么一个字都不认得？我说，不仅你不认得，我也不认得，我只是根据内容在想。有时我们人真的说不清在时间的哪面。我再看大哥，似乎感觉他现在越来越像孩子。

虚娃

我知道自己不久于人世是那天我的裤带掉了我都不知道捡。怎么会这样？我想。但事实就这样。我听说人老了就这样，人老了并不是没有了意识，而是没有了体力。我能感到我的油箱里没有油了，似乎就剩下一些沉渣，一些不知道是尿还是水的东西。我曾经听说人到了这种时候天眼就开了。我不知道天眼是什么，但我现在已经知道自己就这一天两天的光景了。我当时是上厕所解大手发现这点的，发现自己连裤带都捡不起来了。我究竟是一个什么姿势，我自己都不知道，后来还是我的一个亲戚发现了我，并将我弄到了屋子，让我躺到了炕上，用别人的话说就是将我弄到了我平时卧的狗窝里。我想人到了这种时候都可能有点像狗，怎么看都有气无力，睁着眼睛和闭上眼睛都没有了区别。我姐病重期间我也好几次去看她，尤其到最后似乎就是那个样子。我当时还想，怎么原来那么刚强的女人如今变成了这个死猫一般的样子？我心里还想她这不是在装吧？她这不是也像她的儿子当年一样怕我来吃她的吧？当时照顾她的是两个女人，一个是我的大外甥孙女，一个是她的二儿媳妇。我看到大外甥孙女带着自己的一女一儿，老二媳妇带着自己的两个光葫芦。我每次去那里，两个晚辈都没有什么，似乎看上去还挺高兴，一个叫我老舅，一个叫我舅，让我感觉好像从来没有受到过这样的礼遇和欢迎。我知道我这人似乎一辈子都是属狗的，都这么时常能感到环境的细微变化。因而当我听到这一声一声的叫，我的那尾巴便摇了起来，并且我自己都能感到摇得那么阳光，那么光鲜，那么有滋有味。但到了我姐面前，我的那尾巴似乎条件反射似的就耷拉下来了。这让我感到谁怕谁似乎是天生的，似乎是一辈子都难以打开的锁。记得我开始几次去看她，她会淡淡地说那么一句，来了。我赶忙点头，说自己今天刚好路过这儿，就过来看看姐姐。然后她会礼节性地说，那就找个凳子坐。

到了后来，到了她病危，也可以说天眼快开的那段时日，我每次去她似乎连句话都没有了，感觉像拿眼睛在看我，又不像看我。有时我会凑过去说，姐姐你不认识我了？我可是虚娃。但我姐还是那么用眼睛看我又没有看我似的不吭气。这时候大外甥孙女便会过来说，老舅，我奶这可能是累了，还是让她休息休息吧，你就上外面坐，等一会儿饭就好了。我从屋里出来往往会说，饭就不吃了，喝口水就行，一路上紧赶慢赶倒真是有点渴了。每当我说完这话，两个女人几乎同时会说，什么叫喝口水就行，你都这么大年纪了，吃能吃多少？就是再怎么，也不缺你那一口。每次听到这话，我都能感到好像有块石子掉到了我胃里，让我感到实在多了，也仿佛这时候才感到自己的屁股真正落地。这样我一边喝水，一边和那几个孩子玩，一边观察饭做到什么程度了。我知道他们家的饭再差都比别的地方的饭好。我在这儿已经吃过好多次，每次都让我不仅吃得饱，还吃得滋润，仿佛参加村里人家的婚宴，说实话，当时的婚宴都没有在这里吃得好。

当然，有时候我也觉得自己挺好笑，挺让人感到那个的。但有什么办法？我生来就这样，就这么一副狗性。更明白地说，无论什么时候，只要让我能吃到东西，我做什么都成，无论你老脸、小脸，无论你丑还是不丑，我都会那么一个劲地舔，甚至你指到哪儿我就会舔到哪儿，直到舔得你手脚发木，骨头发软、发酥，舒服得昏昏欲睡，犹如腾云驾雾。这时候可以说我这条狗便成了你的座上宾，我们也都得到了自己想要的。

人有时候不服老不行，但我现在才发现不服老似乎容易，只要你的油箱中还有油就没有什么问题。但假如就像我现在的样子，连掉了的裤带都已经捡不起来，那么这其实便已经不是一个服老不服老的问题，而近乎成了你服死不服死得死的问题。

我被我的那位亲戚弄到炕上之后，后来清醒过来，我就明白我这条老狗算是要和这个世界说再见了。想到这儿，或者意识到这点之后，我仿佛才感到自己走过了怎样的路，我的每个时间点都在什么位置。这时候我忽然想起那年我说自己到新疆，到新疆去见我那当年的黑女子时，见到我那小外甥孙的情况。我那时感觉到的是自己不服老，也许正是那种不服，让我的那小外甥孙觉得我似乎像小丑，像只老兔子。我能看出我当时让他很开心，让他觉得我的这只老葫芦里似乎充满各种宝物。我清楚地记得那天他用很是迷惑的眼神问我，什么是虚娃他爸的婆娘？我记得我告诉他说，你就别问那么多，我叫你写什么你就写什么。他当时还抓了抓自己的头，嘴里依旧嘟囔，你妈叫什么就是什么，还什么虚娃他爸的老婆，怎么这么别扭。我当时心说，小小年纪还知道什么叫别扭，我这是暗暗提醒你，以后比这还要别扭的事多了，这样的别扭说白了只是玩笑，真正别扭的事最后是会要你那小胳膊小腿，搞不好还会要你小命。从另一方面我是在提醒他，不要忘了你爷，甚至你老爷，就是由于当初没有绕开这个看似别扭的弯，最后让这个家经历了千回百转的变化。这其中的代价多大，这其中的损失多惨，最后将多少人的青春年华、将多少人的生命给搭了进去。

现在我也不清楚我的这些没有直接说出的话最后他能不能领悟，但要我给这个世界留一句自己的话，我只说这样一句，就是人性即狗性。别的没有了，别的就是世界本身。后来，我记得我用最后的气力告诉我那位最后在我身边的亲戚，我要他到我大外甥孙女的村子去一趟，把我走了的消息告诉她就行。后来我不知道我的这位亲戚将话捎去了没有。

三姨父

我知道我很老实，也知道我孩子多，有时这对人形成的重压，似乎让你在很多地方都难以抬头。当初也不知道是怎么回事，我和孩子他妈就那么一股脑儿生了起来，这一生似乎就有点收不住，就生了四男三女，就像羊下崽。开始我们都还挺高兴，甚至觉得这比干什么都有意思，但后来发现似乎有点不对，尤其眼看他们那么一天天长大，就像我们带的是一窝猪娃。每天他们就那么拱你，拱得你浑身疼，尤其是拱不出吃的，一个个就开始哭，开始哼唧，这种疼就不是别的疼，而是心疼。那是一种什么滋味，真让你不好说。有时看到那些孩子少的和没有孩子的家很羡慕我们，我更是不知说什么好，他们其实不知道，他们羡慕我的同时，我又是怎样地羡慕他们，感觉他们活得那才叫滋润，那才叫一种人过的生活。当然，有时我也听到这样的话，听到有人这么讲：这叫什么，这其实就叫越穷越能生，越穷倒生得越欢，仿佛这就是他们能做的事。听到这样的话我能说什么，我只能是什么都不说，感觉就像谁让自己干了这种近乎见不得人的事。为了不看别人的脸，不听别人这样的话，我每天几乎都在劳作，都在以这样的方式尽量少和人接触。

和我们的情况不同，甚至正好相反的是，他大姨没有孩子，他四姨孩子也少。他们似乎看我们觉得不错，觉得这么一窝子在一起挺热闹，而他们似乎少了这样的一种看着热烈的气氛。这真叫一家不知一家的难。我们有时自己都不敢出门，但有些时候不出门似乎不成，出门后便有人说我们就像带了一窝狼。他大姨不这样说，但他四姨便不一样了，似乎我们去一次她就会这么说一次。诚然，有时亲了也就不在意了，大家听了这样的话都"嘿嘿"那么一笑了事。似乎最后大家该怎么还怎么，尤其我那一窝子更是不管这些，他们只要一见有吃的，似乎一个个都那么快乐。这阵势让我想到什么？想到的便是养猪容易，养人难。我们这帮子很多时候在家就像人们所说的稀脏水吊猪娃。我们常看到的情景就是这样，这样的喂养是哄不了人的，更哄不了那些长身体的孩子的。我们常看到的情况是，好不容易准备的饭吃完了，而那一张张小猪一样的脸还那么仰着，有的大哭起来，有的则是那种无奈和无望。因而家里的孩子似乎都喜欢带他们出门，带他们到别人家去，那样他们无论吃什么都能吃饱。

有时这对人形成一种重，那简直不是一般的重，而是那种会将你骨头压碎的重，那种似乎越是挣扎越会让你受不了的折磨。我有时也跟孩他妈抱怨，但她就那么一句，你怨谁？你是男人，哪次不是你主动？现在你受不了了，当初干什么去了？如今我还没有说什么，你倒先来了。我说，当初我们怎么谁也没想到孩子多了并不是好事？孩子他妈说，我们没有想到，你爹你妈该能想到吧？他们怎么不提醒我们？不仅不提醒，还每次生下一个高兴一个，还夸口说，你们都不用操心，到时候你们管不了我们会照顾，最后呢？照顾了吗？到最后两人几乎同一年先后蹬腿归天。你倒说我冤不冤，难道这倒是给我家生的孩子？我都一肚子苦水，没地方咽，没地方吐，你现在倒反过来抱怨起我了。你难道看不出我在我们姊妹面前都委屈成什么了？你如今倒猪八戒倒打一耙。说完她竟坐在院子里大哭起来，那哭声就像母狼一样，充满了凄厉和瘆人。通过那次我才感到这个外表刚强的孩子他妈，肚子里有着怎样的苦。从那以后我再没有对她有过一句抱怨，而且我告诉她，今后为了孩子和这个家，自己就是累死也不会再吭一声。

当然，我嘴上这么说，心里也明白要真正养活并把这些孩子养大成人，那不只是嘴上说的那么简单，那受的累简直可以说比牲口还牲口。很多事不比较可能看不出什么，一比较就能清楚地看到高矮，看到大家和小家的区别有多大。有时我也能看到，人家可能就是座山的底子，而我们就是一个小粪堆的场景。有时我想大姐家遭了那么大的难，二姐家遭了那么大的劫，四妹家其实也受到了相当大的冲击，但人家的日子似乎怎么都比我们家强得多。人家很多时候的苦是精神的，而不是吃饭问题。用后来我的感受，我们其实才叫贫困，人家那只是痛苦，不存在要命一说，而我们家似乎就不同，稍稍有点闪失那是会死人的。想到这儿,我才发觉自己不老实都由不了自己,或者在一些地方想说话都不知从哪儿说起。因而很多时候我们在一起,我只是抽抽烟,或者只是偶尔那么咧着嘴笑笑。

这时我才感到人和人是不同的,抑或正是这中间的不同,才让我们最后将有些东西看得更清,或者说让有些东西形成一种景象。后来我的那些孩子都一个个大了,我才感到自己的腰渐渐直了起来,但这种直只是体力上的,而不是心理上的。我记得就在前两年,他舅离开了人世,那时他可能刚刚相继给他的老大和老二成了亲,不知是累的还是怎么,短短半年的时间不到,他就走了。也是在那一年的春上,我给我的老大也成了家。他舅离开人世时他的小儿子还小,因而他舅下葬的时候人们都觉得他怪可怜的。当时看到这一幕,我的心也那么一紧,我不知道我的身体能不能撑到把我手里的事情做完。说实在的,我当时心里便没有底。记得当天晚上我就没有睡好,就为自己的身体担心起来。

孩子他妈似乎感觉到了什么,她说了一句,不要胡思乱想了。可事实是到了第二年我就真的不行了,记得那天似乎好好的,但一口血便吐了出来。这让一家人都慌了,都手忙脚乱,最后我似乎听到哭声一片。可能最后还是孩子他妈喊了一嗓子,都给我停住!你爸还没有死呢,都给我号个什么劲?后来我被他们送到了医院,几天后我竟然出院了。医生说,都是劳累的,以后回到家要静养,决不能再干重活了。我心说这怎么行?我们家可不同别人家,哪有什么都不干就那么静养的条件?后来两个小儿子都说他们不上学了,他们帮家里干活。开始我和他母亲都反对,还有上面的老大和老二,但后来老三还是说什么都不上了,我记得他那年好像刚刚虚岁十五。但不论他们如何努力,无论我如何静养,我都能感到自己的身子一天天瘦下来。一天,我听见他们在谈给我准备老衣和棺材,后来我听到的便是低低的抽泣声。这让我自己都有点不寒而栗。

我当时自言自语了一声,人怎么就像是纸糊的?

二姐

  我当时怎么就那么笨，竟没有找到母亲所在的病房，然后又跑回家，看家里门锁着，我就预感事情不好。我真不知道这究竟是怎么了，我难道就命中注定见不到母亲最后一面，见不到亲人的最后一面？在我的印象中，我这都不是第一次了。当年三叔不在的时候我不在西安；后来父亲住院那么长时间，我几乎天天都守着他，但就这样我还是没有见到他最后的那面；这次又是母亲。那天我心里就预感不好，因而一大早就从家里出门过来，谁知家门锁着，我就更感到事情不妙，就赶紧往医院跑，到了那家近点的医院没有，我便直接到了母亲住院的那家医院，都到了住院部，结果怎么就是没找到，谁知道母亲这次住的地方不是上次的地方，上次就住在内科，而这次住的则是内2科，这真是阴差阳错，真是老天不让我见母亲最后一面。我真想不通这究竟是怎么了，难道他们都商量好的不愿让我见他们最后一面不成？那天我弟听着我的哭诉说，事情都过去了，其实见不见最后一面也没什么，并不是生前你对她不好。但我的眼泪还是在流，我嘴里还是唠叨、抱怨，说母亲你怎么这么心狠，我们不管怎么母女一场，连见你最后一面的机会都不给我。

  这些年真不知道究竟怎么了，就这十几年多少亲人都一个个走了。就我能记起来的，先是我奶，再是我舅，再是我三叔和三姨父，再是大姨、大姨父，再就是我父亲，这次便是母亲。这时我真的都无法从这中间理出什么了，我只感到人怎么在世上都这么可怜，一个个最后都要走这步？后来大姐说了一句话，我似乎才琢磨出为什么。大姐说，假如人都不死，这个地球上的人不都压起了摞摞？大姐的话差点让我笑出了声。我说，大姐，怎么什么话到你嘴里都轻松了？大姐看了看我说，这样的事我实在经历得太多，我经过的那些死去的人要是排起来比你记得的长多了，还能排到咱老爷那辈儿，甚至还往上。你真敢这么排吗？要是这样排，那你想你到了什么地方？我说不是我要这么想，而是出现这样的事感情上实在接受不了，也就不由会想起那些死去的亲人。我姐又说，你也不想想，这个世界有谁不是父母生的？都像你这么受不了，都想那么一同跟父母去，那世界到今天还有人吗？我看到你现在的样子，这么一副寻死觅活的样子真的都懒得跟你说话。我当时回了大姐一句，那咱就别说话了。

大姐说，生死都自然，有时就像是排队。对大姐的话我还是不理解，这怎么听上去显得那么无情，有点将人不当什么的感觉。后来大姐说，你其实还是经历得少，我告诉你，谁的父母不在了，做儿女的都难受，但我要说的是，没有一个悲伤死的，要那样才是对父母的大不孝和大不敬。试想一个孩子长大容易吗？不容易，而且不是一般的不容易，而是太不容易，这种不容易似乎只有你做了父母才知道。没有孩子的时候没有感觉，当有了孩子后，那你就能体味那是一种怎样的累。有时对父母来说，那叫一个真的没有办法，似乎很多事就那么压着你、逼着你，让你不得不往前。其实不要说咱妈，就说咱奶，她当初要不是有咱爹兄弟三个儿子，我想她可能也不会遭那么大的罪，遭那么多的难。要知道做父母的，尤其做母亲的，每个孩子都是自己的心头肉，这就像牲口被套在了车上，这辈子都有你操不完的心、受不完的罪，直到有一天死掉了事。你知道我的娃多，你都不知道那受的是什么罪。有时你想着过了这段可能就好了，但实际上远没有你想象的那么简单，我现在都能感到我最后非死到这些孩子手上不可。你别笑，我说，我真的听不懂，我现在也有孩子，怎么没你说的那种可怕的感觉？这是你只有一个，而且现在还小，等再大点，你就体会到那滋味好受不好受了。

我对大姐的话宛如傻子一般摇摇头。后来大姐又说，你可能现在看到的是咱妈这辈子受了多少苦，但你还不知道每个当妈的几乎都一样。这就是为什么人常说，人没有了妈就可怜了。道理不在别的，道理就在一般当妈的在任何时候都会首先替她的孩子想，而做父亲的可能就不是这样了，就可能在有些时候舍得下孩子。

我不知道这是在上一节什么课，但我还是回想起死去的那些人都觉得他们怪可怜的。大姐又说，你如果仔细看看，就是在大街上那么随便扫一眼，你说哪个人不可怜？不都是在为生活奔忙，你能说人家都不可怜？我又笑了笑说，我常常就是这样，就是这么觉得人似乎都怪可怜的。

听我弟说母亲走得实在太急、太仓促，似乎就那么一会儿的工夫，感觉就是一分钟前还好好的在说话，一分钟后人就过去了。这真是所有急赶到一起了。又听说这次母亲住院似乎并不是像前两次我们叫她上医院她都不去，这次倒是母亲自己主动提出要上医院给她看病的。这在我母亲这儿便有点反常，同样有一种不祥的预感。后来我才发现似乎看到了死才看到了更多，看到了某些更深透的什么。我知道在我们姊妹几个中，我和母亲待在一起的时间不算最长，但在我还没有成家前，我几乎二十多年都没怎么离开她身边，即使成家之后，我几乎每个礼拜至少回来一次到两次。因而母亲的去世，让我着实有一种在这个城市没有了家、没有了依靠的感觉。这难道是真的吗？就是那天从火葬场回来的路上，我还不止一次这么问自己。

如今我都退休了，我的女儿也不时对我讲，你把你的身体照顾好就行了，你看你现在还能干什么？只要你好好的不给人添乱，我就阿弥陀佛了。我有时听到女儿的话，也自觉不自觉到镜子前照照，我看到的自己真的老了。我有时也会纳闷，到底怎么回事，怎么我还没有感觉，时光就把我推到了现在？

我哥

世界没有早知道，早知道就不叫世界了。我之所以说这样的话，是因为我怎么都不会想到我大学毕业后会给分配到那么一个山洼洼里，后来我一气之下回了老家，后来在老家又感觉受不了，又鬼使神差似的再回去。这一绕两绕，后来又调回了西安。我都觉得莫名其妙，我都觉得自己怎么就像只鸟似的这么来来回回在不同的地方飞和落。当然，这里我只能说我运气好，说我总体上还是有福的。我后来总结的是，人有时候要顺应，有时候要有像鸟一样的感受，这样人才能构成一种轻，一种什么都有，又似乎什么都无的状况。我就是这样过来的，尤其在那山沟沟的十五年，更是让我练就了这样一种内力和功力，这就是既来之则安之，这就是在任何时候就当自己什么都不是，就当自己和这个世界早没了关系。这话可能说起来简单，但是做起来就难了。在我看来，必须有外界条件约束，比如我在那山沟沟里，对西安家里的一些事操心也没有用，操心也是白操心，甚至还自寻烦恼。后来也许是习惯了，也许是将自己真不当回事了，时间也像过得快了起来，一年一年犹如眨眼而过。我以前可以说也充满了很多苦恼，总觉得我怎么这么倒霉，怎么全班那么多人就我一个人分配到了这么个偏远的地方，这么个听都没听说过的地方？我心说这先不说对得起和对不起谁，首先自己都无法开口。上了大学，结果分到了这么个鬼地方，早知道这样当年中学毕业就不上了，就找个随便什么工作算了，那样无论如何起码还能保证一家人在一起，也算图了一头。但后来发现事已至此，再说什么有用吗？何况，后来的那么一番折腾，也算让我有了教训，让我知道了世界原本是怎么回事。我的体会是，人无论在什么地方心安了，很多东西自然就滋润了，就有了感觉。有时在那样的一个山洼洼我的体会是锻炼人，其实最锻炼人的便是耐性，是很多时候默默中的那种冷静。当然，在那鬼地方你没有耐性又能怎么样？很多时候就你一个人那么在什么地方，尤其是冬天的时候，那简直就是一天一天一个人都见不到。当然，我在的是粮站，首先不缺吃，就是真的没粮了，随便哪个角落扫扫也能吃上十天半月。冷吗？也不冷，每天都炉火烧得旺旺的。要说真缺什么的话就是缺新鲜蔬菜吃，肉不缺、酒不缺、乳制品不缺。要说什么最多、最不缺，我可能会说就是孤独。有时孤独得实在没有办法，数米粒的心思都有。

这就是不同的环境有不同的感觉，在那里的时候似乎让人觉得世界最缺的是人，但回到西安后，发现似乎什么都缺，反而最不缺的是人，有时你想找个僻静的地方都没有。这有点成了被子的两面，一面近似是给人看的，一面却是给人盖的。我在山洼洼那么多年已经习惯了被子的一面，而现在回到西安似乎又要适应它的另一面。这让我似乎也在体会和体味冰火两重天。在山沟沟时似乎怎么睡都一个人，都一种冷，而回到西安，回到家人这边，又恍惚怎么睡都是一种热。有时我真的都想喊，上天啊上天，你可真会捉弄人。所以我有时对无论是家里还是单位的某些事不想也不愿多言，我就是觉得很多事其实说了也没有用。这种性格叫什么我不知道，也许这同我在戈壁滩的那段生活和工作有关。在那地方，人最好的品性就是无论什么都不能急，无论做什么都必须有足够的耐性让自己熬过那漫漫的寒冬、那漫漫的长夜，直到最后完全出现那种春暖花开、那种瓜熟蒂落之后，一切都会顺理成章，都会让人怎么都自然。

说实在的，我没有我们父辈的魄力，也没有我祖辈的学识和学养，但从另一点看，我觉得他们最后也跌跤了，而这一跤跌得有多大，可以说大到几乎将这个家给埋了。就我看到的情景，当初若不是跑得快，不是提早有了布局，有了长辈对时局的洞察，今天这个家是个什么情形真不知道。当然，有这种洞察力的人还是我老爷，他虽然最后将自己的儿子搭进去了，用当时的说法是为革命、为推翻清政府统治捐躯了，但可以说也是这样的义举，让我们的父辈最后得以在城市落脚。有时回想起这一切，我很佩服父亲的三兄弟，但从内心讲，我对我奶，对这个女人倒更佩服一些。应该说她才是最有魄力的，尤其在我老爷过世之后，是她完整地指挥了我们家的那次大迁徙，而且做得有条不紊，做得后来回想起来都有那么点天衣无缝，那么点更梦幻和神话的感觉。当时的情况我知道，整个前后过程我都断断续续听说了，当时那简直可以说到处都是枪林弹雨，到处都是战火纷飞，都是各派势力间的分分合合，或者说好的时候并肩作战，翻脸的时候又针锋相对，枪口相向。但最后能在这样的一种情况下让我们一家人活着闯过来，可见我奶还是指挥有方的，各种复杂情况下的应变还是得当的。

我后来也清楚自己的方方面面似乎都无法和我们的前辈比。当然，也可以说环境造就人，我后来生活的环境已经到了和平时期，这时要求人的似乎就不是勇猛，而更多是平和。就我后来的理解，如果战争年代，人们更多的是在空间中游走的存在，那么和平时期人们更多的就是一种近乎在时间中流逝的静默。

一天我带着孙子站在钟楼上，我仿佛感到的是这个城市的波澜壮阔。我看到孙子还很懵懂，他只是看着过往的人，看着挂在钟楼上的那口大钟，我能看到他似乎对什么都迷惑，又对什么都感兴趣。我曾在西安上过几年小学，中学毕业是在六中，而现在那些地方变得我已经不认识了。

母亲

　　我的一生始终都是被劫持和裹挟着过来的，就像从来都没有将胳膊腿伸展过。仿佛我这样都是应该的。有时我想女人真难，旧社会、旧时代和旧家庭更是这样。女人要想在一个家庭最后熬出头，熬成人们常说的"婆"来，那似乎就是要上地狱走一趟的。在你没有成为婆的那天，你可以说在这个家是连大气都不敢喘的。即使这样，这么小心，挨打也似乎是家常便饭，就是不挨打，就是被人说句重话，你有时都会心跳好一阵。我就是在这样的一种家庭气氛下过来的。有人可能会说，在这样的一种你所描述的状态下人还怎么活？我想说就是那种近乎没日没夜般地活。当然，也可能有人会讲你说的是不是过分了？我说这不是过分，这只是没在这样的家庭生活过的人所不知道、不清楚的。我原本也像许多女孩子一样，觉得自己能嫁入在当地算得上是豪门的家庭真是幸运，真是前世不知多少辈子积的德都让我一个人占上了。作为一般家庭出身的我，当然说一般也只是和我嫁入的这个家庭比，我感觉还是一般的一般，当我第一次走进那个家，我就已经感到了这个家的不同，感到了这个家的一种气势，一种类似不怒自威的氛围。这让我从一开始就犹如走进了说不清的，似乎哪里都是眼睛、哪里都是我先前没有见过的东西的环境里。当然，我在进这个家门前就听说这个家是一个不同一般的家庭，据当时的介绍人说是一个几代为官的家庭。我当时听媒人这么提及，我的心在跳，我似乎听父亲对媒人说，那家我知道，确实是当地数得着的好人家，我只怕我们这样的家庭高攀不起，将闺女嫁过去会让女儿消受不起。媒人说，我实话告诉你，现在这个家不比从前了，虽说当年的情况不错，但现在这个家也不像从前，也已经是只半死的老虎。假如不是这样，放了当年，哪用得上我这媒人？不夸张地说，要放了当初，可能主动将自己闺女送上门的都能将门槛踢断。父亲说，那还是容我们再想想，过些天我们给你回话。后来好像是母亲说了一句，我看就这么定了，也没有什么商量的，你说的那家我知道，不要说我知道，可能在周围，在全县几乎都知道这个家。媒人说，我看还是夫人有眼力，也是个痛快人。我这就给人家回话去，告诉你，彩礼钱一定会让你们满意。这时媒人又似乎对父亲说了一句，我的老哥，你就不要犹豫了，实话告诉你，过了这个村，可真没这个店了。后来我真的就嫁了过去。后来我才知道嫁到那样的一个家是什么滋味。用一句话讲，进了这个家我几乎就成了哑巴。不是我不会说话，是在这个家几乎就没有我能说话的地方。相当一段日子，我几乎就是一个女奴和女佣，甚至不夸张地说就是一条给他们任意使唤的狗。我这才知道什么叫家大事多，什么叫门楼子高了破规矩多。后来我不止一次抱怨父母，这哪里是让女儿到这样的人家去享什么福，简直就是把女儿嫁到这样的家让人家一家人合起来熟女儿的皮。

我还在当闺女的时候就听说，打到的媳妇揉到的面。可以说我在这个家几十年遭遇的便是这。当然，开始他家老爷还在世时，我的日子还算好过些，起码我婆婆不敢乱来，不敢乱规矩。但当家里的老爷不在后，我就真成了家里几乎什么人都能使唤的狗，而且似乎还不能怠慢，怠慢了不是骂就是打。有时我也想，我可能是上辈子欠人家的，现在要让我用这样的方式来偿还。

很多时候我真的有些受不了了，但看到我的儿子和女儿还那么小，眼睛里某些时候充满了惊恐和迷惑，甚至无助和无知，我也就将自己所遭遇的一切像咽唾沫一样咽进了肚里，感觉有一种眼一闭、心一横，有本事将我杀了的想法。很多东西最后也就开始从我的身上掉落，抑或不知是最后自己找到了自己，还是自己看到了别人的什么。总之，后来我算彻底安静了，我感到这个世界似乎什么都和我没有了关系，似乎我所看的就是我的儿子和女儿，他们像是我的一切，像是我的两只一睁一闭的眼睛。因而后来只要还能看到他们的眼睛，我仿佛感觉自己无论遭遇什么都是值得的，恍惚这形成了一种对我遭受各种苦难的报答。后来我明白我在这世上似乎不为别的，就是为了让这对儿女长大。甚至后来我能清晰地感到他们恍惚是我生命时间的延续，是我在用自己的生命给他们以成长，给他们也给自己以明天、以希望。最后这让我感到了什么？这让我感到了人性最后都是潜藏在非人性的交织和纠葛里，潜藏在各种景象里。

或许站在别的角度，女人都是些胸无大志、只看自己脚下的人。但我后来发现似乎正是这样的人，这样的一些胸无点墨的人，将一个家和家族带出了我们所说的最黑暗的日子。我能认识到这点，也是在他奶，就是我婆婆死后，后来再加上他三叔的离开，我才隐隐感到了什么，感到了似乎大家在这中间都可怜，都像在经历着种种苦闷、迷惘和迷失，经历着种种扭曲。这是大家都悲凉的一种感觉，又恍惚大家只是这么在世上一同走了一段路的情景。

我后来之所以不再说什么了，是我后来明白了大家都有自己的所为，有自己内心和更内在的自己。他三叔的内心很多时候其实只有他母亲，而作为他母亲似乎到最后所操心的还是他。也可能正是这样的一种情形，导致了最后我们看到的情况，导致了最后连我都不想和不愿看到的情形。从内心讲，我真正的默语正是从他三叔最后那凄苦的一笑，那灿烂得像冬天的蜡梅花开的瞬间开始的。这一笑是在告诉我不懂他的心，还是在暗示当初他不懂我的心？总之正是在那一刻，我体会到了什么是人们说的一笑泯恩仇时的大悲凉，又充满奇异和奇妙的那种空。

后来，尤其在我男人去世后，我感到的是我们大家似乎都经历了那太过漫长的冬天，这个冬天的严寒和严酷几乎让人到最后都达到了忍耐的极限。我现在才似乎看到他三叔最后没有熬过这个寒冬，变成了一枚黄色蜡梅走了，而他三婶的脸此刻被映照得更白，仿佛和他三叔形成了呼应。还有他们的女儿。这时候我似乎已经能够感到灰尘落地的声音，已经感觉自己此时似乎将什么地方搞出一点声音，都是对他们的不尊敬。我似乎觉得自己成了这个家中最大的罪人。

后来我每天都在做针线，我也不清楚我这是想缝合什么。同时每天我都会将整个屋子擦得干干净净，那种干净有时我都不清楚它到底像灵堂还是宫殿。事实上，那时候我已经不去考虑这些，我只是默默地在等老天收自己的那天、那刻和那个时间点。

后来我感到这个时间点在向我靠近，而且越来越近，到最后就像只剩下了一天一夜，我才告诉我的小儿子，我要到医院，我要去看病。我当时能看到他眼中的诧异、不解，甚至迷惑，因为在这以前就是他们要我看病、要我住院我都不肯。最后他看到我的态度坚决，就答应第二天无论如何带我上医院。那天临出门前，他们给我热了奶，奶里打了鸡蛋，我原本是可以将它喝完的，但我没有，我还剩了那么一点儿，我是要在这种时候告诉他们，我其实没有什么事。他们劝我，就那么一点儿了，让我将它喝完，我说等我看病回来再喝。他们最后没有办法，便将剩下的那一口奶接了过去，隐隐约约我看到了奶里漂着的蛋花，它也是一种黄，也有点像蜡梅花。我似乎已经能够感到时间的另一端在向我靠近，在为我倒计时……

在医院整个检查完，我躺到病床上已经是十二点了，我知道又到了该吃午饭的时间。我反复催促小儿子去吃饭，他说他不饿。但我清楚他饿还是不饿，可能在这种时候他真的已经没有了饥饿感。

这时我看到医生还是护士已经给我挂上了输液瓶，但我清楚这已经没有用，我已经与我要离开世界的时间有了看得见的距离，因为输液的速度赶不上死神的速度。后来我似乎是在用最后的力气对小儿子说，你能不能告诉大夫，给我将针停了，我胸口难受。小儿子说，你就忍忍，这不是在给你治病吗？这时我闭上了眼睛，我在忍，同时我感到自己已经走了。我似乎已经能够听到有什么落地的声音。当时已是那天下午的两点多钟，我似乎在等待着死神读秒的倒计时，在我生命的最后六十秒我其实已经什么都不知道了，感觉似乎这时才清楚一个人从哪里来，最后又会向什么地方去。我能感到我在回归土地，我在向它接近、再接近……

不可能吧？我听有人在说，我听病房的人讲，不是刚刚还在说话，怎么、怎么说不行就不行了？后来我似乎感到了慌乱，感到了匆匆忙忙的脚步在移动、来回。有大夫来抢救、检查，最后翻开我的眼皮，然后摇摇头。人是能感到自己生命的大限在什么地方的，正如当年我婆婆最后回老家，她虽然挣扎，不愿意，但她最后还是顺应了冥冥中近似说不清的力量对她的安排。

从经历到最后停止经历，我们似乎都在梦中。我其实最后已经体会到了这点。人都活在希望里，又似乎活在希望破灭后还有没有力气站起的存在中。后来我知道我的气力已尽，我只能离开。

嫂子

你们家的事太复杂，太迷离，太让人伤脑子，太像一部天书。我当初怎么就那么倒霉，那么不懂事，那么不小心就掉进了你们家里？这都是些什么的什么？我文化浅，我不想搅入你们家的那些恩怨纠葛里，也不想了解那么多、那么深，那么近似掉进去就让人气闷、心慌和恐惧的存在里。我很简单，我就是你们家的一个儿媳妇，说白了我不在你家做儿媳，我上哪家都可以做儿媳。后来的很多事越来越让我像走进了鬼城，走进了种种说不清的头绪里。有时历史的东西越搅越乱，越搅水越浑，越搅越让人在某些时候像一天都活不成。

我不知道大家都为了什么，非要将一些事情搞成这样，搞得就像谁都别让谁安生才好。你不知道在这个家我最讨厌的是什么，就是你们家里人。你们的祖先、祖辈是干什么的？这简直就是欺负人，就是从来不把人当人看，也不想想这样的情况让人怎么活，又让人怎么能心情舒畅？不是我说什么，都是你们的先人将你们搞成了这样，你们所谓家庭的显赫历史，将你们搞得自家人和自家人纷争不断，搞得最后相互践踏、相互折磨，彼此之间充满痛苦。我真不知道这都是为了什么，为什么动不动就搬块历史的砖头过来。我讨厌这样，我见到这样的情景就想吐，就恶心，就反胃，就吃不下饭，还常常做噩梦。这真是人们常说的安宁的不安宁，好过中的让人不好过。

别说我说话难听，我就是讨厌你们家人那么一副副让人看了就吃不下饭的历史脸。还是我说的话，你们家既然那么厉害，那就别娶人家穷人家的女儿了，娶了又不把人家当人看，这倒算怎么回事？尤其是动不动说人家没有规矩，说人家缺乏教养，这本身不是玩笑，不是当年自己先吃屎去了？

对于你们家，我真的是只想说一句，我是受够了！要不是念在我找的人对我还可以，我早八辈子就从这个家离开了。我一段日子可以说人都快崩溃了，很多东西不仅让我读不懂、看不懂，甚至让我有些时候一想都会疯，都想死，就感到天旋地转，就感到自己被旋转到了大海的某个地方。要不是我男人，我早成灰了，早成空气了。我真想最后大喊，你们这样究竟还要不要人活了，你们究竟想要我怎么样？

　　后来我想错误可能从我走入你们这个家的当天便开始了，我甚至感到这一切都有点命中注定。我现在真的什么都不想说，也不愿说了，好像我再说，我倒成了不是人，我倒自己也像成了鬼了。我就不知道为什么放着好日子不过，动不动搬个死人用过的东西来唬人，来比当年的辉煌。我见到这样的人就想冲他脸上吐口唾沫。我只想说，水下还是水，云端还是云，一切的一切最后都是过眼烟云。我真的不喜欢在历史的某些地方翻刨什么，这是荒唐的，在那里我们能看到的似乎都是一些碎片、一些尘埃。因而每每当我遇到这些前来翻刨历史的人我都讨厌，都不知该说什么的好。记得有一天天色都很晚了，而且是冬天，忽然他三叔的女子敏予跑到我这里，那么急促地敲门，甚至可以说砸门。我当时心里一惊，已经是晚上九点多快十点了，我不知道谁这么晚了，到底有什么特别紧急的事。我们开门的时候问谁，门外的人应声说，是我，嫂子。我说，老张，怎么好像是敏予？后来，我又听门外人说，哥，是我，是敏予。我们这才打开了门。但没有想到刚打开门，敏予就发疯似的扑到了我怀里，接着便是一句，嫂子、大哥，我可活不了了！我和她哥都问，究竟出了什么事？我们看到她只是母狼似的哭。她哥又问，到底有什么事？你倒是好好说出来。当时我们看到敏予似乎已经完全没有了理智，只是反复讲，你们可得救救我，不然，我可是活不成了。

　　最后，她似乎猛然将憋在心里的话说了出来，我感觉就像一粒子弹，打到了我，也打到了她哥。她说，我当年是不是被捡来的，是不是叫花子的娃？我心想这都是什么事。敏予又说，这么多年你们是不是都在合伙哄我，这么让我一个人蒙在鼓中？我当即回答，这我可不知道。她哥也说，你要是有什么疑问，可以好好问问你妈。但敏予说，我现在没有了亲人，我就信任你们，你们现在可以说就是我唯一靠得住和可信赖的亲人了。我听到这话，当时都快成了粉尘、成了灰。我心说，你现在连你妈都不信了，无论亲生还是非亲生，养了几十年都怀疑了，那我还敢接受这份性命攸关的信任吗？我第一反应就是接受不了。我说，这个信任我们可担待不了，你听谁说的那些话去问谁，我是回答不了你这个问题。她哥也跟了句，就是，当时有你的时候，我在外地上学，我真的也不知道。

后来，敏予又说了许多上不着天、下不着地的话，后来可能实在是闹得没有了气力，才在凳子上坐了一会儿。我给她倒水，她也不喝，后来大约又过了半个时辰，敏予站起身说，那我也就不为难哥嫂了，我这就走了。我说都这么晚了，你不行就在我这里住下，赶明天白天走也不晚。只见敏予笑了笑说，算了，还是让我走。她哥也说，真的，要是你再没有特别的事，就在这里住下。敏予说，大哥大嫂，真的没事，你们也不是不知道，我一直都倒班，不要说现在还不到11点，就是以前晚上两三点走在路上也没事。最后，她冲着我和她哥说，就谢谢你们了。我当时就说，看你这傻女子，又不是外人，还这么客气。后来，我们把她送到了门外。敏予说，大哥大嫂回去吧，外面冷。我看敏予这时也戴上了口罩，然后又对我们摆了摆手，意思让我们回去。

那晚我和她哥都没有睡好。我们都说，这又不知是哪个嚼舌头的在没事找事，唯恐天下不乱。我们猜想会是谁呢？是他们曾住一个院里的哪个老不死的，还是……

我对她哥说，这事咱可真的管不了。她哥也说，我也这么想的，你没看今天敏予来时情绪多么激动。要是她不这样，我们还能和她说说话。印象里，那天晚上我们似乎直到天快亮了才睡着。

历史都是沾满血迹的绷带，是说不清的过去。我隐隐听到她哥打呼噜的声音，又像听到了很远很远的某个角落有人在交头接耳，在说些什么。

老爷

历史永远是现实的边缘，而现实又永远是未来的中心，仿佛我们每个人又在由此形成的时代皱褶里。自清政府被推翻后，我就知道自己开始逐渐淡出了时代，逐渐成为人们眼中的另岸人了。因而很多人最后看到我的样子和做派觉得我已经颓废了，觉得我和从前比像是变了一个人似的。我只能说当时我只觉得自己完成了自己该完成的使命罢了。可能有人会问我，你最后孤独吗，后悔吗？最后将自己的儿子也搭了进去，挖清政府的坟，掘大清的墓，这似乎怎么看都有点背信弃义，有点忘恩负义，多少有点像吃大清国的饭，最后又砸大清国的碗。我真的不想回答这样的问题，这样的问题就如同我所有亲人问我的，你这么做值吗？你怎么类似有点聪明一世，糊涂一时？结果让你的子孙后代都不知该如何评价你，评价你这个做长辈的，这位曾给这个家带来无限荣光，最后又亲手将这一切毁掉的人。我觉得对我这样的评价都高看我了。我有这么大的本事就好了，我没有，从某种角度说孙中山也没有，于右任也没有，他们其实也只是当时那个时局的顺应者，是当时民意的响应者和指挥者，而我顶多是一个跟随者，一个想在当时追求和寻找光明者。但我知道有些人，尤其是我的家人，能看到的只是我当时给这个具体的家带来的后果，而并没有看到当时更大背景下的中国，没有看到当时世界视野下的中国。有时进步便是这样，便是这样一种看似没有进步的倒退，也可能是一种人们似乎看不懂的式样。面对这样的一种状况，革命似乎首先类似自我的革命，类似这种像在用生命做什么。如果说我孤独，我确实孤独；如果说我不孤独，是我知道，在这样的一种现实状况下，比我和我们家更孤独的人大有人在。要说我难受，是我当初没有亲自跟着这样的潮流上一线，这也许就是旧有的软弱性，从某种角度讲，我也为我这样的软弱性付出了代价，这种代价有多大，可能大家已经看到。因而我现在只能这么每天写字，每天那么类似等待着尘埃落定，这么在弹奏着一把无弦的琴。这是痛到极处的无声，这是让一切静、再静的存在。

　　我已经摊上了这种事，我脚下的土地已经摊上了这样的事，我只能这么近似每天什么都不说，就这么只是在默默中什么都不想，只是近似做一个无心之人。这是大地本身的声音，这又是我必须在这种时候退出曾经的舞台中心的一种姿态。从某种角度讲，我知道自己已经落后于时代，但有时落后也是曾经太快的一种相对。我知道就我们家本身而言，我们缺什么。我们并不缺吃，也不缺穿，我们缺的恰恰是别的很多人所不缺的，这其实就是一种精神的振奋，而不是倒下。我每天这么默默地默默着，其实就是让现在的家里人能在这种时候保持最大限度的冷静。很多事只有冷静，才可能有一种力量在，有一种看似没有支撑感的支撑。在那个很是特殊的特殊时期，尤其是几乎所有人都处在感情的最大冲动期，假如有些情绪没法控制，那么对于这个家才是更大的灾难，甚至这种灾难的结果，可能会让我们最初和最终的愿望都事与愿违。

一个家到了这种时候要的就不是一种猛和勇，而是一种休养生息，并这么让生活的节奏恢复起来。因而我现在对这个家就显得非常重要，这种重要性就是自己先看似不做什么，先让有些东西过去。我知道此时的家人没有谁不在悲痛和黑暗中，但作为当时的自己，我只能先当一切都没有发生，自己先像大地一样将很多东西担起。

因为在那种时候，我们首先要考虑的不是已经死去的或失踪的人，我们需要考虑的是那些还活着的人。这样我只能表现得那么无情，表现得很多东西就和从前一样。我的儿媳妇此时可能最觉得我无情、冷漠，试想假如我在那种时候有情，那么她当时就可能崩溃，最后就可能完全丧失对生活的信心，而这可能才是灾难中的灾难，甚至可能使这个家最后完全毁灭。

我在这个世界，也可以说在自己走过的生活中，确实有过辉煌，有过顺势，但现在我知道自己的角色已经变了，变得和当年恰恰反了过来。而作为我，首先应该认同这点，应该让自己忘记从前。我明白当时的人会觉得我这样似乎是有问题的，但是不是真的有问题，相信我的后人，甚至后人的后人才能看到。今天我要做的是不同任何人理论。我就听有人这么说，也不看家里都成什么了，还有时间和闲情整天在那儿写字，怎么我们遇到了这么一个怪人？我怪吗？我可能真怪。我不怪吗？我似乎真的比谁都不怪。有时清醒是一种糊涂，有时糊涂又是一种清醒。我这么做，只是为了让灾难不再进一步扩大。有时候我已感到自己成了风箱里的老鼠，但问题是自己已经钻到了风箱里，又有什么办法？因而我知道在这样的时候就是死也要扛住，也不能让这个家那么倒了。一句话，我就是那么在玩，那么似乎什么心都不操，才可能让一些人最后安静，让他们最后也当什么都没有发生。

无语才是一种更具辐射性的语言。至于别人说我是什么，那是别人的事。我每天就那么在写字，在感受着变化的变化。我似乎听到这样的声音说，这老东西还是人吗？我说我连自己是什么都不知道。我想说，其实任何历史都是这样的一本书。

我

怎么一切都像风，一切都像景？我已经越来越看不清什么，又似乎一切到最后都归结为这样两个字：生、死。那次远赴新疆，是为了看望病重期间的二叔，仿佛那是为了了却一桩心愿，这个心愿便是大家都见个面。从某种角度看，二叔后来怎么看怎么像一个游子，如果说父亲是面对故乡的游子，那么二叔可能便是对西安而言的游子。游子思乡似乎是人之常情。我当时真的没有想到自己会去新疆，而且那么急，是说走便走的感觉。当时电话是二叔的老大打给大哥的，仿佛这中间还经历了不少波折，费了很多事。原因似乎不在别的，是我们已经很多年都没有联系，没有书信和电话往来。在平常的时候，似乎这也没什么，大家都在自己做自己的事，自己都那么在自己的轨道上存在。可是，二叔的病到了这种时候，到了似乎能看到的最后时日，无论做儿女的还是二叔自己，似乎都会回想和回忆过去，起码想最后再见见曾经的亲人。这样堂弟便又开始联系我们，用他的话讲实在太难，不敢说打通这个联系上大哥的电话是大海捞针，起码可以说也经历了千辛万苦。好巧不巧，大哥所那天刚好在他上班的部门，而且接听电话的人也恰巧知道有我哥这么个人。大哥在的单位不是一个小单位，用我哥还是我姐的话，迷信地说，我们这次是注定该见二叔一面。我想说原本这次到新疆，是大家都高兴的事，我们可以说几十年都没有见面了。比如和我的那两个堂兄弟，我们之间的最后一别是在我奶的葬礼后，那时候我才多大，那他们就更小。如今都有了自己的家和孩子，仿佛怎么都让人觉得梦幻，让人感到某种真实中的不真实。想起当初的他们和我，我都感觉像是在变戏法，感觉这一切怎么看怎么都像是在眨眼的瞬间完成的。

我忽然想起不知是母亲、大姐还是三姨说过，这真是三辈一起老。我当时看着两位堂兄弟，再想象当年印象中的他们，似乎其轮廓并没有变，用大姐当年的话说，两个都是捣得不能再捣的家伙，疯得不能再疯的主儿。有一个细节就能说明这两位堂兄弟的当年。大姐说，有时候我们好不容易挑来的两桶水，这两个就可能在你不注意的时候，一人扒着一个桶沿给你将脑袋伸进去，而且两人那么相互看着在笑。有时我看到这幕，我会喊上一声，你们是不是鸭子，这水还让我们吃不吃？我边喊边做出要打他们的样子，他们这时就会满身是水地跑到门外。二婶这时也会发话说，看我今天怎么打你们。但两人像互相追逐的狗，早没有了影。

我说起这幕的时候，二婶说，当时两个坏着呢！这只是将头伸进桶里，还有的时候两个一个看一个将尿给你尿到桶里。现在看到他们的小孩都比他们当年大了，他们两位也一个个有点家长的感觉了。而这时再看看二叔、看看二婶，他们就像当年我奶似的，从而形成了另一种时间感。这让我发现了什么，其实让我真正发现的便是时间的不同存在，是时间的这种相互映照与反射形成的一种迷离、魔幻和迷幻的景象。也正是在那天，在那个让我觉得诗意和朦胧的我们相互形成的回忆里，我们同时听到了另一个在当时听来十分恐怖的消息。那个消息当时具体是从谁嘴里说出的，是大堂兄还是大堂姐，我都记不清了，我只听到说，三叔的女儿敏予死了。我当时的感觉就如同遭到雷击一般，可以说目瞪口呆，几乎都不知道自己到了什么地方。可能是我哥问了一句，敏予死了？我能感到声音中同样饱含着惊愕。这时我听到了大堂姐的声音，她的声音很绵，绵得就像让人到了时间更远的某个地方。她说，你们还不知道？我们都摇摇头。堂姐又说，我还当你们早都知道。看来，很多时候近是一种远，远又让很多东西变成了近。我当时的感觉是，我忽然又像到了时光形成的另一些地方、另一些景象里。怎么会这样，怎么可能出现这样的情形？他们说，敏予是自杀的。

她不应该是这样的结局，怎么都不可能走这样的路啊。在我的印象里，敏予曾经性格是那么好，那么开朗，像一朵盛开的花，怎么最后就以这样的方式了断了自己，让自己变成了那团红，那团黑，那近似雪地上看到的亮？我都不敢再往下想了。这时候还是堂姐摆了摆手，示意我们岔开这个话题，因为这时的二叔，因为那似乎已经是多年前的过去，也因为我们如今谁也不可能再对此做什么了。

那天，或者是另外的一天，我就那么走在一条河的河床上。我能感到它似乎是记忆的，也犹如是想象的，还有可能就是生命本身的流淌。我已经不知道这条河的具体位置，它是天山脚下的沿途，还是敦煌城边的什么地方，抑或是西安城的护城河、浐河、灞河，还是泾河、渭河的什么地方，或者是汾河、黄河，或——

爸，我能将它尿满吗？那年女儿三岁，那年我们在黄河边，她一边在那儿尿，一边这么对我说。我记得当时我给她的回答是，只要你有那本事。似乎随后我又说，尿不满，它最后都会入海，然后又蒸发，又变成空气。女儿摇摇头，她似乎听不懂，也想不明白。

坐在河床上的感觉，会让你想很多，也会让你对这儿的一只蚂蚁、蜘蛛、蜥蜴、沙石，甚至一棵草产生浓厚的兴趣。这时候，我感觉自己犹如到了某个书中的情境里，到了似乎我在翻阅历史，历史在翻阅着我的状态。

父亲

有人一直觉得我对一些事情保守着秘密，总觉得我知道当年发生的一切。至于我知道不知道，我最后的感觉是所有的秘密其实是没有秘密，我们能看到的只是轮廓，很多时候就像山影，就像地上长着的草，又如同我们在某个高处所看到的城市剪影。或许正是意识到了这点，我最后才在那天说出了让家人，尤其是让孩子他妈都感到吃惊的话。我当时告诉他们说，你爷是参加过推翻西安清政府统治的。至于在长达几十年的时间里，为什么我没有说这话，或者不想提及它，事实上我觉得那都是历史，都是过去的事，都是我们老辈人的经历，他们从某方面讲都是开路者，是我们的引导和引领者。而作为前人的后人，我们几乎没有谁不是这么沿着他们指引的线路在走。至于这条线路抛洒的是血水、泪水、汗水，还是生命，这需要我们慢慢去体味，用心去感受，用我们的行动去将它形成延伸，形成我们最后能够看到的生命线路和生命中摇曳的各种生命景象。事实上，一个家的情况是这样，一个民族的情况是这样，一个国家和地区也是如此，最后伸展到人类整体莫不是如此。

我当时之所以要在最后时刻说出这话，并没有别的意思，更没有想在这里炫耀什么的想法。假如我要炫耀的话，可能我不会等到今天，等到我将要离开这个世界的时候才将这话说出。可能在我将这话说出之后，看到他们惊异甚至诧异的表情和神情时，我还是多少有点后悔，有点像什么东西不小心掉到地上摔碎了，捡都无法再将它捡起。

当然，说出去的话就如同泼出去的水，最后想收都无法收回了，就像当年我爷将父亲放走，让他去西安，去参加那场时代运动，最后我父亲失踪了，又像他到了另一个地方躲了起来一样。我说出的话，最后会产生什么样的效果，我其实也不得而知，有可能成为另一个故事的开头。

有人可能会问我怎么将近乎恪守了一生的秘密最后说出，这不类似有点晚节不保？老了老了才让一直在后人眼中像石头、像山一样的自己那么像开花一样。其实，我也知道男人开花是危险的，也正因为意识到这样的危险，我一直都没有将最后可以说已经不是秘密的那个秘密从自己口中说出。但最后当那话从我嘴里说出的时候，我明白自己也已经到了生命的最后，到了不说出都不行的程度。我知道男人变成女人的时候，对于一个男人来说，也就到了他实在走不动的时候了。

我说出那句话不久，就病倒了，就瘫痪在床，不能再言语了。但我当时的意识还在，我还能看到我说出的话的初步反馈和影响。在我的四个孩子中，我其实担心的并不是前三个，而是我那小儿子。这家伙的性格充满顽劣，似乎有点像我最讨厌的虚娃舅，有时感觉怎么看怎么都像只臭虫。在我的印象中，我一生可以说打他无数，有时打得我都手发软，但他似乎还是那样，还是由着自己的性子，仿佛从来就喜欢在老虎嘴上做点什么，类似逗老虎玩。

当然，我不敢说我是老虎，但就在我病倒在床上时，这家伙以为我不行了，以为他成了山上的老虎，一天竟然真的那么用手拔我的胡须。我当时知道他不是在拔，而是在理，能感到理得还那么有滋有味，言外之意，老虎，我的老爹，你可以说一生都在打我，现在好了，安静了。可是，正当他一边理着我的胡须，一边心里不知在想什么的时候，他可能万万没有想到我那几乎使出了自己浑身气力的巴掌已经高高举起，并重重地落到了他的脸上，随后我看到五个鲜红的手指印从他的脸上浮了出来。随即我看到他的眼泪溢满眼眶，最后还是掉了下来。这时我的脸严肃得像谁，像我父亲，还是我爷，还是……

后来，他好些天都没有和我说话。我心想，我要的就是这样的效果，这是让他任何时候都不能出格的最后警告。至于以后，我就没法说了。我知道我可以护送他的时间就到这里了。父亲真正陪伴我只到七岁，而如今他已经二十多了，应该比我当年幸福了。但愿我这巴掌能打出他自己独立生活的根，并由此往大地更深的地方扎。

百年没有长短，我的体会是自己走出的路才是路，别人走出的都是景，都是说说而已的故事。我感到自己已经快到了和自己的祖辈、和自己父母会面的时间了。

太阳永远在最黑暗的那段时间过后升起，而我现在似乎只是黑夜来临前的那最后的光，我知道我此刻只是那么撑着，在等月亮出来，但事实是我并不清楚那个晚上有没有月光和星光。

我之所以最后告诉他们祖先和前辈的情况，是要让他们知道自己更老的根在哪儿，不是我，而是他们脚下更深地方的人，我只是浇灌了他们一段时间的阳光和雨水，甚至耳光。

再见了，西安，再见了，我脚下的这片热土。

第三部

死亡是昨天的梦，今天的神话，明天的出发地。人都走在这座或生或死的墓园。

读历史，就是读死亡，读死亡的方式及形式。我常常在这样的氛围里长时间看蚂蚁。蚂蚁虽小，带给我们的却是生命的鲜活与细微。

战争从没有停止

　　一切都在变化。从睡梦里醒来我都不知道到了什么地方，存在有时会让人有种时空错位的感觉。一次，有人对我讲，人在世界上从某种角度讲就像蚊子，就那么处在某个时间段落，其存在这样，其死亡也如此。当然，蚊子不算什么，有时打死它可能就一巴掌。在我的记忆中我每年都要打死不少蚊子。有的被打死的蚊子看上去血淋淋的，面对这样的蚊子，我感觉打死它活该，似乎属于十恶不赦。但有的打死后似乎什么都没有，这样我隐隐中似乎倒有点内疚，觉得有点伤及无辜。经历过战争的人都知道在那样的环境中伤及无辜似乎很正常，这似乎正是因为枪子儿不长眼睛。我现在几乎都不再想从前那些事了，这中间原因很简单，就是某些时候想这些已经没用，甚至有点像蚊子在飞，在空费劲。如今我已是西安城的老户，我即使闭上眼睛任人将我拉到哪里，我都不可能丢，不像我爷当年，让那么多人为他操心，最后搞得一家人都远离故土找他。

　　记得母亲后来也不再说什么，仿佛这种不说构成的便是无声，是水，也是湖，是一切在这里构成的浸泡，并形成很多东西在这里慢慢化掉又化不掉的情景。人小的时候似乎很大程度就如同浑身长满触角的虫，那么生活在大地，那么形成一种深入和发现，并形成一种与世界没有分离，类似怎么都是存在的情景。我现在已经老了。有一段日子我常常听父亲对母亲这么说，有时他这样说也有点类似自言自语。我想很多东西和水接触可能都这样，都这么只是说说罢了。人没有翅膀，人又一直都想让自己有翅膀，这也许就是我们的内心。但人老了之后可能便不这么想，也不这么认为了。在我的记忆中，大姨父最后也是这样，他最后似乎常常就喜欢那么蹲在什么地方，那么抽烟，那么看着地面，那么很是单纯地晒着太阳。我感到他离我很近，又似乎很远。那么，人走到这一步很美妙，美妙在它给人的时光感，给人的某种和各种透彻。

　　战争从来就没有中断过。有一天我这样想，看着一只鸟落到树上，然后又飞走，又去了我看不到的地方。在时间和时间构成的各种背离中，我们仿佛能看到的只是一些画面和场景，是由此形成的存在有无。战争有时就是一种气味，应该说当年最早闻到这种味道的人不少，有人说这种气味实际上便是这样的各种旧物的混合，是腐败、腐朽，由浮华和干燥形成的。有点像火药，也有点像沼气。用另外一种说法，它犹如到了需要清除垃圾的时候了。垃圾场的情况就是这样，就是这样的一种混杂，一种凸显和刺眼，让人从此经过都想及时躲开。但孩子喜欢这样的地方，仿佛只有在这里他们才能找到他们喜欢和需要的，而且这样的地方大人不去，因而更像鸟儿到了麦田和麦垛，并在那里尽情享受着他们的快乐，他们的寻找。

　　井勿幕那天是拿着一封信到我家的。信有时就是信息、信号，就是人和人形成的一种勾连。井勿幕就是一个传递信息与编织网络的人。有网络就有秘密，就有迷雾和谜团，就有由此形成的另一种气息，并那么形成弥漫和扩散，形成一种流动，并那么构成一种力量，形成一种存在的聚合。孩子是不懂这点的，但大人懂，大人知道要发生什么，但表面又似乎显得无形，显得仅仅是人和人的正常交往。我这么在想着很远，想着当年，想着那个时光下的人。从某种角度看，那些事是梦里又是梦外，似乎这中间所隔的便是一道纱帘。战争在很多时候不可避免，在很多时候要流血，要付出生命的代价。这点没有谁不清楚，但有时战争又不是某个人能够阻止的。我喜欢没事时想这些，我感到人在时间的长河中其实就犹如烟尘，犹如草叶上的虫子，某些时候它们都在我们所说的某些景象里，又似乎有些景象根本就没有存在过。我们都在一种悲凉中，又在一种静默中。岁月永远是让我们看不清的东西，正是这种看不清构成了萦绕、遗忘及悬浮。

　　我喜欢这里还是那里，城市有时就如同语境的呈现，而语境有时则是变化的，变化才让我们有了更多不同。现在我哥老了，大姐也老了，他们可以说都已届古稀，都已经在方方面面有了人们所讲的颤巍，有了我们能够感到的某种久远的存在。这让我想起一句话，没有什么能挡住时间的侵蚀，别说人，就是山体也这样，也被风化，被构成各种情形的演化，最后让我们认识又不认识，让我们不敢再有任何奢求。

　　从这点讲，人在世界就是各种情形的变奏，最后达到无语，达到就像什么都没有发生，什么又都像从前的从前。记得父亲年老之后还经常读报，从那儿看国际国内的形势变化，但我哥现在不这样了，仿佛他已经不再关注这些，而去了另一个存在段落，这就是那么活着，那么随生命而生命的感觉。战争会改变人，不同的战争对人的改变不同。一天我哥就对我说，现在我什么都不管了。其实，说这话有时也需要一种勇气，但有时也不需要，一切都那么摆在那儿，就像呈现的呈现，就像灰土、灰尘，就像器物，又像四季本身的变化和轮回。

　　我现在其实也已经不再想什么，似乎感觉一切都是梦，某些时候这么处在梦里似乎更舒服，更像乐章最轻柔的部分，仿佛就是变化，就是很轻很轻的雾气，就是光线，就是迷离，就像一扇门那么开着。生与死都已经无关紧要，都已仅仅是存在方式的不同。记得在很久以前我觉得探寻本身便是件很有意思的事，就如同考古，如同在另一时间中玩，在感受着我们所说的曾经。但当有一天我忽然发现自己的这种探寻变成了被探寻的东西和对象时，我觉得世界其实原本就这么有趣味。我们喜欢什么，有时喜欢便是趣味，便是光泽，便是变化的景象。有时我们说经历，其实真正经历的便是各种死亡，便是死亡带给我们的存在映衬，并在这种不同的存在映衬中让我们重新感受新的事物景象。

　　在有些人眼中我现在已经变得很懒，这种懒仿佛就是我似乎什么时候都不动，那么每天都像块石头。石头构成的是山体和山色，是各种变化之中的另一参照，并由此让各种动在那里围绕，在那里就像四周都是虫子。每一代人都有每一代人的存在氛围、气象和景象，并那么形成我们所说的潮流、生活。我的这种改变也类似随着时代的不同在变化，在感受某种存在的低沉、轻快、回旋及纠葛，然后让其舒展，甚至最后让其飘落与凋零。

　　存在有时就是我们吞噬着什么，同时又被吞噬，从而构成各种事物和生命景象。从某种角度讲，人都是以不同的方式在向远处去，去构成了时间的，同时也构成了空间的变化。仿佛空间的我们就是鸟，就是事物森林的存在者，而在时间中我们就像水中鱼，鸟和鱼是我们人类的两种存在向往，某方面讲一个构成的是主动，一个构成的是被动；一个构成的是明丽和明亮，一个构成的是黑与暗，是时间层面的另一境况。或许用另一种说法，就是人都在学习变化。

一束干丁香从书里掉下

光线有时就是光线的另一景象，也是时间最柔软的柔软，并那么使更多的东西呈现，形成一种事物的纯净，让有些东西质感、清晰和诗意。记得那天我拿起一本书，书里掉出了一束干了的丁香。我看到花成了纸的模样，已经没有了那种醉人的浓香，也没有了由此让人产生的剧烈迷惑。这是一本旧书，旧到什么程度我不知道，也不知道是什么人将花从树上摘下，又将它夹到了这里。在我看来，很多东西其实都包含着故事，包含着事物和生命的某种留存，包含着记忆和各种情愫的存在、密码，包含着需要我们打开、需要我们重新对其进行揣摩的东西。

战争具有摧毁一切的力量，各种生命又具有复原一切的能力。这也许就是阻挡的没有阻挡，也许就是变化的没有变化，并让一切更有梦中的感觉。某些时候人都是瞬间的存在，也可以说是瞬间的毁灭，而这中间的很多让我们看到了什么，某些时候又没有看到，就只是在品味，让我们回忆从前。有时很多东西远是一种近，或者说远是我们经常在擦的镜子，并让一切形成不知不觉的反复，形成我们所说的更具画面的深潭。在这样的深潭中，我们似乎什么都能看到，又什么都是过去，都是丁香花开过的岁月。因而记忆很多时候类似一个容器，一个不断扩展的湖面，并让我们从里面看到过去。

在我的印象中，我奶的记忆和经历是丰富的，这种丰富似乎让我感到她始终都在路上，都在承载着什么。但我知道在家里没有人敢惹她，仿佛某些时候惹了她就像惹了家里的天神，最后一切都不得安生。这也许源于她的经历，也许源于她身上所包含的时间。我想丁香肯定不会是我奶和我爷的，他们可能那么浪漫吗？但某些事似乎我们也不能过分琢磨，因为很多事都在不可能的地方有了可能。更何况，最纯粹的东西往往都是隐秘的，因而构成了鲜活，也构成了一种氛围，同时也构成了某种滋润。怎么说呢，人在滋润的时候都是疯狂的，也是胆大的，更是做什么事都不为过的。

　　有时我喜欢看羊喝水，那可能是一种静，但静中往往有不静，有各种倒影的摇摆，有空中的各种云团，以及由此形成的水中景和空中梦。记得那天我看到这样的场景：在一片雨后的杨树林，羊在那儿吃草，在那儿喝着沉积的雨水。恍惚也是在那刻我看到了神奇，看到了一种诗意、变化，看到了梦幻形成的景色飘逸，并在那儿呈现出轻柔，呈现出柔软，呈现出我都难以说出的美。这时候蓝天白云及树的叶子和枝丫，和羊都那么处在了水里。我觉得那片水洼就如同一面魔镜，它构成的是一种收拢，又如同收拢之中更加深邃的自然和事物本身。那之后很长一段日子，我都想到那片水洼，那片羊带我看到的奇妙之处。有时镜子的奇妙便在这里，它能够让人反向看到一些东西，看到一些更空间的事物，让人某些时候想接近它，又似乎害怕接近它。这样某些时候恐惧便成了一种诱惑，诱惑又包含着恐惧。或许正是此次经历，此次无意中看到的，使我更加喜欢起了雨后的水洼，因为这个水洼里的世界更轻、更柔，也更深邃而透亮。那天我站在那儿的时间并不长，但可以说那儿的美，那里所呈现的一切将我惊呆了。当时大姨正在地里做她的事，只有我在这里看着羊，或者说只有我和羊在这儿。当时奇妙的、真实又不真实的情况让我迷离，让我迷惑，又让我胆怯，让我害怕自己掉入那里，从此看不到大姨、大姨父，也看不到羊，看不到大姨家的院子，还有饲养室里的牲畜……想到这里，我再不敢看那片水洼，甚至我能回忆起自己逃离时的狼狈、惊慌，直到我看到大姨还在那儿干活，我的心才有了安定，有了奇妙中更有画面感的存在。

　　回想这些，我似乎感到人在世界上其实就是只虫子，是我们某些时候生命和存在的本身走过。最后它是什么或不是什么，恍惚都到了这片水洼里。想到这里，那束丁香花是谁夹到书里的，又是谁当初从树上摘下的，为什么而摘仿佛都已无关紧要，仿佛都构成了遥远和当下。

　　一天，大姐告诉我，虚娃没了，死了。我说，知道了。大姐说，虚娃其实也很可怜，他似乎一辈子都在漂泊，都那么来无踪去无影，都那么像空气,像浮土,像砖头瓦块。我想其实对每个人而言,时间的这面就是生命,时间的那面便是死亡,人都是沿着各自不同的路径从时间的这面往那面走。此时我已经不想说虚娃是一个什么人了,是好人、坏人,还是刁民,我觉得都已经多余,到了时间的那边就如同到了当年我看到的那片水洼里,那里犹如梦中梦,犹如蓝天白云中的存在。天界和地界似乎就这么奇妙,就这么让人迷惑,同时又让人恐惧。

虚娃也可能摘一束丁香花。

好文章可以佐酒

梦幻是另一种思维,某些时候它可能就像一条蛇、一条龙,也可以讲就像我们身体中长出的草、长出的树,或者说身体里散发出的各种不同的光线,抑或从那里流出的各种液体。一天我看到一条蛇就那么在一面破败的墙缝里,当时我可能是捉蛐蛐,也可能是到那儿纯粹去玩,但看到蛇的那一刻我的魂都差点出来。后来和我同去的伙伴说那不是真的蛇,而是蛇蜕下的皮。我这才看到它确实不动,确实只是蛇那么盘起来的样子。当时我们知道蛇皮可以卖钱,而且似乎还很值钱,可是我们两人谁也不敢过去将它取下,我们只是用土块那么砸,那么扔,其实在那破败的土墙旁,就有不少的竿子,但同样没有谁敢拿竿子将那蛇皮挑出来。这构成了胆怯又好奇,构成了更有主观意愿的渐进。世界处处都是陷阱,又似乎处处都有好玩的地方。有时人的思维就是这样的,或者说从某种角度几乎没有谁不是沿着思维往什么地方去。应该说我爷最早到西安也是这样的,他一定觉得那里有比在老家、乡间更好玩的东西,因而他也就去了,抑或想到那里打一片江山,从而让自己的存在更有感觉,然而可能最后连我爷自己都没有想到,竟与家乡、亲人成了永诀。

很多时候人的企图是说不清的,恍惚某些时候就是环境刺激和激发的,并形成了我们所说的种种存在冲动,某些时候就如同魔鬼缠身。应该说清政府的垮台在当时并不是一个孤立事件，而是各种事情的综合，最后形成了它的分崩离析，形成了近乎一切都恍如梦幻的存在，似乎很多东西和事物都已不是人间的存在和景象，甚至所有的所有都在地狱里进行和展开。就当时的情况，仿佛人们已经形成了这样的一种格局，那就是一方拼命，一方保命，仿佛所有人都没有了理性，有的就是冲动。存在的状况到了这种时候，就仿佛一切都成了山崩地裂，就仿佛整个世界都掉入了那梦幻的水洼里，感觉整个世界的人恍惚都在半空中相互厮杀。仿佛这时候谁打谁都无关紧要，恍惚这时只有这样的打，才能让世间的人重回冷静，重新回到正常的秩序中。

回忆当时的混乱情景，站在今天的角度就如同看电影，就像在看人类自相残杀时的各种疯狂、残忍和变态。实际上这却是当时的真实，是一切都不顾，也似乎顾不了的真实景象。就当下情况看，当初找人的人都死了，都已经以各自的方式归入了烟尘。虚娃当年描述他到西安城的艰难和恐怖，现在想来可能也不完全是瞎编，更何况，一个没有出过门的乡巴佬可能一到城市便像到了迷宫，再加上战火纷飞，再加上一切破败萧瑟。说实话最后没丢没死还活了几十年，不能不说虚娃还是个人物，从某种角度讲，也不愧是经历过战火的人。有人曾告诉我好文章可以佐酒，但有时历史的某些记载，却只能让人像喝五味杂陈的水，也仿佛在让人看一个王朝倒塌的背景和过程。

我知道我从小就喜欢爬树，就喜欢到各个地方乱转乱窜，感觉这类似一种随遇而安，但某些时候又似乎一直是流浪的感觉。但现在我已经没有了这样的精力和体力，很多时候也就喜欢在文字堆里那么漫步和溜达，那么寻找和感受当年的味道。这是一种追忆，又恍惚是在追忆中的再度感受，并那么体味从前、体味曾经。说实在的，我已经不可能像父辈，或更长辈的人那样亲自到当时的现场去探寻、找寻，去一探事情的究竟。我能理解当年家人费了那么大的劲去寻找我爷。有时想想当年大姨为了寻找一只丢失的鸡便满村道、满世界找，似乎最后能找的角角落落都找了，甚至连一些井和茅坑都看了，当时看到大姨急得那样子，感觉都有点快疯掉了。倘若不是后来有村里人从他们家的鸡群里给找到，送了回来，我还不知道大姨最后会怎么样。更何况，当年丢的还是我爷，是当时家里希望中的希望，是家里支撑中的支撑。也许对家里人来说，结果不重要，寻找可能才是要义，才是事情的根本之所在。

如今我经常走在那些历史的文字里，恍惚更像走在一条山路上，更感到寻找可能就是一种心愿。假如不寻找可能连希望都没有了，可能接下来的便是死，便是没有路的悬崖和断壁。我在时间的另一面走着。

恍惚之中我也不知道我这时变成了什么，或者我原本什么都不是，或者像一根针掉到了死寂的土里。

岩石和蜿蜒的水

说什么都多余，一只蝴蝶在飞。有时我觉得人就像在时空与事物构成的岩石中，从某种角度讲，它一直都是一个封闭的空间，尤其当时间将人，将一代和一茬人那么送入墓地之后，我们便能清晰地看到其脉络，也可以说是根须和水流的情况。就死亡而言，我们说没有谁不是孤独的，又似乎没有一个人的存在是清晰可见的。我现在就意识到这点，就这么在看着存在，在感受着人类的苦痛、欢乐和演变，从这个角度看，几乎没有谁不是走在说不清的状态，走在逃生抑或寻找希望的路上及各种气象和气流里。记得三姨曾说，我们都是草木之人，就是那么随时光生长的情形，没有谁能超越这点，也没有谁不是这么走在自己的生命里。这就类似无生无死，就是时光本身的蔓延，就像那么缓慢上涨的海水，最后将一切有机物淹没，类似让沧海变桑田，又让桑田变沧海的情形。这样有机物和无机物就这么形成了变化和转化，形成了我们在某些时候的感受。

有时一些文字可能都是写在或刻在空中的，但当时光过去后，我们会发现它似乎便有了实，而这时当我们再走到这里，就如同走到了文字的大地，走到了又时间又空间的存在里。从某方面我们只有走到这样的一种感觉中，我们才有了某种相信，有了某种认同和认定，有了我们在某些地方走的感觉，并那么形成新的水流和感受，就如同我们到了某个风景中。

一天，或者更确切地讲是在2011年10月22日将要到来之际，我已经从某种角度放弃了对我们家一些事情的探寻和探讨,他们几乎都已经成为一块方方正正的石头,我想这中间是个人的,也是民族的,某方面讲也是整个中国和人类的。有时候到了这种存在中,我们就会发现最大的孤独是没有孤独,最大的孤独本身就是块石头。有文字是这样记录当年的:

  1900年,八国联军向我国发动侵略,8月14日攻进北京。15日慈禧挟光绪仓皇西逃,狼狈不堪。其实,这种说法准确,恍惚也不准确。准确可能是逃离北京城的那段,当时是何等狼狈和慌张,应该说可能怎么想都不为过,毕竟在枪炮和战火面前,无论你是皇帝,还是太后老佛爷,此时也都成了普通的肉身,成了不可能枪炮都打不死的情形,因而怎么狼狈离开都不为过,哪怕披头散发,哪怕衣冠不整,哪怕方方面面有失皇家体统,都没有什么。有一点原则就是别被枪炮打了,别在这种时候我们的皇帝和皇太后老佛爷给这帮洋鬼子报销了,倘若那样不仅会群龙无首,更会让整个国家都没了主心骨。更何况国破山河在,更何况留得青山在,哪愁日后没柴烧?

  也许刚刚逃出北京,也许还没有逃出北京,就有护驾的对老佛爷讲,这帮长得跟怪物似的家伙,也有点太小瞧我泱泱中华了,他们以为我们就北京城那么巴掌大的地方?我们倒要让他们此次见识见识我们大清国是怎样的一种幅员辽阔,怎样的一种气度恢宏,我们就将那地方让给你们做几天厕所和厨房,从而让你们见识一下我们大清国是何等气量,最后还要让你们清楚我们国家的人怎么一人尿泡尿就会将你们冲跑。

  这些洋人哪知道我们大清国有多大家业,他们不过是像刚刚从哪个山头下来的土匪,没有见过什么罢了。惊慌的人听到这话似乎也不惊慌了,老佛爷的心也多少放在了肚里,仿佛从刚才的睡梦里醒来,脸上又有了泰然,有了大清国原有的尊威。咱们就当小孩子不懂事,一时惹您老人家生气。也许老佛爷现在需要这样的话,也许听到这话,无论刚经历过怎样一种狼狈的老佛爷有了体面而舒服的台阶可下。

  老人是要哄的。哄老人就像小狗舔贵妇的脚,只要将她们那儿舔痒痒了,小狗别说吃骨头、吃肉,就是吃贵妇的奶贵妇也给。有时人们可能忘了,狗性其实就包含着人性,就包含着人性最精妙的部分。当奴才和下人的,便要有这样的狗性和奴性,没有这,别说啃骨头,可能就是最后想吃屎都没有人给拉。做奴才和下人就是要想着法子让主子高兴，主子一高兴什么都有了，主子一旦不高兴，那么做下人的就不会有好日子过。主子是什么？主子就是天，天要是阴了，我们就什么都不是了。

狗都懂的道理，人难道不懂？围在皇帝和老佛爷身边的这帮人太明白这个道理了。这叫什么？这叫有眼色，为了让一切的一切都风和日丽，好像在老佛爷那里什么都没有发生。这样无论天塌，无论地陷，我们这儿仍然是彩云飘飘。这样我们看到光绪和老佛爷到西安一路就成了不是逃亡和逃命，甚至成了更奢华的旅游观光，成了尽显神州之光华和光彩的展示。我想说鸡蹬腿也是这样的，也是这样尽显自己。

鱼游在浑水里是生息，游在清水里是观赏。慈禧和光绪一行，当年就那么从北京到西安沿途画出了一道长龙，那似乎是在告诉那些洋人，中国龙是怎样的，中国龙是越被你们炮轰枪打，越能显示它的光彩和奢华。

这一幕让有些人看到了。此时我老爷可能还在发奋读书，在那里准备考取大清国的功名。这也许就是大和小，就是存在的有限和无限。有时时光在我眼中似乎更像岩石，而我们生命的存在便在这里，抑或正是这让一切有了生长和流动本身的情景。人和所有生物都在这样的石头里，并这么形成不同的生存途径和成长图案，并这么让他们或它们更凸显。

这段日子我就这么看着什么，又似乎什么都没有看。我想在以前可能很多人没有找到这样的乐趣，找到这样一种观察事物的方式，从而让我们仿佛一直都在乱跑和瞎跑，就像无头苍蝇，就像尘土中的尘土。

我曾听人讲，没有人喜欢打仗，也没有人喜欢战争。事实上，这话只是人们的想法，只是人们的一种愿望，有时我们都是顺着画面在走，都是顺着某个光线和丝线在爬，在上下，就像蜘蛛，就像各种在空中、在眼前飞舞的虫子。从这方面看，其实战争也是一种游戏。这种游戏某些时候可能残酷，而某些时候可能更刺激，尤其在废墟、焦土，在形形色色的尸体旁，恍惚看到草都会让人想起什么，就会让人想起战争的场景。

有人曾对我说，石头从什么地方掉下都是石头，那么人呢？或许还是人，或许就成了垃圾，成了肥料，成了不断变化的图案。这时假如再有一些蛆蝇，再有一些野狗、狼、豹子一类，那就是另一场战争，就是时间之上的花朵，假如这时再被一道落日的光照着，那可能就更是一番色彩和景象。

我坐在那里喝着茶水，仿佛远处什么都有，又仿佛眼前什么都无。

一顶破草帽

在很浅的水里，我看到了河床里的石头，那是一种薄，薄得就像纸，就像街景，就像墓地连着墓地的山川山岭，就像城市接着城市，并那么显现。有时有些东西掉下去就这么迷幻，就这么迷惑，也就具有一种繁衍的感受。此时我变成了什么我已经不知道，我仿佛只知道世界原本可能就这样，就这么形成了拥挤的拥挤，形成了时间的时间，又同时形成了黑暗与明亮的变化。在我看来人都在往深渊里去，只是没有谁在走到那步前会察觉什么，抑或即使某些时候察觉到了，也不觉得这有什么不好，这可能也就是深渊没有深渊感，我们这样才恍惚在大地上，才在事物里，才在我们被雕琢的过程中。

有时我们顺着时间的台阶那么往下，就像走到了历史的深潭，那儿某种角度便是一种幽深，另一角度可能就是场景中的场景，在那里，我们似乎能看到原来的一切，看到曾经的他们。到了这个地方你可能就会发现似乎原来的一切都没有远离，而许多东西类似只是换了一个地方，只是那么被重新放置。

到现在我感到自己不仅在前面发现了那神秘的水洼，后来又发现了那方方正正的时光石，而现在我似乎又发现了一顶看上去并没有什么特别的破草帽，但当我戴上它时，我就发现它似乎更加奇妙，奇妙得就像我已经拥有了这个世界最具魔力的珍宝。仿佛戴上它，这个世界就没有我去不了的地方，曾经发生的一切都被它记录着，从而感觉一切隐秘这时都不再隐秘。我刚感觉到这点时自己都有点恐惧，有点害怕，有点让我自己都不敢靠近，仿佛有被妖魔缠身的感觉。同时戴上它我似乎就同几乎所有我认识和与我有关的人都没有了隔阂，仿佛我就那么走在他们曾经走过的路上，又仿佛他们所做过的一切这时都能被我重新经历。这让我实在感到有点太恐怖，恐怖得叫我知道了什么是真正的失魂落魄，什么又叫真正的魂飞魄散。因而发现这件宝物后，我反复适应了多少次我都记不清，那是几千次，还是几万次，或者已经上亿次？总而言之，直到我没有了恐惧，直到我最后将它运用自如。

说实在的，我从来都没有梦想着让自己在世界寻找什么宝物之类的东西，我一直觉得这都是小孩子的事情，或者说是小孩子的想法。但是我今天很突然地得到了这件宝物，它仿佛特别，又不特别，这就是鬼使神差。我沿着梦走，还是沿着路走？每一道光线下似乎都趴着人，每一石块下、石块里都留有人的各种气息和气味。在这样的一种境况下，我看到了很多东西和人依旧在不断下沉，落入这片深潭。在这里时间是漆黑的，也可以说是漆黑中的漆黑，并最终又形成了一种黑中的亮，形成了我们看到的各种事物的液体。我听到有人在那儿讲，其实存在永远是错觉，我知道说这话的是刚掉入这片黑暗里的人。他们可能此刻还在挣扎，还在这么不愿下沉，但我看到这是徒劳的，仿佛越是这样的人在这里下降得越快，而一声不吭的则似乎下降得并不快，或者说只是我们看到的沉。有这样的沉，我们说便有这样的静，有类似我们所说的无声。我戴着这顶草帽到这里的第一天看到的便是这，或者说应该看到的比这还多。我发现这里是一个可以畅所欲言的地方，是可以观看几乎每个人任何一处经历的地方，抑或就是我们所说的回放、定格。这让我想到了小时候我们在水里捞蝌蚪的情形。这里每个人看上去都像蝌蚪，与蝌蚪不同的是，每个尾巴处都有一个死亡日期，它表明的是一个人时间的尽头。而类似蝌蚪的那个黑团就如同经历构成的事物线团，因而这样拉过去，一个人一生所做的任何事都在那儿了，即使当年自己觉得最隐秘的存在都在上面。试想这是怎样的奇妙，又是怎样一个真正储存着人类存在和生活密码的地方。我都想不到自己怎么会找到这个地方，这个近似多少科学家耗其毕生精力和心血都难以寻觅到的东西。我想神奇可能就在那顶草帽，而这顶草帽我记得自己小时候戴过，戴它在下雨天上厕所，戴它在下雨天那么在一些地方走和窜。至于是不是我自己曾戴过的那顶草帽，我也无法确认，我只能说很像，只能说十分神似。

我后来发现戴上这顶草帽，能打捞上的都是死去的人。这里有男有女，有老有幼，分时间、时代聚集，同时也分血缘那么排列，而且更奇特的是，我们假如按事情分类收集，相关的信息就自然被排列起来，并瞬间被勾连为一个网，从而让人一看就了然。我看到这里的一切都是按时间排列的，从时间单位看，有年月日，有时分秒，还有再细的就是毫秒微秒，甚至还可以更细，细到近似丝线，直到看不清和无。还有一个特征就是，事实和已经成为事实的东西都在时间水平坐标的上面，而相对应的思和想，或潜意识都在下面。记得当时我随便拉出一个人，一个女人，并看她有几个异性，当时我就看到有两个，而她心中有几个，我能清晰地看到起码不下八个，而要呈现那些内心虚幻，甚至虚幻之虚幻，那么我应该说一段时间就像鱼虫似的。另外我要说，这里看到的似乎和这个人生前没有多少区别，不同的只是这里无关的人看不到，也听不到，就像没有声音的电影，但有时只要渗入他们自身，一切就是真实的重现。

也许找到这个地方我该欣喜，因为我近似人们所说的能够偷窥几乎想偷窥的每个人，当然是如今已经死去的人，但这还是让我有种说不清的感觉，用活着的人的话简直可以说就是卑鄙和无耻，就是十恶不赦，就该下地狱，下油锅，就该千刀万剐或碎尸万段，死有余辜。总之一句话，对没死的人，这地方严格讲是禁区。假如再往明白了说，这里类似活着的秘密，事实上，它已经不复存在，也许从视角上讲，这里的人们可以说都已经一丝不挂，甚至连我们曾经所想象的最隐秘的心都是敞开的，都没有了任何遮掩。进一步说大家都这样也便司空见惯，也就到了最清楚的清楚里。当然，清楚便成了又一种黑和暗，成了我看到的很是幽深的液体了。

人不敢在一个地方待得太久。我摘下了那顶草帽，我发现自己坐在一家酒店的大堂里。

汽车翻到了沟里

没有什么是现实的，也没有什么是非现实的。我看到一辆车翻到了沟里，整个过程就像从高空掉落的物体，然后往下，然后翻滚，然后就能想象有人从此退出了世界这个舞台。我知道在这个世界每天都有庄稼以类似的方式成熟，并被送到该去的地方。这是变化，随即可能便有了演化，而我们看上去似乎什么都没有发生。我想说的是，整个世界都是这样的一个式样，并形成了我们某些时候更多的看到和没有看到。

我想说一切都在背离中，抑或正是这样的背离之背离，让我们某些时候就像虫子，就像鸟，同时又像更任意的物体。女人更像鸟，像世界的色彩。男人更像乌黑的枪管和枪口，它形成了对色彩的扫描，并适时让色彩变化，就像让花瓣掉落，形成我们看到的果。有时走在这样的落英处，人们之所以悲伤，是它往往更能让人想到女人。

我们都生活在各种不同的光线中，这形成了交错，形成了我们某些时候所说的自然和非自然。自然中的不自然就是人为，也可以说就是生命的迹象，并由此让一切有了隐蔽，有了看似没什么的存在和现实彰显。我顺着一座土坡往下滑，这是一种感受，也是一种式样，或者仅仅是我自己一度的生活。

一个人从记忆到没有记忆，或者说从没有记忆到记忆，这其实就是路途的两个面，是我们在某些地方攀缘或被攀缘的情景。我们没有谁能逃出这样的一种状态，某种角度这就是我们所说的现实之现实，就是我们看到与所说的存在本原。到了这个地方我们便犹如到了景象的景象中，到了生死时空没有任何隔离的存在中。这样一切都是我们的看到，又似乎是我们的没有看到，或者说很多时候我们所能看到的便是记忆的水流，便是梦和现实形成的远和近，并让我们由此像站到了未来的某个地方。

战争是和平的另一面，抑或它们原本便是一死一生构成的激烈与平和，构成的有声与无声，从而使我们在这里看到的只是画面，只是由此形成的各种景象。这样我仿佛坐在了死亡的凳子上，在看我们的历史和存在。我想起了那片雨后的水洼，想起了它里面的景象，还有在那儿喝水或装作喝水的羊。同时又看到了那个正方形的石头，和石头里各种呈现的呈现。最后我又想到了那顶破草帽，那顶不会有人将它戴到自己头上的草帽。它就像在粪池里被泡过，泡得又黑又破被扔在那里。我猜想这顶草帽最后一定是被母亲捡回的，她也许开始用清水先冲，再用碱水煮，再用最强的太阳光晒，最后才让人可以将它再戴到头顶。而人能闻到的似乎还是当年的麦草味，它的颜色已经完全成了岁月的灰白，成了类似天空平常的云，我看到那是淡中之淡，那是可能捏到手什么都无的情况，甚至连粉末都看不到。那么，我是怎么找到这顶草帽，又是怎么将它戴在头上的？我都有点不知，有点犹如处在梦里的状态。我只记得我当时极渴、极渴，渴得几乎没有了丝毫的气力，并一遍又一遍说，水、水、水，直到最后那个水几乎没有声音，只有口形时，我其实已经绝望，已经没有了任何知觉。然后不知过了多久，也许是整整一个世纪，这时候我看到自己醒来了，我看到了那顶草帽，那顶近乎圣物的奇妙之物。它就在我头顶，但不在我头上。我当时非常非常熟悉它，那熟悉的程度之深就仿佛我清楚它的整个形成过程，恍惚能够看到编织这顶草帽的每粒麦子，及它们怎么被播撒到土里，又分别长在什么地方，收获之后麦秸如何被编织成了这顶草帽，它都被什么人戴过，同时它的功能怎么从遮挡雨水最后变为了救我命的聚水器物。我什么时候醒了，又什么时候透过那顶草帽的缝隙看到了天，看到了漆黑之后的光线和光亮？我醒了，我不敢相信，恍惚我能感到的就是精疲力竭，就是什么也没有之后的梦幻。我已经不清楚自己是否在这之前坐在那辆汽车里，并那么想着腾云驾雾，并最后掉进了那道沟里。隐隐中，我闻到了血腥味，又听到了几乎各种声音汇聚到一起的境况，那是哭叫声，是各种骨头的断裂、破碎及崩裂的声音，是人似乎能发出和会发出的各种叫声的混合，然后接下来的便是沉寂、死寂，便是大家都在等着一场雨，又似乎怕雨水过多过大将各式各样的伤口浸泡和再度撕裂，不仅没能解渴，最后竟将那些伤者犹如再丢入大海。战争将一切变成了狂风暴雨后的惨状。那是干燥形成的火海，又是湿漉漉之后人们看到的还未死和已死的生命杂象。这时候，人是什么我们无法辨别，之前究竟发生了什么我们似乎也没有谁能够回忆和回想起来。人们可能这时只意识到这是最激烈和惨烈的战争遗存，只知道这是梦中梦最后交织、纠葛和缠绕及扭曲到一起的存在，就如同裸露的树根，就像各种生物最后被埋葬、毁灭瞬间呈现的各式景象、状态和存在及生命的原形。

我从这样的地方坐起,那一刻我不知道自己是树还是虫,或者是老鼠、蛇,抑或任何一种生物最后的残留。我由此想到,世界实际上就是各种灾难、灾害和欲望的堆积和残留,是由此形成的景象和景物。

恍惚中,我这时才知道当年我爷的一些情况,才明白他是被什么吞噬了。战争中没有幸存者,假如这时再加上时间自然形成的纵向,我想说整个那代人都在这种时间构成的坟墓里。

我恍惚又得到了一件宝物,这件宝物就是时间形成的玻璃一般的透明体。感觉人类的所有历史、真相和我们每个人的一切都在这里被保存着,其中有可能是沙粒,也有可能是像我前面所讲的蝌蚪般的线团。因此,地球便是我们看到的一部有关存在的沙之书。我看到了时间的冰块,看到了时间在生命下的不同形态。我看到时间在这里似乎成了路中路,成了我们每个人各种存在的记录。很多时候生命似乎都被石头包着,那么往外生长、渗透,那么不断长出什么,又剥落,又形成我们所说的不同环境。我坐在那儿很久,仿佛这时我是什么和不是什么都不重要,重要的是自己刚才所经历的一切就像一块石头的忽然崩裂,并那么形成了碎块,形成了各种情形的变形和变体,而曾经的曾经这时我们已经无法看到,就像来到了另一河滩,又一生命的生命地段。最后我听到了鸟叫,好像是喜鹊,喜鹊似乎喜欢在很高的地方筑巢。

清晰构成的迷惑,迷惑形成的硝烟,硝烟形成的雾霾,与雾霾形成的朦胧之光。我恍惚又看到了以前熟悉的早晨。这时候我发现世界原来经历了这一切之后还在那儿,并一点点那样显现,那样重组画面、事物和人间。这让我想起了这样一段话:白昼,它的武器就是光明;夜晚使用的是茫茫无边的寒冷和沉寂。我们都走在观念的河里。

有男人的地方就有战争

我们都在现实中,又在历史里。历史构成了昨天的昨天,并这么一路下去。历史的深没有边界，边界的边界或许就是大海下的大海。我们都在今天，都在这个历史的大海旁，那么看着或没有看什么，那么想着似乎又什么都没有想。陆地最低的地方也比大海高，抑或我们此刻都在高于历史的地方，并那么感受着什么，并那么在不同的历史景观中穿梭。历史是值得尊重和敬畏的，从另一方面讲，我们其实都在走向通往历史的途中，那么接近着大海。这就像海水一直在上升，也像我们一直都处在海水和历史的追逐中，并那么形成与陆地和岩石的碰撞，形成浪花，形成涌动，让我们看到的陆地和人间更加清晰。这种自然的非自然便是我们人类的存在，便是我们各种嬉戏、战争和争斗的平台，也是所有存在物存在的本身。我们的存在被保存着，也被记录着，从另一角度讲记录也便是我们所说的吞噬。用另一个说法，我们其实都在历史和未来构成的大嘴里，在由此形成的海天下，或海天中。从某种角度，时间永远是往上的，它构成了山、水、气，构成了对应的空、实和虚。我们都在不同的时光里。

一切都需要资源，一切都需要转化和变化。慈禧和光绪在西行路上，走出了一条龙道，仿佛沿途不是逃难，倒更像一次特别庆典，像同八国联军的炮火相比看谁更光辉、亮丽，看谁更是这中间的强中强，更是这块土地的主人。主人有了意图便会有人张罗，更会有人有办法将这条路途搞得像慈禧、光绪依旧在皇宫里一样。有时背景就是人为，抑或只有这样的人为才让有些事更耀眼，更能显现皇家的气魄。在中国，皇帝就是权威，就是一切，因而皇帝想要什么就有什么，这就是很多时候有人看不懂的，也是世界让人觉得好玩的。也许后来人能看到这无异于自掘坟墓，但就老佛爷而言，这叫我高兴，这就叫我就喜欢这么来埋葬自己，来修不同于一般人的墓道。当然，现实就是变奏，就是映衬，就是我们所说的存在和现实交响，并由此构成乐章。

这不是在给地下埋炸药？恍惚中我听有人这么说，我同时又听到慈禧讲，这叫我高兴，难道我做不了洋人的主，还做不了我自己、我大清国的主？其实我想有主人的地方便一定有狗，而有狗的地方也一定有狗和狗之间的竞争，它们看谁更讨主子的喜欢，更能将主子搞得舒舒服服。舒服是人人都需要的，别说老佛爷，就是一般人也都喜欢舒服，都喜欢那么让人哄着、宠着，让人知道自己什么时候要什么，这是人作为生物的本能，也是人不是一块石头的原因。这样我们便看到了什么叫众星捧月，就像那么多的蚂蚁供奉着他们的蚁后，并那么乐此不疲，并那么在忙碌中让自己快乐，让存在和事物不断形成变化，形成图案，近似于自然中的分工。

我们都是气味的存在，或者说有怎样的气味便会有怎样的存在物和生长物，有怎样的事物和事物之呈现。有时候我们都是自己，我们又仿佛都没有自己，从而让有些东西看上去只是景色。因而人都有自己的喜欢，有自己的高兴，有自己由此形成的生命状态，并让有些东西看上去像大地，像天空，像由此而形成的光线变化。一天，我看到有人在那儿钓鱼，那构成的是一种静，还是一种动，抑或仅仅只是一种状态？后来，我看到鱼被他钓上了，我看他很高兴，看他的面部表情放松，就仿佛鱼身上的鱼鳞此刻都变为了花朵，那么挂到了他的面颊的每根毫毛上。女人喜欢吃鱼。女人喜欢有什么让自己饱满，饱满才能让人踏实，让人有更多水流、分泌物，让人类似在时间的精华中。没有时间我们就干燥，就像到了沙漠，有时间和能让人感知到时间的东西，我们说都在水里。从这点说，我们其实都喜欢被浸泡，并在这种浸泡中让我们有被拥抱和刺激的需要，并由此让我们的感观更敏感，更对外界保持各种特殊和天生的敏锐。

从另一方面讲，人都是喜欢让自己敏感和不断敏感的动物，一旦没有了这样的敏感，我们似乎就感到窒息，感到被什么围困，同时可能感到周围都是岩石，是没有了氧气的真空。死亡就是这样的场所，就是这样近似石头和石头排列出的世界。它们就在那儿，它们没有呼吸，它们有的就是被侵蚀，被风化，被时间那么定格。或许正由于这样，人某些时候都喜欢变成灰土，变成灰土便有一种好，便有一种敏感中的敏感，仿佛某些时候的无处不在，又无处都不显现。我不知什么时候已经变成了灰，也许在一百多年前便这样了，便这么成了被人丢下和唾弃的什么。

有人说，你怎么这样？我说我就这样。我知道问我这话的人肯定还没有体会到成为灰土、成为粉尘是多么奇妙。从某方面讲，没有谁不想让自己无孔不入，但很多时候人们痛苦的是没有谁能做到这点，假如我们成为灰土我们就能这样了，就能到达这个世界自己想去的任何地方，并让自己最后形成感受的被感受，形成变化的变化细微，就像人们所说的阴毛上的灰，就如同生殖器本身。我们最早都是由各种各样的灰尘组成，并那么形成的一个生命体，然后便被扔在或放在一个黑暗的地方，并那么被水浸泡，并那么形成悬浮，形成漂移，形成上下左右鱼一样的游。我们都是由鱼变的，也是从最黑暗的地方滋生的。从这点讲人都在隐秘中诞生，并由此隐秘中被钓鱼的人钓出的循环，而这样的循环构成了繁衍，构成由此形成的一个存在和生命链。它们很奇妙，还是它们并不奇妙，或者说混沌的混沌便是这样？

　　皇宫中的一只鸟被打飞，掉下的是尸体，飘起的是羽毛，滴下的是鲜血，而回旋的是两种声音形成的交汇，形成的远离和无声。生命在声音中诞生，又在声音远离之后被孕育。钓鱼的人依旧坐在那水潭边。水潭边长着树木，长着草，同时那儿还有各种虫子，而那个钓鱼的人就在那旁边，就在那里将一根线放入水潭，放在了类似我们能想到的子宫里。子宫里有鱼，大大小小的鱼在那里游。钓鱼的人在等阴道和子宫里一只鱼的鱼嘴，等它张开，等诱惑形成的诱惑相互构成的瞬间，等他钓起时的沉，等被钓者因疼因痛的挣扎，之后他看到了鱼，看到了殷红的血，也闻到了那股特别的腥味。那是阴道的味道，那是腐败等待新生的味道。我看到男人笑了，我看到了男人的手抓住了他的那鱼。女人需要被抓住，而抓住形成的挣扎似乎让她更有激情。有男人的地方就有战斗，有女人的地方就如有鱼游在水里。

　　八国联军当年伸进北京城的是炮筒，惊飞了光绪和慈禧，并那么洒了一路的血。当时护驾的太监知道这一炮打下去慈禧多疼，也明白类似褴褛中的光绪多么惊恐。实际上，人们都知道，这哪里是凭空打炮，这简直就是强奸，就是要我们老佛爷的命。太监就是阴毛，他们眼睁睁看到了被强奸的全过程，但他们没有办法，他们的办法似乎就是如何呵护着让伤口的疼痛减缓，让这样的伤口尽快愈合。作为太监，作为类似阴道、子宫的毛，也只能如此。作为护驾者，沿途的各级地方官员就像这些太监阴毛旁的大小虫子，让那地方被伺候得恢复正常，或者说多点痒痒，少点疼，因为任何伤口一旦发痒表明伤口快好了，就接近痊愈。或许就一句话，叫痒痒，别让痛，龙颜才不会大怒，这样我想起了密密麻麻爬在那儿的蚁群。

　　官员都成了那儿的蚁群，那沿途的百姓更成了灰。当然，为了不让灰尘腾起，对伤口形成污染，官员还必须对沿途的路面洒更多的水，让老佛爷一行感到之前什么都没有发生，之前只是做了一个梦。

我在阅读中阅读，我在一百多年后的今天翻阅那段历史。那是真实的背影，又是背影的真实。中国在那时被炸了一个大坑，而为了填这个坑，中国几代人都被埋到了里面，都在以各种不同的方式经历着填埋这个大坑的过程，进而让填埋最后成了被填埋。

我们都在世界的子宫里

夜晚是繁衍的时间，独立行动是为繁衍做准备。这就是世界，就是人类，也是所有生物的现实自然。这样想是一种美妙，这样想也便有了我们存在在某些时候的不同式样，有了光线下的光线绵延。对于人，没有文化就是欢喜，甚至可以说是欢喜至死的一种模式。我这么想的时候看到狗和狗那样，看到鸟和鸟的追逐，看到公鸡压住母鸡那样，同时也看到两只蝴蝶那么一起在飞，还有苍蝇，还有蟋蟀。繁衍是一首生命的诗，繁衍又是一种生命的乐曲，并那么形成交配，形成无声、律动，形成节奏的变化，然后高潮，然后死寂，然后像大家都进入了梦里。有梦就有惊醒，就有这中间猛然的什么。女人在梦里往往不怕惊醒，尤其是受孕的女人，更是在这种时候不管天塌地陷，仿佛这更像在体味生命的另一种滋味。女人的滋味在孕育，在养育，在某些时候让自己千疮百孔，让自己破烂不堪，让自己成肥料、成土、成粪。慈禧是这样的人，她似乎要的就是这样的奢华，奢华表明她才代表一个国家，只要她在，这片国土就在，只要她在，哪怕她脚下的土地再贫瘠，庄稼再缺养分和水分，她也不能让那些洋鬼子看不起她，看不起她脚下的土地。女人狠起来，炮筒都会软，都会自己弯曲、耷拉下来，并那么自行残破，形成断裂。

女人炽热，男人就被放到了火上，就在这种火焰中被化作了灰，就这么让整个大地都像火烤一样。难道我大清国就没有了男人，难道我大清国的女人就这么被拱手交给了那些不知哪个山头下来的洋人、那些怪物？我就不信，看谁比谁更狠。老佛爷的这一怒，确实让她感到了滋润，确实让八国联军在北京认识了这个女人，认识了这个女人控制的国家确实不同一般，也不同寻常，知道了这个国家在关键的时候有的是钱，仿佛不惜将大地变成火海，让整个国家烧成灰，也要烧出银子，即使白银是白骨化就的，我们也在所不惜，我们有的是白骨，是人，是人呈现出的精神。这仿佛就叫我们都在阳光中，我们都在月夜里，同时我们都在这个世界的子宫中。我们被送入了黑暗，我们被扔进了白天，我们为了繁衍被蹂躏，我们为了蹂躏被繁衍。在这种情况下，生命似乎便有了种种存在方式，并这么形成了各种变化，形成了自然以外的事物，与事物以外的自然。我们被折腾，我们被炙烤，仿佛这一切都为了活，为了让自己感受到某些存在的变化。

　　我看到有人走向了一个池塘，看到有人在那儿洗手。存在在某些时候永远是自然的，而在某些时候又是非自然的。我看到人们在某些时候都在玩，都在那么让自己兴奋，又让自己仅仅在什么地方走。人在子宫里是一种漂浮，也是一种游动，某些时候也是不知不觉的安静，从而让什么都表现得无，表现得没有声息，有的就是被浸泡，被养育，被那种茫茫的黑裹着，并形成了一种懵懂，形成了一种近乎随风飘拂，就像纸片、尘土，就像树叶的生成和生长，又像某些时候关着或开着的窗子。在世界上我们都是被欺辱的对象，而同时我们又在欺辱着别的东西。这形成了一种勾连，又类似我们看到的没有勾连。一段日子以来，我就喜欢这么躺着，这么随便在什么地方休息和行走，并让有些东西和我有关也无关。人类历史是我们看到的另一土地，另一女人，另一记忆又没有记忆的地方。我们有时候可以上那里玩，上那儿捡拾什么，而有时我们也像关上一道房门一样将它关上，形成一种隔绝，就像女人穿上衣服之后，我们只有想象，只有猜测，只有在某些时候感受其中的什么。我现在似乎已经找到了走进历史的入口，也许就像有人所说找到入口的人是幸福的，有时那是一个远离现实的地方，又是一个可以喝着茶、抽着烟，那么翻看更多隐秘、隐私和绝密的空间。人需要有这样的一个休息处，这样一个让自己更是自己的地方，这有点像裸露对裸露，也有点像没有裸露对着裸露的一种存在。事实上，我现在已经习惯自己这么在历史的氛围翻动什么的感觉，抑或也可以将它称作一种存在方式。历史是一个特殊的地方，也可以说是一个墓地，是自然中的存在呈现。有时我来到这样的地方便来到了一种存在的寂静里，来到了四季形成的那些存在本身里。

事物有时就是丝线，就是我们的曾经存在，就是我们看到的事物的另一面。墓地的静往往构成的是一种历史的远，是由此形成的光亮，甚至可以说是更天国的状态。而我现在待在这儿，待在这离天国、离历史并不远的地方，并那么看着过去，看着历史形成的历史景象和脉络，就像在看一个民族的演变图，看由此形成的景象之景象。

我在抽烟，我在看着地上的蚂蚁、虫子，在看着那些在周围开放的花。我们都是时间里的存在，抑或我们都是时间中的生物，并那么形成了事物之下和事物之中的存在。从这个视角我们似乎都是虫，都是鸟，也可能都是鱼，也可能只是我们存在的存在。我想说记忆都是历史视野下的空，是我们整体在另一时间段落的存在。慈禧和光绪被枪炮打得逃离北京的那年，应该说那是国之难，也是国之殇。国家被洋人践踏，再遭慈禧一行沿途的无度挥霍，那么当时可以说整个中国大地便成了干柴中的干柴，这样劫难中的劫难的种子其实便已经埋下。因而一切和没有一切的存在从这时已经开始了酝酿，开始了它长达十年的孕育期，最后在武昌起义的枪声下，在西安这个可以说是慈禧坐月子的地方破壳，从而让这个统治了中国近三百年的王朝开始退出历史的舞台，越来越远，并最后恍惚成了一缕青烟。一个王朝的破灭可能是瞬间，就像一座庞大建筑的倒塌，但要处理它的后事，同样不是件易事，甚至要比推翻它还难不知多少倍。这样掩埋形成的被掩埋便成了那个时期的一个基本旋律，成了几乎没有谁能看到希望的苦闷。因而，那段日子以及往后的数十年，几乎整个中国大地便成了相互掩埋的大坟场，成了没有谁能逃脱的悲伤和悲怆地，成了死亡的唯一去处。

我看着什么？我似乎什么都没看。恍惚中我已经知道了我的祖先的所有。我脚下的大地既是一个大坟场，也是孕育我们今天每个人的巨大子宫。想到这里我已泪流满面，我的双膝已经像钉子一样扎在了这片土地的岩石上。时间之水和时间之梦，我的目光已经成了更显母性和雌性的手。

历史阅读和梦中之梦

光线的光线，我看到一碗水，看到了一张贴在上面的小嘴。历史永远是昨天的存在，是昨天形成的一页接一页的景象。我在这样的山水中走着，恍惚我已经感到自己成了灰尘，成了这儿的土中土。时间永远是这么一点点形成背离，并送我们每个人远行。这是来自过去的推力，这是来自现在的景象，从另一角度这就是我们人类的存在和历程。我们都是吃母亲的乳汁长大的，它让我们成长，让我们仿佛永远躺在由她双乳形成的柔软里，并那么给我们以自由，给我们以欢乐，这应该说是我们历史的初期和早期，是时间最显时光感的段落，并让我们在这里体会了更多的人间之暖、之爱、之光泽。我这么回忆和想象着。这是个人的情景，也是大地的景象，大地永远是低平的，低平构成了水流，构成了河床和河岸，并那么供人类和生命存在，那么感受着更自然和天然的阳光和色彩。从某种角度这是最大的养育，是我们人类生活更整体的背景和景象，我们看到了这点便类似看到了更世界的景象，看到了更历史的呈现和更梦幻的景观。

我在阅读历史，就像在吃中华民族流下的乳汁，它点点滴滴似乎都充满养分，都包含了父辈、祖先的劳作、流血、苦痛和牺牲。乳汁就是无偿的牺牲，就是柔软中的柔软，是历史的苦难留给后人的甘甜，是一个民族形成的厚重。在这个历史的巨乳下，埋葬和被埋葬的都是我们这块土地上的先人，甚至可以说是走进这个历史巨乳中的每个人，正是他们共同的血肉和智慧的劳作，才让它充满神奇，也才让我们看到了其实历史的巨乳也是坟墓的情景。

我们都是有脉络和纹路的，都是在既局部又整体的土地和文化的精液里。我慢慢翻看着这本时光之书，这本大地之书，这本乳房之书，这本坟墓之书。我在这儿看着什么，能看到的便是我们每个人都从大地上走过，或者是我们各自感受、认识的自己。这形成的是什么？是更历史的雕塑，是更时光的存在，每揭过一页，都有血水、泪水、脓水和苦水，同时也有各式各样的欢声笑语，有各个面孔的内在。我走在这里就像走在墓地，我不敢惊动这里的任何睡去者，我知道他们生活在这块土地上都很累了，都已经付出了他们所能付出的一切，我没有资格在这里惊扰他们，我只能在这里卑微得像一粒土，一种灰中的灰，并对他们表示最大限度的敬意。我走到这种地段，似乎才发现了这样一种奇妙的情景，这就是其实对于我们每个生命体，时间便是空间，这构成了一种轻轻翻过，最后什么痕迹都没留下，又似乎一切都是我们自己，都是我们每个存在者本身。另一方面我们似乎能够看到我们都生活、生长在时间中，这样尊重构成了另一种尊重，构成了我们看到的时间，抑或可以说这里我们看到的一切其实都在时间中，都没有离开时间这一存在媒介。这就是过去的时间是我们可以任意翻阅的时间，当下的时间是我们存在者本身，也可以称作书脊，这样未来我们便会发现它就是我们看到的景象，是时间继续那么流过的情形。这样我们便会发现时间的过去包含了时间的未来，时间的未来又囊括了我们时间的现在，并由此构成了我们所说的人类历史，并由此构成了我们在时间中的隐现，我们在不同时间段落不同的感受。这里我们说所有的时间其实都在一直往下渗透，而且这样的渗透都面向大地，面向各种文明的文明呈现。我们说任何文明都是时间的，只是最高级的文明时间和空间几乎是一体的，是分割中的近似没有分割，这就是时间的有效性，就是鸟长着翅膀的感受。这就是我们刚才所说的，即时间便是空间，空间便是时间的感受。这就是鸟在空中，鱼在水里，人在事物中，这中间其实都是时间和空间在存在者那儿的集中和呈现。能看到这些的是另一双眼睛，也可以说是这里的第三者，是前面所说的书脊。这样无论构成还是没有构成，我们其实都可能在一种景象里，在我们所说的存在本身里。自由是不知不觉，是时间本身。这样我在时间中下探，再下探，这才让我发现恍惚四处都是我们的存在，都是我们熟悉的路径，都是我们人类的种种存在和生命式样。

　　我推开一扇门，我走了进去，似乎屋子里都是我熟悉的人，都是我们远离又似乎没有远离的存在。仿佛这时的我只是出了趟远门，这时的我恍惚又从外面回来了。这样远构成的近和近构成的远，让我就像躺在梦里，让我就像看到了各个历史的沿途。我看到我奶拄着拐杖过来，看到父亲在那里读报，看到母亲在那里做针线，还看到虚娃那天在饭店同我吃饭，还有我拿着玻璃糖纸放在嘴边。城市比乡下更像梦境。

背离与背离形成的水流和光线

  树上挂了很多枣，它们有的已经红了，我待在那儿看，就像我在看谁换了件衣衫。自我来到世界，我似乎便来到了这种新鲜里，来到了这认识又似乎永远没有认识的情境里。这某些时候犹如一种飞驰，又犹如飞驰形成的静止，抑或高速中的高速。我由此看到了不同的时光和反射，看到了来自很远地方的什么，那似乎就是夜空，就是宇宙，就是我脚下的光。我就在这把折扇上，就在这个自然形成的事物里。老家的生活不错，童年的生活不错，现在的生活也一样。我们都是这么很缓慢地往前，这么一点点走在各种存在里。有时轻构成的是一种重，一种极重，一种让我们更显朦胧的朦胧，这就是冬天，就是这时落下的雪，也是这时更冷的月光。有时世界就是不同光线形成的变幻，并这么让我们看到它就像七彩宝石，就那么形成各种集中，各种现实的集中。

  我这么一点点在时间中感受着时间，在这种空无的空无中感受着其中的某种远。我知道自己已经成了灰尘和灰土，因而在这样的一种状况下，似乎无论在陆地，在高空，或在深海，我都不会有什么不适应，就仿佛世界原来便是这个样子，便是这样的一种存在本身。我怎么会成为现在的样子，成为这种有点不生不死，有点一切都让我感到没有意外，都是存在本身的自然？就是我已经发现了时间的最远和最近，发现了它真正相隔的便是那么一线，而这一线便是我们的生命本身。对于世界我们都在自己认识世界的路上，而这种认识的过程便充满了各种不同的事物面对。我们要到哪里？我们似乎最后自己都不知道，可能唯一知道的就是我们只是这样或那样走了一段路，像枣子红了一半，最后全红，最后连枣树的叶子都落了，那血红的枣子还那么挂在枝头，仿佛在等什么人摘，又仿佛在等一阵风吹过。我知道商店里的东西很多，那都是红了的枣子，都是被人摘下运到这里，并那么在销售。那么这中间包含的是什么？其实包含的有自然，有人力，有各种变化的变化形成的感觉。大清国走到了光绪朝便是这样的一种情景，就是这样的一棵枣树。这棵枣树已经够高够大，已经那么分枝分杈近乎三百年，人要吃那么高那么大的树上的枣子不容易，而更多想吃枣子的国人没有办法接近，只能想，只能看，或者只能自己慢慢种自己的树，或者自己披荆斩棘靠近这棵老树。

洋人也看到了这棵挂满枣子的树，他们清楚怎么才能吃到枣子，他们有满世界尝鲜的传统和经验，好听点说是世界的东西咱们共同用，也共同品尝，不好听点说是他们有更先进的打枣子的工具，这就是坚船利炮。这样他们便进了北京，这样人们看到枣树的主人逃了，看到那些枣子被洋人连吃带拿，就像山里下来的一群野猴，那般享受，在枣树上，也可以说是在龙头、龙床和龙身上那么恣意。老佛爷慈禧哪里受过这样的蹂躏、这样的欺辱？能想象没有遭受过侮辱的人遭此侮辱会是怎样的一种七窍生烟的情况。好在有人说一口气好忍、一口气好忍，好在这种时候有吃过老佛爷枣子的人此刻的精心呵护、伺候，好在有人告诉老佛爷，现在只有想办法和洋人，不，那帮野人讲和，答应他们的条件，只要不砍咱的树，只要树在，咱们还怕自己以后缺枣子吃？或许老佛爷听到这里，气色才有那么点好转，才说了句，我生娃也没遭过这罪。

这样最后枣树虽然没有被砍，但问题是吃了你的枣子，还要让你付钱，还要让你割地，还要让你报销这一来一回的各种差旅费。这是一场很好玩的游戏，这也让很多人有点看不懂，但似乎能感受到，感受到一种气息和气流，是生活怎么越来越困难。而此时很多人还在努力考取能吃上这棵枣树上的枣子的功名，并那么默默地、默默地走在这样的路上。我老爷当时就这样，就这么在苦读着，他虽然可能也闻到了来自北京的气味，但他还是走在考取功名的路上。我们都是鸟，我们都在梦中，而我们似乎又在自己的生命时光里。

时间能够抹去一切痕迹，就如同灰土，很厚、很面，仿佛拿到手里才感到了什么和又什么都没有抓住的情景。从某种角度看它给人的就是死寂，就是神秘，就像一切都是供我们想象的。没有谁愿意让自己待在这样的地方，这样的地方很多时候可能连虫子、老鼠和细菌都没有。我曾爬上一座阁楼摸到和抓到了这样的尘土,这样的尘土构成的厚和重,并在重中所含有的那种沉,会让我们不由想到岁月,想到它中间各种时间的景象。我上去之后没多久就下来了,正是这样的经历让我知道了岁月和时间的另一形态,知道了这样的地方让人看到的死寂和荒芜。这哪是一般的灰,这简直便是上天的飘浮物,是来自很远很远的地方的尘埃。我知道当时我在那里留下了手指、手掌的痕迹,也留下了脚印,所留下的或许就是人们所说的蛛丝马迹,在这样的地方似乎一切都会留痕,而一切的显现和隐去似乎也同样是光阴呈现的不知不觉。我们都是时间的鸟,时间的虫,又是时间最后的埋葬物。我记得我当时很有兴趣地来到这个地方,又很是小心,很是大气都不敢喘地离开了。当时外面的杏花在开,桃花似乎也在等待吐出它的红。

慈禧说,我造了什么孽?要让我遭这份罪?有人赶忙过来劝,老佛爷要想开点,老佛爷要想开点,这哪里是老佛爷做了什么,全是这些洋人不懂规矩。光绪坐在一旁,就像快从枣树上掉下的叶子。

文明就是两性,是由两性形成的事物之河

我们坐在世界上,就像坐在时间的船上,并这么在一点点往什么地方去,这么随着四季、随着白昼和夜晚轮回,这么在各个时段做各个时段的事,就像一个很是自然的转盘。这很好玩,这就是我们看到的大地。时间构成的时间变化很多时候确实是一种景象,从某种角度看,人都在时间里,而同时又在时间外,因为我们很多时候所能看到的就是事物。我现在已经不想再寻找什么了,尤其不想寻找我的父亲、祖先,寻找我爷当初到西安之后的具体细节,或者说传奇和意外,更何况当时本身就是一个传奇、意外,就是一个什么都可能发生又什么都会发生的时代。我追究这些,无疑是殉葬,还不如我坐在什么地方晒太阳,逗狗玩,或在那儿看点书。

用有的人的话说,世界其实无论怎么看就是男女,就是两性,就是由此形成的变化和繁衍。性是本能,性是冲动,性就像有人将另一个人的帽子打

到了地上，这本身就是性与性的一种表现，就是性的变种和延伸。洋人将大清国的帽子那么打到了地上，或者干脆抢去了。慈禧为捡这顶帽子，最后似乎有点什么都不顾了，感觉哪怕丧权辱国，哪怕让她的子民处于水深火热，也要从这些洋狗手中要回帽子。试想，这之前谁敢在太上皇头上动土？这次洋人似乎不仅在太上皇头上动了土，还撒了尿，还屙了屎。这让我大清国的皇上以后还有什么颜面坐在朝堂和龙椅上？难道我大清国真的没人了，难道我们到今天真是养了一群只会吃、只会喝、只会跟猪狗一样下崽、作乐、寻欢的货色？几年后，有个人说话了，他说你还以为你养了什么东西，不就养了帮见洋狗就拉稀，连东南西北都不知的家伙？这人就是孙文，就是孙中山，就是敢举火把烧大清国屁子的人。有了火把，便有人架柴、抱柴。如果说洋人打的是大清国的脸，那么孙中山点起的火把就是要看看大清国的那些官是不是都是太监，是不是还有屁眼。

　　有时这就是历史，就是电影。一天，我看到有人在画这段历史的景象图，就像在画让人怎么都看不懂的抽象画，在画各种图案和图案形成的交错、交汇和重叠，看上去就像卫星云图，并那么一层层交织在一起，薄得就像纸，就像纸中的透明。我在旁边看了一会儿，就像到了大海的旁边，并在那里感受海天一色的场景。这让我不由得产生了这样的幻觉，让我似乎忽然发现我们原来所说的历史其实是没有历史的感觉，它就是海边的一块岩石，它呈现的就是褐色，就是像黑煤一样的存在物，并那么牢牢地抓着大地，并那么被海水继续着它的冲刷，从而让人感觉似乎在任何地方都一样。后来我感到自己就像一只苍蝇一般落在了那种画上，落在了海边的礁石上。

　　海的味道很腥。它会让女人想到精液，会让男人想到女人的分泌物、阴道、子宫、阴毛及阴毛下的软、红，充满渴望的蠕动、光影。这样人待在这样的气味里，恍惚都能在这里找到自己，找到自己似乎身体处处都生长的感觉，这是种种欲望的滋生地，也是各种欲望萌发、展示，又不觉裸露的地方。仿佛一切都是自然地长，自然地分泌，又很是自然地满足。人都在各种不同的气味里，气味让我们有了各自的性和性情，有了自然又不自然的种种形态，又由此形成招惹或被招惹，形成事物在这里的种种变化。这样我们便能看到我们某些时候都是时间的，而某些时候又是纯事物的，是种种事物和生命交织在一起的情形。

很多时候我们都是随着时间向什么地方去，但更确切地说我们都是在朝着自己的欲望去，某些时候欲望让时间缺席，而相反的情况便是事物和欲望的缺位，又让一切都成为空，成为模糊，成为水、石头和空气，成了大地在这里的寂静。

战争往往不期而至，就如同瞬间的瞬间，就如同我们还没看清怎么回事，它便已经结束。但结束又似乎构成了又一战争的开始。这仿佛构成了一条存在的食物链，一条一种欲望刺激另一种欲望的链条。显然，洋人让大清国脸面尽失，可这只是人们看到的一场更大规模战争的序幕，是仿佛看似没有什么的什么，但可以说相当程度上这时大清国的底牌，大清国肥美的大腿、春光和春色，已经让更多猎物看到了。从另一角度看，这时的大清国人们看到它已经不是从前的猎鹰、猎豹，而纯粹成了菜鸟，有着仿佛枪一响就可能鸡飞狗跳的慌张。

但很明显，我老爷当时还看不到这点，倒是于右任于大胡子嗅到了这点。他原本可能成为大清国的一员，但他恍惚看到了走进大清国的官僚体系就犹如自己被关入了鸡笼，关入了羊圈或牛栏。因而他提早飞掉了，提早到了上海，到了那似乎各种欲望都能滋长的地方。

大清国的人大多没有闻过海味，或者说他们可能一闻到那味便会吐，便会觉得那东西腥死人了。这样最后海风一来，就可能先熏倒一片，枪炮一响再吓趴下一群，想想这样一群充满各种禁忌的人组成的所谓大厦焉有不倾覆之理？

我坐在海边看着这一切，看着这段历史形成的烟尘，就像在看一部历史的慢镜头回放，在看几乎所有人都没有理智之后的种种欲望构成的欲望混战，并最后恍惚无一幸免地都埋到了各自欲望的坟地，有的坟地可能本身就是欲望混杂在一起的，就如同最后大家都玩死的情况。

狼的眼睛永远是绿的，或者说是随着不同光线变化的。女人和男人有时属于不同的气味，而动物对气味都很敏感。

历史是很生动的

其实，人要回到各种事情的当初并不难，因为鲜活的历史很多时候就保存在那里，只是被名曰时间的雾气隔着和罩着，因而只要我们不怕，或者敢来个类似高空跳伞，那么我们便有可能回到当初，回到我们想去的某个历史深处，并那么看原来发生的一切。我知道历史常常是随时光那么往下的，尤其越长久的历史越如此，越这么往更深的地方去。我曾下去过一些地方，但这样往下似乎不仅是冒险，干脆有点像玩命，因为越往下越暗，也越寒气难耐。就我的经验，历史往下一年，温度从零度计算下降一度，而且暗度也比平常的夜晚相应暗一级，这样你要往下多少年，那么下面的温度就是零下多少度，而亮度也相应暗多少级，想想这样哪里还是探寻和冒险，干脆便是找死，是在自己和自己过不去。可没有办法的事情是，我天生喜欢探究某些事情的真相。有人便告诉我，这其实并不是特别难，或者说人类历史的真相并没有像人们所说的被毁灭、被抹去，而是都被原封不动地那么保存着，并且和原来发生的真实没有丝毫差异，只是现在和以前不同的是它们表面看都被压缩了，就像今天的压缩光盘，一切事实上都这么被保存着，只是它的编码复杂，或者说干脆就没有编码，因而有时你要找寻某段历史，似乎也就并不容易，甚至某些时候仿佛还得靠运气，还得有人们常说的种种机缘巧合，否则你就可能对看到的东西一无所知，甚至干脆就是一片茫然。告诉我这点的是位这方面的专家、教授，也是一位享有国际声誉、鼎鼎大名的学者。他的一句名言就是，地球上没有什么东西多余，只在我们长没长看到它的眼睛。有了这样的眼睛，我们的脚下、身旁就有了怎么看都是宝石的情景，或者说我们所说的历史和存在都被它们储存着，能看到它是福分，当然，看不到也是一种生活。后来教授又对我说了一句，人其实都是在为各自的兴趣在活，搞明白这点，你才有可能拿到走入某一历史的第一把钥匙。我告诉教授我要做什么，教授说，你执念太重，你还是什么都先别想的好，就像你在某个地方不知不觉便睡着了，等你什么时候有了这种感觉，你才可能拿到其中的第二把钥匙。我说难道还有第三把？教授笑了，何止还有第三把，我告诉你还有第N把，相信你慢慢就会明白。记录往往存在着反记录，探寻往往存在着反探寻，但有一天你对什么都没有感觉了，便有可能最后很轻易地到达你要去和想去的地方、地段和历史。关于这点它有多微妙和奇妙，我想最后都不用我来告诉你。

我告诉教授，我开始是想着找我爷的，他的死和去向一直是个谜，而且在我看来，正是他折腾了我们家几代人。教授说，你可能把你爷看得太重了，不客气地讲，你爷在屁花里，你爷可能在蚂蚁的一只腿上，还有可能在咱们喝水的水杯里，也可能在一个随便什么果子的果核里，抑或在女人的乳头上，要知道这就是世界和历史的奇妙，就是这个永不衰竭的宇宙。

听到教授的话，我似乎明白了什么，又似乎在什么地方真睡着了。就在这样的睡梦中，教授又隐隐说了句，比如人们常说，也常问，人是什么变的？实际上，这是迄今为止最大的一个伪命题，而且正是这个伪命题将我们很多人最后送入了迷宫，让我们最后始终像被根绳子拉着、拽着，就像羊被拴在一个柱子上，它只能在那儿转来转去，就像你找你爷，就像你说的你们几代人都找你爷，这不像你们几代人都被扔到了你爷给你们那么多人砌好的圈里？那么这究竟是你爷丢了，还是你们其实都被放入了你爷给你们设置的迷宫里？

教授说，据我看，你爷可能当初就没有出门，当初只是变成了你们家的一只鸡，或一只羊什么的，最后便导致这样的一种人找人的游戏开始了。当然，纵观人类发展史，我们似乎怎么看都始终在玩这种人找人的游戏。游戏某些时候便是心系，就是我们在某些地方找。有找就有变，就有被找，我们都是沿着不同阶段的气味在走，这种气味某些时候构成了我们的熟悉，构成了我们在这种味道中的演化，不同的气味构成的是不同的图景，是不同的引诱，而有引诱便有被引诱，便有侵蚀形成的被侵蚀，很多时候这就是我们的经历，就是我们不同气味的绵延。

这天我似乎隐隐感到了什么，抑或正是这样的感到，让我清楚了教授的话，我们都在历史的历史中，我们同时又在现实的现实里，这样就有了我们所说的时间和时代，有了不同的岩层和色泽，有了各种有机物和各种不同气味混合而成的大海，也有了各种无机物形成的高山。从这点讲，大地的土壤中混合着不同气味，大海中也如此，它们都形成了我们所说的混杂之混杂和混合之混合，从而形成了我们存在的各种可能性，各种变化之中的变化之景象。

　　我在这样的感受中适应着，适应着种种气味形成的混杂。从某种角度看，大海记录了人类存在的一切，土地也如此，这样形成了两种不同的动与静。在大地上，一切都是往下的过程，在那里一切都是一种沉，一种往下的沉淀和沉寂，并那么最终形成岩层、岩石，形成高山和松软的土地，形成土地上的各色植物。从某种角度看我们每个生命体都来自大地，最后又归于它。这就如同吃什么拉什么，就如同吃什么样的奶便下什么样的恩，并这么形成我们所说的不同的事物基因，形成我们对不同味道的适应和不适应、反胃或不反胃。生活在大海旁的存在物几乎都是吃肉的，有肉便有我们所说的腥，便有我们的欲望强烈，便有由此形成的存在游走。

　　我决定放弃寻找我爷，实际上真正的原因也在这里。我爷在人们的传说和能看到的最后地点是在西安，时间是在1911年的10月22日这天。这天西安爆发起义，他作为我们家人最牵挂的一个点，就像一块窗玻璃，一旦消失了，便顷刻对我们家构成了一种黑，一种漆黑。这样家人的寻找就成了很自然的事，就成了我们今天能够清晰地看到的寻找路线图，形成了我们家最后的绵延和迁徙。能够看到西安最后成了当时集中的寻找地，不然我们家最后也不会在这里扎下根，并形成滋生的再滋生，形成更像一棵大树的式样，一层层向上，形成不同岁月的景象，形成由此构成的线路，并一层又一层形成勾连，并勾连出轮廓，形成植物的各种不同景象，并继续在这个地球上存在。由此可见，世界其实就是生命存在。

　　一句话，我们是鱼，是树，又是鸟，最后再这么形成往复，形成循环，从而形成与时代的对应。

我们都是挣扎着在活

变化的变化一直都充满了各种随机，它某些时候就是水，就是气，就是各种不同气味的存在。时间在世界上永远是陪衬，事物和事物在这里形成的是不同的映照。在我的印象里，我始终觉得虚娃是个极有意思的人，这种有意思可能就在他从来就没有将自己当作什么，恍惚你说他是什么他就是什么，恍惚环境要他怎样他就怎样，他更多时候似乎没有自己的主观意愿，而可能唯一的主观意愿就是让自己活。因而对于他来说，这似乎构不成主观意愿，而能够构成的便是我们所说的本能。本能的力量有多大？其实我从虚娃的身上便看到了，抑或没有什么的什么便构成了他的任意，构成了他在任何地方同环境都没有缝隙。可能在有的人心里觉得虚娃简直就像蝇子，我想我父亲可能当初就是这么看他的，我母亲也觉得他讨厌，觉得他要是一来，就像蝇子飞了进来。但在虚娃眼里恍惚这么说他，还是对他的高看，在他心里他可能还没有将自己看作蝇子，因为蝇子还有翅膀，还可以那么在空中飞，还能够那么想往哪里落都行，想看谁的隐私和隐秘处理论上都能看到，而他有的只是两个拐拐腿，哪能和人家带翅膀的蝇子比，或者说他顶多就是蝇子屎。

现实的非现实很多时候可以说都是离地的，都是由此形成的更像在天空的样子，是近乎时间之外的时间，是我们对时间的一种超前存在。有光影的地方才有梦幻，而从另一地方看，有梦幻的地方都有光影，也都犹如宝石形成的宝石光泽。在这样的情景下，我们似乎便能发现从没有见到的梦幻和魔幻。人活到这样的状态，仿佛天地便一色了，仿佛一切都逃不出以这种状态存在着的人的眼睛。虚娃一次对我讲，人在世上没有谁能够摆脱挣扎的感觉，或者说只有挣扎我们才可能有成长的感觉，有我们被压在什么地方的情景。我不是不想挣扎，我后来发现很多时候挣扎没用，挣扎就是让自己筋断骨折，最后让自己变灰、变土、变粪，让自己像电灯泡一样破了。虚娃说，这事我见多了，不管别人最后说我什么，我都不在意，我都那么装聋作哑，让他们任意欺辱和侮辱，让他们在我身上找到威风，找到他们比我强、比我有尊严的内心需求。我其实最喜欢冒险，也最不喜欢冒险，似乎我什么时候都是我自个儿。就我这么个小命，只要小命不丢，我其实什么都敢丢，哪怕人们说像我这样的人连畜生都不如。我有时想比畜生强又能怎么，有些时候受的那罪还不如畜生。很多人不知道这其中的奥妙，总觉得比畜生强就活得怎么样，事实上，这样的人在我看来还不如畜生，不如畜生悠闲、滋润，不如畜生阳光和自由。

你记住，挣扎的人都是欲望强烈的人，是充满种种图谋的人。有时候这样的人是扎堆扎群的，也可以说都是些能力不够的人，最后能怎么？我告诉你最后怎么都不能怎么，最后可能连尸首都不会全乎。你见过玻璃被打碎后的样子没有？对，就那样，就那么支离破碎，就那么被散落一地，喂狗的喂狗，喂虫的喂虫，最后可能连骨头上爬的都是蚂蚁、苍蝇和蛆。我其实自己都想好了，我一辈子活得都不是人，就如同一只狗，一只野狗，最后如果不行的时候我就先钻到一个狗窝，或不论什么现成的洞里，最后的最后还留点气力自己将洞口封上算了事。假如有人问我一生都做了什么，我会告诉他，狗和畜生一生做了什么，我就做了什么。

虚娃最后死的时候是否如他所说，我没有详细问大姐，我只是推算他死的时候可能有九十岁。狗能活九十岁也算到了成精的地步了。人其实就两种活法：要么顾头不顾腚，将下半身交出去，别想繁衍那档子事，只寻欢，只作乐，只当它有也没有；要么你就将头扎进土里，那么只露出生殖器官，并这么不停地繁衍，不停地一窝又一窝下崽。这个道理实际上很多人不懂，顾头肯定便顾不了尾，这没有什么不正常，只在于我们某些时候所要选择的是先顾头还是先顾尾，这才是最关键的。

我们都在时间中，又在各种欲望里，并那么形成了演变，形成了事物的不同状态，并那么在一些不同的时间和时光中，让自己变异、变化，让自己恍惚一直在自己的现实里。从某种角度看我们有了某种不知不觉，我们就走入了正常，就走到了梦与现实的同步中，从而让我们似乎怎么都在梦里，又怎么都在现实的清晰里。我看到世界整个都是这样的一种情景，都是这样的一种展现和呈现，并那么形成更现实的现实朦胧，又那么更事物的事物蔓延。

人都有光鲜的时候，也有受伤的时候。慈禧那么一路西逃，能看出她伤得不轻。慈禧一辈子哪里遭过这样的炮轰和枪打？在她掌控的国土上，别说没有人敢对她老佛爷这么无礼，就是哪位不识相的敢在她面前咳嗽一下，看还想不想要他的舌头？现在倒好，这些长着毛脸鬼眼的一群妖怪，不仅敢如此无礼地对她，还让她如此狼狈地逃离了祖宗留下的皇宫。这对她造成的不仅是惊吓，而且可以说干脆就是大清国的奇耻大辱。看来，我大清国似乎也真像人们说的完全养了一窝子的饭桶。但慈禧和光绪此刻哪还能顾得上这么多，恍惚自己这时倒先成了一摊稀鸡屎。然而，多亏大清国不缺的是奴才，是这种会给老佛爷治疗各种伤痛的人。老佛爷后来觉得一个叫吴永的知县"接驾"有功，竟然一下从七品升至四品。人们听过病急乱投医的，没听说过伤痛好转这么乱朝纲的。但由此也可以看到当时的慈禧经受了怎样的大喜大悲，恍惚这时的老佛爷已经不是在坐镇朝堂，像到了地狱里的魔幻世界。

　　土从上面掉下来，上面一定有鸟或其他飞禽和动物。慈禧当时究竟吓成了什么样子，是不是已经屁滚尿流，是不是后来每天都有无数的舌头在老佛爷那儿舔，才让老佛爷发生了那么大的事最后竟然又回到了她年轻的时候？这也许是人们没有想到的，甚至可能连慈禧自己都没有想到。那么，这究竟叫因祸得福，还是最后又因福惹祸，从而让大清国在十年后轰然倒塌，并让这个国家干脆在几十年的时间里都犹如地球上最大的墓场和坟地，让人们在整个过程中几乎没有人不是孤独的，不论那些死者还是未亡者，似乎都成了掩埋和被掩埋的循环和持续，成了几乎死和活已经没有任何区别的木然。

　　天要下雨，但一直都没有下下来，人们就这么被投入了这片巨大的黑暗里，这个似乎只有流血才能有点气味的情景里。在这种情景下，人们恍惚唯一的活路和出路，也就只剩下了相互屠杀，只有命大的人才能从这里活着出去。

　　乌鸦比人还饥饿，乌鸦也在等待尸体充饥。

城市是文明的见证，也是最不文明的血腥、残忍和卑鄙

有多高的山，就有多深的水，这就是文明的两面。人在世界不是上刀山，就是下火海，这或许就是人类最真实的处境。从某方面讲文明构成的是云，是雾，是轻，甚至是轻中的轻，但不文明似乎便是残忍、凶猛，便是各种屠杀形成的一条血河，一种我们只有喝过海水才能品尝到的滋味。很多时候我们说战争是魔鬼，但它其实也是人性，是我们所说的存在的基本演进。我们都在性中，也都在道上，而有时我们已经在辨认着什么，并这么感受着生命的不同形态和彰显，并这么一点点行走在现实的编程和序列里，从而形成一种游历，形成一种看似无序的序列，从而形成通畅，形成更显气流和气息的变化和变幻。有时战争便是气流不通的情形，便是由此形成的冷热隔离，而长期隔离的结果，就可能让有些东西形成抵触，形成两种力的对抗，最后使其在某些地方爆裂。文明就是多种气流的混杂，是一种自然的平衡、混沌，又仿佛什么都有什么都没有的存在情形。而战争往往不是这样的，它就是一种错乱，或者说是一种由于错乱形成的更大错乱，从而让有些东西僵死，让有些东西呈现出死寂，而又让某些东西过分活跃，继而可能更多的战争便在酝酿。假如处理好了会形成慢慢消化、消解的情况，一旦某种平衡被打破，那么就可能形成大规模的塌陷，形成一连串的倒塌与连绵不绝的战争场景。一句话，可能有天塌，那么就可能有地陷，有我们所说的各种动荡。

我们说城市是一个迷宫，有时可能是迷宫中的迷宫。事实上，让人迷失的可能并不仅仅是城市的外形，而更有可能是城市带给人的庞杂的人文环境，这样我们在某些时候便有了对此看似知的不知，有了看似自由的某种限制。这样除了公共空间，那些私人的领地，那些我们从来没有去过的地方，可能就成了一个又一个的谜。因而一个城市假如发生了什么事，那么我们就可能看到各色人物都开始出来，开始了我们看得到又似乎看不到的存在游荡，这样似乎四处都是我们想读懂又读不懂的眼神。有时这就呈现了各种势力形成的一种乱象，一种僵持，与忽然间的混战。

有时人类文明就是这么一点点往前演进的，而每一次大的演进似乎既是时间的，又是空间的，好的时候它可能是上下通畅的，而不好的时候我们便感到有各种应力的出现，有由此形成的扭曲和变形之感。诚然，我们说世界好的时候我们似乎每个人都能感到，不好的时候我们似乎也都能觉察到。有时战争就如同地震，往往气流不能正常流动和穿行，而是犹如被封闭到了一个容器里，这种通畅中的不通畅，便让有些东西内部首先发生问题，从而形成我们所说的摇晃，形成由内而外的剥落，最后感觉似乎一切都往下掉，然后大家都开始了各自的逃离，加之内外力形成的一种剪切，便让一场灾难不可避免地爆发。存在很多时候就是明察秋毫，就是我们在某些时候看上去的经意和不经意，并这么形成一种感觉中的感觉，并这么形成某些时候我们对此的隐藏和潜藏。

世界会发生什么，我们其实并不知道，也许正是这样的不知道，我们才有了各自不同的呈现，有了某些人的撤离，同时有了某些人的入场。也许正是由于这点，某些时候掉下去的是灰，而砸下去后却是天崩地裂，是一切在很多人看来都没有迹象的情景。这正如我们所说太阳可能还是以前的太阳，但眼前的一切却已面目全非，却已成了我们当初的出发地。

也许用有人的话说，时间就是让一切真，又同时不真的一种奇妙存在。我想我爷是怎么死的只有时间知道，但同时时间又将这一切模糊了，而这模糊又引出了他后代的迁徙图。假如我爷当初不是从西安失踪了，假如我老爷当初也没有丝毫要寻找的意思，儿子丢了就如同丢了只鸡，难受和失落一阵子就没事了，就过去了，再假如……其实世界上没有那么多假如，假如永远和现实存在距离，或许正是这样的距离，人类存在才一直往前，一直那么刺激而连续，那么血腥而又生命不断。城市就是不断被掩埋、摧毁，又再建的地方。因此，坐在一座老城里，就如同坐在了故事和传说里，坐在了历史的烟尘里。

电话可能是从另一个地方打来的，接电话的人说，我现在正在西安的城墙上。然而，一百年前这里发生了什么？一千年前这里是什么情景？两千年前呢？我看到一个小孩看着我在笑，就仿佛看到城砖上被谁刻上了个怪物的图案。恍惚我躺在一个文明和历史共同筑成的洞穴里。

外面下着雨，雨很大。我看到一把又一把伞的移动，一辆又一辆汽车就像水里的鱼，又恍惚是河道里的船。我想说时光的下面还有时光，时光的上面也如此。每个人都在时代的河床上，并那么随着时代漂流着，形成某种光彩和光景。我们看不到明天的世界，我们能看到的是昨天，甚至昨天的昨天，抑或由它形成的更远。城市往前看永远处在水里，处在时光的时光中，往后看它似乎又到了空中，到了世界的另一个地方。这样我们就会发现其实每个人都在不同的时间线里，都在不同时间线交织成的网络里，并这么随地球这个星体悬浮在宇宙中。这样地球便成了一种近乎我们逃离却无法逃离的东西。雨中的一切都很静，雨中的一切都构成了流动，构成了侵蚀形成的相互侵蚀。这样我能想到墓地的样子，也能想到城市和城市在空间中的空间感。远是一种近，近又是一种远，这让我们时时犹如处在梦里，又让我们恍惚就这么参与了各种演化。

虚娃说，人要能看清什么就成神了，就成了石头、瓦片和砖块了。我不相信这些，我更喜欢让自己在梦里，在各自本身在的地方。你爹一直都想当鸟飞在空中，和你爷一样。我就想不通鸟有什么好，鸟难道就真的不死，就真的成了想吃什么就能吃什么的存在？有些话我不想对你说。虚娃说，有时其实声音便是世界存在的全部，是生命形成的动静，并那么形成了我们所说的存在节点，形成了动静中的动静。没有什么没动静的、没生命的。雨是一种景象，光是一种景象，空气又是一种景象，事实上，这一切都是生命和寿命的不同变体，是死与活形成的一种现实自然，一种有什么又没有什么的存在。

一个女人撒尿的声音，有时可能就将这个世界包含了进去。帘子以另一种方式，让有些东西在动，让变化形成了各种想象之花。想象是一个神秘的世界，而有些时候可能正是这样的一种神秘，让世界似乎从来都像在天空，又像在陆地，又同时像在大海中。

落下的另一落下，让我们潜入，又让我们始终都像在燃烧的空中。有时这是一种超越，有时又让我们感受到了时间和时光的多面，仿佛这时你才会发现大地上其实充满眼睛，充满了各种生命的形态。

我拿着一本书在看，就如同回到了从前，回到了一个城市、一段历史。

怎么那么像庄稼在时光里慢慢生长和演化？我看到有人在土地里捡拾着瓦片，捡拾着不知什么时候埋在那里的瓷片。这是很有感觉的，这似乎又是没有感觉的，仿佛这就是时光形成的演化。正是这种演化让我们下沉，让我们潜入，让我们仿佛一直都在时光本身形成的演化里。

有时许多画面并没有画面感，就像我们仅仅在那么做着某件事。从另一种角度，其实真正变化的只是生命的存在方式，从而形成滋生，形成近似我们所说的生长，然后，那么呈现，那么被更大的背景形成各自的纹路、线路和脉络。这样我们就会发现我们在现实中，又恍惚在空中，并那么形成了事物和万物，形成了漂流在时间中的不同时光。历史的自然就是人类的不自然，就是人类各种文明形成的变化交错、交融，形成的呼与吸的存在境况。或者说，我们都在不同的呼吸中，正是这样的呼吸不同，让我们最后有了各自的适应和安顿，有了各自的生命和生活场景。

水里始终有鱼

我像麻雀一样落了下来。我知道水里一直有鱼，有时人就是带着这样的想法往一些地方去的，并这么形成了变化、演化和走过的路途。历史有时就是这样的水塘，就是这样的河流，就是这样的大海，并让有些东西在那儿呈现。有时这情景就像我们在沏茶，就像我们在什么地方找东西。水便是这样的光，便是能让一切丢失的岁月最后得到舒展的情况，就像茶叶在水里的样子。历史的有些东西、某些时候都类似在这样的水里，并这么被保存和记录，像水中鱼。有时还原历史并不是容易的事，我们某些时候要用心去感受，只有有了这样的感受，我们才能够看到最初的鲜活，并让有些景象重新显现事物的绿色。

很多时候静才能看到一切，才能让我们感到更现实的远景情况。我们说每块土地都有每块土地的历史，每个国家都有每个国家的存在和生活式样、图景，甚至图案。中国人的国家图案应该说是龙。龙是什么？龙其实就是飘逸，就是存在形成的存在共同。在这块国土上哪里都是龙的，这样无论动和不动形成的都是一个整体，因而某些时候细微的细微龙都是有感有知的。某些时候中国的神奇也在这里，这个国家综合起这块土地的各个角落每一生命最细微的地方，甚至可以说是每根毫毛，因为真正的龙平时看去在这里是不动的，但事实上它无时无刻不在动，不在感受这块土地每一处的动静，每一处的冷暖。我们说当这种情况呈现和显现的时候，整个这片国土都充满生机，都给人以蓬勃的气象和景象，就仿佛我们在哪里都能看到龙子龙孙的成长和快乐，看到他们井然有序的生产、生活。因而中国的这块土地讲求的是一种静，一种大家平时都像在什么地方睡着了似的。这是什么？这其实就是大地的姿态，就是一切都追求理想中山水田园的状况，都在理想中滋滋润润的情景。因而作为龙，它构成的就是不动，就是不动中形成的景象和迹象。从这点讲，中国人是属庄稼的，是属植物和自然的，是一切都显诗意和田园的，是什么地方都诗都画都生活的。这是龙文化的特征，一切在这里构成的都是一种念想。可是，一旦这种念想没有了，被阻塞被打断了，那么它构成的可能就不是一般的灾难，恍惚形成的便是一个天大的墓场，就是一位伟人所说的人民的海洋，一旦到了这片海洋里，便有可能被撕成各种欲望的碎片，从而让这里最后变成一片焦土，变成让一切在这里显形的地方。因而在中国，深往往呈现的是一种浅，一种看似没有什么的什么，就像早晨和黄昏的海面，就像天大地阔构成的水平。这样形成了一种什么状况？这就是只要龙不动，一切就是大自然的景象，就是我们怎么看都诗情画意，而龙一旦乱窜，那么可以说各种妖魔就出洞了，就形成了我们所说的乱世和乱象，也就会出现四处血流成河的情景，同时让一切旧有的存在土崩瓦解，进而让人类，让中国的历史翻开新纪元。

  清末可以说就是这样的一种情形，就是这样的一种存在境况，因而翻开那段历史，我们几乎闻到的全是血腥，全是哀号，是黑暗形成的黑暗礁石，也可以说是那段时间上演的一部星球大战。一种天压大地，让一切生命毁灭并变成石头的黑暗之中的黑暗。因而翻开这段血泪史，有时我们表现得只能是无语，是沉重，并让它静静地就那么在那里。从这点看，有些书我们没有资格将它打开，从另一个角度上讲，我们也永远打不开，因而封存它才是对它最大的尊重,也是对它最好的纪念。在大痛面前,我们都是虫子,甚至都是灰尘和灰土。人类文明的每一阶往上,我们脚下能看到的都是墓地,都是血泪,都是筋骨压成的粉末。我们在这里能听到的就是死亡,就是各种伤痛和悲怆,是只有小虫子爬过的情景,是沙漠、沙粒,是我们看不到页码的书籍,是偶尔看到的一株草,是偶尔的事物象形。我们都在找水,我们恍惚都没有等到有水的那天。沙漠是一张张开的嘴,又像鱼眼。我捧起了这里的土和沙,我想水里有鱼,我想越历史的地方越潮湿。城市是最吸收水分的,城市是水里最大的鱼,也是最大的树。我看到窗户里的灯,就像看到了夜空,看到了我们人在向什么地方聚集和流动。城市是陆地上的海。我翻越着,我感受着那个时代的脉络,各种各样的风云突变,以及忽然的枪炮声。

这时我看到很多人成了没有水的庄稼,很多人为了水那么倒在了血泊中。这样的历史我不知道该怎么翻阅,尤其当正义最后变得不正义时,我们就像在看难以分割的活页文选,因为这面和那面往往让我们感到离奇,感到不可思议。从这面看似乎向上,而从那面看似乎又向下。历史无法让人同时看到两面,能同时看到两面的人都已经作古,都已成了历史。

我已经不想再找什么,在历史的深水里,我感到的是窒息。

世界就放在那里

稻草垛里有人,稻草垛上有鸟,时间构成的某种下滑,让风在某些地方一直在吹。在我的印象里世界就这么简单,就这么形成放置。到今天我似乎并没有感到我已经长大,长得很大,甚至像人们所说的老了。我知道世界从来都没有停止过暴力、血腥和各式的屠杀。我不管这些,我知道这个世界像是一个充满梦幻和魔幻的火球,它可能一开始也像我们玩耍的稻草垛,我们在那儿玩,鸟儿在上面落,还有蚂蚁在那里觅食,显得热闹而富有层次,就像我们看到的田野,永远是平静的热烈和生机。但有一天大人来了,他们赶走了我们这些孩子,他们开始在那儿玩,在那里不知搞什么我们看不懂和搞不懂的鬼名堂，最后我们看到那草垛着火了，又看到很多人赶来扑救，结果火不仅没有被扑灭，反而燃烧得更旺，最后成了火海，最后也不知怎么就飞到天空了。后来我们知道并不是这一个地方的草垛着了，而是凡有草垛的地方都着了。我们看到天空中、火光里有人在那里挣扎、哭号，有人在火光里舞蹈，随即不断有人带着火苗往下落。我们不清楚到底发生了什么，有人告诉说这是天火，是天火落到人间形成的。怎么会有这事？我看到说这话的人也摇摇头，说他也不清楚，只是这么听人讲过，老天似乎觉得大地承载不了这么多东西，所以要用这种方式烧去一些。有时就看谁命大，谁没有在那地方，谁可能就会幸免。刚才多亏我们被那些大人从那里撵了出来，不然我们也会飞上天，也会在火光里挣扎，并那么惨叫、尖叫和疯狂，然后再从那里掉下。我们感到了一种恐惧，而更大的恐惧是大人几乎都没有了，有的听说是去救火了，而有的已经被火烧得面目全非，烧得整个身躯就如同黑色的树木，还那么冒烟、流油，散发出难闻的气味。

　　我们这时也试图去救火，但我发现此时我似乎从梦里醒来了。我不知是看书看困了，还是我把当年的一些资料记载的东西搞到了幻觉里。记得有人对我说，清朝最后就如同一座老房子，一旦着起火就没得救，就会越救火越旺，甚至最后可能连各方参与救火的人也搭进去，并形成火烧连营之态，最后几乎所有人都被卷进去，然后大家都这么被火烧着，最后连生活的兴趣都没了。有人说看历史就是看经验，看人类所经历的苦难，看脚下的土地都曾经包含了什么，看我们所说的在历史中什么才叫我们存在的大痛，才叫现实中的卑微，叫我们某些时候必须闭上眼睛，让我们用更多的时间看看小花小草，看看我们这些孩子是怎么生活的。我已经在类似的资料和草垛里几次睡着了。我知道这是梦里的梦，也是真实中的真实，同时也是我们最终认识生活和生命的一条途径。看来，生活有时是大背景的，也是小背景的，走到这样的一种状态，我们就像看到了一切，抑或正是这一切的一切构成了事物的有机，也构成了一种隔离中的没有隔离。我在文字里走，就如同在大地和事物中滑，从而构成了事物的内部和表象，构成了大地和天空的悬浮。生也大地，死也大地，有时在这种情况下，天空的云便类似水流。某些时候躺在大地上，我们便有一种在各种神话故事里的感觉。原因并不在别的，原因是所有一切都在梦里的情况，有想象在此形成的循环，在此经意又不经意地被收回。很多时候你假如这样在梦里，可能苍蝇会打扰你，蚂蚁也会，另外远处和近处的某些声音也会，进而形成各种存在律动，让似乎更多的存在都和我们形成了联系。我们仿佛就是大地本身。

后来我发现人老了就应该倒着活，这样才滋润，才是我们之前没有的一种经历，而且最好的方式是将头埋进大地，像庄稼的根靠地气呼吸。有人听我讲这话先笑了，有的甚至笑着说，就你，张狂了大半辈子的人？我点点头，并且表情严肃，就像我没有说这话的时候。这不是太阳从西边出来了？我心说这次就让太阳从西边出一次。你这不是自己埋葬自己？我说这你就不懂了，这埋葬你的东西多了，垃圾就是以这种方式被清理的。你这人又极端了，又让人变得越来越看不懂。我说看不懂是你还没有到我这年龄，年龄到了你可能会和我一样，要知道年轻时向东走，迎着太阳走没有错，但现在顺着太阳也对，这叫翻转，这意思就是要我倒过身来，让我沿从前的反方向走。这是不在舞台的另一舞台，是一切让人更滋润的感觉。在此之前，我可以说一路都在砍杀他人，现在我知道我也到了被别人砍杀和修理的时候了。这就像我向别人说的那样，我开始退出江湖，开始感受被他人掩埋，被他人像树一样爬、像山一样踩的滋味。这叫什么？这可能就叫一报还一报，这样大家在死亡前就平衡了，也就同时能够体味到天空和大地两者的异同。当然，这可能有一个适应过程，有一路疯狂到忽然停下来的不自然到自然的变化。

我待在那儿，已经没有了任何想法，抑或我将想法都交了出去，并以这种方式感受变化，感受岁月本身的光泽和光彩。这时四季所呈现的东西似乎每一刻都在进行，都在快速地旋转，就像落在地上的灰，就如同此刻光线的变化。自然的自然有时才能显现出不自然。动是活跃，不动是大地，是我们所说的自然载体。石头是大自然的一种景象，土地是一种，水又是一种，还有光、色彩和声音。有时高音变低，低音变高，而我们的所有都在这中间演化，在这中间形成极点。我忽然感到我这样的一种姿态，感觉便是让世界的一切就那么放在那儿。这样你便会看到，很多东西原本是什么就是什么，原本不是什么也就不是什么。我感受着这种存在的被掩埋，就像树感受着来自大地和天空的种种外在。人就是在体验世界各种变化的存在，并以不同的方式适应。人都喜欢满足和被满足，这样生命才有感觉，但要做到这点，我们便要有空气、有大地，吸收光和水分，有孕育和喂养生命的能力。我们的存在很多时候就是一呼一吸，就是这样一种近乎纯然的情景。在这样的姿态和情形下，世界就混沌了，也就朦胧了，从另一种情形看，也就什么是什么了，仿佛这是归位，这是时间构成的时间天然。我们在朝上的路上，也在往下的途中。时间就是这样的一种奇妙的东西，在一种轻柔中完成对世界的塑造，并最后让一些东西显现和呈现，让存在物以各自的形态那么成形在时间里，由此构成了近似梦中的景象，让我们在一些地方如梦方醒。时间很轻柔，时间又很沉重，同时某些时候它又如同水流。有时轻构成了重，而在现实的现实中，时间才是没有感觉的，是事物和我们生命本身的。我在书中走，我在梦中行，就像在被时光镂空之后看以前，看现在，看由此形成的各种演化。这种空是时间的，是那些地方被天幕打通之后的一种状况。这样，我们便会发现这样的一种景象，发现我们人类绵延的脉络从没有中断，恍惚我们在什么地方都能找到从前，找到我们不同时间段落里的人，是怎么一步步到今天，又在各自区域的那样一种存在。这时候人们才能看到什么叫天高任鸟飞、海阔凭鱼跃的壮丽景观。这是天地被拉平的情景，是一切都围绕着现在的情形。这是我们想到哪里就去哪里的情形。

战争是一种幻觉

往上是我们要填满什么，往下是让我们放下什么，时间形成的这种背离感，最后呈现的便是人间存在的各种图景。这里没有变的是时间，变的是事物，是我们生命存在本身的图景。从这点看，我们都在画中。从历史看，我们似乎就是天，从未来看，我们便是地，便是一种深，因而某些时候都是我们自己的存在，是我们某些时候向下的追忆，还是向上形成的充填，这构成了生命时间的几种状态变化。有时翻阅历史我们需要的是一种轻，而走向未来我们需要的是一种静，一种无声，一种类似光本身的样子。

战争从来没有终止，也不可能终止。终止只是我们生命中的一种幻象，是我们接天接地躺在海边的情况，是我们一手历史、一手未来所看到的随大地、宇宙旋转着的磨盘。而我们就在这磨盘的中央，那么像在缝里看外面。那是时间构成的上下，是一种浑然，一种纯然，一种尘土落下的感觉，一种类似星星在天空闪烁、大海的波浪那么起起伏伏的景象。这样你就会感到，其实所有的人间事，便是我们所说的塔中灰，然后，那么一层层往上，一步步让我们从人间走到海边，并这么穿越历史，走过时间，让有些东西形成最终的自然。有时掉落形成的便是穿越，便是各种存在形成的图景。

在这样的地方，我们几乎能看到的一切便是光线，是不同光线形成的各个时代的世相和图景。人间就是将一切最后化作灰烬的过程，这里我们所能选择的无非就两种方式：一种是时间的，我们所说的水性，或女性；一种则是火性，或男性。战争都是玩火的，因而大家都觉得更男人。而水则犹如我们进入了漫漫长夜，从而觉得我们都是女人，都是要被一些东西压着才实在，才饱满，才有感觉。这样一切便明了，有了无论怎么我们都被时间包围的一种状态，一种看似逃离的没有逃离。从这点看，我们是大地的生物，最后我们无论采取什么方式，我们都会重回大地。这样无论当初我们是男人也好，女人也罢，我们都可能最后要么成沙，要么成灰。想到这里，我看到我手里、我的周围，几乎都是人血，都是面孔，都是曾经鲜活的生命。存在的血腥是生命的另一花朵，生命的存在漫漫又似乎都是为了最后能看到这样的红，这样的花，这样的艳中之艳。战争从来就没有停止过，就看你选择一种怎样的存在方式。

我在用手掏着自己的耳朵，我在看着发生在中国大地上那场波澜壮阔、最后绵延了数十年的战事，直到百年之后的今天，它似乎依然没有中断，依旧在以另一种方式延续，不同的只是它变得更天空、更海洋，更像现实又梦幻的海市蜃楼。这样我们发现我们似乎都是这场战争的参与者、亲历者，又同时是它的讲述者和观看者。这时我发现百年前我爷其实并不是掉到了一口井里，而是掉入了深海，至于他今天变成了水里的什么生物，我可能已经全然不知，可能此刻就是相见也不会相识。这就是世界的奇妙，就是人间更梦幻的存在。时间是人类，也是所有生命都难以逃离的劫数。这可能就是我们所说的在劫难逃。我轻轻抚摸着海边那黑褐色的礁石，我发现它干净得没有一丝灰，有的就是我能感觉到的凹凸不平，是梦中又似乎没有梦的景象。人类其实最后构成的便是从我坐立处出发，又回到这儿的一个过程。时间是大海，时间也是我们生命本身。

一股风从什么地方刮过，我感到了气流的冷暖交错。

天空的梦，陆地的花

我将脚伸到水里，看着天空的云朵，就像看大地上的花，与此同时我感到了水中的鱼，感到了水中的各种浮游物。我们说，有的历史永远在水中，在我们并不容易看到的地方，我们只能去感觉，只能让那些存在物、鱼、浮游物自己那么动，从而让我们以这样的方式阅读它们。那是生命的另一种花，同时又像事物的另一种感知，并那么形成文字中的文字，形成我们所说的另一种存在体验。

就我想象的，人类最早其实并不是诞生于陆地的，而是诞生在水里。水是地球生命的子宫，水也可能是宇宙的子宫，并让一切在这里形成存在的种种不同式样，并那么向陆地漫延、渗透，并由此让我们看到了植物、动物和各种虫子，以及飞禽和人。这样我们便看到了种种生命变化和演化的情景和状态。这是一个繁衍的舞台，这是一个争斗的场所，同时这又是相互构筑的一个复杂的食物链。链条的每一环节似乎都是天设地造，都像相互形成的一个存在台阶，一个明暗的存在体。我们说最明是天空，最暗是深海，这构成了一种垂直的情形，而水平的极点便是陆地和大海的交接处，实际上便形成了一个天洞，也可以称作地洞。天地之洞便是不同时间的分界，是生命和生命构成的天池或天井。这也就是说，大海就是生命的阴门，阳光便是所有生命的阳具，这样月夜便成了最适宜万物交配的一种平和、柔软，又充满各种律动的交响。这样的时候最怕什么？就怕猛然什么地方扔出块石头。这时繁衍就可能被打断、中断，就可能出现惊慌、惊恐，出现瞬间的静。假如再有石头掉下，那么我们就可能听到四处逃窜的声音，就会有一哄而散的状态，而接下来便可能是更长时间的静，随后还可能再度听到继续交配和繁衍的声音传出，那可能都是一些胆大者，都是一些宁死都愿做花下鬼的。

可以说慈禧和光绪当时就如同听到了这样的一块石头，而且我们知道那不是石头，是炮弹，而且就像从天空那么掉下，就是那么瞄准了要他们命的。这样慈禧老佛爷只有逃命，只有那么什么都不管不顾，什么大清国，什么大清国的子民，都是狗屁，都是一窝子吃干饭的。若不是吃干饭的，怎么能让那帮长得像怪物一样的野山猫似的家伙，打到我大清国的皇宫？你们管不了我，我还管你们？这样原来人们一直认为的龙头，似乎一下子叫人们看到了其鼠相。也许就是这次一逃，便让大清国的大厦开始了摇晃，并给它最终的轰然倒塌压下了重重一击。试想，龙头都变鼠相了，那么到最后大清国也就真成了近似鼠灾泛滥的地方。这样就能够想象，此刻的大清根基几乎全成了鼠洞、鼠窝，成了近乎一阵风都能吹倒的稻草。这样时间构成的时间下滑，便让我们看到了1911年，看到了在西安打过第二枪之后的大清帝国，已经是一片狼藉，一种四处都能看到硝烟的景象，进而开始了可以说中国乃至世界历史上大规模的人和人之间的相互掩埋。

我家人当时还费了那么大的劲去找我爷，事实上，倒是找个屁，随着掩埋形成的掩埋，最后的一切都被装入了这段时间里，成了一个民族整体的痛，成了一场我们无法打开的血泪教训。直到1949年10月1日，人们似乎能看到这样的一幅图景，毛泽东在前，孙中山在后，躺在中间的那个是逃到台湾的蒋介石。而这下面埋了多少人，多少中国的百姓和时代精英？我们说这其实就是人的纪念碑。而我们今天的人其实都或是他们的血水、泪水、汗水，抑或各种骨骼的残存，是这段苦难岁月整体挤压出来的人。

我在这段已经固化的岁月前行，就像在玻璃器皿前看标本，看每个人最后被浓缩，最下面我看到的是灰，接着是土，是沙，是石块，最上面似乎还有绿色但已经枯萎的苔藓。我知道他们原本都是生命，都是生活在脚下这块土地上的我们的前辈，但现在他们恍惚都换了个地方这么睡去了，并且他们的睡姿看上去各式各样，似乎已经不分男女老幼，不分高贵卑下，都这么挤在了这个时间的容器里。我知道他们无论谁都太累了，无论谁都累得不再呼吸，因而这里是一种静中之静。这里储藏着几乎那个时代所有的梦，也储存着当时几乎所有美艳或朴素的花。死亡是生命的另一形态，生命又似乎是死亡的另一形式，我们似乎都是一段岁月养育和培养出的另一段岁月。因而时间在这里是透明的，或者正是这样的透明，我们几乎都成了时间的存在物。

这让我感到我似乎就这么一直走在大海或湖边，走在白天的云里，走在夜晚的繁星旁。我已经辨不清我在时间的哪种状态。我恍惚感到我已经可以在不同的时间中自由穿行，类似有了某种神奇的魔力。你不怕黑吗？我点头。你不怕成灰吗？我点头。你不怕被压在巨大的石头下无法翻身吗？我点头。然而正在这时，不知什么地方伸出一只脚将我踢得老高，随后我又被重重摔下，我似乎还没有醒，这时又有一只手伸了出来，照我的后脑勺又一下，像母亲，又像父亲，又像我从没有见过面的爷。我不知他们怎么会这么对我，但我似乎发现自己忽然变得就如同蚂蚁那样小，就像鱼虫那么可以在水中任意游走。这让我发现时间是一切生命的平台，生命又是不同时间转化的媒介。而这之外便是我们种种战争的形式，从推理的层面讲，和平时间是忙碌地准备战争，而战争则是摧毁旧有，剔除腐朽和腐败，让新的生命继续，并形成更新的生命景象。战争是最消耗资源的，任何战争似乎也都打着和平的旗号，从而让一切高起的东西低平和扁平。或许一句话，战争为了和平，和平为了战争，而人类似乎一直这么在翻滚，这么形成一个时代又一个时代的不同的存在和景象。

另外，战争是消耗生命的，和平是堆积物资的。这样恍惚才让人类有类似走不完的路，也才让人类的历史在地球上显得变化无穷，又在某些地方大同小异。繁衍让世界充满乐趣，也让世界从没有停止过打斗和争斗，未停止过形形色色的战争演练。那么，人类喜欢暴力，还是喜欢猎奇？我看一个女人从窗口伸出半个身子，是在晾衣服，还是展示她的身体？但人有时也会以类似的姿势莫名死去。

思与想掉下是张网

假如想是飘摇的梦，某些时候就像鬼火，像远处和更远处的什么，那么思可能就是连接它的路和网。有时我们看到一个睡去的人就像看到了另一番景象，就像看到了山川河流，看到了世界之中的各种水流。睡着的人就是给人这样的一种感受，或者就是这样的一种温暖，有时我们走在大地上就像走在这睡着了的人的身上，这样我们便感到了一种存在的慢和小心，似乎任何动静都源于我们自己。这构成了一种活，一种活中的活，一种不同生命体形成的梦中感受。我们不能惊醒梦中的人，我们只能在这儿形成一种轻，一种近似时间之外的时间。我曾经就在这样的存在里，并这么随着感受在感受，并那么像蚂蚁爬在山梁、爬在大地、爬在草茎上。我们都是寻找一种气味生活，并那么存在，并那么让有些东西呈现。梦想就是海洋，就是不同的光形成的网，形成的事物闪烁。睡着的人和死了的人不同，睡着的人会散发出不同的气味，会有我们能感到的呼吸、动及有机体构成的弹性。而死去之后便没有了这些，有的只是被侵蚀和蚕食的过程。从这点看，生命永远在非生命的地方，并那么形成了犹如垃圾场的景象。我们最后都会到这里，并这么被侵蚀，被消化，被归入泥土和大地，并那么形成一种整体的沉重和个体的轻飘。生命体的嗅觉和感觉都是灵敏的，或者说正是这种灵敏让我们有了对各种存在事物的判断，我们仿佛怎么都在一种景象中。

慈禧和光绪从皇宫里出来，就像龙头和龙体分离，因而这构成了一种危险，犹如让龙露出了鼠相。虽然，他们的西安之行被安排得看上去依旧像在皇宫的甬道和回廊上，但这已是一种假象、虚幻，已经是一种首尾不接的存在。有时候龙脉没了、乱了，那么长期生活在龙体上的人似乎就感到了一种冰凉，感到了它的忽冷忽热，就如同打摆子，如同风起云涌，如同波浪翻滚，人们此刻都在想着逃生，都近似抓什么都抓得很紧。那么紧会造成什么？很多时候便会造成血管、筋脉或琴弦的崩裂、崩断，犹如大树的根被拔掉。大地有时是一种景象，而人类社会同样会有这样的情况，并让人看到天塌地陷的情况。龙都变鼠了，还要这样的皇帝和王朝做什么？孙文在远处举起了火把，这让人们恍惚一下看到了天在那里，看到了某种光明。这样一天一地便形成了近乎黑暗中的对应，便犹如顷刻间让人们看到了一种黑与白织成的大网。有网就恍惚有了琴弦，有了琴弦人们便能听到生命之声重新奏响。这样竖琴便逐渐变成了横琴，这样网络也好，脉络也罢，一切山川河流都显出了白昼的情形。这样吓得闭上眼睛和睁开眼睛的人便形成了幻想和景象的瞬间对比。这样犹如画了一张如何埋葬那些鼠辈们的清晰图景。或许正是这个瞬间之后，各方的行动便开始了，仿佛明与暗的那个清晰的瞬间，就这么呈现在每个人的眼里。接下来，恍惚一切便交给了时间，交给了静动似乎都无声的默默演化。

当然，慈禧没有看到这个景象和瞬间，她被太监们围着，这样被围着的情形就越来越像洞穴里的蚁后，就像一摊软肉，那么被同样软的肉抬着、扛着、架着，并那么犹如在各个地方都有人侍候着，恍惚哪儿痒都有人给挠，想要什么就有什么。这让慈禧年轻了，让慈禧这棵老树恍惚又发芽了，犹如周身又长出了嫩肉，仿佛那段日子中慈禧哪里都舒服，犹如体内的分泌物横流。慈禧这么舒服着，这么被各式各样的狗舌头争相围着、舔着。想想这阵势能不让慈禧重现清纯？慈禧看到那么多伸过来的和争着往过伸的舌头说，你们一个个也都真行。那些人赶紧回话道，我们原本就是主子的奴才，我们就是主人身上的各种痒痒虫。慈禧就这么在西逃的路上被这些舌头沐浴着、滋润着、浸泡着，那感觉仿佛比在那些洋人没打进来时还舒服。也许光绪看到了这里潜在的危险，但他也只是看到，那情形就像老鼠怀里抱了条龙，又像蚁后的身子下压了只鼠，那是暖中的另一种凉，那是软中的一种气短。这样慈禧最后哪里听得到枪炮声，听得到大厦将覆的声响？她能听到的是无数舌头舔食自己身体的沙沙声，这种犹如细雨不停地下的声音。偶尔慈禧也会问，是不是外面下雨了？那帮人便会说，没有的事，外面一片晴朗，而且我们大清国的江山千秋万代，不要说下雨，就是下刀子，有我们这帮奴才，也不会伤及您老佛爷的一根毫毛。看来，奴才就是奴才，狗就是狗，一切似乎都凭的是那张狗嘴，就是那似乎无孔不入的各种舌头。事实上，这次哪里下的是刀子，而是炮弹，是子弹。但老佛爷说，我就爱听你们这帮人说话，个个小嘴都像八哥。

老女人都爱摸小男孩那地方，那些围绕在慈禧周围的舌头，在慈禧眼里就像男孩的小鸡。小鸡叼米，很像在叼吃慈禧身上的虫子。让这时候的慈禧高兴到了极乐，高兴得就像自己已经到了天空。这阵势让在西安的慈禧最后什么都不想，就像一只白蛆被蚂蚁拉着、扛着，就这么被拖入了各自都舒服的洞穴。龙头变鼠相，龙身变蚁后，大清国的根基就这么开始摇晃。我感到雨在下，感到一切似乎都变得更加萧瑟，并且似乎一切都那么在孕育和酝酿，一切又那么在变化、演化和腐化，仿佛大地此时已经变得一片寂静，又恍惚空旷中四处都有金属发出的碰撞声。人们在此刻似乎都成了生命的本身，又似乎都失去了生命的感觉，此刻恍惚是什么都成，都已经听从了冥冥之中的摆布。这时对更多的人而言似乎想已经没有了，似乎只有思和思之再思，并那么形成一种收缩的收缩，和收缩的再收缩。

这样我们似乎可以看到，我们都处在了一种冰冷中，类似我们都回到了大地，回到了某种更原始的状态，并那么让一切看上去都恍惚成了天地，成了类似世界要重新开始的情形。

这时我们太需要一点儿声音了，但没有，仿佛连老佛爷、连光绪都钻入了地洞。

什么在飞

时间很多时候就是那样形成了某种相同和不同，那么浅中又形成了一种深。我那么轻轻地从一个地方跳下，这样便有了飞的感觉。时间是变化的，时间又恍惚没有变化。我感到自己正这么走在一种空旷里，走在做着梦又没有梦的地方，就像我这时只是一只小虫，并那么待在大地，并那么看着所有东西的呈现。我是从什么地方来到这里的？怎么像到了清末，到了另一时间里？我如何会到这里？我事实上已经到了这里。恍然中我像听到了这样的一个声音，声音不大，但也震得我耳朵就像要掉似的：你不是要找你爷吗？现在就在这里找好了。我这不是在做梦？声音又道，你什么时候做过梦？你的梦就是一直找寻你从什么地方来，你爷当年到底去了哪里，又都做了什么。现在好了，你现在可以这么一路往上，你就清楚了，也就清楚你们家是怎么一路到现在的，甚至也可以清楚这里究竟是怎样的一个绵延的脉络，又是怎样的一个分岔与分布图。声音又说，我就不知道这有意思吗？也可能在你看来这很有意思。不过你今天能找到这里，也算你小子有种。人都是往上的，看来你倒喜欢一直往下，甚至再往下，不敢说你穿过了地狱的大门，只想说现在透过这个针尖大的孔就能看到你小子究竟从哪里来的。说完这话，我发现这样的声音没有了，发现一切的一切似乎就是这样的一种景象：一边是所有的过去，一边则是所有的未来，让我奇怪的是未来似乎一片漆黑，而过去倒像一切都那么光亮、光鲜，那么一片真切，一片更显生命本身的迹象。这让我感到了神奇，感到了自己就像真到了梦幻的海洋和天空，到了很多飞翔本身的飞翔中。这样，我静静地待在那儿，又像已经睡着。

　　我们都在时间的背面走，在想说清又说不清什么的地方那么生活，那么感受着事物和现实的某些变化。坐在这儿，我就如同坐在时光的飞船上，这时光的飞船是用什么做成的？我能想象的是，它就如同一种特殊的沙，它似乎很轻，轻得就像灰尘，又似乎很重，重得能沉入最深的海域，同时又似乎很硬，硬到可以穿过最厚的岩石，并这么在任何地方都有一个共同特性，这就是它无论到哪儿都表现得悄无声息，怎么都像一个现实的旁观者，并这么只是感受着宇宙万物，恍惚它在世界就是一种媒介，更确切地说可能就是时间本身，就是它让一切都自然，一切都构成了它之外的存在自身。我不知道自己什么时候变成了这样的一种空，这样一种特殊又似乎异常平常的东西。

　　从另一角度，我似乎就是风，就是水，就是光。怎么会是这样？我在这时忽然没有了呼吸，抑或呼吸本身就会破坏其中的什么，就会让一切变成另外的一切。看来，时间的神秘便是生命的神秘，也是生命形成的各种生命状态和形态，而不是这以外的别的。后来我隐隐听到了这样一种言语：世界就是相互成全，就是互为平台的微妙存在，让所有存在在阻碍和没有阻碍中形成各自的动和静，形成过程之中的线路、脉络和纹路，并让世界和宇宙始终处在变化又悬浮的状态。因此，生命在这里既是低沉的，又恍惚在某些时候是轻飘的。从另一角度看，离开了过去似乎都是一种轻，同时可能是一种重，一种像被火燃烧的状态，直到我们变成灰升到天空，或者变成石头随便落在地球的某个角落。那么，这里的我到底变成了灰，还是变成了石头？我其实已经没有了感觉，这样我似乎才发现梦是没有梦，抑或梦只是我们生活的另一面。

　　我拉开了一扇窗子，就像到了未来。拉开另一扇窗子，我似乎又回到了过去。而现在我在哪里？我恍惚依然坐在海边的石头上，并那么将脚伸在水里，同时我又像在周围不同的光照里。这样我似乎就在读一本书，一种随时变化的各种图景。这时候我忽然发现历史就如同书合上的部分，而现实又是它的延续，是它不断的生命续写，而我怎么钻到历史的历史中了？难道我是只老鼠，是只蛀虫，是现实的非现实？这时我忽然发现了什么，我忽然发现历史永远都是往下的，就像我们能够想象的垂直地洞，就像低沉形成的空洞、漆黑与试图听到回声的无声。

　　这时我忽然发现自己都不敢动了，发现黑暗中，我只能闭上眼睛，让时间自然地往上或往下，或那么随其飘浮。就在我闭上眼睛的时候，我忽然发现有东西掉下来。是什么？我不清楚，但当它实实在在掉下时，我才看到是一个玻璃弹球，而且发现这个弹球我似乎见过，是在我大约八岁的时候滚入院子中央的渗井里去的。当时我将手伸了下去，但我发现它似乎没有底，它似乎就是漆黑中的漆黑。后来我看到母亲用半块砖将它盖住了，但此时，过了这么多年，怎么这时才以这样的方式重新回到了我手里？我之所以认识它，是我看到在这个玻璃弹球里有鲜艳的黄花，同时上面还有一个打破的豁。由此让我再度感到了时间的神奇，这让我想起这样一句话：存在是留痕的。

　　光绪和慈禧是1908年相隔一天先后死掉的。这仿佛风将大清国的一切都吹入了一个坑里。我怎么到了这里？实际上，这时的我正在翻看有关这方面的文字。我恍惚又感到自己坐在了时间的列车上，并在1908年这站下来。我们都是不同时间中的时间花瓣。时间是人类历史的存在通道，也是人类历史编织而成的文明之路，又恍惚是悲苦之途。有鱼又在碰我的脚、我的腿，我感到的是痒。

玫瑰色

　　渗透形成的渗透，我们都在梦里，玫瑰就是这样的颜色，就是这样的一种红。我一直坐在那儿在看，就仿佛在看游在水中的鱼。我怎么会到这里？或者说我原本就在这里，就这么在被各种各样的水液滋润、浸泡、侵蚀和污染，最后就像什么都有，又像什么都没有，在这样的静之静中，我便似乎在红色中看到了那朵黄色的花。花构成了幻象，仿佛顷刻间开始了旋转，开始了加速，开始了由此形成的向下，开始了再度的历史穿越，抑或探寻和探险，让人仿佛在这里什么都有又什么都无。就我的感觉，历史越往下似乎我越什么都不知，越感到自己就成了空和无，而这时假如你再往上，你才可能发现你到了哪里，你到了哪个时间形成的空间，到了历史的哪个环境。这时候我恍惚不得不闭上眼睛并塞住耳朵，同时让自己不再呼吸，才可能形成与某个地方环境的融合。感觉就像一切都被浓缩了，都化为烟，化为土和水，化为自己本身的本身。这时你才能看清什么，又似乎一切都不用看，一切都在感受里。

　　历史是不能回溯的，但事实上我们一直在回溯。说这话的时候我仿佛看到了另一种场景，看到了类似大地上最后到处都是老鼠，人都不知去了哪里。怎么会是这样的景象？这让我怎么看都有点异常。那么要发生什么事吗？但忽然间我感到自己抬了一下手指，老鼠都像被什么给齐刷刷吊起，而且几乎所有老鼠都被吊到了空中，并且那么相互挤成一团，而且感觉是那么源源不断……我不知道怎么会出现这样的怪事，似乎也不知我自己此刻究竟到了哪里。我想这还是人间吗，人间怎么会有这么多老鼠？不知由于害怕还是恐惧，我的手开始动，而那些老鼠似乎也在动，我往东它们往东，我往西它们往西，而且更奇怪的是，我手指一甩，所有老鼠也开始那么像打秋千一样，我手转圈它们也转圈，我手往下压，它们也跟着往下，我手再往下，它们有的便重回大地，当我的手压到快接近地面时，我发现老鼠已没了踪影。我这么来回几次，并逐步加快节奏，能做这种舞蹈和表演的便越来越少，最后经过几轮翻腾，我能看到的老鼠已经几乎没有了，有的仿佛就是人间本身的景象，便是人间重新显现和显示出的情景。梦有时是没梦，我看到大地又似乎进入了夜晚，进入了月光的朦胧中。由此，音乐似乎又回归了自然本身，回归到了天籁。这时我看到树上的麻雀似乎也睡着了。

这都是什么和什么？其中有人对我讲，这实际上就是当年的大清国，就是大清国的现实。尤其当八国联军的枪炮声响起之后，这样的鼠相便显了出来。由此，孙中山的手，便仿佛成了这个大清国的指挥。最后如何打鼠和更有效地打鼠？只要孙中山的手指一动，那些可以说分布在各地的打鼠队便开始了大规模的灭鼠行动。西安城的那场战役之所以最后打得那么精彩，就是因为老鼠在这时都是扎堆的，因而枪炮声一响，捉老鼠就如同捉小鸡。

战后的西安便是这样的玫瑰色，或者是这样一种沉与轻构成的情景，这样的一种背景下的干净。我这样想的时候似乎走入了那段历史。人类永远都在打扫战场，就像我们在擦玻璃，在扫地，在清运垃圾。清理尸体是什么情况，也和清理其他垃圾一样吗？有人说很惨，也有人说清理这样的垃圾可不是一般人干的，原因是这里的宝贝和好东西多，这里从没见过的东西多，同时也可以说这里的隐私多。因而有时人在这里会乐此不疲，恍惚到了一个宝藏地，到了一个会让人不断兴奋的地方，仿佛人都能在这儿找到自己想要的。人类都是在以各种方式在翻脚下的土地，并将有些东西这么来回换着地方和主人，由此就形成了一种远和近，形成了时间在这里的物质折叠。但有些东西在有些人那儿是宝，在其他人那儿恍惚便一钱不值，因而这样的地方，这样的垃圾堆，仿佛就是满足在这里的所有人的好奇心和欲望的。

战争是最能刺激人欲望的。也许正是这样的刺激才让战争最后被绵延成片，感觉就像让整个世界都燃烧起来，从哪里看去都是垃圾场，又都是藏宝地，同时最后又是连绵成片的坟地。这样我们便会看到正义和非正义在这里形成了反复和不断塌陷，最后我们从这样的缝隙和岩层能看到的就是血肉，就是尸骨，就是曾经生活在这块土地上的人。有时时间之网网住的便是今天看到的一切，而没有网住的便是历史的厚重。走在这里，我们就如同走入了另一时光中。我们都是从大地上出来的，也许正是因为这样，我们在某些时候可能总有一种沉重，有一种现实的下坠，并那么让我们吃力，让我们往上。但我们没有谁能够跑过时间，因而这才让我们在某些时候不得不丢下什么，那么飘在空中，又那么重回大地，从而我们才能感受到历史和人世的更多。

我们都在时间里，抑或时间让一切呈现和显现，也让一切形成各种不同的变化，并这么类似我们一直都在梦里的什么地方。梦形成的是一种光，也可以说是光中之光，并这么形成各种事物的交错、交织和勾连。我扔了一块石子到海里，我看到变化形成了波动，形成了波浪的变化。我不知道石子能不能碰到海里的鱼，或海里的鱼碰到它。时间永远像一把竖琴，而生命便形成了围绕，形成了对这把琴的弹奏。我扔到海底的那颗石子就如同一把竖琴，也可以说它就是时间的本身，抑或干脆它就是时间黑洞，而有生命的生命便在这个黑洞里穿行，从而形成生命本身的瞬间图案。后来，我隐隐感到我爷并没有死，我爷怕血，战事起来后，他看到遍地都是血，他走了。他像一股烟、一团云，走了，并最终进了一家寺庙，就像土又重新回到了土里。而他的这一转身落地倒好，却叫还活在世上的家人，如同云游到了空中，几十年就像井中的蚊虫，也像井下的青蛙，那么一路在那儿叫，在那儿找，在那儿不知该往上还是往下，从而形成了一路游魂似的胡扑乱撞。我感到这是一种说不清的存在丝线，并这么循着这口井一路往上。叫声可能自我爷的爷开始，后来随我爷的爸，随我爸的妈，同时又随我父亲、母亲，这么再推，推到了我们这辈，而我们再往下推的时候，我听到的反应是灰尘落地声，是他们更多将它当作故事、传说在听的情况。这让我一时不知说什么好，这时才让我感到我爷最后去了哪里，他其实那时已经隔绝了尘缘。

隔绝了尘缘便犹如到了天国，因而最后我家这么一代代在人世间找，那不是纯粹枉费心机，那不是在陆地或天空找鱼，在大海和地下找鸟？像这样能找到的是什么？不是影子，便是尸体或骨头。到了这种时候我不知该哭还是该笑。最后仿佛不知从什么地方传来了这样的一种声音：你该哭就哭，你该笑就笑，那都是你自己的事。我心想，这不是屁话？我听到的另一种声音是，你说得对。然后我能感到的便是，就如同我刚刚丢到海里的石子形成的无声，形成耳边传来的大海本身的涛声。我心想，原来这是我爷给家人、给我们几代人设的一个天大的迷局。我摸着海边我躺着的石头，它上面似乎连一丝灰都没有，有的便是那种黑褐色，恍惚就是玫瑰褪色、血液凝固后形成的。

　　我怎么会到这里？我睁开眼睛，发现自己竟然躺在香港赤柱的海边。怎么会这样？但事实就这样。我看到眼前有那么多外国人，他们在旅游，他们在休闲，还有一个胖家伙在教孩子踢足球。

　　我从我躺的石头上起来，我在那里开始游荡，而且还看到比刚才那礁石还黑的脸在那里穿行，在那里有说有笑。忽然，有人问我，你刚刚去了哪里？我说，那里。那人说，现在不说那么多，总之，你叫人一阵好找。有一位眼睛长得像猫一样的女郎也在看我，那眼神也像我们当初看他们一样古怪。恍惚中我能感到她在用眼睛发出疑问，你是哪个山头下来的，或者是哪个井里爬出来的？太让人恐惧，也太让人好奇，假如能以你现在的式样造一座风景区，或旅游点，可比迪士尼精彩多了。

　　我们竟这么说起话，恍惚对话一直在用眼神进行，但我们似乎都能听懂。猫一样眼睛的女人说，我就喜欢像你这样的男人，怎么看似乎都神秘，怎么看都让人感觉像在梦幻的山里，感觉就像我们小时候在山洞里玩。我心说，我真想操你。女人说，那简直太奇妙了，也太让人有感觉了，我们到这里就是想被操的。那猫一样的女人跑到了我怀里。我感到了不同以往的特殊气味，一种发自英国女郎身上的气味。女郎可能也感到了我的蠢蠢欲动。她开始在我的身上爬来爬去。她似乎找不到我的那家伙在哪里，便开始上蹿下跳，开始显现出急躁。你的那东西长在哪里？我心说，就是你看到的赤柱。女郎说，那就没趣了。那么大的家伙下去，多少女人都叫你搞死了。不过说实在的，作为女人就喜欢那么大的家伙，要是能享受上，那女人也算幸福死了，也算山花烂漫了。

　　这让我又想到了玫瑰色，想到了血，想到了红，想到了最后的褐色和黑色。

思维和鸟

我们都在思维形成的思维通道里,有时这就是梦境的存在,是各种景象构成我们类似记忆的叠加,形成犹如我们所说的书页、画面,形成我们由此形成的各种景象变化。有时这像羊吃草,有时这像我们跟着人学什么,这样我们便有了各种观察,有了我们类似在进行各种游历的样子,并这么形成消化,形成犹如记忆的沉淀。现实的蔓延某些时候就是这样的,正是这么形成了一点点生命的种种感觉,从而就像我们由此向上,由此形成山脉的山脉,形成习惯的习惯,又类似文化的文化,从而形成各种言谈和话语。我们在历史上是一个农业国,因而看上去一切都讲秩序,都讲自然,都讲某种缓慢,因而时间的节点在这里怎么都类似是季节的,是植物和庄稼的。因而在时间的节点中这便形成了一种相互映照,怎么看都在诗中和画中,从而看上去似乎四处都是生命的迹象,是自然本身的没有被破坏。因而这构成了一种悠闲,构成了我们怎么都似乎是在一种景象中。这样一来,我们人似乎都是往下看的,这样一层一层,我们就如同在山脉般的植被中,并且这么从上看,就像撂到一起的帽子。因而从外面和高处看,这真是一片充满神奇的土地。这样便引发了外面很多目光的窥视、好奇,尤其是我们那官帽似乎更引人瞩目,感觉就像移动的小山丘。这样西方人更觉得不可思议,更认为是有什么魔法。不同的帽子站在不同的高度,他们似乎不知道这玩的是什么魔术,或者正是这样的不知,才让好探险和猎奇的西方人,让那些红头发蓝眼睛、绿眼睛的人要看个究竟。开始他们以文化交流、以虔诚的心态近似朝拜。但有些地方这些洋人还是没办法看到,甚至越看不到他们越好奇,越刺激他们的欲望。这样他们运来了枪炮,他们似乎想以这样一种方式看看这些帽子下的脸,尤其是更神秘的皇帝、皇后,看看当时那个真正握有权力的女人长了个什么样。

让洋人没有想到的是,枪炮打到北京,这几个人竟像老鼠一般跑了,并且不知钻到了哪个鼠洞。这仿佛让洋人一下看到了这个看上去神秘和诱人的国度,原来是这么一番景象。原来那些吟诗作画的,那些歌舞升平的,这时也一个一个比兔子跑得还欢。这让这帮洋人恍惚一下到了无人国一样。这倒是什么东方帝国，完全就不经打，完全就是自己在唱自己的歌。这样的场景和狼狈也让国人自己看到了，尤其是吃了败仗还赔给洋人那么多银子，这白花花的东西可是百姓的血汗。平时那些当官的看上去威风凛凛、耀武扬威，而现在看，怎么养了这帮窝囊废，这帮草包，这帮视子民为粪土的家伙？

我撒了一泡尿，地上的蚂蚁感觉就像发了大水；我拉泡屎，蚂蚁会感到山塌了。洋人的大炮就这么戳到了这个东方帝国的心脏。这时洋人们看到各种鸟、虫子都飞了起来，有的还不知枪炮的厉害，竟然也有往上扑的，结果才知道吃这洋糖是会流血和要命的。这样神秘构成了不神秘，这样光彩和光华此时竟然一片狼藉，竟然像被强暴而衣冠不整，下身裸露、流血……而人不知是沉醉，还是昏迷，还是到了从没去过的梦里。

好一切都好，不好一切都不好，这时人们仿佛又看到了一场电闪雷鸣，看到了时间更下面的东西。这让很多人在这样的情形下没有了思维，让之前的景象忽然变为了一片黑暗。原来人们眼中那么金碧辉煌、那么井然有序的大清国呢？仿佛百姓这时能看到的只是百姓。有人揉了揉眼睛再看，几乎一个个都钻进了洞里，有些没钻进去的露出来的似乎都是屁股，都一个个撅在洞口。实在没洞钻的，也都将头往土里塞，有的也会就那种姿势或用烂布、衣服将头蒙住。远看都像炮架，近看才知道都是撅着的屁股，用刀那么一划，一个个都白花花一片，再看那里还吊了两个牛蛋。有人说这就是大清国养的男人。这时假如再有风吹草动，便会看到一个个更使劲地将头往洞和没洞的地方钻。这时候他们似乎就嫌自己身子大，就嫌自己怎么还长了这一身骨头。看到这种阵势，你不欺辱这些人心里都难过。

洋人的这种举动似乎让人们看到了大清国平日看不到的一面。洋人最后似乎摔下一句话：我们要的只是我们想要的，至于别的，我们不稀罕。这样洋人的枪炮声稀疏了，最后停了，这时只见大清国的官员、皇帝和老佛爷，与那些八旗子弟们又开始抖起往日的威风。并且也不管浑身的灰土抖净没抖净，一个个又开始贫嘴了，又开始说，那帮洋怪物，以为我大清国的千秋基业是泥捏的不成？我们就不用炮，那是野蛮、无礼，那是不文明、少教养，我们就用白花花的银子，就用屁股都把你们打败了。老子现在仍旧想玩什么玩什么。

　　思维的思维有时会在某种情形下没有思维，没有了思维人似乎就处在了行尸走肉里，处在了腐朽和腐败的气味里。有时这确实是一种幻象，是大家相互舔脸和舔屁股的状态。这多舒服，这真如同肉在肉上，肉在肉中。

　　清政府到了这个节骨眼上，似乎更显麻木，更显整个神经系统都紊乱了，仿佛女人们的月经都失调了。孙中山看到了这点，中国几乎所有睁着眼睛的人都看到了这点。这样一场近乎全国范围的布雷行动便开始了，恍惚这时穿梭、游走、联络也像在小人国进行。这样秘密构成了没有秘密，似乎就是在光天化日之下，那些官员也犹如熟视无睹，犹如这一切都是梦里的幻影。在这些官员眼里，那些洋人都没有将大清国怎么样，哪还有什么力量能将我们大清国奈何得了？事实上，这时候蚂蚁真正的力量便显现出来了。

　　你们中国人真好玩，好像什么都是直上直下，那很有意思吗？庄稼才那样长，树才那样长。人应该像鸟，应该是更动态的。我们就是这样的。我们的神秘和不神秘都是明的，仿佛明才构成了更大的神秘，就像光中之光，有什么没什么都是自己看到的。这声音从哪里来的？我似乎不知。后来我才隐隐听出是那位英国女郎说的。但我依然不知道声音究竟是从哪里发出的。声音说，我就在你的体内，但我也不知道我在你哪里，我想你应该知道。我知道？对，你知道。后来我摸了一下我的眉毛，就像抓住了一个软绵绵的东西。我听到女人笑了一下，我感到女人已经一丝不挂。女人又说，我还当你们中国男人不喜欢这个。这时我发现，这似乎是梦的另一种景象。

　　我和那位英国女郎不知什么时候已经坐在了那儿喝起咖啡，我们有一句没一句地聊着，我发现她的中文相当不错。我们看着海，同时又相互打量。她告诉我，她现在就在香港中文大学。她又说，我知道我们的前辈曾欺负过你们，而且用的是炮，这实在有点无礼。不过你们的皇帝也太无能了，很多时候不知怎么非要人这么拿炮轰。不管当年的事，如果你觉得是我们的先辈欺负了你们，那你现在就欺负我，这样按你们中国人的话也算扯平了。实际上，能扯平吗？其实我们的观念不是这样，我们就是愿意那样，也只有相互看上，能走到哪步算哪步，做出了爱就爱，做不出爱也没什么。其实我不是看上你什么了，我就看上你这人有点怪，有点像不知哪朝哪代的文物。我在英国时就听人说，到中国就是要找有中国味儿的。我看你就有点这感觉。

　　文化的交错才有气息的流淌，才有波浪的翻滚。一条鱼，一条英国鱼，我似乎闻到了腥味，又恍惚看到了屋梁上掉下的尘土。时间的另一半似乎就是夜晚。书的下面还是书，我仿佛在找着我熟悉的街道。

一个下午，或早上

　　你怎么会到这里？我怎么不能到这里？那天我就这么坐在地上，我觉得这么坐着很有意思，就像在看更广阔的世界。你应该有什么心思吧？我往地上吐了口唾沫。你真的让人好找。我抬眼看看和我说话的人，我好像不认识他。但他说他认识我，而且以前还共过事。我说你一定是认错人了。我这辈子还真没有认错过人。我说你是谁？那人说，你是谁我就是谁。我抬眼又看了看那人，还是不认识。我又说，你认错人了，要么便是我活见鬼了。那人说你要是活见鬼，那我一定也活见鬼了。我换了个地方，我看他也换了个地方。他说，你是不是一直在找人？我看了他一眼，发现他也在看我。我知道你找人已经找得很憔悴。我闭上了眼睛。我耳边又响起了那人的声音，而且我知道你要找的是一个百年前的人。我说你烦不烦？我这次没有听到回音。

　　不知过了多久，我被一场雨浇醒了。怎么我会在这里？我看到眼前是一片荒野，具体是什么地方我似乎也不知道。我想站起身，但我发现我此刻似乎已经站不起来。忽然我感到自己这哪里是在什么荒郊野外，我感到自己此时其实是在茫茫的大海上，就像一根稻草那么漂浮着，并那么忽上忽下，那么一会儿在大海的深处，一会儿又漂在海面。我看到了什么？我似乎看到的是远处的远处依然是远处，我不是在香港赤柱，不是在西安的那间小屋。什么时候到了大海上？这时我听到了那个英国女郎的笑声。她说你可真行，真能云里雾里地跑。这是干吗，这是要干吗？我们大英帝国以前算强大了吧？那时在世界上是怎样一种荣光，又是怎样的不可一世。现在呢？现在我们已经不玩那些了，我们倒喜欢玩点小的，玩点精致的，玩点更趣味的。这是花朵的感觉，这是更珍重生命的一种存在。一个没有情趣的国家是最没有意思的。我们国家最疯狂的时候也是那样，也是动不动就使枪炮，我们打了别人，自己其实也付出了代价。我这倒是跟你说话呢。我说像你这种人，还是有机会到我们英国走走，那里的人已经完全平静了，用你们中国人的话讲已经完全听天由命，并越来越懂得享受各种现实的变化和场景了。世界是什么？我们没有人可以将它规范，在我眼里这就是世界，就是现实和事物的精彩。

战争有时候难以避免，但任何战争都不可能有时间的力量强大。有时候胜者和败者在时间面前都没有意义，有意义的是我们今天能在这里喝着咖啡、看着海景，并能那么静静地享受大自然给我们的各种恩惠。要知道文明在历史中的映照，就像光影，就像人影和物象。我就喜欢这么静静地待在什么地方，让自己放松，让自己这么吸收着来自方方面面的养分，并让自己有一种生长的感觉。文化有时就是不同气流的交织和交错，有交织交错我们才有起伏，才有生命的飘动和活力，有时间和空间的反复动荡，并由此让我们的生命富于激情，就像你们曾经有的那种诗意。不过你们的诗意似乎更显时间性，而我们的诗意更具空间性和空间感。这构成了一纵一横，有纵有横才是自然，你才能听到生命和自然的交响。

有时我们在世界上都是演员，也都是观众，有了这个感觉我们就知道相互欣赏，就有了差异的各种情状，有了相互间形成的变化动感。你们的文化很多时候都以一种被欺负的心态看问题，什么时候你没有了这样的心态，一切便有了自然感。有时忙碌构成的是不忙碌，是一种滋润，是我们更显人世的一种图景。我们的每一天其实都是一本书，这形成了一种翻和被翻，形成了在时间中的空间演化，这是一个互为背景的存在，抑或正是这样的背景，才让我们的思维更活跃，就像我们无论怎么都在一种景象中，都在一种现实形成的图景中。

我们该走走了。她说。历史就是一种玩，有时有了这样的心态，我们才可能沿历史走入历史，并那么看到生活的细微，类似一切的一切都像我们走在今天。

我这时反倒看不清那英国女郎的脸了。我是不是又到了梦里，还是梦本身就是这样的？我看到有许多鸟在天上飞，又仿佛鱼在海里游。这样的画面，仿佛又让我到了历史的某个地方和段落。我是大清国的遗种，现在让我革它的命我有点不好露头。我看到几个小孩在那儿射弹球，我想过去又没有过去，我看到他们玩得挺开心。后来我的那个弹球便掉到了渗井里。那位英国女郎的眼睛很像我掉到渗井里的弹球，它黄黄的，就像花，就像时间形成的另一种色彩。老爷说，我可以让儿子去。这样我爷就去了，去了就没有了，就失踪了，就像窗玻璃被打了个洞，这样整个的家就像处在了荒郊野外。这让家里的一切都开始了回旋，就像家里的所有都飘浮到了空中，就那么大家恍惚都生活到了太空。这种失踪让人们看到这时我爷就像破纸，就像树枝、沙粒，那么处在低洼处，还有老爷在地下那么摸索着什么，而摸索又似乎变成了摸黑，变成了后来他似乎什么都看不到了。我看到他那么想抓住家人，但最终他也没有抓住。他说，我不想让你们再去送命，现在世界已经打乱了，谁去了最后都是送命。但他没有挡住，就是他将我奶的腿打断，但我奶最后还是像蛤蟆一样跳走了，并最终将自家大院变成了一座荒宅，变成了丛生野草，变成了各种蛾子、虫子和蚂蚁居住的地方。这让我看到了构成的解构过程中，看到了大地、天空和太空的情景，又让我看到了一张没有织完的网，最后被打了个大洞，就像让我们看到了一口深井。塌陷形成的塌陷就这么形成了最后的湖面，形成了有什么又没什么的结局。

在这个过程中，我们都在回忆，回忆有时就是在心里复原着什么，又消化和想象着什么。这样又像到了另一张网中，并形成了曾经的更多景象，并让有些东西慢慢形成新的支撑，形成新的相互勾勒。从某种角度，有梦是幸福的，有梦就有了依托，就有了新的存在感觉。我爷最后之所以成了一个黑洞，是因为他消失了，而且消失比死更让人难以应对。死不过就是在什么地方打了个结，或者做了了结，可能让人一时苦痛、悲伤和绝望，但毕竟人们的心也死了，这样很多东西便没有了摇晃，而有的就是伤口的愈合，就是慢慢形成的岁月沧桑之外的景象。而失踪是让人最恍惚的一种存在，从某种角度看这就犹如树木没有了根，就像我们大家都到了太空，都到了我们所说的现实失重状态，这样再大的东西也似乎在什么地方飘，并让一切的一切几乎都成了碎片，成了我们似乎永远难以够到的东西，并那么时时在我们的眼前晃。有时候可以说这是痛苦中的痛苦，也是幻象中的幻象，这让人真的就像变成了尘土和尘埃，就像处在哪里都无所谓，都是那种灵魂出窍的状态。

我感到我慢慢地掉到了地上，我感到人世间的时间线有时就是各种颜色组成的线团，并牵连起所有的人和事交织成我们眼前的世界，形成我们所看到的景象。我顺着一个台阶往下走，这让我感受到了一种悠远，让我恍惚从梦幻里又回到人间。历史有时构成的就是这样的现实，就是这样的时间之近和时间之远。

英国的女郎真是英国的文化，她到了中国就像落到树上的鸟，有时也像跑到什么地方的猫。我能看出她喜欢中国这片土地，喜欢中国文化对她形成的魅惑、淹没与浸泡，她处在这样的感觉中，就如同她处在中国男人的怀里，仿佛这让她作为女人浑身什么地方都痒痒，都有和男人做爱的冲动。文化就是强盗，艺术更像是强盗中的强盗，它能让所有人感受到刺激，感受到在它面前就像在高远的天边。恍惚越下坠，人越能感到花在开、云在飘、激情的星星在闪烁。你们中国人保守，靠天，你看你们那官帽就像斗笠，这让人很多时候只能那么低眉顺眼，不敢抬头看天，这样一层层下来，就成了金字塔。我们和你们不一样，我们的文化感觉就像你们官帽倒过来的情况，它像什么？它像漏斗，像女人的子宫，那么和大地相连，那么形成根须，形成骨子里的往上。因而我们看你们很诱惑，一个个官帽都像男人的阳具，但帽子揭开我们才发现，他们多是些稻草人，是用来吓唬麻雀的。因而当初我们的枪炮声一响，原来的官都一个个不见了，仿佛都爬入了某个地洞，而这时能看到的便是遮天蔽日的麻雀、蝗虫。稻草人吓唬胆小的麻雀就这样，当有人，或有风雨将稻草人拔去，或稻草人自己倒了，那么我们就会看到麻雀像来到了自己的乐园，而那些蝗虫就更是饥渴难耐，仿佛将大地上的一切都能一扫而光。我能想象，你爷当年一定是被蝗虫吃了，蝗虫饿了不管那么多，它们可不管你爷正义不正义，它们的目的很简单，就是先填饱自己的肚子再说。我心说，你们英国鬼子可真有想象力。不，有想象力的不是我们，而是法国。我们很多时候只是实话实说，是就历史谈历史。

深水区有鱼

我们往下，再往下，形成了一种律动，也形成了一种气流感，恍惚一切都在梦中的景象。历史的不同解读有时就是这样的一种光晕、光彩，就是这样的一种华彩乐章。时间的光景有时就这么构成了事物的立体，构成了音韵。这样我们无论看人、看小虫，还是看世界的各种景象，都像在看深海里的鱼，在看遮掩又没有遮掩的存在。

一天，我就这么坐在一块石头上想这景象，从某种角度就如同我们在各自讲着自己的事。如此形成的交错，就如同我们一直都在事件和事物的画里，并那么形成一种更通透的历史景象。这样就这么形成了事物本身的律动，形成了我们和历史纵深的打通。石头落到井里才是石头。我看着什么，又没有看什么，记忆的粉尘有时便是世间的万物，是飘在某些地方的能看到和看不到的花朵。光线形成的流动，就像石缝中形成的影。我们都在这样和那样的构成中，都在粉粒形成的粉粒里。小之再小构成了气，小之再大，构成了我们的世界。我们都是时间藤蔓上开出的花。在梦和没有梦的地方，我们在和大地、和世界对话，并这么让我们感到了人类文明的每一次进步都是生命本身的呈现和体现，都是交错形成的交错，都是我们最后由小变大，再由大变小的过程。当我们完成了这个过程之后，我们的经历和承担便完成了。向上和往下，我们便形成了循环，形成了翻转，形成了类似在梦里找梦的全过程。我们都走在历史的尘埃中，走在生命形成的不同景象中，并那么经历着时代的演化和变迁，有时我们以这样的方式看我们人类社会的历史，就仿佛在一座网状的桥上走，在大地的边缘，从右向左，抑或从左向右，仿佛从明向暗，或从暗向明，似乎只有中间部分构成了我们人生的过程，并形成了我们生命的生命本身，形成了我们经历的各种经历。因而有时历史在哪里？其实它就在我们看到的任何东西里，在我们脚下的每一物体中，在我们看到的空气里，在泥土中，在我们看到的水和光里。我们似乎在很多地方便是一种空，是我们由这种空形成的对世界本身的感受，对现实事物的承受、承载及敬畏。这一切形成的都是对生命的热爱。是这样吗？我顺着一根绳子往上爬，在构成和没有构成中，我们似乎便有了筋疲力尽，有了承受的难以承受，然后我们便可能掉进悬崖或水里，这让一种梦近似构成了破碎或熄灭，但似乎这时我们看到另一种梦已经开始。这叫滋生的滋生。世界没有什么是多余的，也没有什么是完全消失掉的。记得一次有人问我，你们家怎么也到西安了？我说我们都是来找我爷的。那人问，找到了没有？我摇摇头。只见那人拿过一块砖，说你爷肯定在这里。我说，你爷才在那里。那人说，对，我爷也在那里。我迷惑地看看他，他说怎么不信？其实我们的先人都在这里了。我不知道他这是什么混账逻辑，但看到他的口气很认真，我也再没有说什么。那人又说，知道吗，死去的人其实就成了魂。魂是什么？魂就是无所不在。世界之所以说是一个迷宫，我告诉你奥妙就在这里，就在既有又无的状态。最后那人说，你懂音乐吗？我摇摇头。他说，那你还是回去学学音乐，学了音乐你或许在世界上就能找到你想要的，或者说就随时能够找到你想要的。这话仿佛让我一下掉入了大海里。

我告诉你，不学音乐起码要学习宗教，到了宗教的世界也能让你知道一些，起码能够改变你的执念，能够让你在忽然中认识另外一个大地，认识另一个存在的天空。这样你会发现可能某些时候你拿起一块破纸都会有感觉，都会让你犹如来到了另一个时空中。

我们都是火山灰，都是深海里的鱼，同时又是梦中的幻影。我在默默地往前，这么在默默感受着变化。这时候我仿佛都不清楚自己成了什么，现实有时就是非现实。我仿佛看到有人骑着自行车从我身旁的水洼里过去，还有汽车、马车和人力车，看到了大清国的官员，还有大鼻子洋人，同时看到的还有国民党的兵，有茶楼、戏院，有酒楼饭桌上的酒杯和不同的脸和腿。忽然一只鞋子还是一个人从什么地方掉了下来，我定睛一看是枚叶片，一个小脚女人的鞋。这时候我真不知自己到了哪里，也不知道自己此时究竟是时间还是空间，或者说是空间和时间的来回翻转，就如同小时候看到的一种被称作吊死鬼的虫。它们可以那么一纵一展地往前，也可以那么在树上或者从树上一个个吊在空中。西安是一个神秘的地方，它的神秘似乎就在于它在哪里都能让人看到历史和从前，而且仿佛各种光线和光线构成的反射中，都在演绎着以前，这样故事构成了神话，神话似乎又让故事更具变化的可能。我在水里看着水里的景象，就像在空中感受着灰尘的那种飘游，那种有什么又没有什么的存在。

我发现时间往下还是时间，空间往上还是空间。这时有人拍了拍我的肩头，我发现还是刚才那个人，但看上去又似乎不像，又似乎是一个高鼻子、大眼睛、身材魁梧的外国人。他说，这下应该知道你爷在哪里了吧？这时候我又隐隐听那人报出了自己的姓名——托·艾略特，英国人。我心说怎么又遇到一个英国家伙？他说他是《荒原》的作者，后来还写了《灰色星期三》，写了《四个四重奏》。我看这家伙翻了翻眼皮，像一条大鱼。鱼怎么会翻眼皮？这把我吓了一大跳，我感觉自己一定是遇到了鳄鱼，太恐怖了。我掉头便跑。还没等我转身，我看到的便成了一片黑暗，但黑暗中又隐隐听到了这样一个声音：我知道你跑这儿干什么来了。我心说干什么来了，你能知道？一个声音再度响起，是来找祖先的吧？我心中再度犯起嘀咕，这家伙怎么知道？那声音回答，知道吗，你现在在鳄鱼的肚子里，你的祖先不在水里，在陆地。接着我又听到了这样的话：你觉得这样找你祖先有意思吗？假如这样的话，不用说你一定是来复仇的，那么实话告诉你，你已经到了地狱。你觉得这样很有意思？我告诉你，这很无聊，无聊得就像不知道太阳在哪里。假如用你们的这种对祖宗的态度和方式，我可以告诉你我的祖宗，华盛顿大学知道吧？那是我祖父创建的。说完这话，我像被这条大鳄鱼从肚子里吐了出来。最后他似乎丢下了这样一句话：祖宗的恩怨是祖宗自己的事，他们当时已经了结，因而还是回到你该在的地方吧。我要是躺在祖宗的家业上，好了是棵树，不好了就是吃屎的虫。

当时我真不知我是怎么从这只鳄鱼肚子里出来的，但鳄鱼，但这个托·艾略特似乎又丢下一句：要是来复仇的，你还不够我塞牙缝的。我感到我恍惚又回到了大地，回到了海边的那块褐色的礁石上，待在香港的赤柱。我又看到了那位长着猫眼的女人，听到她说，我就喜欢你这样的男人，神秘得就像原始森林。告诉你，我掉到你这里，浑身都痒痒，那比做爱舒服多了，那就像我的身上都被痒痒挠那么在抓。我这才发现中国男人的家伙有多大，这哪里是单纯的做爱，这简直就是将人全身的骨头都能变得柔软的艺术。我太爱你了。

我和英国女郎又聊了起来，不同的是我们这次喝的是茶水。我告诉她中国不仅有香港的赤柱，还有北京的故宫，还有西安的钟楼，更有世界最高峰——珠峰，有新疆的天山，有东北的长白山，你要进去就知道那是怎样的家伙。那英国女郎说，那我喜欢跟你走，你要我上哪儿我就跟你上哪儿，你要我怎样我就怎样，我都是你的人了，你想怎么让我跟你玩我就怎么跟你玩。

我这时才发现时间是另一种时间的延续，梦幻是另一种梦幻的繁衍。看来，天地真是一本大书，就像男人和女人相互构成的神秘，构成的相互探讨的通道。黑中之黑才构成了相互的柔软，构成了在这个过程中的纸醉金迷，构成了繁星璀璨和百花盛开。

我真的不知道自己到了什么地方，只是我忽然抬头看见两只狗在那儿搞到了一起，而且看上去像小狗在搞大狗。这种情形让我觉得有点意思。我在看时发现这是两只外国犬，讲的不知是英语还是法语。我仿佛看到远处虚娃刚进西安城找我爷的前后。他先在老家和自己相好的用一个银圆干了那事，到西安后看到城里的女人他更是受不了，似乎个个都像洋人。后来他一说起当年的事和经历，都没牙了，但口水还在流。记得我父亲训他时，他作为长辈说，要知道我也是个男人。父亲后来提起这事，对虚娃的评价是，土狗都像狼，只要是洞哪里都想钻，也都敢钻，也不管那里到底是女人的洞，还是男人的枪口，抑或是真枪真炮，很多男人在急的时候就是这么挂掉的。其实很多时候看似没有秩序才构成了最神秘的秩序和最严谨的存在。

我又想起了慈禧，想起了慈禧在西安恍惚坐了一个空月子，最后养得白白胖胖，养得容光焕发，并又回到北京。但在孙大炮的指挥下，武昌的枪炮还没响，似乎只是响起了音乐，只是来了个前奏曲，慈禧先坐到了地上，光绪已经横在了那里。音乐再起的时候，光绪死了，接着慈禧死了，原来大清国设计的千秋基业便开始晃动。终于到了1911年10月，武昌城头响起了第一枪，接着西安响起了第二枪，到了来年，大清王朝便没了，消失了，就像鬼影，就像什么地方腾起的烟尘和雾气，一切的一切恍惚都在这样的一种朦胧中在进行。

这时从上往下看，水里的鱼真多，而从下往上看，则发现似乎到处都是人。而后来虚娃也混进了这样的人群里。这家伙的本事也可以说不小，面对那样的一种混乱和迷乱，这家伙竟然没有成为炮灰，也没有大的伤留下，后来有的似乎就是岁月本身留下的苍老。记得一次，有人问他怎么就这么闯过了那段几乎到处是枪林弹雨的岁月。虚娃的回答就一句：别人叫我怎么就怎么，别人叫我脱裤子，我绝不脱袜子。我怎么听到虚娃说的有点像那英国女郎？虚娃讲，你年轻，可能不知道也不明白，战争要是真的打起来了，其实就是相互日，相互摧残，然后让你开花，让你浑身几乎都是洞和孔，不然怎么叫枪林弹雨？我就这样，遇男人我是女人，遇女人我是男人，因此要说我的风流韵事，我都可以写一本书。装订这本书的就是我那家伙，要真正说起这方面的事，你爹明面上可以风光，但要写那方面的事，我敢说，你爹他这方面的页码肯定没有我厚。我心说可能连母猪和母狗也要算上。虚娃说，其实女人都一样，不过有时候人喜欢在脸上分高低。我就不在乎这些，我要的就是解馋，只要能让我解馋，我实话告诉你，我什么肉洞都敢钻。一次我在老家真日过猪，虽然最后没有成功，但我也过瘾了，我那东西也流了一地，并射在了猪圈的土墙上，像洒水一样。要说怎么会有这种情况，是猪最后转过了身，最后露出了牙，我看那阵势好似要咬我的家伙。后来我便再不敢在猪身上想入非非，那太可怕了，这就像谁会想到有时候西瓜皮会滑倒人？

我看到小孩在水洼里捞蝌蚪，他们都想知道蝌蚪变青蛙的过程。隐含的意思，我从哪里来？

乖乖吃饭

荷花是色情的象征。这话不知是谁说的。那天我看到我家的第六代，起名为子轩，看上去怎么都像只小老鼠。子轩是属老鼠的，恰巧我哥我嫂也是属老鼠的，我看到两只老老鼠笑得很开心，那么一同捧着那小老鼠，仿佛可爱之中的可爱。而生这只小老鼠的又恰巧是属兔子的。这就好玩了。两只食草动物，生了只杂食动物。当时小老鼠还没有长牙，因而看上去似乎更可爱，仿佛一切都顺从，又都不顺从，那感觉就像在什么地方有他又没有他。

其实我也是属鼠的，因而我们家几乎是像人们所说的鼠害成灾。我说这话时，我嫂子说，鼠害成灾有什么不好？中国人若不是像老鼠一样多，那么多的战乱，中国人早都全被打成了灰。老鼠的好就是在灾难来临的时候，懂得逃命，懂得跑得比兔子都快。这时候只见侄子和侄媳妇说话了，兔子怎么了，兔子有几只窝知道吗？我嫂子说，我其实就不喜欢属牛的，属牛的就知道死往前冲，一看就知道是挨刀的。我哥说，好了，别说了。这时候大侄女说，我可是属龙的，和我爷一样。我嫂子说，你爷哪里属龙，是属蛇的。二侄女又说，我可是属鸡的，说来可能就是命苦的，属于两只爪子刨着吃的，不过也不愁吃。我哥说，能不能不说？我二姐说，我是属猴子的。我嫂子又说，我最见不得的就是属虎的，那实际就是挨枪子儿的。二侄女说，这又怎么讲？我嫂子说，怎么讲，你不见土匪的屁股底下都坐的是什么，大财主家的褥子都是什么做的？都是虎皮，这叫吃虎肉，要虎皮。我哥说，别听你妈的嘴瞎叨叨。这时候我嫂子一个人抱起了小子轩说，我就喜欢这小老鼠。说着就开始在小子轩的脸上亲起来。大侄女说，都七十多岁的老嘴了，小心把那嫩肉亲烂了。

我这只老鼠就没这么幸运，在我印象中，我能知道的不是我奶亲我的嘴，而是她打我的拐杖。我嫂子说，知道不，你就不是这家的人。我哥说，又胡说。我嫂子说，是这家人怎么动不动就将你扔回老家？这叫什么？这叫拐杖一摔你就到了几百里以外。我说，我听大姐说，咱奶说我，看谁敢将我家娃给人。我嫂子又说，哪能光听嘴上说，要看行动，行动就是拐杖一摔就不知到了哪里，接下来就是那么找啊找、找啊找，不过说来，你倒还认路，怎么最后都能回来。我哥说，又说那些过去的事。我嫂子又讲，不过你叔也叫命大，命也苦，一开始你奶生他就没奶，而且生出来又小，只有小子轩一半的一半，你说才多大？光在暖箱里就放了好几十天，就那还睁不开眼，整天闭着个眼睛，人想看看模样都看不到，偶尔睁开眼，眼睛小得也就像一根线，哪晓得那是眼睛，看了都让人害怕。大侄女说，那也难怪将你最后扔到老家，扔到乡下，可能意思就是听天由命，就是能活就活，活不了拉倒。二侄女说，那难道我奶当时没奶？我嫂子说，真是瓜了，都快五十岁的人了，哪里还有奶？大侄女说，那我奶也真行，那么老了，还能生个娃出来，也真有点难为了，所以我就说给我当叔的怎么比我大那么一点点，原来如此。

我嫂子将子轩交给了侄媳妇说，乖乖该吃饭饭了。然后坐下来又开始说起来：当时的人不过就是能生，真可以说战争打一路生一路。你以为你奶生的少？我告诉你实话，不下八个，就是最后成了四个。中间的几个病的病、饿的饿，谁也说不清有被枪打死的没有，有逃乱扔掉的没有。我哥拽了拽我，给我使了个眼色，意思让我到另一个房间我们抽烟去。我跟了过去，但我依然能听到我嫂子在那边说话：可能你们都不知道，开始在乡下，其实也托人给你叔找了个奶妈子，一看那女的长得还行，奶水也好，当时每月四块钱就来当奶妈了，谁知道没过半年，听说奶妈子跟老汉和儿子一起给枪打死了。这样才不得不送到你四姨奶家，再后来到你大姨奶家。你四姨奶整天忙得跟什么似的，她就喜欢下地干活，不喜欢看小孩。最后不得不放到你大姨奶那儿，刚好她当时又没有小孩，而且也喜欢娃。

我哥一边抽烟一边说，就听她在那里胡说吧，咱抽咱的烟。这时我又听我嫂子说，石头落到哪儿都是落，对这种没人疼少人爱的就这样。你们可能不知道还有一个和你叔几乎一模一样的，他是你太奶说不清的一个弟，叫什么来着？二姐说，你说的是不是虚娃？我嫂子说，对，就是虚娃，我这脑子都一时想不起来了。你们都不知见了没见，简直和你叔长得一个样，尖嘴猴腮，而且整个一个拌汤嘴。二侄女说，那我看我叔可不那样。我说的就是长得像，别的我没说和你叔像。当年你爷最讨厌虚娃，要不是你太奶护着，你爷一见他就跟撵狗似的。

我和我哥这时已经抽完烟，我哥说，你嫂子一辈子就那么一张嘴，一张可以讲故事的嘴。她那嘴说什么我有时都像在梦里。

我和我哥重新走进他们在的屋子时，二侄女说，快看，虚娃来了。我说要知道虚娃已经死了。我哥说，虚娃死了？我嫂子说，能不死？比咱爹都大，还不死？我哥说，听谁说的？我说，大姐。我好久也没有跟你姐联系了。

我嫂子又说，鱼掉到水里还是鱼，萝卜掉到泥里还是萝卜，别说虚娃这家伙也算命大，算长寿，可能活得有九十了。我哥想了想，差不多有了，应该有了,你想想是咱奶的弟弟,能比咱奶小多少?咱奶死了都四十年了,有四十年了。当时咱奶不到七十,因而虚娃现在怎么都有九十了。

我们重新坐了下来,我哥示意我喝水。

听大姐说,虚娃死的时候挺惨,身边都没个人。我嫂子说,都那么大岁数了,惨不惨有什么?我哥说,人这一辈子就那么回事,就这么一辈一辈过。我似乎看到了一片河水,看到了远处和更远处的人都那么往山上来,让我能看到的就是时间之远。我的眼睛感觉就像在看电影,看各种画面中的画面。

我顺着一条丝线往上或往下,仿佛已经知道了我们走过的路,又恍惚我们只是随着时间在什么地方。不知谁说过荷花是色情的象征。站在另一视角,可能就是污泥中才能开出这样的花。我忽然又想到了我在香港赤柱碰到的那位英国女郎,她是想在中国的海域开自己的荷花。我想起了藕、淤泥和荷花。时光往下是为了让花往上,我不知道虚娃开了一地的什么,可能虚娃会说我就是种草的,一路为自己,也为别人,起码这叫不在一个地方饿死。我怎么感到这点还有点像洋人?走哪儿算哪儿,哪儿暖和哪儿靠,敢情就是喂麻雀、喂蚂蚁,只要暖和,只要自己能够着。

世界的另一形状

我们都是一种形状,不同的形状在某些地方重叠、重合,并形成空间、移动和变化。这样类似我们在旋转着什么,又如同我们在这里被旋转。这段日子我已经不想别的了,仿佛就是坐在什么地方看世界,看有些时候雨那么在下,阳光那么照耀,抑或就那么看街上的行人和车流。我想对城市的理解越深,我们似乎会活得越简单,越不想动这里的什么,似乎一动什么地方就会塌陷,就会形成对某些东西的破坏。当然,除了垃圾。垃圾有时就是城市玻璃上的灰尘,因而擦它似乎是每天的事。城市就是不断擦玻璃,不断清理垃圾,这样人们在垃圾中才能找到城市丢下的各种欲望。有欲望的地方就有残渣，就有遗存，就有痕迹，就有各种气味的不同和混杂。城市就是滋生各种欲望的地方，欲望让城市有了各方面的朝气、生气，同时也让这些朝气和生气最后变成种种垃圾，种种糟朽和腐败的气息。在城市生活的人都是垃圾的制造者，同时又是垃圾的清理者。记得有人说垃圾越多的地方文明程度越高，景象看起来也越壮观，仿佛我们都在垃圾山上，而由此形成了一种上下流动，并在这种流动中让整个城市更有生机，这样便形成了穿行的纵横，形成了高空落下的任何东西都会有人在什么地方接，而接的再接便可能形成各种循环的气息和气流，仿佛我们在空中看到的各种灰尘和灰尘之间的那种上下、那种相互。走在其中，我们就犹如走入了充斥各种旋律又满是各种形状的世界，仿佛城市和大地时刻都在举行着各种风格和主题的音乐会。我们是聆听者，也是弹奏者，同时也可以是从低音到高音的整个编排者。我能想象战时的音乐是什么样子，就是猛然的高音，然后有人问怎么了？但可能话音没落，又无声了，接着再来一个高音，人就一愣，无语，然后可能就是跑，接着又无音，人们纳闷。忽然又出现密集的打击乐，人们开始四处逃散。可能好长时间听到的又是无音。有人可能开始嘀咕，妈的，世界怎么了？可假如这时又出现一声重锤，人的鞋便掉了，可能有的人连裤子都提不起来。这他妈的是什么鬼社会，还让人活不活了？光这声音，光这冷不丁的什么，别说其他，就是阴囊里的精子都给吓死了，能想象这时再有水的地方都干了。洋人喜欢玩这种高音，甚至极高音，然后忽然再一个次高音，我们会发现中国人不习惯，甚至觉得这一定是来了什么天神和天兵。这时候你知道会发生什么？我告诉你，戴帽子的人，不是草帽子、布帽子，或其他破帽子，而是官帽，这时都傻了，他们没有听过这么高的音，皇帝的声音、老佛爷的声音当时就是天音，假如这时皇帝还算冷静倒没什么，如果皇帝和老佛爷都傻眼了，那么一般的官员就更是手捂帽子不知该往什么地方逃了。你就可以看到这样的一种乱，这样的一片抱头鼠窜。想想老鼠这时能往哪里去？识相的可能这时便会放下架子，不识相的这时就有可能被像杀猪一样给杀了，给放血了。隐隐有人会说，都混成这样了，还摆什么大老爷和官架子？现在你就是老鼠，这里的灭鼠家伙可多了。大清最后就成了这种景象，就成了官比民还没有胆。当然，相反的情况是，戴草帽的人、顶布巾的人和什么都不戴的人，往往听到这种声音并没有怎么害怕，他们可能就当雷公放了个与平日不同的屁。这叫什么？这叫天怕天、地怕地，大象怕的是老鼠，老虎怕的是蚂蚁。中国人干什么都不喜欢高音，而喜欢近乎白天和晚上都能在最缠绵的背景乐中，那样更适合生活，适合繁衍，适合家族的生息和繁茂。因而中国人平日听到的音乐多是低平的，是田园的，或更市井的小曲、小调，更多时候变奏的少，要么就是那么闭上眼睛自己给自己哼。只有遇到大的喜庆和节日，遇到有官员和皇帝才那么来点激情、威风，但声音又不能高过皇上的头。而洋人的音乐有时就这样，似乎专打头顶，这时假如皇上的帽子掉了，场外再有一个懂中国音乐和文化的指挥，那皇帝的帽子可能就捡不起来，就有点近似越捡越狼狈，越捡皇帝的尊严便丧失得越多。中国的皇帝是不弯腰的，弯腰不是中国文化。因为中国文化讲究的是，一弯腰山就不稳，尤其是山头没了，那就意味着山头成了荒地。这就是说，在中国，一旦皇上的头没了，那就意味着千万个人头将落地，就成了由上而下形成的席卷，仿佛在这样的一种情形下，我们便会看到这样的一种状况，那就是最后的天变为了地，最后的地变为了天，整个过程似乎能活着再出来的就是命大，否则要么可能被活埋，要么被挤压得粉身碎骨，成为肉酱，从而血流成河。

我看着两只公鸡在斗架，看着一只公鸡和一只母鸡在玩耍，在谈情说爱。洋人不是这种情况，他们似乎两个男人或两个女人也可以含情脉脉，可以胡摸乱戳，可以构成一种同性液体的混合和混杂，而在中国那可能就是大逆不道，就是音乐中没有的旋律。事实上，可能战争打到最激烈的时候才能听到类似这样的魔鬼之音，这样有声中的无声，这样的大静和大动。这使得中国文化少了这样两个在关键时刻的关键音节，所以很多人到了这样两个音节里，就无法找到自己，就仿佛不是到了地狱就是到了阴曹，从而形成了各种挣扎，就像这时一块石头下来便一地鸡毛，一滴水过来就大浪滔滔，或一道光过来，便有成灰的状况。这就形成了在哪里都像被弹奏，被时间的任何景象所定格，并形成最终失重。魔鬼的艺术实际上便是这样的一种让人失魂的东西。仿佛一会儿什么都是，一会儿什么都不是，一会儿和情人在一起，一会儿又似乎和仇敌在肉搏，一会儿仿佛在教小孩写字，一会儿又帮老人擦背，一会儿又像被人扶着在什么地方走，一会儿又像……简直就是重度昏迷，就是弥留之际，又如同婴儿被母亲揽在怀里，可能你尿泡尿就会满眼金星。

我仿佛在看一只瘸腿蚂蚱在蹦，像是在思维的水里，像是在思维的梦里。恍如一个女人想让自己浑身都能长出自己的苗。西安城最后似乎就被打成了女人这样的身体，因为原来的满城有了新主人，而且最后换来换去，似乎什么人到最后都可以在上面践踏，甚至一些女人也能从那里找到快感。因为原来的那些天姿国色，这时可能连残花败柳都算不上，简直就是什么都可以作践的肉泥，是被扒了衣服、皮肉的骨头，而且还可能最后被野狗拖来拖去，再下来可能就是蚂蚁的蚕食，就是各种虫子引来的鸟，最后那里可能留下的就是鸟粪、鸡爪，还有各路人的尿液、唾沫和黄痰。最后被埋入地下，那里重新盖起了房，重新有了人烟和人气，重新有了生命力和生活气息。或许正由于这样，城市不敢随便挖，挖就挖出了寒气，挖出了曾经，因而我们才看到城市在长高。看来，我们某些时候都是音符，也有可能都是天籁，是只有动没有声音的那种情形。

流星落在水里，会让水更黑。人吃什么拉什么，只是循环之后，我们似乎不怎么认识。历史的花朵永远都开在历史的昨天，我看到一只鸡在那里刨食，仿佛在历史中找寻着历史的遗留。我想说那是一种景象，犹如在梦里找梦，又像在景象中滋生着新的景象。而声音构成的这种简单弹奏，就像有人在什么地方砌墙，又有人在什么地方盖房。雨中的雨就是这样的一种景象。西安的古老似乎就在于它什么东西都往下渗，渗构成了一种沉，构成了仿佛每个砖缝里都有人，都有时间构成的另一时间之景象。仿佛这里的一切都在无声中演化，并那么形成了它的厚重，它对更多东西的不理睬，仿佛每一个地方都是一本书，又都是一个朝代。这样动构成了不动，不动又构成了动。这里应该用炮打，这里只要打开一个豁口，便会有东西流出来、渗出来和逃出来。西安满城当年就是这样被打下的，这时候再加上各种火力的配合，各种各样的花朵都开放了，不管是什么颜色的，也不管是什么形状的，这时候都开始拥挤出了各种不同的气味，气味构成了欲望的表达，同时也构成了一种看似没说的说，就像鸟落在建筑物的上面。我看到有人爬到了房上，不知在干什么，也许是潜逃，抑或已经在那里死掉了。

有时找构成的是一种没有找。有人抬眼对我说。我看他像一个钉鞋的。他说，不，我是专门给马钉掌的，说着他拿起了钉马掌用的金属构件。我看到了一种亮，又听到了一种很远的时间声。他最后告诉我说，其实女人比男人爱玩，也会玩，并让这个世界有了一种味道。这时候他问你住在哪里？我回答他，我不告诉你。他说我知道有些人就像湖水，什么东西都会往那儿渗。他告诉我，他在西安城已经多年了。我依然没有说话，不过我似乎越看，他越像建筑中的建筑，是水中流淌的另一景象。我的手恍惚摸到了一块石头，我看着城市慢慢往上长，似乎那人抱怨说，现在的生意越来越难做了。我心想有谁同历史做生意的？要同历史做生意那可是大买卖，是要动枪、动炮的，是要将历史铲除变为现在的。

爬到时间的高处

　　背离形成的背离，让我们在一种柔软里，灰尘飘落的地方我们看到的是花、是景，是城市在城市之外的细微。我们都是这个世界的存在物，我们都这么被浸泡。浸泡是一种舒服，而舒服构成了舒展，并让一些东西在浸泡中沉溺。一次有人对我说西安就类似这样的一个浸泡和被浸泡的地方，仿佛什么消化不了的东西到了这里便有了被消化的可能。他说其实人被消化是很好玩的，那样你就会感受到一种被分解，分解在轻柔中，你的骨头都会酥。骨头都酥了是种什么情景？那人看了看我。那人我认识又不认识。他说我们曾是邻居，我们住隔壁。我似乎想不起来，又似乎想起来了。隐隐中我们怎么感到天气很怪，阴雨绵绵，不冷也不热，似乎总有种说不清的感觉，这感觉有点让人无法抬头，但又觉得置身其中的感受还可以。那人说今天是玉树地震哀悼日，各个地方都在举行悼念活动。这点我似乎知道，同时也知道似乎这些年各种灾难频发。我想从赤柱到玉树，再到、再到……我似乎感到自己已经到了时间的最高处，又似乎到了时间的最低处。这样我的感觉是自己偶尔很轻，又偶尔很重，恍惚中我不知自己是在一百多年之前的什么地方，还是在一百多年之后的今天。时光有时形成的变化和景象仿佛就这样，那类似乱云飞渡，又恍如鲜花盛开，又类似一切都在其气韵里，在各自的秩序中。隐隐我听有人告诉我，人最后都是要被泥土湮没的，而且掩埋构成的这种存在方式从没有间断，有自然的，有人为的，有欲望和激情的，有冷峻而无情的。这时候我仿佛是在湖边，又似乎是在海边，抑或干脆就在我自己从没有离开的房子里，在那里继续和大清国灭亡时的那些人在一起，并一页页翻过，而我感到的似乎不是我在翻，而是岁月本身在那里自然显现。我这样看的时候，那段岁月没有页码，有的只是不同的记载、记录，这感觉就如同画面里的画面，另一方面也似乎便是时间中的时间。

　　我是不是已经跑得太远，跑得已经像没人能看到的什么？我听到有人喊着我的名字在找，仿佛满山遍野，又似乎在城市的每个角落。我回应，高声回应，但他们似乎怎么都听不到。这死东西跑哪儿去了？这狗日的刚刚还在这儿，这家伙我似乎刚刚还在哪里碰到过，现在去了哪里我真不知道。下面有人吗？井里有人吗？世界似乎此时到处都回荡着这样的声音。感觉就像哗哗作响的树叶，就像轻摇的草，也像各种各样的水的波纹、波浪，同时又像大地上的各种生物和非生物。有童音说，下面有鬼。小孩听到这话后，都离开，都四散，都像飞鸟似的。

　　我知道我曾经也是这些小孩子中的一员，也爱到各个地方这么找什么，这么探寻，并感觉似乎哪里都神秘，哪里都是自己想去的地方。我们似乎就在这种找和被找中。时间构成的就是生命的不同闪烁，就是由各自线路形成的线路。这样言语很多时候构成了不言语，而不言语又构成了言语。

　　一天，我记得有人对我讲，我们其实都在穿越，都在试图找什么。我默默感受着什么东西在往下掉，而什么东西又似乎往上去，这形成了一种流动、飘逸，形成了在更多时候有什么又没有什么的景象。

　　这时候我似乎像从深海中往上，又似乎从高空中像灰尘在下落。我似乎从来就没有离开过西安，而只是在它的街市穿行，在它上与下形成的对流中，在现实、历史和未来中，这么构成了和历史的相互见证。历史的历史就是大地的大地，就是这样形成的起伏和呼吸。我在西安不敢动这里的任何东西，我知道它见证了什么。那时候的西安城乌鸦很多，它们都飞在或落在城墙内外。它们似乎能闻到战争、死亡和尸体相伴。而在一些时候城里的燕子不少，麻雀也都一排排落在屋脊上，还有鸽子，还有空中的大雁。走过是没有走过，没有走过又恍惚走过。我听到的似乎是钟楼那边的钟声，是钟楼这位老人的言语。

任何书籍、历史都是由时间写成的，是往上和往下的时间这么一层层铺就的。这样形成了什么？这样其实形成了近似你是塔中人我就是民间客，你是民间客我就是塔中人的景象。仿佛这是大雁塔对我说的。

你们中国这口井真深。我听到赤柱的英国女郎说。我说，深吧？英国女郎点点头。我说你们的那炮也不短，从英国都伸了过来，将我们大清国几百年建造的井台都拆了。英国女郎说，那当时我们的损失也很大。我看了女郎一眼。女郎说，那当时也不是我们英国一家，那叫八国联军。我心说，八国联狗。女郎说，其实当时大家也没什么，都是好奇，都想看看这口井里到底有什么，就像八个孩子。就八个孩子？那长着猫眼一样的英国女郎似乎不解，还眨了眨她那猫眼。我说，就你们那一下，你知道让中国死了多少人？那简直是一层又一层。英国女郎说，那也不能全怪我们，后来是你们自己打乱了，再后来是日本人的事，就和我们无关了。我心想，这家伙还懂点那过程。我说，我爷当年就是由于你们那一炮，没了，成灰了，成不知什么了。

英国女郎那狗东西也真行。她说，要不是我们那一炮，你们家可能现在还在老家，还在那不知什么塬，在那个可能喝水都成问题、吃饭都靠天的地方。我说，照这个说法，你还帮我们进步了？我们当时不是不知道你们和不了解你们的文化？我看了女郎一眼，现在了解了？她倒说得好，这应该叫相互认识。接着英国女郎说，如果我们不在赤柱这个地方相遇，我们也相互不认识、不了解，更不可能谈这么多，谈得我都想嫁给你了。我看了女郎一眼说，真和你们西方男人一样，够野蛮。

我感到我们似乎又回到了咖啡馆，又坐在了海边，又这么看着海面上的船。我问女郎，咖啡好喝，还是茶好喝？女郎回答，各是各的味，我们其实就是想尝尝世界和大地上的各种味道，这样坐在海边，这样闻着海中的各种气味、腥味，最后你就不会呕吐了，不会有连肠子都被吐出来的情景了。文化其实就是由不同的食物链组成的。

我看了女郎一眼说，我们都是吃草的，你们都是吃肉、吃鱼、吃人的。女郎说，我们现在不是也挺喜欢吃草，吃你们中国菜、中国餐？女郎接着说，别想那么多了，其实人和人之间就是这么在相互翻肠子。翻好了大家都舒服，翻不好大家都流血。能看出你怕血。英国女人趴到了我耳边小声说，其实我们女人不怕血，而且流血才让女人感到自己是女人。

我说，女人血多，每月都流一次。

女郎说，不是流一次，而是每月都像花一样开一次。当然，处女血是玫瑰，后来的就叫月季，而且最后那花才有各种不同的颜色。

我说，你这是给我上性学课？女郎吐了吐舌头，喝了口咖啡。

女郎说，这是你们认识时间和生命的角度，我们是三百六十度旋转，我们是怎么舒服、怎么好玩怎么来。这叫各个视角看生命，各个角度都是性，都是时空差异的情景。女郎说到这里似乎发现了什么，扭头说，看来你们都是种树和种地出身，所以也就难怪你们这儿神秘，这儿植被好，这儿让很多人都眼馋，都什么地方都流水水。要知道无论男人女人植物的景象都不错，尤其是黝黑、碧绿的那种，会更让人想入非非。

女郎说，你们中国的景象太丰富了，尤其在我们西方人眼里。

那就用大炮？女郎点点头，而且说，我看到你的那刻，我都想当大炮。女郎说，我知道你是西安来的，我也知道，西安城的城墙很厚，如果城墙里再套个城墙，那要进去就只有用炮，而且可能不是一个方向的炮，还可能不是一种类型的炮，而是各种武器的配合。想象大清国最后其实就是这样亡了、没了。这也就是最后你们为什么打乱了，就因为那地方太神秘，神秘得不得不让更多人对它有了方方面面的窥视欲，大家要是都有了这样的想法，那就只有不断和反复围城。其实不要说一个王朝，就是一个女人也这样，尤其是那些漂亮的女人，假如再把那些敏感的地方捂得很严，那你知道是什么情景。事实上这和围城一样，你会看到又是上面抓的，又是下面摸的，最后让你常常顾了这头顾不了那头，直到最后把你扒光，这样可能耀眼了，这样你看到的是那些人都四散了。人的好奇心就是相互窥探和窥视，从而相互充实，相互这么形成时代和时代的图景。

这时候英国女郎又说，我们是否也该充实去了？我明白又不明白她的意思。后来，我们一起朝着从中环一砖一木搬来的那座土灰色的餐厅走去。这里经营的多是东南亚菜，也有中国菜，英国女郎对我说。我自己倒像是从别的国家来的。

从马背到大地

汉文化就是讲防守，这点从中国的方块汉字就可见一斑，仿佛每个字都能对应上其本身包含的形象、形体，或神态造型。这样就显得自成山水，就显出某些景象，就包含着字本身的义，和义本身的形。因而很多时候看单个汉字，我们就会有感觉，就想象，就沉迷。这也导致中国人多喜欢静，喜欢对某个和某些地方神往。神往构成了沉迷，构成了沉醉，构成了人似乎怎么都在一种风景、田园、院落里，仿佛怎么都觉得美滋滋的。这是一种很有农业特色的感觉，很多生活的景象，也似乎是各有各的存在。但这样的文化似乎某些时候总给人软绵绵的感觉，给人一种似乎大家都坐在炕头的感觉，而且人和人之间有那么多生活礼节，这样难免让人对这样的一个地方有想法，有羡慕，甚至有向纵深一探究竟的意愿。看一个地方是什么生态，有时最好的方式就是投石问路，就是看投出的石头会产生怎样的反应。我们说任何文化生态都有蚕食性，也都有暴力和残忍，有不同情况形成的不同场景。我们喂鸡就这样，撒一把谷子、稻米，鸡就过来了。我们掉个馍花、米粒，蚂蚁也便过来了。中国是一种什么景象？中国是什么东西进来都可能被很快吸收，并最终纳入自己的系统和体系中。小点说中国文化就是一口锅，大点说就是湖，再大点可能就是海，从外面看它很深，很神秘，也很宜人。一般情况它构成了一种慢慢侵蚀和缓慢渗透。这叫什么？这叫温水炖鳖，一点点来。中国有这气量，似乎也有这耐性。

当年太祖努尔哈赤进来的时候感觉不错，这里不仅暖风习习，而且四季如春。到了圣祖康熙、世宗雍正、高宗乾隆，更是春风得意，似乎一切尽在掌握中。但到了仁宗嘉庆、宣宗道光，似乎感觉便有点秋意，有什么地方正吹来了丝丝凉风。而到了光绪和老佛爷那里，最后仿佛身在火里都冷，这是怎么了？汉人说，没事，奴才看过了，外面一切都如太祖当年。直到宣统掉到锅里，满人才像从梦里醒来，才清楚汉文化的锅有多大。

英国女郎听到这儿，似乎对我露出了恐惧和诧异的眼神，而不像这之前那种含情脉脉和激情燃烧了。她说这实在太恐怖了。我说就性别你是锅，我是探头，但就文化讲，是你到了我这里，就是到了我的锅里，现在你整个身子都探到底了，不知道你找到锅底了没有？照么说我现在都成你的娃了？我说自然，到了我的锅里，我自己就可以想怎么你就怎么你，想探你哪儿就探你哪儿。我说你现在应该感觉饱满了吧？女郎说，我现在才发现中国文化多坏，又多叫人喜欢。不瞒你说，我就是来这里求饱满的。那位英国小猫一样的女人这时仿佛又恢复了她原来的神情，说饱满了，说我都不知该叫你爹还是妈。我说，叫什么是你们文化的自由，你们称呼父母长辈都称哥们儿姐们儿，要是这样，假如最后你真嫁了我，或跟了我，你父母、祖母和祖父来了，想想你都将我又是爹又是妈地叫，他们不也得跟着喊我爸妈？女郎说，你怎么考虑那么多，到哪个锅里说哪个锅里的话，在我们的文化体系里，确实有些地方没有你们讲究大，我们国家还算讲究多的，而那些法国人，在我们那里都称他们乡巴佬，那才更不讲究，他们才更是只认公母，不讲究别的。

我说，你们的文化不都喜欢玩？女郎说，我们喜欢玩还多少讲究点，而他们就不讲究了。

我们谈到这里都笑了，似乎都意识到生命其实都是从最脏的地方出来的，起码是从渗井和垃圾处理场旁出来的。

我们俩似乎有点形影不离了。

女郎问我，你怎么也到香港了？我说找我爷。女郎看了我一眼，你都这么一把年纪了，还找爷？我说我们讲究这个。女郎似乎又不解了，眼睛像被太阳光照着那么眯成了一道缝：讲究，什么讲究？我说，就是兴这个。女郎说，我怎么感觉有点像挖地瓜？我说，我爷当时是大清国的命官，不，我说错了，是大清国命官的儿子。女郎双手交叉着，我怎么更糊涂了，那你爷现在多大年纪？我说活着的话至少有一百二十岁往上。女郎说，别找了，没问题已经挂了。我说挂是挂了，但挂到哪儿了，我不知道。女郎说，问你爸啊！你爸肯定知道他爸挂哪儿了。我说，我爸也不知道他爸挂哪儿了。

女郎说，我就奇怪了，你爸都不知道他爸挂哪儿了，你现在倒费的哪门子劲？说到这里，女郎用手摸了摸我的头，没发烧啊！这就让我更不明白了，原来你们的文化神秘，就是兴这个隔爹找爷？我看这倒有点像隔河找羊。我说，你这就根本不懂我们的文化。女郎反应也快，我要懂我大老远来这里干吗？不过你们的这种文化也有点让人费解，难道你们中国文化就时兴拿着葱剥蒜？

我心说，也难怪他们祖上是打炮的出身。

女郎说，嘀咕什么？我告诉你，就我感觉拿着葱剥蒜的，多半都是傻子他爹生的娃。我说，你可真行，真是见空就入，跟山猫似的。你倒是家猫，隔着爹找爷，这空子也钻得够大了。我说你倒懂个屁，我这是寻根问祖。女郎看了我一眼，我怎么越听越觉得你们像走在墓道和墓洞里？怪不得刚见到你觉得与众不同，像从那个泥窝里出来的。我说，刚才我是从海里出来的，是你们的同胞诗人，什么托·艾略特将我像吐唾液一样给吐到这里的。

我看到英国女郎咯咯咯地笑了，随后说，你也不想你爷原来是哪个旱塬上的，怎么可能到海里？我说我这不是找不着急嘛。女郎说，再急也不能隔着死人找死人，这不是穷忙活？女郎的话刚说到这里，我感到什么东西似乎到了头顶，我急忙躲开。女郎倒镇定，怎么了？我说我还以为是炮弹下来了。

女郎对我的举动又似乎好奇起来，看来你们的文化确实注重防守。我说，这叫机灵。女郎说，这叫怕官帽被砸掉了吧？我说，我又没当官。女郎说，我能看出你不是官，但我知道这是你们当过官的基因遗传，也可以说是尿液遗存。我发现我们之间的话谈到这里，就如同已经开始相互在扒衣服。

难道我们都到了疯人院，还是我们开始觉得双方都像各自的沃土？我感到我的手像拉着窗帘的绳子。窗外在下雨。我们都是欲望的船，在欲望中行驶，又在欲望中沉没。一切都是自然，一切都似乎在正常的正常里。没有谁不是往轻柔的地方去，只有轻柔才可能遇到和碰到实在和更实在的东西，才能让生命有种下坠，有种在下坠中奇妙的感觉。天空往往让大地显得厚重，显得我们某些时候不是在早晨，就是在黄昏，而中间的那些时光袋子里装的便是各种山色一般的景。

这时我和那位英国女郎似乎都恢复了平静。恍惚中我们开始安静地读起了书。西方人到东方来应该类似朝圣，女郎说，可能有时带的礼物不同。那坚船利炮也叫礼物？我仿佛看到女郎轻轻地点头，又轻声说，我们那儿当时就产那些东西，对了，还有鸦片，还有我们不同于你们的脸，这些都是礼物。我们发现你们开始也很喜欢，也都争着观赏、观看和品尝，而且还不时大加赞赏。我们喜欢做移动公园，喜欢到哪里都让人们看动物和怪物似的看，这叫什么？这其实叫好东西不好的东西大家都一同欣赏。

好书要慢慢看，要一个字一个字观赏，并从中找感觉、找状态、找差异性景观。你们不是的，你们发现好东西都喜欢那么拿回家去自己欣赏。那倒欣赏个什么劲？抑或似乎什么到了你们那里都像成了偷来的，因而你们这里什么多？告诉你，宫殿多，深宅大院多，而且各种各样的围墙、城墙多，这不是有意挑逗人的窥视欲？记得有硬就有软。我们知道，猴子才好奇，我们就是将一些东西满世界给猴子看的。在我们那里有时好奇具有相互性，有相互性才有感觉，有形成的一种气氛和氛围，也才让我们像在路中走路，这是很是商业的一种气氛，说这些可能你们不懂，懂才知道欣赏，才知道在一种氛围下是怎么回事。你们喜欢无论在什么地方都半推半就，都仿佛在体现这之外的什么，似乎真是那种拿着葱剥蒜，都不知道自己在干什么。拿葱剥葱这里就包含了一种尊重，包含了各种想象，这时你无论是由表及里，还是由里及表，我们似乎都有一种渗入和潜入，有种由此形成的存在蒸发。生命就在于这种蒸发，这种云游和心游。历史和现实有时就是这么在交错，也是这样形成了变化和高远，形成了仿佛在什么地方都有梦。人都孤独，人也因孤独而有了各自的情状。我们都喜欢孩子和老人，或者说正是有了这种情景，我们才一点一点类似处在云雾里。

我们到了哪里？别问这，一问这就没有意思了，就无论干什么都一切兴趣尽了。我从来不问我在哪里。我知道我一问，就到深渊了，就仿佛脚下的石头滑落，又如同往上攀缘的绳子断了。现实的岁月永远都是一种没有什么的呈现，是我们看到的混沌。岁月的现实就是互为天地，又互为映照，并这么形成了感受，让我们仿佛一直都有游戏的情景。

谜

　　走的另一种走，是我躺在大地上。我喜欢这样的一种姿态，某些时候这么看着天空的云，我们就如同在什么地方猜谜。西安的街道那段日子可以说长满了历史的草，有草就有荒原，就有谜中之谜的情形。历史的今天永远包含着明天，而历史的明天又永远孕育在今天。大地有时就是这个样子，就是这样的一种现实和存在下坠。我们都是往上的，或者正是这样的往上，让我们更清楚地看到了人们所说的迷宫。一次我听人说，在清政府被推翻前西安这座迷宫便开始了建造，那种建造某些时候就如同布置在这里的地下管网。一些时候这样的管网布置是明的，又是暗的，仿佛大家在某些时候都在做自己不经意的事，表面上看去什么都没有，恍惚我们都那么像平常一样白天做白天的事，晚上做晚上的事，这样的情况就如同我们都是天空的灰尘，也是那儿的各种病菌，大家都那么在飘，在动。这是病菌繁衍的景象，同时这又似乎是尘土默默落地的式样，而这一切都形成了无声，形成了在某些地方看上去的种种事物的无所不在。我躺在那里，或我蹲到什么地方，仿佛就看到了这样的变化。历史恍惚此刻便这么在上演，这么在每粒灰尘和病菌里。城市就是鬼的集中地，就是这么在反复中轮回。掉下去的土，和落下去的灰，和一个院子或门里突然出现的一只奇大无比的脚。这脚是谁的？恍惚此刻有一只眼睛在看、在说，接着可能便看到了一只下坠的枪和刀。枪很沉，刀很亮，不看没事，看了就叫人毛骨悚然，就叫人胆战心寒。我恍惚听到有人说，放着好日子和安生日子不过，到那地方做什么去了？话是谁说的我不知道，我只知道一些迷宫便是这样建造的。我看到一个人将糖豆放进了一个小孩的嘴里。小孩会发生什么？我仿佛看到我爷倒下时的情况。他的身上没有枪口，也没有刀伤，似乎只是那么倒下去，之后便是一切完好如初，便是城市看上去一切依旧，便是这里植物依旧的情况。这样大之大和小之小，又让我看到一个人在读报。

世界哪里都是石头，哪里都是水和土。我仿佛感到我只是那么在街道的阳光下玩，偶尔在地上写字或画一个什么图景。城市女人比乡下女人好看，乡下女人要么捂得太严，要么就不遮不掩，仿佛让人没有了飘逸感，有的便是或者大门紧闭，或者大门敞开。在城市不这样，仿佛一切都是那种半遮半掩，就像裙摆下面的腿和脚，还有裙子里面的黑，内面的红，内面的那团软肉和缝隙里的孔，我们顺此往上似乎却没有看到脸。记得有人说现实的非现实性就是影子。我们都在影子中，我们又似乎只是那么在树下和某个园中在走。事物的下面还是事物。我发现不知谁的一只脚踢到了一个铁皮罐头盒，这样的声音，就仿佛在空谷中回荡。

我看到一顶帽子此时似乎被轻轻放到桌上，看到一个屁股坐到了一把椅子上。然后，又是模糊，又是时光在另一些地方的景象。那是人群中的人群，那是一个酒楼或茶楼的楼梯。你怎么会在这里？我怎么不能在这里？我看到了书里的文字，又像看到了水流下降之后的景象。你就不能快点？有人这么说。到底要干什么？到时候你就知道了，快！我在地面上画了一条鱼，而似乎刚刚画下的鱼此刻一晃便没有了，便游走了，便恍惚到了我的头顶。我听有人说，这家伙跑哪儿去了？刚刚还在这里。房间里有一个女人。告诉你，我们的行动是秘密的，因此，谁都不许泄密。说完这话，一根绳子断了，一盏灯灭了，就这下场。我看到这些人四处散开，沿着城市的街道水一样流，我看到了默默中并不默默的声音，似乎又在这中间看到了某些游移的脚步。这脚似乎是在某个房子的地板上踱步，并说一定要把好各个关口和路口，否则……话说到这儿，一顶官帽落到地上，并在地板上滚了又滚，然后在一个桌子腿旁不动了，睡着了。人死了会变成什么？两个孩子说。不知道，可能是鬼吧。鬼是什么样？另一个小孩说，我也不知道，可能就像一只纸叠的飞机落到水里。这时候我似乎看到了不知什么东西在闪烁，同时又像看到了荒野里的火炬。不拿下满城，誓不为人！接着就是誓不为人、誓不为人、誓不为人……然后向越来越远的地方飘，直到无声。西安要发生大事。西安曾发生过不少大事。我看到已经有砖块落下，看到有人的头和身子掉下，接着似乎又是一双眼睛，那么在吃饭、喝茶，那么又像看着什么。我看到枪口在移,看到刀尖在向目标靠近。

有人说,我怎么感到气氛不对劲?接着又听到,奴才看过了,外面什么都同原来一样。这时候火把还在移动,只是移着移着,似乎成了我们看到的街市,成了更多女人挤到一起,那么流动、旋转,那么起舞,随后又类似从这里,从旋转的中心下沉,而且下沉中还依然在旋转,并越来越快,直到花花绿绿的色彩那么下坠……是声音,是各种被挤压、踩踏的叫声,然后是亭亭玉立的荷花,很白,很红,接着便是烧起来的火,便是声音变成了色彩,变成了无声,变成了犹如一辆马车从那中间穿过。有声音传出,王大人不必惊慌。话音刚落,一把刀子已经将王大人的身子给捅透了,而这时血则像从一个女人的阴部流出。这鸟不错啊!是德国人送的。难得他们还有这份心。

世界其实怎么看都是一幅画。画中画才能表现出事物和场景的质感。这里应该再淡点。我看到一个人的指头指到了画面的火光处,那里是城市之上的石头。我在大地上感受着事物的另一景象,仿佛感觉一根线就是一条河。忽然,我看到有只鸟从那儿飞过。战争似乎永远在消灭有生力量。我恍惚感到自己沿着时间往什么地方走。我想说风光里的风光也是这样,风光里的风光才让世界变得更神秘,也更像一个谜。当然,某些时候谜中之谜便是远。

我到了哪里

时间之外,我在梦里,天际构成的是一片黑,又恍如星空一片。我这样飘浮着,这么像只夜鸟。这时候我看到世界很大,仿佛白天看到的就是黑色的影,夜晚看到的就是星辰、月光,就是朦胧的雾霭。这是一种轻,这是一种重,似乎同时这又是一种自己。当我这么穿过百年的时候,在漫漫历史里找在1911年10月丢失的我爷。这构成了一种辛苦。从另一角度讲,我似乎又在这其中看到了很多,我仿佛此刻能看到的便是大地,是水,是目前生活的人,是不断长出的绿色,以及城市和城市形成的灯光和车流,以及大海、山川与河流,以及生长构成的生长和成长构成的成长,抑或由此引发的各种存在和现实情况。世界有意思的是，它可以追忆，恍惚又不可追忆，抑或追忆形成的追忆就是我们在随历史而当下，又随当下而历史，并这么形成像农田反复被翻土的感觉。这时候我看着周围的鸟雀、山石就犹如油画，犹如不同色彩组成的河流，有的地方亮，有的地方暗，有的地方便构成了人类历史的继续演进。这时候我的感觉是自己在什么地方已经不太重要，重要的是我确实看到了一种时间和岁月冲刷后的样子。那天我哥说，我这不知造了什么孽，我自己的三个孩子我都没有看过，现在七十多岁了，反倒遭这罪，反倒看起这么个小人，反倒……记得大侄女说，你就别反倒了，这是你欠世界的，现在也该还了。知道不，这就是轮回，想逃是逃不掉的。二姐悄声说，别听他嘴上抱怨，其实心里高兴着呢！我坐在一边看着，就像在看一棵百年的老树如今依然在发芽，在吐着新绿。时间的空间性就在这里，抑或空间的时间性也在这里。这是百年前我老爷抱着小时候的父亲，还是后来我奶身旁的我哥，或者是我？我已经有点模糊了，有点难以说清了。我在往下掉，感觉也好像是在往下落。用有的人的话说，我已经跑得太远，远得似乎让很多人难以看到，心里都在说也不知这家伙想干什么。在很多人的眼中似乎你就是没有，就是怪物和怪兽，就是猪狗都不如的家伙。

我说，现在已经看清我们没有隔着玻璃了吧？二侄女那天说，好像这时还有那么点人样。我嫂子说，我知道他干什么去了，找他先人去了。随后又撂出一句，先人就是先人，那还用找？再说得不好听点，先人找不找都是先人。这时我嫂子扭头看了我一眼说，找到先人了没有？也不是说，原本好好的生活，看把你现在搞得人不人、鬼不鬼，就像脱了毛的凤凰，要多恶心有多恶心。嫂子又说，其实我之所以到今天才说你，是因为那些时候说你也没用，与其这样，我和你哥说了，还是不管的好，还是……我哥说，现在还说那么多干什么，现在我看大家都还不是好好的？

你们中国和我们西方文化不同，我们的文化似乎就是喜欢探寻，喜欢寻求和寻找新奇，并让自己似乎任何时候都处在兴趣里，这样我们就如同一路都在旅行，都在时间里的某些地方走。英国女郎这么说的时候，我才发现她像是在讲课，在某些地方比较着。说到这里，女郎说，其实你们的文化确实很深厚，深厚可能原本是好事，假如一旦它成了包袱，那它可能就是一口深井，可能就是人们常说的深渊。我刚看到你的时候之所以很好奇、很感兴趣，就因为你似乎有点太与众不同，太神秘和梦幻，甚至魔幻，仿佛你整个的装束，整个人，与今天的环境格格不入，就仿佛看到了一个说不清的什么走在大街上，说是黑猩猩吧，不是，说是叫花子吧，也不像，但不是叫花子吧，又一副蓬头垢面，让人怎么看都像从哪个下水道出来的样子。不过看到你的眼睛似乎倒还清澈，倒还柔顺，甚至有点可爱。

我到香港好几年了，也多次到内地，我觉得内地很多时候干什么都讲求宏大。宏大有时候也似乎没有什么不好，也可能宏大在你们那里属于一种心结，属于一种不同于我们西方人的思维方式。这样你们看上去似乎什么都很紧，什么都像是在打仗似的。当然，文化某些时候都有它的基因，有它在某些地方的适应和不适应，这叫文化和文化间的水土不服。事实上，我的研究发现，人类的很多战争其实说到底就是文化和文化的战争，是由它形成的近似触角间的交会。这样的交会初期都是试探性的，试探好了大家都快乐，也可以说都舒服，假如试探不好，难免便是战争，便是兵戎相见。这样的情况也可以说就是大家相互间的一种渗透和深入，由此形成相互的了解，最后相互达成的一种柔软和妥协。

其实，我也去过你们西安，那里可以说更像是中国文化的根脉所在地，因而你们那里的人也有点像我们伦敦老街区的人。在我们眼中他们似乎也很保守，仿佛什么东西都规矩、讲究，都一副绅士的样子。这让我们怎么看都有点迂腐和老朽，但有时假如真的走到那里，似乎也有一种别样的感觉，就像走到了大树下的情景。我到你们西安也有这感觉，而且西安还有点不同于北京、上海，不同于你们中国的其他城市。有时文化有它的性格，城市有它的性格，再说得具体点，每个人、每个动植物也一样。

时间的远构成了事物的近，因而有时站在这个角度看一个城市我们说就更有意思，当然，某些时候我们也真如同走在湖边和井边，或者说就如同坐在一棵大树下。我们之我们，和你们之你们，大家其实都在这个世界承担着各自生命赋予的责任。

我和英国女郎依然那么在海边坐着。英国女郎说，难道你看我现在这个样子很凶猛吗？我摇摇头。英国女郎说，至于一百多年前的那场战争，说到文化上，也可能就是相互不了解，或者说就像一帮男人看到一位漂亮女人，都围了上来，尤其那些小青年，那些街头小混混，这样你一把、他一把，这么四处围着，仿佛就是要探寻里面的究竟。这时候假如你阻挡，他们可能就更来劲，假如你真的镇定，一切也就自然平和了。

这难道不是强盗？英国女郎说，当然，你也可以这么理解。为什么说这是文化差异？你们中国时兴的是自家的东西不能让别人看，似乎看了就是丢自己和祖宗的人。我们时兴的是有些东西越是敞开，越是对历史的尊重、继承与敬畏。这叫什么？这叫好的东西大家共同分享。

这时候我像从梦里睁开了眼睛，又像我这么多年从没有离开过现实半步。我看着海天一色的地方，就像看时间里的时间，就像我们似乎都在一个平面。我心说，坐在海边的感觉真好，我又想人们似乎都想到海边走走。

我对英国女郎说，中国人实在活得累。英国女郎说，累是属于我们每个人的，有时你要品这其中的滋味。这时我想，我是不是真的跑到了百年之前的某个地方？女郎说，你太天真了，你给人感觉仿佛走到了神话世界。女郎说，你跑到那么远的时间里，我都该喊你老老爷了。其实，要知道人类历史这部大书一旦合上，我们说就没有人能将它打开，能打开的都是故事，都是我们的心愿和想象，是我们认为的真实。

女郎看着我憔悴的面容说，现在我都快将你当亲人了。

雨地里的雨

时间渐渐堆积而成的，就是生命、大地，就是今天的城市，又像今天的世界。很多时候清晰构成的清晰，感觉中又像是最大的梦幻和朦胧。我回到了西安，还是依然在香港的赤柱？我自己都糊涂了。人有时是飞翔的鸟，有时是游动的鱼，可能某些时候也像树木。

我1996年的时候去过新疆，那时我二叔病重，我和我哥，还有二侄女一起去看他。在父亲兄弟三人中，当时就他还在世，因而我们那时听说他病重便过去看了。二叔是1952年像一只鸟似的从西安飞到新疆的，这仿佛是一个故事情节的枝杈，又仿佛是自然形成的景象。也是那年我去了天山，到了敦煌，我哥也顺便去了他工作了十几年的肃北县。他说他最早是在那里的一个叫石包城的地方工作，我哥在那里的时候，虽然那个县的土地面积比江苏省还大，但当时人口只有一千多人，完全是一个地广人稀的地方。他说，他当时是在那里的粮食系统，因此，每次去调粮食，都要从下面到县里走很长的路，一天不可能走到的，几次遇到不好的天气，都得夜宿茫茫戈壁的雪山里，那么和马挤到一起。有时跟着驼队还好点，人多，还不寂寞。我哥说，那里属于少数民族地区，很多时候断什么都不能断粮食，粮食一断可不得了，就会乱，不能乱是上面对这里各级干部的命令。当然，调粮食没什么，就是每次路途辛苦。我哥又说，人这辈子真说不清，我这次回去听说，我们原来下面一个称粮食的现在都当局长了。下面的意思我也明白，要是我哥现在还在那儿，应该最少也是这个位置，甚至比这个位置还高。当时我哥说这话时我们是坐在回西安的火车上。我三叔死得更早，恍惚是在我只有十四五岁的时候，那时我二姐在下乡，我哥还在甘肃那边，二叔一家在新疆，因而当时三叔病重到最后去世，照料他后事的就是我三婶和我堂姐，还有我父亲、母亲和我嫂子及我。这一切看上去就像梦，事实上，也是我们的亲历。在我看来，有时这就是演化，就是人越想越梦幻的存在。有时只有在这种状态，我们似乎才能感到，我又不是我的状态。有时候时间的下滑，就如同色彩的变化，就如同我们看到的隐现。到了这种状态，我们会发现我们仿佛既在时间之内，又在时间之外，仿佛这些时候就是我们在路上的感觉，也是我们一点点认识什么的过程。

如今我仿佛就走在现实的画面里，走在大地形成的平坦中。那位英国女郎说，你们西安城从高空看，似乎能看到的便是一种历史和时光的井，而钟楼的那金色，似乎就是井的最深处，而围绕城墙所看到的那些街道、那些院落，似乎就那么天然地记录着这块土地所发生的一切。在这儿给人的感觉，便像处在历史中。历史很多时候需要感受，抑或只有这么去感受它的时候，你才会知道时光原本是多么梦幻，又多么让人不可捉摸。

二婶今年从新疆回来了，她已经八十多岁，看上去精神状态不错。她说，这次她是想回老家看看，因而趁现在身体还行就再回去看看。当年，二婶也是跟二叔去的新疆。二婶说，那时候的新疆真是不敢恭维，当时的情况和西安真不可以比，遍地都是些毛驴车，都是驴子拉的粪，整个城市也多是土坯墙。看看现在，有人还觉得不满意，觉得我们吃他的喝他的了，他们看不到我们当年吃的什么苦、受的什么罪。二婶的话我也听出来了，我觉得这可能就是文化和文化的不同，正是这样的不同，我们才可能看到欺辱最后成了被欺辱。我们去的当天，吃的是饺子。二叔那天看上去精神头不错，似乎说话还是那么干脆，那么大嗓门。他说，新疆羊肉不错，你们今天就都多吃点。知道你们过来，我前两天就叮咛蛋蛋去买只羊。现在吃饺子，晚上吃烤肉，也感受一下新疆人吃肉的能耐。我对二叔说，你都快成新疆人了。二叔说，在这里都四十多年了，还不成新疆人啊？那天我看到二叔笑得很灿烂。我们问他的病。二叔说，没事，医生说了，就一般的肿瘤，要不了命。后来我们清楚真实的情况，是二叔的大女儿告诉我们的。当时堂姐没有说话先摇摇头，说手术是做了，当时打开后医生一看癌细胞已经扩散，因而当时便将刀口重新缝上了。但我们和医生都告诉他说，该取的东西都取掉了，他也信，因而他现在才这样高兴。最后堂姐说，医生讲了，就两三个月，顶多半年。我和我哥的脸色都沉了下来。二侄女是个性格豪爽的人，对二叔讲，咱俩都是二拐货，你比我还能拐，都拐到新疆了。二叔只是咯咯地笑。

那些年，二叔没有退休前，还经常回西安，有一年他还同父亲一同回了趟老家，能看出他们老兄弟俩当时都很高兴，高兴的程度就如同两只老喜鹊。他们当年从老家出来的时候都只有十多岁，回去时都已是两鬓斑白，尤其父亲的头发当时几乎全白了。我知道当时他们兄弟三人中，三叔已经不在人世，已经被葬到了离陇海线铁道不算太远的土里。葬三叔的那天我去了，似乎当时是起了一个大早，感觉似乎一切都在暗中进行，但等一切就绪，我们看到太阳慢慢升起，当我们离开时已是艳阳高照。我知道那还是一个初冬，当装着三叔棺木的棺材从车上抬下时，我看到了那里的土崖边长满酸枣树，而且上面挂满了酸枣，都已经红了。我伸手去拔，看到那些叶子都雪片一样落了下来。这是时间的远还是近？我恍惚这时看到了更多故事，由此我似乎也看到了当年西安满城是如何那么一下子就没了它当年的主人的。他们就像那成熟了的酸枣，一个个都红了，也像那些没有了一丝水分的叶子，因而手一碰，他们就纷纷飘落下来，就像在送葬路上那些撒在空中的纸钱，构成的是飞扬，也是轻飘。历史是人的，历史也是时间的。我在想一个人的出生假如是第一枪的话，那么死亡就可能是打在他身上的第二枪。很多时候一个王朝的诞生和死亡，也类似这样。我仿佛此刻处在了时光的水里。我似乎在用自己的身体翻那段历史，而合上它的那刻我才发现自己一度潜到了百年之前的时光。

有人说，你的能耐可真大。我只是有气无力地说，没有想到时间的土层原来这么厚，还这么硬，以至于让人在这个过程中几度窒息。是不是这感觉不错？我摇摇头，只是断断续续地讲，百年中国就一张纸，它的首页就是现在，就是眼前。有人又问都写了什么，我说我已经没有气力将它翻开。我似乎只在地上画出了它的书名：第二枪。然后，我感觉自己就昏了过去。而这时我看到的究竟是满天的繁星，还是一个个漆黑的枪口？我隐隐感到历史似乎永远都这么沉重，历史也永远这么像深海的海底。有时在人很累的时候，人会感谢子弹，那也许就不是第二枪，而是第三枪，近似怎么补枪都成。

潜入与缓慢

我躺在草坪上，或躺在西安的城墙上，在这里看一株树、一朵花，抑或一块砖、一片瓦，仿佛都是时间之中的什么，仿佛构成了一种浮现，一种浮现中的言辞和言说。感觉那中间似乎都是历史在对现在的人讲什么，甚至是讲的再讲，是构成，是慢慢地解构，这是一种什么情景？似乎某些时候我们只有潜入它们中间才可听到，才能够显现出变化，显现出我们从某个高处掉下的什么。现实的趣味有时可能在于想象，而有时可能也在于感觉，像有时孩子趴在地上看水中的鱼。这样我和你似乎感觉大家都在历史所在的地方，并那么形成一种存在叠加，并那么感觉很多东西都是历史的延伸。那段日子西安城还不是今天的情况，它更多就是一些老式的房子和房子形成的院落，由此形成的街巷以及商铺，大家走在其中就如同走在岁月中。这种情形看上去很幽深，某些时候我们似乎能感到我们就在一个个迷宫里。有迷宫的地方就有光影，有人在那些地方晃动，构成梦幻和魔幻，并那么一点点延伸，一点点类似形成变化中的旋转和旋转中的变化，进而让很多东西都好似在蒸腾，有一种向上的韵律感，这样人就如同庄稼，就如同由此形成的光和光的勾连，并这么让人如诗如画，又让人似乎怎么都在一种景象里。我对那位英国女郎讲，英国女郎说，这听着都让人羡慕，都让人觉得神秘。我看了女郎一眼，就像看了一眼当年的八国联军。我心说都是你们，你们的炮火让这一切不复存在，让旧有的西安，让清政府那神秘而旧有的事物一下子找不着了。恍惚中有个声音说，如果能找着，还可能有今天，有今天我们来到这里的可能吗？有些东西是挡不住的，能挡住你就什么都是又什么都不是了。我看到一只蜜蜂落在了一片瓦上，那是一个破碎的东西，那是从某个房顶掉下来的，看上去年代很久了，真有点清末或民国初年的味道，甚至比这还要更早，早得可以让你想到汉唐。我仿佛听到了有人从这旁边跑过，仿佛人就在那片瓦的旁边，而且还有人低声喊，快点，快点，跟上！是钱鼎的声音，是张钫领的人，还是张凤翙的指挥？都应该装作若无其事，不到自己指定目标不能擅自做主。我爷在没在这支队伍里，还是他现在还同井勿幕在一起？我似乎又回到了一百多年前，回到了当时清政府统治的最后时刻。这不就一片瓦？我摇摇头说，知道吗，这是历史，这是岁月起码浸泡了一百多年的存在。有人看着我，这家伙一定是疯了，仿佛拿个什么都是历史，都像他爷，都是他曾经的爹。我说不单单是我的爷、我的爹，也是你的爷、你的爹。我感到有人拨了我一下，去去！找爷找爹的往那边去点，别把我孙子给吓着了。我知道，在很多人眼里我不可理喻，但在我眼中这些人也不可理喻。这时候我恍惚能够感到自己像在不同的时间水域里游。恍惚一会儿是蝌蚪，一会儿是青蛙，一会儿又仿佛什么都不是，一会儿又是一道新的黑影。而时间构成的这种变化，让我仿佛在闪念中，都能看到各个时期的人。而在这样的一种情形下，你就会觉得人和人、人和一切此刻都如同海里各种各样的生物。而在海底的不同位置，你似乎都能看到各个不同时期类似破瓦片的存在，类似各种物件或器皿的状态。这时候有人似乎在问，你这家伙究竟是谁？我说你是谁我可能就是谁。有人感到奇怪，有人甚至说，这不是活见鬼？之后还会说一句，快走，这儿阴气太重。我心说没有阴气哪有阳气？我听到两个小孩在脸对脸擦玻璃。我大清国……我看到话音未落，一列火车轰鸣而过。两个穿着大清国官服的人撒腿便跑，一边跑还一边说，这什么玩意儿，这莫不是遇到鬼了？但当那火车光线一般闪过之后，两个大清国的不知七品还是八品官说，我们刚才没有乱说什么吧？两个人说，没有啊，好像就说了句我们大清国，我们就遇到了那么快的玩意儿。两个人说着用袖口捂住嘴，又转身像走在一片园林里。随后听他们讲，我们看来谁都跑不过时间，这不，上次我们相见还是初春，这时已经快秋末了，能不让人感到光阴如梭？加之现在时局动荡，真不知接下来还会发生什么。另一个人说，确实，我也感到自庚子赔款以来，我大清国的国力日渐衰微。另一位说我其实也深有同感、深有同感，尤其是老佛爷西狩后。另一位像是提醒，最好我们还是莫谈国事、莫谈国事。我这时就像跟着两条鱼这么来到了他们的岁月里。我们都在变化里，我们又似乎都在成长中，但谁也不清楚哪天什么时候就成粪土和瓦块了。

　　那天我坐在护城河边，那么靠在一棵槐树上。我记得好几十年前，我还在这里抓到过一只知了，然后我们到护城河里玩水、捉鱼，结果回去便挨了顿打。现在打我的人去了，将我好不容易抓着的鱼倒进院子中间渗井里的人也去了。我怎么感觉这就像排队买东西，随着时间我们就离那东西近了，但我知道从内心讲谁都不想买我刚刚说的东西。把窗子上的灰掸掸，这样也就亮了，这样人也就精神了，别整天学得那么懒。我不知道什么地方有人在说话。后来，我再看那瓦片，那瓦片似乎不见了，不知被什么人踢到哪里去了，抑或是岁月在不知不觉中将它给淹没了。这时候我看到有孩子在草地上滚，看到有很多人在那儿散步。也许正是光阴如梭，也许我们最后真的都在岁月的这本书里，我们似乎在这里最后都有一种下坠感，而下坠似乎才让我们有一种向上的感觉。我又想起英国女郎的话，你们不善变化，不会变化某些时候就呆板，就谈不上变奏。有变奏才有飞翔，才有轻盈和轻灵，也才有更具光彩的光泽和流动。没有事还是多到海边走走，这样你就会明白存在就是今天的声响，就是这种声响传到各个方向的回音。一百多年前的枪声、炮声，到现在更多都成了天籁，成了人们常说的魔鬼之音。

我不知道自己是不是潜入得太深，或者说我已经成了刚刚看到的那片瓦，但此刻又不知被谁踢到了哪里。

背离和变奏

那天飞机在空中飞的时候，我在座椅上睡着了。这感觉像什么我不知道，但我知道人怎么都是一种状态和形态。我说人是会借助工具的，或者说有了工具我们便有了一种滋润，有了在什么地方比行走更有感觉的一种情形。记得我小时候坐过马车、小平板车，还坐过自行车，我觉得那么坐着似乎不费劲，便能感到周围的一切都在变，尤其趴在平板车或马车上，抑或自行车上，看地似乎更有意思，似乎一切的一切此时都构成了运动，构成了那种看久了令人眩晕的感觉。人有感觉便有了梦幻，有了时间和空间更具流淌的存在。记得大姐常常回忆自己同我奶坐着黄包车游走在西安大小街道时的情景。她说那是她感觉最快乐的时光，也是最有感觉的一段日子。如今人们坐在飞机上，能看到什么？似乎可以看到的就是云海，是雾中的雾，因而某些时候虽然机舱里很明亮，但人们似乎还是要昏昏欲睡，要那么不知是休息还是迷糊。有时有背离才有变奏，有变奏才有我们所说的不同的事物。有些时候我看着什么，或什么都没看，这也许就是时间的另一式样。有人说中国人其实很会玩，也很爱玩，有玩的感觉我们的存在似乎便有朝气。但似乎某些时候则不是这样，似乎越玩越觉得生活有点轻飘，就像飞机在云雾里。

我喜欢那种悠远中的灰，那种色调形成的背景和基调，让人有在大地上的感觉，有一切都是我们自己的情景。我们不试图做什么，也许正是没有了这样的试图，我们才可能感到一种轻中的重，感到时间累积成的事物。有时候餐厅里什么人都有，大街上也如此，还有院落。我在这中间的哪里、哪段日子我是不知道的，我觉得正是这样的不知道，让我仿佛在哪里都多余又不多余，就像地上的蚂蚁、纸屑，就像一块石头和沙粒。到了这种地方，很多东西便成了角落，成了微观，成了背景一样的存在。我看到自己像是从那些存在和时间的深处钻出来的，就像那日被那个叫艾略特的从大海里吐出，来到陆地，来到那块礁石上，如今我仿佛不是从哪里出来的，而是从大地渗入的，并这么重回现在。有些东西就是这么形成了反复，形成了变化。我感到自己现在就像从百年前的时间里刚刚出来，这让我感觉最大的迷宫似乎并不是来自别的地方，而是来自时间。时间是最厉害的杀手，这样的杀手释放出吞没一切的力量，似乎什么东西一旦到了时间中就已经成了被追杀的对象，并那么被吞噬、被围绕。这里不存在大和小，它仿佛无论你再大、再小，或者说再看着什么都没有，你都逃不脱时间本身这样的语境。从某方面说，这才构成了一种我们常说的近似无所不包、无所不在，又类似无可逃遁。因而在时间中我们似乎都是在水里，而在水中我们似乎就是船，就是在时间的时间中那么飘浮的状态。在这样的感觉下，轻似乎还有再轻，甚至可以说是轻中之轻。飞机能那么在高空中飞行，可能在于它比空气还轻，而人坐在机舱里似乎便感受不到这样的轻，能感受到的似乎便是我们在大地上的状况。大清国那时类似陆地上的船和飞机，而人们就坐在它的上面和里面，一路在时间中，并这么一路形成了不同的时期和不同的风景。我们其实只是最后落了一个名分，抑或让一些东西在这儿有个承载、有个依托，事实上，在这样的名分下，我们就像建了个垃圾场似的。什么东西在这里才可能有形，才可能有说法？有建筑才有内外，有建筑才有参照。后来大清国的这艘巨轮沉没了，恍惚就是原来承载垃圾的器皿现在也变成了垃圾本身。那么这是时间本身的力量，还是承载的已经不能再承载的感受？当时的人们就是在生产垃圾，又消费它，由此形成了这其中各种可能的变化。大清国的沉没犹如让大地忽然亮堂，就像飞机降落，我们重回大地。这时候人们看到了这样的一种情景，有了这样的一种存在感受，我究竟是民国人，还是大清人？我看到这时候有人跳到了民国的这艘船上，而有人还在犹豫，但有的人似乎心甘情愿地随着大清国那么沉没，那么干脆去当垃圾。

小心，别摔下去。我听到有人说，同时看到一个小孩似乎在窗边或床边玩。这样沉没形成了沉没，我看到这样的景象很多时候就像画，就像在梦幻形成的梦幻中流淌。事实上，我们都在这样的一种景象里，都在这样的一种情形里，并那么感受着各种事物的演化和存在。

我们在看报的同时又仿佛在被看。这在很多时候便有了意思，有了重叠，有了远近。那天我就这么看着曾经的变化，感觉就如同站在船上看那翻滚的浪，那是汹涌中的汹涌，那是波涛中的波涛，又仿佛深中之深形成的蓝、形成的黑、形成的墨色。这样你似乎会感受到这样的一个字：晕。这时恍惚你也会看到很多海鸟在天空中飞。这样你就像到了一个色彩反复变化的气流里，并那么形成了繁茂，形成了近似花朵一般不断和反复形成的一种盛开。这样一来，无论遮掩的遮掩，还是遮掩的没有遮掩，这时候似乎都以一种又抽象又形象的面目呈现在我们眼前。

怎么说呢？一条路，一条土路，一种时间上和时间下的什么。因而一些时候具象的非具象，和非具象的具象，才能让我们感受到一切似乎都在运动，一切仿佛都那么支撑着什么，同时又被支撑。我感到了屋梁上掉下的灰。我们没有谁能逃脱成为这灰的命运，但类似这样的灰里也包含了我们所说的各种存在密码。我们都在不同的密码中，同时我们似乎又在不同的基因里。我就曾在这个灰尘掉下的屋子中生活过，那是很田园，又是很风光的一段日子。可以说我最早对时间的认识，或者说对时间带来的各种变化的感觉，就是在这时候和这地方被孕育出来的。在这样的一个地方，我发现了时间的梦幻和迷离。就我的印象，时间就是各种景象，就是我们看到的物，看到的人，看到的树，看到的鸟，看到的土粒，看到的瓦罐和其中的各种什么。在这个时候我似乎觉得时间越没有时间的具象，就越迷离，越让人觉得一切都是自然呈现。在我看来，这种天然的天然就是大地，就是天空，就是天地万物。它们形成了消化的被消化，形成了天道、人道和地道。我想那时候的我其实是在地道的状态，在这种认识又没有认识什么的情景里，因而它才混沌。这是没有形成的一种有，这是我们在什么地方都能感到的一种生长感觉。我想说，这似乎是人的自身循环，是我们在这个时间段见什么都长的状况。地道是要接地的，就像树木的根须。然后我们到城市似乎一切都变了，这种变就是在这样的一种氛围和语境下，时间变得越来越具象，这样的具象就是时间越来越像器皿，越来越多了拒绝了什么人或什么事的情景。有了这样的承载，我们可能便会发现很多时候即使掉下去的土和灰尘，也犹如飞起的鸟，犹如刮着的风，犹如慢慢在开的花。从地道到人道，我们其实便有了在那儿的攀缘感，我们恍惚怎么都在往上，都在路途上那么行进。这样人其实就处在了自然的非自然中，抑或也可以说是处在了人事的层面，并这么形成一种状态，一种相对自然而言轻中的重。这样似乎很多时候我们便能够听到周围的流水声，看到周围更多的自然景象，仿佛我们怎么都在景象和场景中，并这么让我们随自然而自然，随变化而变化，又随景象而景象，这样才能让我们有上升感，才能让我们的脚恍惚便这么踏在大地，并且感到在这里和这样的情景中我们越踏越坚实，越踏我们存在的空间越大。

  这叫什么？恍惚这时候我又听到了那位英国女郎的声音，你现在好像有点明白了什么，抑或正是这样的一种明白，你才可能感到什么叫饱满，怎么才能饱满。再往上你就可能更清楚地感到天道又是什么，或者会感到真正的天道便是地道的呈现。任何历史都是从地道出发，穿越人道，然后形成不同的事物状况。战争就是不同天象、地象和不同人之间产生的冲突，并由此形成我们能看懂又似乎怎么都看不懂的存在。从某种角度看，大地上存在的任何东西都是不同战争形成的碎片。而碎片在碎片中形成的错位和错落，就让我们看到了似乎更历史又更现实的当下。

  西安是一个神秘的地方，也许正是这样的神秘，让我们在这里恍惚就像在更多时候一样处在一个神话世界。

天地一线

  我是不是已经走得太远，走到了天边，到了大海深处，或到了某个历史的历史里？这时候我似乎看到有人摇了摇头，又像有谁在什么地方向我招手。这样似乎让我有了一种特别的感觉。很多时候这是时间的景象，而有些时候仿佛这一切又是人间的景象，至于这里究竟是什么，我似乎依然在时间的深梦里。在历史的某个缝隙中，我只感到百年的时间里自己便成了这个样子，假如历史再往下，再往下我都不清楚自己成什么了。后来我隐隐听人说对待历史所需的就是一种静，一种地道的心态，这样你可能就会真正感到历史是什么，并在这种氛围中去体会。你之所以会成为现在这样子，是你对历史过于在意，从而形成了最后对历史的不知如何在意，或者说最后没有了尊重，而导致你最后成了今天这个样子。这样构成了四处恍惚都一团漆黑，又似乎四处都明亮得刺眼。这是走进时间黑洞里的人才会出现的情况，才会出现的一种错乱。我听有人讲，这可能都是被吓的，人受到大的惊吓便会出现这样的一种状态，出现这种梦与现实的颠倒。旁边有人说，他似乎在这之前说他要到什么1911年去一趟，还说什么到那里找什么他爷去。后来我们便好多年一直没有见到他，如今我们看到他的时候他便成了这个样子。有人说，他可能在历史里睡着了，这时候唯一的办法便是敲他一下，让历史的那些厚土从他身上滑落，你们看他身上的一些土层已经钙化，已经近乎完全成了一块石头，身上没有一个地方是软的，这样他仿佛只能听到外面的声音，而我们则听不到里面的动静。这应该是一些突然的事件瞬间让他成了这样，成了这种我们常说的被活埋的状况。似乎有人站在旁边看着我的样子先笑了。笑声之后，他没有说什么。我只听到有液体落到我身上，那充满了一种说不清的臊臭，甚至还有很浓的烧碱味。说完那人便没有了言语，便类似给人说了这么一句，好了，大家都走开，这家伙可能又会在钟楼附近转悠；这家伙我知道，毛病就是有点酸，而且都已经酸成了醋盖。这样的东西埋在一般的土里没有用，要埋就埋在纯碱里，那样它才会有雾气，有烟尘，有渐渐软化的可能。

  历史有时就属于这样的一种酸和碱形成的存在，这样形成的一些岩层变化，并由此形成不同的植被状况。城市似乎有更丰富的面目，因为它不是由单一的元素组成，包含有事物形成的各种景象，因而它就显得更立体，同时也使其似乎怎么都在梦又非梦的情形中。这就成了在某些时候我们谈到的飞翔的感觉，那是更自由的情景。很多时候变奏考验我们的便是这点，从某个高处落下后会成为什么？是鸟便可能在触及水面的那刻飞了起来，或最后落到了大地的某处；是鱼自然就在水里游了起来，但假如跌到陆地，那么它可能就成了各种存在物蚕食的对象。可以说大清国最后就是这么灭亡和被吞噬的。

一天，我看到了这样的一首诗，诗歌的署名人正是那位托·艾略特。我觉得这首诗似乎记录了大清国入主中原的另一个端口。这首诗的题目是《风在四点钟刮起》，全诗是这样的：风在四点钟刮起／风起了，敲响了钟，在生命和死亡之中晃动／这里，在死亡的梦幻王国中，混乱的争斗中使人醒来的回声／是一场梦还是其他什么东西——／当黝黑的河面／是一张流满了泪水的脸庞／越过黝黑的河流我看到／篝火在异国的枪矛下抖动／这里，越过死亡的另一条河流／鞑靼骑兵挥动着他们的长矛。

似乎隐隐能够看出，这仿佛是大清国开始入主中原的情形和场面，又似乎是更有力量和朝气的一种存在。但到了最后它似乎又成了这种场景的另一面，成了被入主的对象，感觉似乎镜子的两面是同一个人，一个在时间的这面，一个在时间的那面。恍惚我这时能看到的是雨依然在下。恍惚时间最后形成的其实就是镜子的两面。我们只有在天路中走，才能看到自己，看到更多的人间景象。时间永远是时间的远，事物永远是事物的近。一天，我们几个人一起在小南门吃着那里的葫芦头。

回到过去的感觉

浅浅的浅浅，是一种深。那天我坐在城墙上，就像回到了原来的院落，回到了原来的街市、原来的岁月。人想回到过去是不可能的，要真回到过去，我们可能就会体会到什么叫粉身碎骨，什么叫花开花落，什么又叫开山钻打进岩石的状态，什么又叫海底世界给人的无穷无尽之感，什么又是宇宙给人的那种看不到头的感觉。而能到这样一些地方的人今天看都属于传奇，属于曾经的梦。如今我在现实中，似乎已经不再喜欢翻动什么，或者任何的翻动都可能让自己陷入梦中的梦，从而让有些东西形成迷离，形成混沌，一切恍惚都那么在空气中飞扬。走到这样的地方似乎确实又回到了过去，又构成了时间的非线性，构成了时间在此的近乎没有编年，似乎所谓的编年都是各种图案被击碎后人为拼合的图案。可是转瞬似乎又成了另一图案，就像天空那些反复变化的云。这时候你会发现这样的一种奇妙场景，这就是天空的静是一种静，大地的静也是一种静，仿佛正是这样的一种静，才使更显人世间的存在恍惚一直都是合奏和交响，是无论轻音和重音的消失感。之后，又恍惚一些声音从什么都没有的地方传来，它构成了一种消失的回旋，而正是这样的回旋似乎才让我们的灵魂犹如感到了魔鬼之音。这样你会发现高音之高会高到无音，低音之低同样如此，最后归于死寂。因而相当程度这是天河，也像地沟，犹如界中之界，犹如石头上的石头，犹如水中之水。我是不是到了这样一个地方？抑或这时我其实只是坐在城墙上，那么看着这个城市的钟楼，看到钟楼的金色就像太阳，又像深陷水中的光，以及光在那儿呈现的黑点。我不知道这是现实的平，还是历史的远，或者一切的一切恍惚都在这样的一种情景中，在这样的一种形态里。我感到只有这样看世界，一切才是平静的，才是自然的，同时一切才是呈现的呈现。我喜欢这么坐在城墙上的感觉，或者说正是这样的感觉，让我知道某些时候轻是一种重，而重又是一种轻，抑或正是这样，我才觉得百年并不长，百年似乎只是瞬间开过的花，只是人类在时间的长河中泛起的不高的一个浪。就西安城的历史而言，它可能还有千年浪、万年浪，有近似我们上下几乎都看不到的那种浪。

或许有时回到过去，我们并不是为了去了解历史的真相。历史没有真相，要了解它的真相，我们很可能就走入了误区，走入了误区之后的空无。也许现在我清楚，我爷当年确实参加了西安推翻清政府统治的斗争，从当时的历史现状这也许叫弃暗投明，是让自己向有亮光的地方去。但去了之后究竟发生了什么？可能没人知道，或者说知道我爷真相的人最后自己本身也成了一个谜。我们要在谜中之谜找什么？或者用我父亲的说法，我爷可能最后去了日本，而就我探寻与寻觅的感应，我爷也有可能到了香港地区，并从那里辗转去了欧洲，也可能最终落脚到了英国。当然，还有一种可能便是他进了潼关之后，便再没有出来，就像井勿幕最后死在了陕西兴平，像钱鼎死在了渭南。因而在历史的大变革年代，政治风向的变化，在某些时候就如同龙卷风一般，充满了诡异，充满了让人难以说清的历史谜团。或许这里只有一点是清晰的，就是井勿幕从我老爷手里带走了我爷，而井勿幕自己最终的结局似乎都成了民国建立之后的一个最大谜团和悬案，近似揭不开、理还乱，最后只能将今天西安的小南门改为勿幕门以示纪念。因而在某些地方，历史的真相是各种矛盾情节的纠缠，就是在寻找真相的路上继续绵延战乱和厮杀，继续大家相互流血，相互在寻找真相中继续着我们所说的谜团。

怎么说呢？寻找什么都是往上的，这构成了一种存在和现实的往前，构成了我们常说的逆流而上，从而让我们有成长和进步的感觉，有在整个过程中的剔除感，就如树木的根自然穿过和扎入大地和石缝。而到了我们实在走不动的时候，我们似乎要不断和反复地学会变奏，并在这种变奏甚至反复变奏中，让自己顺应，让一切最后似乎都是顺流而上，这样才构成了我们所说的存在和现实平和。回到过去有时就是尊重过去，就是让过去成为我们存在的再追忆。

从这点讲，城市是历史的，城市也是现在的，很多时候似乎也是在这两者的相互映照和映衬下，让我们看到了某种更未来的呈现。记得此次二婶来西安时，给我说的话便是，你知道你叔最后对我说的话是什么？他说，他这辈子最对不起我的是到新疆后没有让我再工作，而是让我只在家照顾娃娃，这是他最对不起我的地方。看来，有时我们似乎都在某个历史的局限中，而正是这样的局限，让我们走过了当初，让我们难以看到今天，让我们只知道出发时的情形，而不知道我们当初为什么出发。人不可能同时踏入两条河流，这或许就是历史的经验，也是历史留给人们的最宝贵的财富。

人有了敬畏便有了历史感，而有了历史感我们也就有了现实感。也许我们清楚，战争在任何时候都没有停止，也许战争的另一说法便是为了和平。穿过战争就等于和平，而和平事实上是战争的另一种形式。我们就这么走在和平与战争并存的世界。似乎这样的构成从未停止，而正是这种从没有停止过的悖论，让我们看到了天地间人类存在的各种形态。世界是一场梦，我们每个人都在自己的梦中，某些时候有梦就有路，有路也就有我们所说的现实感受。尊重历史才可能穿越历史，正视现实，我们才可能看到未来的更多。

我恍惚坐到了一个小凳上，在看两个人下棋，在看两军之间的厮杀、对垒，在听旁边人在那儿七嘴八舌。时间就是这样的，存在更多时候也是这样的，现实很多时候就是历史的重现，就是由此形成的历史延续。这时候我似乎看到一个人在旁边睡着了。他像什么，又似乎不像什么。他像深夜，像湖水，还是像大海的一角？从某种角度看，我们每个人都是故事，都是历史这本大书的一页，或一个段落，一个景观中的景观。

昨日舞台今日水

我仿佛是被历史倒逼着这么感受着什么，这种近似头朝下脚朝上的存在我之前没有经历过，似乎我只是试图在解一个谜。这个谜是一百多年前留下的，又似乎是历史在那么一刻突然断裂后形成的，感觉就像一只鞋掉在了那里，但曾经穿这鞋的主人却没有了，找不到了，像在人间蒸发了。我不相信怎么会有这样的怪事，因而我就这么像一条深海鱼似的一直往下潜，这让我犹如在一开始隐隐看到了什么，隐隐感受到了岁月的各种碎片和遗存物不断在眼前飘忽。但这样的神奇之旅似乎没有持续多久，我便有到了淤泥之中的感觉，这时恍惚发现过去的东西更多了，仿佛很多东西既熟悉又陌生，既亲切又让人恐惧，尤其是看到人、动物的尸体，看到它们似乎就那么堆积在那里，就像柴草，就像扭曲形成的再扭曲从而显露出的面孔，让我真分不清他们或它们生前的最后时刻都遭遇了什么。这让我忽然想起不知什么时候什么人说过这样的话：一切都在地下，一切都在岁月里，不同的只是将有些东西从一个地方换到了另一个地方，有时候所谓的谜和谜中谜，其实就是这样的一种位置变化。一个地方有没有历史看什么？其实就是看有没有生命，无生命的地方我们往往看不到腐殖质，能看到的可能就是纯粹的土层、岩层，是黄土，是沙石。有时这种没有生命迹象的地方就我的感觉要往下似乎还比较容易，它构成的就是一种简单，一种看似坚硬的结构疏松，因而在这样的一些地方往下，仿佛只要寻找到了其中的缝隙，我们还可能有水液往下渗的感觉。可是到了另一些地方，尤其是经历过某种人类存在和历史大变故的地方，我们这种往下的可能在很大程度上便会受阻，便会让我们没有了往下的可能，感觉就像这里的头绪太多，感觉这儿似乎到处都是路径和路径形成的交错，这其中到处都是通道，到处都是孔中孔和路中路，仿佛感觉到处都是肺被剖开之后的呈现。仿佛这才会让你看到什么是头绪万千，什么又是头绪茫然。到了这种时候，我才不得不让自己停下，不得不让自己这么慢慢放弃自己原先的想法。

我似乎听到了这样一个声音传来，它很远又似乎很近，感觉就像我要找的人在说话，接着恍惚就成了这一声音的混杂、合奏，类似松涛阵阵，类似整个的山林、大地都在摇，恍惚中我就如同来到了时间的空谷，来到了变奏形成的变奏的反复里，像水分子、水粒子，又如同灰尘在光线下的存在。接着我似乎感到自己在上升，感到周围的一切都像音符和音节，都像五线谱的乐章。我看到这时候有各种不同的手在翻，看到似乎古今中外不同的乐器都在这里集中，恍惚都在这里开着一场讴歌生命的演唱会。

我不知道这究竟是怎么回事，但我似乎听到了一首乐曲之后，耳边响起雷鸣般的掌声。这究竟怎么回事？我恍惚听到了这样的声音，从2010年出发，人类相互拯救大型音乐会正式开始。我听到了主持人的声音，过去百年人类经历了很多，中国经历了很多，世界经历了很多，东方人经历了很多，西方人也经历了不少，回想过去的百年，大家都孤独，都苦难，也都峥嵘。记住我们的前辈，记住我们的先人，是他们用不屈的肩头共同扛起了今天的世界，感谢他们。东西文化是人类生活的两只手，合在一起我们都在山坡上，分开我们便恍惚隔着大海，隔着深渊。

我到了哪里？这时我看到自己就像在什么地方数沙粒。音乐的另一种存在，似乎就是这样的一种静。

你小子真让人难找。我似乎没有说话，我仿佛这时就是沙粒，是沙粒上的蚂蚁。之后我仿佛又看到了不远处的水流，看到了大地在这里的另一种清新。

打开是书、是音乐，合上是史，是今天的舞台

我们都在这种战争与和平构成的地方，它构成的是山，是水，是生命构成的变奏之变奏，并这么形成各种演化之演化。我真不知道这些年你在和谁做游戏。我告诉问我的人，说我去了很远很远的地方，梦游在1911年的历史节点上，西安城究竟经历了什么，或者说那里究竟是一种什么现实情况。找到了？我说也算吧。问我的人似乎有点不解，什么叫也算吧？我说回头再告诉你，还是让我看看今天的情景。你这家伙没有发烧吧？后来有人说，我知道他上哪里去了。说完这话似乎又很是诡秘地一笑，说着似乎轻轻将手一抬，说音乐。这家伙其实也没有什么，唯一就是在山崩地裂的巨响之后，把方向给搞错了，而变调的时候又没有跟上节奏，便成了今天这个熊样，就像从什么地方掉下的瓦片、砖块似的。

我说，你懂个屁。那人说，有点感觉了，起码有近似尿液流出的声音。这时候有人又说，音调再高点。我说，你们是不是在耍猴？有人又喊，还是再高点。这时他们恍惚看到我站了起来，再有人喊，好，音乐停。我恍惚这时感到了一种什么东西将我的尾巴给切掉了。奇怪的是，我没有感到疼，也没有感到有什么特别的异样。有人笑着说，这家伙也够好玩的。也难怪，各种魔幻的魔幻，让这家伙几乎不止一次魂飞魄散，随风那么飘舞了。

还是读读海明威吧，读读他的《太阳照常升起》。我想说什么呢？我欲言又止。

我点了一根烟。就像从什么地方回来了。说起来，在西安打响的那一枪，似乎从整个过程看并不复杂，仿佛就是一个普通的休息日，似乎和今天的某个星期日也没有什么不同，但正是在这样的一种看似不会发生什么事情的氛围下，枪声响了，似乎很多人还在梦中，感觉就像天变了，有些事便开始复杂，类似树叶和花瓣落下，并那么形成了景象之中的另一景象。就我的感觉，就像曾经的一切都在那儿，似乎就那么被保存、放置，就像没有声音的影像。我慢慢从那里退场的时候，似乎感到了一种水流和气流，并那么将我朝出拥、朝出挤。仿佛在说你到这里干什么来了？就你这小胳膊、小腿的

还想了解真相？就是一些历史的亲历者想了解它，最后都被真相本身吞没了。某些时候现实就是随波逐流，就是让一些东西轻起来，并有似乎大家都开始飞翔的感觉，这样一来似乎我们在一些地方才能够看到真相和真实，才能使有些东西更有迹可循。

这些天，我似乎刚刚从一个没有路的地方，抑或从大地深处出来，这让我猛然有了认识人间边界在哪里的感受。这时我发现人们看我的目光似乎都有点异样，抑或正是这样的异样，我才觉得我似乎怎么都像在翻一本小人书，而且还那么乐此不疲。这家伙究竟是什么？原来似乎不怎么看小人书，现在这是怎么了？我用眼神看了看他们，这叫返老还童，或用你们今天的话，这叫归零，叫不断让自己归零，让自己在现实的现实中近似什么都无，近似就那么走在路上，走在一种心情和心境的路上。

有人看着我说，这家伙从什么地方转了一圈，似乎变得不像以前了，似乎很多时候就是无语，就是那么像低头看蚂蚁似的。我不知道是我此次的历史或时间之旅让我知道了什么，还是让我什么也不知了。仿佛在什么地方我都是那么一个点，一个生命本身，仿佛生命本身就是大地，就是一本书的封面。一切东西都可以在这上面以自己的方式和喜好续写，并那么形成新的景象和植被。可能更多时候只有深入和更深入地认识时间，我们才可能理解时间。理解时间就是理解生命和生活，犹如我们看到什么是什么和什么又不是什么。我想说，在这里轻、再轻，甚至可以说是轻中之轻，我们才有升腾的感觉，才有气韵和气韵形成的更具生命的特征。

世界就是时间的一条水平线，正是这样的一条水平线，才让生命有怎么都在水中的感觉。这就是我们常说的一种浸泡，是我们常说的那种踩水的情形。至于说时间的水面下有什么，我们说已经无关紧要，我们仿佛仅凭身体的感觉便知道。

从另一方面讲，我想说人生其实就是不断甚至是一刻不停地走入历史的过程，无论我们在此做什么，或不做什么，实际上情形都是这样的。我现在感觉自己就如同浮在这样的水面，如同这么静静地在时间中。感觉就像原本是自己弹奏，后来便腾出舞台，让他人弹奏，让更有生命力、更鲜活的东西显现在自己的眼前。

我现在似乎更多时候就是读读书、看看报，之后上什么地方溜达。这时候你会发现，雨似乎一直在下，花也像一直在开。梦中无梦才是恬淡。恍惚的恍惚，我像顺着一个山坡往下滑。

沙与土

西安城很大，西安城也很小，这构成了一种更具历史感的呼吸，而正是这样的历史和历史反复累积的脉动，让它有了不断向四周辐射的可能。我能想象一百多年前的西安是一个什么样子，仿佛就是一个围绕钟楼形成的大院落。那时候大多满人住在城东，似乎那里都属于有着皇家血统的人。而那时，似乎住在城墙里的人才称得上是西安人，称得上在这里有了根基，有了我们所说的一官半职，有了家业。这种布局下，可以说这里的人近三百年都是满人的子民，它构成了一种庄稼和树木一般的演化、成长。但到了1900年之后，这里的一切似乎便有了一种破败和沉重，有了一种身在其中处处都能感受到的呼吸困难。这样轻与重似乎便形成了我们所说的那种轻之更轻和重之更重的情况。这样一来，很多东西便发生了翻转，这时候仿佛天在下，地在上，这样似乎气与气便没有了流通，有的似乎是天地都受挤压的状况。这时候恍惚哪里都不敢有个口子，一旦有了口子便可能天崩地陷，便可能旧有的一切不得不重新布局。有时心力衰竭对一个人是致命的，对一个城市也如此。这样我们便听到了1911年10月22日的那声枪响，我们随即似乎看到这样的枪声像是给西安城重新换了心脏。这样形成的震动、形成的波动和连锁，似乎让当时整个的中国大地都能感到。

在这种情形下，我们似乎看到了这样一种很是自然的现象，这样的一种水往低处流、人往高处走的情况。而由此构成的一种汹涌，一种类似海浪般的循环和涌动，继而几乎就成了人和人之间的对决、搏斗和博弈。这样，似乎一切都有了说不清，一切似乎都成了大地上遍地开花的场景，又似乎成了近乎各种存在都在凋落的情况。这是一次近代史上的大变革，是埋葬什么又产生什么的一种景象。很多时候所谓历史的大书其实便是这样写就的，或者就是这样的一种大震动和大变动之后的近乎听天由命，一种近似我们所说的下滑、飘落而有些又由此上升的景象。这是大地的历史，也是人类的历史，某方面也是城市的变化史。很多时候历史既是上下的力，又是水平的力，某些时候它究竟如何，实际上并不是看力和光的产生者，而在它的接受者——有怎样的接受者和接受面。这犹如光照在什么地方，也犹如枪炮打到了什么东西，比如打到了砖、墙、瓦，又比如打到了人、动物和植物。很多时候真相其实说白了就这点，就这么似乎怎么看都是瞬间，怎么看都犹如一些东西在变化。

  我重新回忆自己潜入发生在西安城的那次推翻清政府的战斗。就我感觉枪声打响的那一两天，似乎一切都是简单明了的，就那么兵分三路，近乎我们看到的三股水流，在那天默默地向各自的目标流去。没有人发现这样的水流在当时有什么特别，仿佛一切都像平素的生活，都像城市正常运动的本身。但当枪声近乎同一时间在这个城市的几个点同时骤响时，大家才可能看到接下来发生的事，才看到近乎整个东面仿佛都成了火药桶，最后似乎到处都是火光冲天的情景。

  我坐在今天，仿佛坐在地平线的一块石头上。这时候无论我看到的还是没有看到的，似乎都那么诗情画意，犹如被各种历史支撑的一座时间水面上的岛屿。这里有花，有石，有各种各样的历史景观，同时也有更显种种不同的生命景象。

  经过了这次对历史的寻觅，从某种程度也可以说是我们对各种时间的不同感受，似乎过去的时间总和大地相连，并那么近似越是随着时间的上升，随着时间的不断向前，过去的时间越有质感，越像曾经许多事情浓缩到一起的情况。因而有时在这样的地方，我们不得不小心，甚至不由你不屏住呼吸。而且在这样的情景下，我们的那种轻就如同尘埃，就如同微粒和微粒中的微粒。因而我们不张口似乎还好点，我们在这样的历史深处，别说张口，有时似乎就是轻轻呼吸，可能就已经不知上了哪里。

  或许用另一种说法，昨日的时间是沙，今日的时间是尘，抑或是我们每个生命本身。经过这次神奇之旅，我似乎在现实世界更梦幻了，并且我感到今天的一切都是历史的，或者说历史和我们从来就没有中断，感觉就像我们任何时代的人都坐在从远古、从天地混沌便开出的时间列车上。时间从来没有停止过，我们能够看到的某些景象其实便是有人在这里不断地上和下，而时间本身的这趟列车，则是一路向前的。

  时间的列车应该说对每个人、每个生命都是公平的。这种公平便是任何生命都可以上，都可以在这里那么存在和游走，有自己的一段光阴和生活。时间的列车其实一直都是向上的，有时类似就这么将不同时代的人放在不同时间段的月台上。我能看到的父辈、祖辈和前辈，大致便被放到了1860年到现在这样的一个存在区间。对他们来说，他们每个人都有自己的经历、生活，有自己在自己生命过程中的生命承担。或许正是由于这样的看到，我尊重他们每个人，并且也深爱他们生活过的土地，他们生活过的城市。存在就是一幅彩图，是由整个人类共同编织而成的。

  尊重让一切呈现，这就是这幅画的背景。

结束构成了没有结束，世界变得有些平了

  当我结束这段百年历史的穿越，我出来时到了上海，到了即将开幕的世界博览会的现场。在梦的另一梦幻中，我知道父亲当年也在这座城市生活过。作为一位商人，当年的上海便是中国商业最发达的都市，也是各种文化的聚集地，甚至就当时而言，它也很梦幻，仿佛在这样的一个地方，没有哪一个生命不开花。很多时候我们说只有孕育才可能有被孕育的情景。

  我正在这样的一种沉迷和回忆中，有人碰了我一下，我似乎认识又不认识，后来我发现他是我二叔的老大。他问我，你怎么到这里来了？我说也没什么，就是来看看。我知道他在新疆一直在做边贸生意，而且用他的话说一直都起起伏伏，说好也好，说不好也有不好的时候。他说，我听家人讲你一直都在写书，现在写得怎么样了？我告诉他我和你做生意一样，也是时写时断。我说完这话，我们都笑了。他说，我们都十几年没见面了。我说，还是

在二叔病重时我们在新疆见的。他说，你比当时我们见面时苍老了。我说，应该说是更狰狞了。他说，当年还记得吧？是我全程陪你们游的新疆。我说我还记得当时在天山脚下，在哈萨克人的毡房里喝奶茶、吃羊肉的情景，记得我还戴着哈萨克人的花帽。

我说，你是来参加世博会的？他点点头。我们漫步在黄浦江边，仿佛依旧沉陷于各种回忆里，恍惚真像人们所说的有春江花月夜的感觉。

在过去的好些年，我其实经常和你二姐夫见面。他说，这我知道，他那时常到，甚至常驻西安，我们虽然没有见面，但你的很多情况我们了解。

大哥一家人都好吧？我说都还好，现在他们就一心一意地看孙子。他又说，那大姐、二姐一家呢？我说也都还不错。

历史就是满含梦幻的彩石。转动它，再转动它，我们便感受到了更多的迷离。结束构成了没有结束，这也许就是我们人类生命的存在史。

2010年3月完稿于草阳新村
2011年6月改于丁家巷18号
2011年8月再改于西影路畔

尻（gǒu）子：关中方言，指肛门及臀部。

谏（dǒng）：关中方言，含义颇多，用在此处，意为弄、做、干，糟践、糟蹋。

闹：关中方言，意为弄。

窝窝：关中方言，指冬天穿的棉鞋。

嫽（liáo）：关中方言，原指女子貌美，后经演变，意为好、美好。